사랑은
언제나
대여중

사랑은 언제나 대여 중
ⓒ 박미희 2011

초판1쇄 인쇄 2011년 5월 10일
초판1쇄 발행 2011년 5월 15일

지은이   박미희

펴낸이   박대일
편집   임수진, 임유리
교정   박준용
마케팅   송재진
디자인   김은희(표지), 류미라(본문)

펴낸곳   파란미디어
출판등록   2004년 9월 14일 제313-2004-00214호

주소   121-886 서울시 마포구 합정동 387-18 현화빌딩 2층
전화   02. 3141. 5589(영업부) 070. 7798. 5589(편집부)
팩스   02. 3141. 5590
전자우편   paranbook@gmail.com
블로그   paranbook.egloos.com
트위터   @paranmedia

ISBN 978-89-6371-022-8 03810

사랑은 언제나 대여 중

박미희
장편소설

파란

목차

그녀의 미소는 백만 불짜리 미소

"벌써 점심시간이 됐나."

범영은 카운터에 팔꿈치를 기대며 가게 문밖을 살폈다. 셔터를 올린 건 오전 10시쯤이지만 비디오와 DVD 주문한 것을 받아서 정리해 놓고, 가끔 오는 손님을 맞이하는 틈틈이 점포 물건들을 손 좀 보고 있으려니 어느새 12시다.

"올 시간이 됐는데……."

굵직한 통나무 같은 목을 휘휘 내둘러 가며 좁은 2차선 너머의 인도까지 훑었지만 흔하디흔한 흰 나무 울타리의 아파트 펜스만 햇빛을 받고 있을 뿐이다. 아직 붐빌 시간이 아닌 상가 앞 대로를 간혹 지나쳐 가는 행인들 사이에도 야구 모자를 푹 눌러쓴 머리 긴 여자의 모습은 보이지 않았다.

며칠 전 대여해 갔던 DVD의 반납일이 오늘이 아니었나? 좀 전에 이미 확인을 했지만, 범영은 익숙한 전화번호 뒷자리를 다시 한 번 키보드로 탁탁탁 찍었다. 이제 머리보다 손가락이 더 잘 기억하는 숫자들이다.

손유진.

차림새에 하나도 신경 쓰지 않는 티가 폴폴 나는 그녀의 외모보다는 훨씬 공주님스러운 이름이 모니터에 떠오르고, 그 아래로 현재 빌려 간 DVD의 제목이며 대여 날짜가 떴다.

어스시의 전설. 대여한 날 11월 X일. 반납 예정일 11월 O일.

오늘 맞다.

"올 거면 좀 빨리빨리 오든가."

자신도 모르게 투덜거림을 입 밖에 내어놓고, 범영은 제풀에 놀라 험험 헛기침을 했다. 혹시나 여자가 문을 열고 들어오려다 자신의 말을 들은 건 아닐까, 방금 닦아 얼룩 하나 없는 카운터를 괜히 손으로 슥슥 쓸며 다시 흘끔 가게 문밖을 살폈지만 역시 헛일이다.

몇 사람 대여해 가지 않을 영화를 어렵게 구해 놓았는데 왜 아직 오지 않는 걸까. 범영의 두툼한 입술에서 자신도 모르게 앓는 듯한 한숨이 나왔다. 대여료로는 절대 회수되지 않을 DVD 값 따위가 이유는 아니었다. 여기저기 총판에 알아본 것은 물론이요, 대여점 업주들의 사이트와 중고 물품을 거래하는 일반 쇼핑 사이트들까지 일일이 다 둘러본 것이 더 힘들었다.

"진짜 나같이 서비스 정신 투철한 점주도 없는데."

코밑을 검지로 슥슥 문지르며 그는 투덜거렸다. 솔직히 오늘은 여자의 기뻐하는 얼굴을 볼 거라고 좀 기대하고 있었기 때문이다.

손유진은 예쁜 여자는 아니었다. 자신보다 연상에, 흐린 하늘이 비치는 작고 흙투성이인 연못처럼 늘 우울하게 가라앉아 있어 설사 예쁘다 한들 호감 사기는 어려운 인상이기도 했다. 그런데 가뭄에 콩 나듯 그 얼굴이 확 바뀔 때가 있었다. 바로, 구하기 어려운 여자 취향의 영화를 구했을 때다.

처음 여자의 웃음을 봤을 때는 깜짝 놀랐었다. 사람이 웃음 하나로 어떻게 저렇게 달라지나 싶었다. 망설이다 구입한 마니아 취향의 DVD 한 장으로, 고개를 숙인 채 챙 모자로 반쯤 가려졌던 작고 창백한 얼굴은 말 그대로 불을 켠 듯 환하게 맑아졌다. 둥글게 휘어지는 눈시울 안에서 꿈을 꾸는 것처럼 둥실 떠오른 눈동자가 반짝반짝 빛을 발했다.

백만 불짜리 미소. 딱 그 말이 떠올랐다. 동시에 그의 마음이 막 뿌듯해졌다. 서비스 업종의 보람이 바로 이런 건가 싶었다. 원래부터 손님들, 특히 단골들의 주문에 신경 쓰고 있었지만 한결 더 각별해진 것도 그날 이후였다.

한데 오늘처럼 고객이 알아봐 주지 않으면 대여점 주인의 서비스 정신이고 뭐고 다 헛수고이지 않은가. 전화를 바리바리 해서 억지로 오늘 오전에 택배를 받은 게 허탈하기조차 하다. 전화기로 손이 나가는 것을 그는 억지로 참았다.

‘손님이 빌려 간 DVD를 찾는 분이 있네요.’ 수법은 벌써 두어 번 써먹은 뒤다.

조금만 참아 보자. 분명 오늘 오기는 올 거야.

범영은 초조함을 달래기 위해 괜히 카운터 앞의 복권 진열대를 정리했다. 고작 몇 분 차이일 뿐이다. 그가 기다리는 여자는 허술한 차림새와는 달리 늘 정확하게 일정한 시간-12시 전후-을 지켜 대여점 출입을 하니까.

그렇다. 손유진이란 이름을 가진, 그리고 은근히 사람을 신경 쓰게 하고 있는 범영의 대여점 단골은 드문 웃음뿐 아니라 몇 가지 좀 묘한 데가 있는 여자였다. 그 첫 번째가 출근이라도 하는 것처럼 시간을 맞춰 가게에 온다는 것이다. 하고 다니는 꼴은 아무래도 백수 같은데 말이다.

범영의 나이 스물일곱, 비인문계 고등학교를 나와서 여태까지 돈 벌기 위해 안 해 본 일이 없다. 회사 영업직에 생산직도 뛰어 봤고, 핸드폰도 팔아 봤다. 간간이 이 직종에서 저 직종으로 옮기는 중간 중간에는 공사판에서 노가다도 뛰어 봤다. 한마디로 백수만 빼고는 할 수 있는 일은 다 하면서 돈을 모았고, 어찌어찌하다가 눈먼 행운을 만나 지금 이 가게를 연 것이 올해 초다. 그리고 개업한 지 한 달 정도 뒤부터 이 손유진이란 여자가 그의 대여점에 딱 정해진 시간에 나타나기 시작했었다.

비가 오든 눈이 오든, 혹은 우박이 쏟아지든 태풍이 불든 날씨에도 상관이 없었고, 아무리 큰 사건이 벌어져도 그 시간은 변하지 않았다. 다만 그 날짜의 간격이 신삭을 빌려 갔느냐, 아니면 구프로를 빌려 갔느냐에 따라 차이가 있을 뿐.

처음에는 이 근처에서 일이라도 하는 여자라서 점심시간 조금 전에 짬을 내어 나오나 싶었다. 하지만 여자의 옷차림이 너무 허술해 곧 그 생각은 접었다. 그다음으로는 '혹시 내 관심을 끌려고?' 하는 자뻑성 생각을 했었다. 그 생각은 꽤 오랫동안 범영의 머릿속에 붙박여 있었지만 그것도 정답은 아니었다. 그러기엔 여자의 태도가 너무 무관심했으니까. 그러다가 짜증이 난 그는 '지가 무슨 노땅 철학자야? 영화도 만날 이상한 거만 빌려 가더니.' 하고 기분이 거슬리는 지경에 이르렀는데, 그즈음 딱 하루, 대여 기일을 그야말로 칼같이 지키는 손유진 씨께서 반납 날짜를 놓친 사건이 생겼다.

웬일인지 신경이 쓰여 그날 그는 대여점 문을 무려 새벽 2시 반까지 열어 두었지만 결과적으로 별일은 아니었던 모양이다. 다음 날 여전한 그 흐린 얼굴로 나타나 연체료를 치른 손유진은 진열대를 살피다 새로 들인 타이틀에 처음으로 환히 웃었고, 범영은 그 새하얀 미소에 여태까지의 반감을 싹 잊게 되었던 것이다.

"아, 날씨 좋네. 오늘 같으면 만날 입던 그 점퍼는 좀 더울 텐데."

고객에게 충실한 서비스맨답게 옷차림까지 걱정해 가며, 범영은 이제는 완전히 눈에 익은 청색 야구 모자와 무릎이 나온 낡은 청바지, 혹은 회색 트레이닝복을 걸친 작은 몸매가 혹시나 눈에 들어오지 않을까 안달하며 전면 유리 너머 거리를 다시 살피기 시작했다.

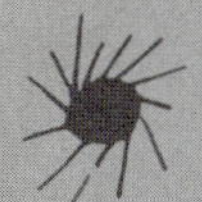

1
난 여기 있고
당신은 거기 있죠

"연지야, 지금도 충분히 예뻐. 이제 그만 가면 안 되겠니?"

한 손에 머리띠를 세 개 들고 다른 한 손에는 브러시, 입에는 앙증맞은 캐릭터들이 달린 머리 고무줄을 문 채로 유진은 억지로 웃어 보였다. 눈앞의 동그랗고 조그만 까만 머리통이 살짝 기울어지며 정면의 거울을 쳐다본다.

"정말? 나 괜찮아?"

"그으럼. 세상에서 제일 예쁜 공주님 같아."

일부러 '그'와 '럼' 사이를 길게 늘이며 열심히 고개를 끄덕였다. 벌써 시계의 분침은 12를 넘어서려고 하고 있어 초조감이 더했다. 이틀, 혹은 사흘 만에 한 번 하는 외출은 늘 12시로 못 박고 있었다. 늦게 간다고 해서 벌금을 물 일도 아니지만 그래도 늘 가던 시간에 맞춰 가고 싶었다.

그러나 상대는 그녀의 말이 영 믿기지가 않는 모양이다. 화장대 의자에 다리를 달랑거리며 걸터앉은 다섯 살배기 어린 여자아이는 희고 통통한 뺨 사이로 콕 박힌 분홍색 입술을 우물거리며 제 딴엔 엄청 고민하는 표정을 만들어 내었다.

"하지만 난 별론걸. 이모는 항상 나더러 예쁘다고만 하잖아."

그러더니 '혹시 지금 내 머리 해 주기 귀찮아서 그러는 것 아니야?’라며 의심스런 눈빛으로 그녀를 노려봤다.

“어머, 그럴 리가 있니.”

“아닌 거 같아. 어른들은 하얀 거짓말도 잘한대. 안 나쁜 거짓말 말이야.”

유진은 반은 찔려서, 또 반은 경탄으로 입을 딱 벌렸다. 참으로 잔 망스럽다. 불과 1~2년 전만 해도 자신을 위로해 준답시고 옹알이 소리를 내며 등을 토닥여 주던 아이가 벌써 이렇게 크다니. 뿌듯한 마음과 미묘한 서러움이 가슴속을 오간다.

“아유, 우리 연지는 왜 이리 예뻐?”

머리띠와 브러시를 화장대에 내려놓고 가만가만 조카의 뺨을 쓰다듬다가 그녀는 결국 연지를 와락 끌어안고 말았다.

“울 조카, 흘겨보는 것도 이렇게 이쁘니 참 큰일이야. 유치원에서 남자애들이 연지 옆에 앉으려고 난리겠다.”

‘아우, 아우! 이모, 머리 망가져.’라며 아우성을 치는 목소리와는 달리, 동생의 하나밖에 없는 딸은 얌전히 그녀의 품에 안겨 왔다.

“연지, 이모 딸 하자. 엄마 딸 말고 이모 딸 해서 계속 이모랑 살면 안 될까? 그럼 매일매일 맛있는 것만 해 주고, 예쁜 옷도 많이많이 사 주고, 아침마다 머리도 이렇게 묶어 줄 텐데. 응?”

가슴 안에 가득 차는 따뜻하고 지그미한 체온이 벅치도록 사랑스러워 성격답지 않은 애교를 어린 조카에게 부리며 유진은 그렇게 속삭였다. 자기 고모들에게도 많이 들었을 말에 연지는 꽤나 진지하게 대답했다.

“싫지는 않은데……, 그래도 좀.”

"좀 뭐? 아항, 엄마랑 아빠 때문에 그러는구나? 아이, 너네 엄마랑 아빠보다 이모가 더 높아. 엄마는 이모 동생이고 아빠도 이모한텐 높임말 쓰잖니. 그냥 이모 딸 할……."

"그럼 이모부가 내 아빠 되잖아. 이모부 무서워."

조카의 머리에 마구 뺨을 비벼 대던 유진의 동작이 딱 멈췄다.

"잘생겼는데, 그래도 무서워. 음, 우리 아빠가 조금 더 잘생기긴 했지만."

생각을 가감 없이 재잘거리던 연지는 그저 숨소리만 새근대는 이모의 행동을 깨달았는지 품에서 꼼지락거리며 불안한 음성을 낸다.

"이모, 왜 그래? 이모."

"……."

"이모, 화났어?"

유진이 계속 잠잠해 있으려니 바르작대던 조카는 힘이 없어진 그녀의 팔을 풀고 나왔다. 말간 눈을 깜빡거리며 유진을 이상하다는 듯 바라보던 연지가 갑자기 울상을 하며 그녀의 손을 잡았다.

"이모, 미안해. 엄마가 이모부 얘기 하지 말랬는데 내가 잊어 먹었어. 잘못했어. 이모, 화내지 마. 응?"

걱정이 흘러넘치다 못해 눈물이 그렁거리려는 눈을 보자 겨우 정신이 들었다. 도대체 동생은 남편에 대해 무슨 말을 자기 딸에게 한 것일까? 작은 손 두 개가 힘껏 자신의 손을 잡아 흔들고 있다는 것을 느낀 유진은 억지로 굳어진 표정을 풀며 희미하게 웃었다.

"아냐, 화 안 났어. 그냥……, 연지가 이모 딸 안 한다니까 좀 섭섭해서. 이모부는 출장 가서 오랫동안 안 오니까 이모 혼자 있으면 심심하거든.”

“출장?”

“응. 그래서 엄마가 연지 여기에서 하룻밤 자고 와도 된다고 보냈잖아.”

자기네 아빠가 출장 가는 것을 종종 본 아이는 납득한 듯 ‘아하, 그렇구나. 엄마도 아빠가 출장 간 얘기 자꾸 아무 데서나 하지 말랬는데. 그래서 전에 이모부 편지 얘기도 엄마가 하지 말랬구나.’ 하고 중얼거렸다. 뜬금없이 편지라니 무슨 소린가 싶었으나, 한결 표정이 밝아진 연지가 화장대 의자에서 폴짝 내려오더니 곧장 유진의 손을 잡아당겼다.

“이모, 그럼 이제 비디오 빌리러 가자. 나, 토토로 빨리 보고 싶어.”

방금 전의 눈물 빼던 실수나 머리를 다듬느라 시간을 보냈던 것은 몽땅 잊어버리고 참 당당하게도 요구한다. 유진은 픽 웃으며 화장대 위에 놓아두었던 야구 모자를 들어 푹 눌러썼다.

“응, 얼른 가자. 안 그래도 늦었어.”

“근데 이모는 그 옷 입고 가? 옷 안 갈아입어?”

갑자기 조카가 팍 인상을 썼다. 자신의 무릎 튀어나온 검은색 트레이닝복 바지와 한 벌인 김은색 상의를 아래위로 훑어보는 연지의 마음을 짐작하고도 남았지만 유진은 모른 척했다.

“왜? 멀리 가는 것도 아니고 요 앞이야.”

“안 돼! 갈아입어! 이모 옷이 못생기면 내가 창피하단 말야!”

외탁을 한 탓인지 서구형 미인인 자기 엄마보다 오히려 이모인 유진을 더 닮은 주제에, 항상 콧대를 세우고 깔끔한 티를 내는 유림과 판박이였다. 자식이라는 게 달리 자식이 아닌 모양이다. 유진은 심술궂은 마음에 일부러 입을 비죽 내밀며 고집을 부렸다.

"이모는 괜찮다, 뭐. 예쁘게 하고 가 봤자 좋은 것도 없고."

"아우, 진짜! 이모가 애기야? 좋아, 내가 상 줄게! 상 주면 되잖아!"

다섯 살짜리 조카가 여전히 찌푸린 얼굴로 크게 인심을 쓴다는 듯 소리쳤다. 그리고 황당하게도, 조카의 상이란 건 오늘 하루 동안 '엄마'라고 불러 주는 것이었다. 집 안이든 집 밖이든, 남의 눈이 있든 없든 전혀 아랑곳하지 않고 오히려 들으란 듯 소리를 높여 가며. 민망하게도 대여점에 도착해서야 그걸 알았다.

"엄마, 나 토토로하고 바비, 두 개 빌려 보면 안 돼?"

대여점의 진열대 앞에 서서 평소보다 훨씬 애교 어린 목소리로 자신을 올려다보며 조르는 어린 조카의 얼굴에 유진은 어처구니없음과 참을 수 없는 애정을 동시에 느꼈다.

"아잉, 엄마아. 집에 가면 엄마가 안 빌려 준단 말이야. 토토로만 보고 바비는 갖고 온 공부책 다 하고 볼게."

한 문장에 엄마가 두 번이나 나오는데, 그 엄마가 각각 다른 사람을 가리킨다는 모순은 깨닫지 못하나 보다. 하지만 어쩌랴. 반짝반짝 빛나는 눈망울과 몽실몽실한 뺨, 자신을 향해 방긋 미소 짓는 여린 분홍색 입술만으로도 그만 깜빡 넘어갈 것만 같은 것을. 덕분에 유진은 카운터 쪽에서 자신을 심상치 않은 시선으로 바라보고 있는 한 쌍의 눈을 전혀 느끼지 못했다.

"바비 말고 이게 어떻겠니? 이건 나도 못 봤거든. 연지랑 같이 보고 싶은데.”

그래도 동생이 빌려 주지 않는 비디오테이프를 자신이 덜렁 안겨 주긴 뭣하다. 대신 유진은 감동과 휴머니즘을 동시에 느끼게 해 준다는 유명 로봇 애니메이션을 빼 들고 연지에게 보여 주었다. 그러나 조카는 고개를 살랑살랑 저었다.

“어엄마, 나는 로봇 시러어. 바비 보면 안 돼요?”

꼬물꼬물하는 손이 그녀의 옷자락을 붙잡아 당기며 말꼬리를 불쌍할 정도로 늘였다. 그녀가 거의 꼼짝 못하는 존댓말 스킬까지 나왔다. 고민스러워진 유진이 입술을 잘강잘강 씹어 뜯을 때였다.

“이건 요만한 애들에겐 좀 어려울 겁니다.”

머리 위에서 불쑥 떨어진 말은 당황스러웠다. 고개를 번뜩 들었더니 키가 큰 대여점 남자였다. 가게 안에서 두 여자가 오래 떠들어서 그러는지 목소리가 꽤나 퉁명스럽다.

“좋은 영화래도 이해가 안 되는 걸 봐서 뭐 하겠습니까.”

그는 연지가 들고 있던 테이프를 뺏다시피 해서 다시 진열대에 꽂아 넣었다. 그렇다고 손님이 빌리려고 빼 놓은 테이프를 다시 가져가다니. 어이가 없어진 유진은 항의를 하려다 남자가 구하기 힘든 영화들을 여러 번 자신에게 구해 준 것을 기억해 냈다. 단골손님이라고 편의를 봐준 적도 많았다. 애초에 이 대여점을 다니기 시작한 이유에는 영화가 많은 것도 있지만, 깔끔하게 점포를 운영하는 주인 남자의 성실성도 좋은 인상을 주었었다.

“그럼 다른 좋은 것 있음 좀 추천해 주세요.”

순순히 그렇게 말하자 남자의 눈이 좀 부드러워졌다. 그는 ‘신프로'라고 적혀 있는 곳의 제일 아래 칸과 그 위 칸을 가리켰다.

"여기가 아동용입니다. 이런 것은 내용이 좀 더 쉬워요."

남자가 권하는 대로 군말 없이 그것 중의 하나를 빼 들고 조카를 쳐다보자 연지도 고개를 끄덕였다. 은근히 까다로운 조카가 웬일로 선뜻 응한다 싶어 정말 괜찮으냐고 물었더니 건성으로 응응거렸다. 그런 연지의 눈길이 등 돌리고 서서 테이프를 정리하고 있는 대여점 남자에게 쏠려 있음을 유진은 알아챘다.

"왜 그래? 다른 사람 자꾸 쳐다보면 실례라고 엄마가 안 그러든?"

조카의 귀에 대고 작고 빠르게 속삭이자 연지가 고개를 갸우뚱하며 역시 작은 소리로 그녀의 귀에 대고 소곤거렸다.

"으응, 그랬어. 근데 이, 아니고 엄마, 저 아저씨 누구 닮았어."

"누구?"

묻고 나니 유진 역시 남자가 웬지 눈에 익은 것 같았다. 누굴까? 궁금해하고 있는데 연지가 작게 박수를 짝 쳤다.

"아아, 알았다. TV에 나오는 아저씨 닮았다. 엄마가 하루도 안 빼고 보는 밤에 하는 드라마에 나오는 아저씨."

그리고 보니 그런 것도 같다. 반년을 넘게 다니면서도 한 번도 주의 깊게 보지 않았던 대여점 남자는, 이제 보니 유명세를 타고 있는 모 탤런트를 제법 닮았다. 좀 더 투박하고 좀 덜 준수하지만 이미지는 참 비슷했다. 키도 크고, 몸에 적당히 붙는 티셔츠를 입은 어깨와 등도 꽤나 단단해 보이고. 그러다 유진은 남자가 흔한 동네 가게 주인치고는 상당히 잘생겼다는 것을 깨달았다. 그리고……, 생각보다 젊었다.

어쩌면 자신보다 어릴지도 몰랐다. 언뜻 부럽다는 생각이 들었다. 유진은 유행이 한참 지난 원피스 소매 단에서 희미한 얼룩을 발견하고 손톱으로 긁작거렸다. 조카가 옷장에서 골라낸 것은 4년 전쯤, 신혼 시절에 샀던 파스텔 조의 원피스였다. 그때만 해도 그녀는 좀 더 젊었고 훨씬 더 희망에 차 있었었다. 이 옷마저도 그때는 솜사탕처럼 부드럽고 달콤하게 보였었지.

"더 필요한 거 있으세요?"

갑작스레 남자가 홱 뒤돌아서 그녀를 쳐다봤다. 조카와 둘이서 그를 두고 속닥거렸던 걸 알아차린 걸까.

"아, 아뇨. 그냥 뭐……."

괜히 찔끔해서 유진은 말을 더듬었다. 그러자 남자는 무슨 생각을 했는지 이번에는 연지와 유진을 번갈아 쳐다본다.

"애가 참……, 예쁘네요. 그, 어, 엄마를 닮았나?"

이번에는 남자가 말을 더듬었다. 야무져 보이는 인상인데 의외로 입에 발린 소리에는 익숙하지 않나 보다. 그래도 조카가 예쁘다니까 기분은 좋았다. 희미하게 웃고 있자니 연지가 유진의 손을 잡으며 냉큼 대답했다.

"예, 연지는 엄마 닮았대요. 우리 엄마 예쁘죠?"

"아, 그러네."

남자는 당황스러운 기색이었다. 그렇기도 할 것이다. 늘 야구 모자를 푹 눌러쓰고 화장기 없는 얼굴에다 편한 옷차림으로만 다녔는데 빈말로라도 예쁘다고 할 수가 있겠는가. 오늘도 유행 지난 희끄무레한 원피스 차림인 것을. 어린 연지도 미묘한 그 느낌을 감지했나 보다.

"우리 엄마가요, 보통 때는 옷도 좀 밉게 입고 다니고 그러지만요 오, 사실은 얼마나 이쁜데요. 그래서 제가 오늘 예쁜 옷 좀 입고 나오자고 그랬어요."

눈을 크게 뜨고 애써 자신의 노력을 강조하더니, 남자에게 자랑이라도 하듯 유진이 입은 원피스 자락을 팔락팔락 흔들었다. 이 무슨 어울리지 않는 유세인가 싶어 얼굴이 붉어졌다. 유진은 살그머니 연지의 손에서 옷자락을 빼냈다.

대여할 비디오테이프를 인식기로 찍으면서 범영은 여자의 치맛자락을 붙잡고 깔깔대며 장난을 치는 아이를 흘끔흘끔 훔쳐보았다. 둘 중 하나라도 그 눈길을 알아차렸으면 기분이 나빴을지도 모르지만, 사이좋은 모녀는 서로에게 집중하느라 알지 못했다.

무슨 사연이 있는 것일까? 솔직히, 아이를 봤을 때 많이 놀랐다. 한 번도 여자가 기혼인지 아닌지 생각해 본 적이 없었는데 왜 뭔가 속은 것 같고 눈 뜬 소경이 된 듯한 기분인지 모를 일이었다. 정신을 차려 보니 자신은 영화를 고르는 둘에게 다가가서 툭툭거리고 있었다. 애가 있으면서 여태 유아 비디오 하나 안 빌려 간 탓인가. 하지만 한편으론 이상하다는 생각도 좀 들었다.

여자에게 그간 애가 있다는 느낌을 받지 못한 것은 그의 착각이 아니었다. 매사에 재바르진 않아도 눈치가 아주 둔한 편도 아니다. 지금 저 둘은 보통의 모녀라기에는 너무 좋아 죽겠다는 분위기였다. 생활감이 없다는 뜻이다. 게다가 아까 분명히 들었다. '집에 가면 엄마가 안 빌려 준다.'니, 애한테 엄마가 둘이라도 된다는 말인가.

자꾸 생각하니 둘이 모녀간이 아닌 것도 같다. 하지만 그러기엔 꼬마 여자애의 얼굴이 여자와 너무 판박이다. 이혼이라도 하고 애는 남자가 키우는 걸까? 아니면 직장이라든지 사정이 있어서 애를 멀리 맡겨 놓기라도 한 걸까? 설마 여자에게 지병이 있다든가 하는 건 아니겠지. 범영은 별별 생각이 다 났다.

그런데 왜 자신이 이런 생각을 하는지 모르겠다. 아무리 우수 고객이라고 하지만 애도 딸린 유부녀한테 온갖 생각을 해 봤자 오히려 해롭다. 하지만 오늘따라 화사한 원피스까지 입고 온 것이 별나게도 눈에 밟혔다. 늘 핀 하나로 질끈 묶고 다니던 여자의 늘어뜨린 머리가 꼬마 애와 닮은 반질반질하고 까만 생머리라는 것이 새삼스럽게 느껴졌다. 차려입은 것을 잘 뜯어보니 못난 얼굴은 아닌데 그게 또 자신이 알던 그 여자가 아닌 듯 묘하게 배신감이 들었다.

그만두자. 그냥 단골과 가게 주인 사이에 배신감이라니 이거 뭔 병신 같은 생각을 하고 앉았나. 이 근처에는 다른 대여점도 없으니 설마 애 비디오만 다른 집에서 빌려 봤을 것도 아니고.

미리 입금해 놓은 예치금이 있어서 비디오테이프를 인식시키고 나니 더 할 일이 없었다. 여자애는 카운터 주변에 진열해 놓은 자그마한 먹을거리에 신경이 쏠려, 여자는 그중 어떤 것을 먹고 싶냐고 묻고 있었다. 아무래도 찜찜한 기분을 삼킬 수가 없어 유부녀냐고 대놓고 물어볼까 싶은데 카운터 아래에 따로 뽑아 둔 영화가 때마침 생각났다.

"참, 전에 물어보셨던 거 들어왔는데 빌려 가실래요? 외국 판타지요."

"아, 정말요?"

고개를 반짝 든 여자가 반색을 했다. 한껏 둥그런 곡선을 그린 눈시울 사이로 눈동자가 꿈꾸는 것처럼 빛난다. 예의 그 백만 불짜리 미소다. 줄곧 기대하던 표정이었지만 범영은 평소처럼 몰래 즐거워할 마음은 들지 않았다.

여자가 빌려 보는 영화들 중에는 유독 판타지가 많았다. 그것도 소위 '마니아'들이 충성한다는 비할리우드식의 화면 우울한 것들이. 여자는 왜 이해 못 할 허무맹랑한 내용에 그렇게 매달리는 걸까. 궁금해서 영화를 잠깐 틀어 보긴 했는데 그다지 재미있는 것 같지 않았다. 용이 나오고 마법사가 나오고, 현실에는 없는 땅에서 일어나는 이야기. 화려한 전투가 벌어지는 것도 아니고 열렬한 애정신이 있는 것도 아니고 긴박감도 별로 없다.

"원작이 재미있어 도서관에도 DVD로 신청해 놨는데 거긴 구비하려면 한두 달 걸린다네요. 빨리 구해 주셔서 고맙습니다."

사실 여자가 고마워할 만도 하다. 나름대로 프로인 그도 영업시간 뒤에까지 인터넷질을 하면서 고생고생했으니까. 그러나 카운터 밑에서 잘 닦아 놓은 비디오테이프를 꺼내 내밀면서 범영은 말했다.

"별말씀을요, 단골손님이신데요. 게다가 DVD가 요즘 점점 대세로 가는 중이라 그걸로 구해 드렸으면 더 좋았을 텐데 싶네요."

"아뇨, 전 상관없어요."

여자의 기분이 좋아 보이는 것을 틈타 범영은 짐짓 무심한 척 찔러 보았다.

"근데 애기하고는 처음 오신 것 같아요."

"아 그건……."

여자가 말을 흐리더니 아이를 쳐다보았다. 과자 중에서 치즈 맛 소시지와 초콜릿 바를 골라낸 꼬마가 그를 향해 방긋 웃었다.

"TV랑 비디오 많이 보면 바보 된대요. 울 엄마가 그랬어요. 책을 많이 보는 게 더 좋대요."

똘똘한 녀석이다. 말도 없고 어딘가 한 군데 나사가 풀린 듯한 그 엄마보다는 훨씬 사회성이 있어 뵌다. 아빠가 똑똑한 사람인 건가 싶다. 그렇지만 남의 애 아빠가 똑똑하건 말건 그게 또 자신과 무슨 상관인가. 게다가 비디오를 보면 바보가 된다고 엄마가 그랬다고? 범영은 한 주에 한 편 이상씩은 비디오나 DVD를 꼭 보는 여자를 곁눈으로 쳐다보았다.

"책을 많이 보는 게 좋지. 마음의 양식이라니까. 그런데 우리 가게에는 책이 없는데."

떨떠름한 어조를 알아차린 여자가 어색하게 웃었다. 하지만 '양식은 스테이크 같은 거 아니야, 엄마?' 하고 물어보는 딸에게 대답을 해 주느라 그런지 다른 말은 더 하지 않았다. 하긴 여자가 고작 대여점 주인 따위의 기분을 살필 필요는 없을 것이다.

범영은 괜히 입을 뗐다는 생각이 들었다. 고작 비현실적인 영화나 늘 빌려 보는 여자. 근 1년을 봤는데도 사근사근하게 농담 한 번 나눈 적이 없었다. 뭘 더 바라겠는가. 하긴 고객과 점주 사이에 매상만 잘 올려 주면 되지 다른 건 중요하지 않았다.

그러나 여자가 아이의 손을 잡고 한들거리며 가게의 문을 밀고 나간 뒤에도 그녀의 팔랑팔랑한 꽃무늬 원피스 자락이 계속 진열대 사이에서 어른거렸다. 빙충맞게 왜 이러나. 안 되겠다 싶어서 가게 문 앞에 쌓아 놓고 세일가로 파는 과자 박스들이라도 살펴보려고 몸을 일으킨 찰나였다.

"방금 지나친 그 여자 1602호 여자 맞죠?"

"그런 것 같은데."

여자 둘이 얘기를 주고받으며 나란히 들어왔다. 반사적으로 귀가 솔깃했다. 그 여자, 손유진처럼 단골은 아니지만 우리 가게에 자주 들러 안면은 있는 이들이다. 그중 좀 더 젊은 쪽이 유리문 밖을 돌아다보며 별나다는 투로 종알거렸다.

"어머, 처녀 줄 알았는데 그게 아닌가 보네요? 같이 가던 쪼그만 애가 엄마라고 부르던데."

"그럼 결혼했나 보지, 뭐."

나이 든 쪽이 무심히 대답하며 반납할 비디오를 카운터에 올려놓고는 신작 코너로 걸어갔다. 범영은 묵묵히 바코드를 찍었지만 마음은 낚싯바늘을 옴팡 문 붕어 새끼인 양 깔딱였다. 잠깐 본 화면에 뜨는 주소가 뇌리에 도장이라도 찍힌 듯 선명했다.

여자들은 그녀와 같은 아파트, 같은 동의 한라인에 살고 있었다. 젊은 쪽이 1502호니 바로 아래층, 나이 많은 쪽은 두 층 위다.

"근데 언니, 사실 나 전에 그 집에 낯선 젊은 남자가 들어가는 것 봤거든요?"

어른 키 높이만큼의 비디오테이프 진열대를 몇 개나 넘은 젊은 여자의 목소리가 누구든 들으라는 듯 쨍쨍했다.

"엘리베이터를 같이 탔는데 16층을 누르더라고요. 평일 낮이라서 좀 이상하다 생각했어요. 택배 기사도 아니고, 생긴 것도 험악한 게 무슨 깡패 같아 보였거든요? 남편일까?"

"남편 아니면 남동생일 거고, 아니면 친척이고 그렇겠지."

"아유 언니, 그렇게 무심할 일만은 아니에요. 그때 위층에서 우당탕거리는 소리 나고 한참 시끄러웠다니까. 처음에는 빚이라도 받으러 온 조폭이 아닌가 싶어서 혼자 집에 있으면서 얼마나 무섭던지."

뒷소문을 읊어 대는 1502호의 말에 눈살이 찌푸려지면서도 한편으로는 자신보다 못한 사내들 얘기를 듣는 수컷 특유의, 안심 비슷한 알량한 우월감이 들었다. 그녀의 남편은 딸애처럼 똑 떨어지는 남자는 아닌가 보다. 1502호가 보았다는 남자가 남편이든 아니면 정말 빚을 받으러 온 조폭이든, 그것도 아니면 행패 부리는 친척이든 여자는 그리 행복하지 않을 것이었다. 하긴 자신을 쏙 빼닮은 영리하고 귀여운 딸을 가졌다고 해서 모든 여자가 행복한 결혼 생활을 누리는 건 아닐 테지.

"아이고, 남의 사정에 뭐 그리 신경 써? 아니, 까놓고 말하면 그 집에 사채업자가 찾아왔대도 우리가 돈 갚아 줄 처지도 아니잖아."

나이 든 여자가 젊은 여자의 팔을 가볍게 때렸다. 범영은 자신도 모르게 얼굴이 벌게졌다. 그답지 않게 스타일 구기는 짓을 하고 있다는 자각이 들었다. 남의 여지 행불행을 계산해 보는 것부터, 채신머리없게 여자들 뒷얘기나 훔쳐 듣고. 고아나 다름없는 처지로 여태까지 살아오면서 나름대로 세운 생활 철칙이 '남의 일에 신경 끄고 내 일이나 잘 하자.'가 아니었던가.

'그게 아니고 남편이라면 거하게 부부 싸움이라도 했나 보지, 뭐.'

라고 넘겨 버리곤 다시 비디오들을 뽑아 보기 시작한 18층 여자와 '아니, 그래도 그렇지. 조폭이나 깡패가 같은 입주민이라면 불안해서 살겠어요?'라며 뾰로통하게 중얼거리는 1502호 여자와의 대화를 애써 흘려버리려 노력하면서 그는 카운터 아래에서 먼지떨이를 꺼내 들었다.

노는 손모가지 때문에 마음이 겉도는 것이다. 신경 써 줄 건더기가 없는, 아니, 신경 써서는 안 되는 남의 떡에 헐떡댈 필요가 없다.

그렇게 관심을 끊으리라 마음을 다잡았건만 범영의 노력은 실패로 돌아갔다. 그녀가, 손유진이 비디오테이프를 돌려주러 다음 날까지도, 아니, 그 다음다음 날까지도 오지 않았던 탓이다. 그는 그동안 타는 듯한 궁금증을 억지로 참고 견뎠다. 사람들이 반납일을 하루 이틀 정도 어겼다고 해서 업주가 바로 전화를 하거나 하지는 않으니까. 그리고 나흘이 흘렀다. 범영은 결국 전화기를 들었다.

전화 연결음은 아주 오랫동안을 울었다. 그러고도 한 번 끊고 다시 번호를 꾹꾹 눌러서야 그녀의 전화번호는 그를 손유진의 목소리와 연결시켜 주었다.

- ……여보세요.

"저, 소, 손유진 씨 댁이죠?"

병신. 그답지 않게 또 목소리를 더듬어 버려서 범영은 속으로 낮게 욕을 내뱉었다.

- 예, 맞는데요. 실례지만 누구시죠?

평소에 듣는 것보다 낮고 허스키한 목소리에 그는 좀 놀랐다. 가게 전화기가 통화 음질이 나쁜 구닥다리만 아니었다면 오랫동안 울다가 지친 사람의 음성이라고 해도 좋을 것 같았다.

"여기 대여점인데요, 아파트 아래 XX상가에 있는. 미스 디 미스터 비……, 아시죠?"

지을 때는 꽤나 센스 있다고 자신하던 가게 이름도 지금은 어째 상당히 우습게 들린다. 그러나 이번에는 떨지는 않았다. 다행히 딱 대여점 주인 같은, 차분하고 다소 무심한 음성이 나와 줬다.

— 대여점? 아, 비디오테이프 때문에 전화하셨나 보네요.

상대 쪽에서도 바로 반응이 왔다. 마음이 놓였다.

"예, 빌려 가신 비디오 중에서 토토로 같은 건 꾸준히 찾는 사람이 있어서요."

— ……예, 죄송합니다.

짧게 대답한 여자는, 그러나 더 이상 말이 없었다. 저쪽에서 먼저 말하기를 기다리는 몇십 초간 범영은 몇 번이나 손을 쥐었다 폈다 했다. 전화가 끊겼나? 그러나 수화기에서 아무런 소리가 들리지 않으니 그건 아니었다. 할 수 없이 그는 다시 물었다.

"그럼 언제 반납하실 건가요?"

— 그러니까……, 그게요.

여자는 머뭇거렸다. 아무래도 지금 당장 대여점에 올 수는 없는 모양이다. 범영은 카운터 뒤쪽 벽에 걸려 있는 커다란 원형 시계를 흘끔 바라보았다. 12시 5분 전. 일부러 여자가 오던 시간대에 맞춰서 전화를 한 건 소용이 없어졌다.

— 죄송한데요, 그 비디오테이프가…….

여자는 정말 미안하다는 듯한 음성이었다. 목소리가 바르르 떨리

기조차 해서, 내일 갖다 주겠다거나 연체료를 묻는 따위의 대답이 안
나올 줄 범영은 짐작했다. 그래도 분실했다거나 테이프가 씹혔다거
나 하는 경우를 잠깐 상상했을 뿐 여자가 이렇게 말할 줄은 몰랐다.

- ……부서졌거든요.

"예? 테이프가 모두 다요?"

- 네.

"아니, 도대체 어떻게 하다가……."

1502호 여자가 말했던 '인상이 험악한 젊은 남자'의 얘기가 반사
적으로 떠올랐다. 설마 남편이 가정 폭력이라도 휘두르는 걸까? 그
는 재빨리 말을 고쳤다.

"음, 너무 걱정하지 마시고 테이프가 씹히거나 망가진 것도 일단
가져와 보세요. 할 수 있는 데까지 복구해 볼 테니까요."

- 아뇨, 안 될 것 같아요. 완전히 부서졌거든요.

'완전히 부서졌거든요.'라고 말하는 여자의 목소리가 너무나 덤
덤해서 오히려 이상한 기분이 들었다. 뭐랄까. 연싸움에서 한껏 줄이
약해진 연이 언제라도 연줄을 툭 끊고 날아가 버릴 것 같은 느낌.

- 하나는 테이프가 잡아 뽑혀 좀 씹힌 정도지만 다른 사람들에
게 대여해 줄 수 있을 것 같진 않아요. 그러니까 배상금을 알려 주
시면 제가…….

말을 잇던 여자는 잠시 말을 멈췄다. 그러더니 '지금 당장 밖에 나
가기는 힘들 것 같은데, 급하시면 계좌 이체를 해 드릴게요.'라고 나
지막하게 말했다. 범영은 멍하니 입을 벌렸다. '밖에 나가기 힘든 상
황'에 대한 아주 좋지 못한 상상이 떠올랐다.

“아, 아니요!”

소리치다 말고, 그는 자신이 벌떡 일어서 있음을 깨달았다. 가게 앞에서 빨래 건조대에 수건을 널고 있던 옆집 헤어숍 주인 여자, 장 사장과 눈길이 정면으로 마주쳤다. 이상하다는 듯 바라보는 그 눈길에 어색하게 고개를 끄덕이며 범영은 자리에 주춤주춤 앉았다.

“다음에 비디오 빌리러 오실 때 갖다 주세요. 연체료는 생각 마시고요.”

– ……예. 고맙습니다.

기계처럼 단조롭게 대답하는 여자의 목소리는 왠지 모르게 고장 나 반복되는 CD의 음색을 닮아 있었다. 이 여자는 지금 무슨 생각을 하고 있을까? 아무래도 부서진 비디오테이프 생각을 하고 있을 것 같지는 않았다. 범영은 이대로 통화를 끝내면 안 될 것 같은 기분이 들었다.

손유진이 다시 자신을 만나러, 아니, 뭐든 빌리러 가게에 올까? 이 여자가 오지 않을 수도, 정확히는 다시 오지 ‘못할’ 수도 있다는 생각이 덜컥 들었다. 그는 사방을 급하게 둘러보았다.

“저기, 그런데 말이죠.”

– 네.

두서없이 가게 안을 마구 훑던 시선에 대여 가격을 알리는 가격표가 잡혔다. 머릿속에서 어떤 생각이 걸려 올라왔다. 어처구니없지만 가능성은 있는 생각이었다.

“그러니까 신작이 개당 3만 원 정도고요, 중고는 정가의 10, 아니, 30프로만……”

돈이 너무 적으면 쉽게 생각할까 봐 그는 비디오의 가격을 높여 불렀다. 대여점에 올 때 여자는 늘 시간을 지킨다. 반납도 철저했다. 무릎이 튀어나온 바지를 입고 다니는 외모로는 그렇지 않아 보였지만, 어쩌면 여자는 결벽증 비슷한 게 있을지도 모른다. 규칙이든 약속이든 뭐든 꼭 지키고 싶어 하는. 범영은 무엇에겐가 쫓기는 듯 빠르게 쏟아 내었다.

"6만4천 원인데, 지금 있는 선금을 제하더라도 5만천 원을 더 주셔야 하거든요. 5만천 원입니다. 갖다 주셔야 하는 돈이요. 아시겠죠?"

저쪽에서는 잠시 대답이 없었다. 어이가 없어 하고 있을까? 액수를 두 번이나 강조했으니 돈만 밝히는 장사치라고 욕을 하고 있을지도 몰랐다. 차라리 그랬으면 좋겠다. 범영은 마른 입술을 씹으며 기다렸다. 그리고 결국 긴 한숨 소리가 들렸다.

- ……네. 꼭 갖다 드릴게요.

딸깍 소리와 함께 곧 불온한 통화 정지음 소리가 뚜뚜뚜 하고 들렸다. 범영 역시 한숨을 내쉬었다. 그러나 그것은 여자의 것과는 달리 은근한 안도가 섞인 한숨이었다.

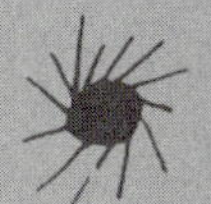

2

나……,
돌아가고파

5만천 원이라니.

　유진은 수화기를 내려놓으며 메마른 웃음을 웃었다. 그렇게 보이지 않았는데 대여점 남자는 의외로 소심한 성격인가 보다. 지폐 몇 장이면 해결될 돈이다. 난데없이 등판에 달라붙은 이 가벼운 채무가 그녀에게는 몹시 귀찮고도 껄끄러웠다.

　사실 적지 않은 돈일지도 몰랐다. 5만 원 조금 넘는 그 돈을 벌려고 하루 열 시간 이상 일하는 사람도 있을 테니까. 하지만 그 몇십 배, 몇백 배 되는 돈을 손쉽게 말 몇 마디, 주먹 몇 번 휘두르는 것으로 얻어내는 사람도 있지 않은가.

　유진의 시선이 아무런 감흥 없이 거실 바닥을 훑었다. 쓰러진 키 큰 스탠드 아래에는 박살난 전구의 유리 조각이 뒹굴고 있고, 작은 탁자의 유리 상판도 금이 쩍 가서 금방이라도 아래로 갈라져 내릴 것만 같다. 흙이 쏟아져 나뒹굴고 있는 화분, 책장에서 쏟아져 내려 너덜너덜하게 찢어진 속을 내보이고 있는 책들…….

　처음 당했을 때는 진절머리가 나도록 절망스러웠으나 이제는 별로 놀랍지도 않은 폭행의 흔적은 사흘 전 오후 그대로였다. 경식이 와서 난장을 쳐 놓고 간 이후로는 줄곧 침대가 있는 안방에서 누워 있거나 부엌에서 잠시 끼니를 때우기만 했으니까.

"그래도 용케 비싼 건 건드리지 않았네. 영악하기는."

그런 치졸한 점을 다행이라고 생각해야 할지 모르겠다. 유진은 힘없이 미소 지었다. 그나저나 경식이 요구한 천만 원을 주고 나면 통장에 잔액은 얼마나 남는 걸까? 기억이 잘 나지 않았다. 얼마 전 면접을 봤던 작은 초등학생 전문 학원에서 연락은 아직도 오지 않았다. 마트나 편의점의 계산대 직원을 구하는 곳에라도 응해 봐야 할까.

플러그를 꽂고 청소기를 질질 끌고 왔다. 오늘 아침에도 마른 식빵 조각을 씹다 말고 커피만 마셨더니 팔에 힘이 없다. 대충 작은 조각들을 빨아 당겼지만 건성이라 발에 신은 실내화 아래에선 연방 유리 조각이 버석거렸다.

별거에 들어가면서 남편이 위자료 조로 준 돈은 2억쯤이다. 그쪽에서는 힘들게 마련해 준 큰돈이라고 여기고 있을지 모른다. 하지만 그녀가 혼수로 해 가서 3년 남짓을 살았던 신도시 지역의 아파트를 팔자는 것을 거절했던 것도 남편이고, 아내만 없을 뿐 그 생활을 그대로 유지하고 있는 것도 남편이었다. 위자료는 오히려 집을 나온 유진이 남편에게 준 것이 아닐까 싶기도 하다.

하긴 헤어지자고 한 쪽이 자신이었으니 할 말이 없어야 하는 것인지도. 청소기에 흡입되지 않는 큰 유리 조각들을 줍던 그녀는 풀썩 웃었다.

돈이 자신에게 무슨 소용이랴. 모든 것이 다 귀찮았다. 석 달이 멀다 하고 쳐들어와서 행패를 부리는 경식만 아니라면 그럭저럭 살아졌을 터인데. 하긴 경식뿐일까.

"인연같이 더러운 게 없다더니."

유진의 입가에 마른버짐 같은 피폐함이 매달렸다. 남편을 처음 만나고 사랑할 때, 비로소 인생이 꽃처럼 피어오른다고 느꼈던 그때는 이 인연조차 더러울 수 있다는 생각은 티끌만큼도 하지 못했다. 하지만 이제는 안다. 인생은 진흙이 가득 찬 늪과 같고, 모든 인연은 그 속에서 악착같이 돋아 똬리를 튼 물풀들처럼 더럽고 질기다는 것을.

"연지에게 이 꼴을 안 보여서 다행이지."

아슬아슬하게 경식과 비껴 제 엄마와 함께 집을 나갔던 조카를 떠올리며 유진은 눈을 감았다. 아이란 뻘 가득한 인생의 연못 위로 봉긋이 고개를 내민 분홍색 연꽃 봉오리 같은 것일까. 비교적 금슬이 좋은 동생도 때때로 '아이 때문에 산다.'고 투덜거리곤 했다. 친정어머니를 생각하면 엄마가 꼭 아이를 사랑하는 것만도 아닐 텐데, 아마 자매는 어머니를 닮지 않은 모양이다.

사무치도록 그립다. 보송보송하게 손끝에 감기는 가는 머리카락이. 두 팔에 가득 안겨 오는 젖내 나는 따끈한 어린애의 체온이. 얼마나 안아 보고 싶었던가. 자신만의……

순간, 손끝에서 날카로운 아픔이 팟 번졌다. 가느스름하게 눈을 떴더니 실금 같은 상처가 생긴 손에서 피가 배어 나오고 있었다. 자신도 모르게 유리 조각을 들고 있던 손에 힘을 준 모양이다. 유진은 얼룩덜룩해지는 젖빛 유리를 가만히 내려다보았다. 보기엔 피가 제법 흐르지만 이런 것쯤은 곧 아물 것이다. 뱃속 빠알간 속살까지 너덜너덜해진 상처도 아니니까.

조각들을 바닥에 떨어뜨리고 일어서려는데 무릎에 투둑 몇 방울의 액체가 떨어진다. 눈을 몇 번 깜빡거리다 색이 짙지 않은 자국이 몇 개나 더 생기는 것을 보고서야 유진은 자신이 울고 있음을 깨달았다. 그녀는 쓰러지듯 푹 주저앉으며 무릎을 끌어안았다.

연체된 테이프 때문에 전화한 첫 번째의 통화 이후로 범영은 손유진과 통화를 두 번 더 할 수 있었다. 늦겠다는 짤막한 사과 전화가 한 통, 그리고 사흘이 지난 오늘 또 한 번의 전화.

두 번 다 그녀에게서 걸려 온 경우여서 다행스럽다 싶었다. 이젠 전화를 할 정도로 괜찮아진 걸까. 대여점에 올 짬이 없다는 여자의 목소리는 그다지 밝지는 않았으나 그는 수화기를 잡고 부러 커다랗게 떠들었다.

"많이 바쁘세요? 하긴 바쁜 것이 낫죠."

- 아뇨. 그게, 몸이 좀……, 언제 나을지 장담을 할 수가 없네요. 아무래도 계좌번호를 알려 주시는 것이 좋을 것 같아요.

"단골이신데요, 뭘. 언제든 가게에 들러서 주세요."

마지못한 듯해도 그러겠다는 그녀의 대답에 범영은 마음이 뿌듯해졌다. 이제 밖으로 나올 마음이 드나 보다. 손유진을 다시 볼 생각에 기분이 좋아진 것을 깨닫고는 약간 거리끼긴 했다. 하지만 어떻게든 접근해 보겠다는 생각도 아니고 그저 그 인생이 불쌍해서인데 뭐가 나쁜가.

"이제 사회생활도 10년이 가까운데 좋은 일도 좀 해 보는 거지, 뭐."

그러다 생각지도 않은 짐 더미를 떠맡아 본 적도 있긴 있다만.

"미스터 비디오, 오늘 무슨 좋은 일 있어요?"

콧노래를 부르며 컴퓨터에 신작을 입력하던 것을 멈추고 고개를 들자 카운터 앞 진열대에서 가벼운 주전부리들을 고르던 여자가 그를 빤히 쳐다보고 있다. 옆집 가게 사장, 장미자다.

보글보글 볶은 긴 머리를 언밸런스하게 늘어뜨린 이 여자는 범영의 가게 이름이 어지간히 마음에 드는지 그를 늘 '미스터 비디오'라 부른다. 첫 대면부터 나이를 물어보더니 자기가 한 살이 적다며 대뜸 '오빠'라 불렀는데, 닭살 돋으니 그리 부르지 말라고 잘라 말한 뒤로는 그것이 범영의 이름이 되었다.

헤어숍 여자의 이름에 대해서라면 좀 더 복잡하다. 본인 스스로는 '장미령'이라고 밝혔는데, 고객 등록을 위해 본 신분증 성명란에는 말했다시피 '장미자'란 글자가 덜렁 올라가 있었다. 그리고 '오빠, 미령이라 불러 주세요.'라며 어리광쟁이 여동생 얼굴을 하고 조르던 것이 거부된 다음에는 새침하게 '로즈 장'-미용실 이름이 '로즈 헤어 숍'이다-으로 불러 주면 좋겠다고 했지만 범영은 신경 쓰지 않았다. '미자 씨' 혹은 '미자야'라고 본명을 부를 만큼 친하진 않으니 보통은 '장 사장님'이나 '장 헤어' 둘 중 하나-본인이 불러 달라는 술집 마담 같은 호칭은 입이 찢어져도 안 나와서-로 불렀는데, 한 번은 실수로 '미스 장'이라고 해서 여자의 분노를 솟구치게 한 적도 있다.

어쨌든 헤어숍 여자는 보이는 대로 만만한 여자는 아니어서, 그는 장미자의 질문이 무슨 뜻인가를 잠시 생각해야 했다. 좋은 일이 있어 보이니 가게 문 닫고 한턱 쏘란 말인지, 아니면 과자 한 봉지쯤 공짜로 달라는 말인지. 그것도 아니면 저번부터 조르던 자기 친구와의 소개팅을 다시 시도하기 위해 떠보는 말일까?

"뭐, 별다른 일은 없는데요."

"정말요? 그런데 왜 그렇게 벙긋벙긋해요? 얼마 전부터 얼굴이 영 죽사……, 아니, 기분이 안 좋은 것 같던데 오늘은 완전 꽃이 피었네요."

머리를 만지며 손님들 기분을 맞추는 게 일이라서 그런지 역시 예리하다. 하긴 여자 나이 고작 스물여섯에, 작은 동네 미장원이지만 사장님 소리가 붙는 건 어지간하지 않으면 힘들다. 돈 많은 부모가 사업 자금이라도 대 줬다면 또 모르지만.

하지만 범영에게는 장미자가 자신과 같은 과科라는 확신이 있었다. 보나마나 이 여자도 고등학교 졸업 후 어떻게든 아득바득 돈을 모아서, 면소재지라지만 아파트가 곳곳에 들어선 이 동네에 자신의 가게를 차렸을 것이다. 가끔 화장을 짙게 했을 때면 여자의 웃음에 색기가 어리는 것도 착각만은 아닐지 몰랐다.

"아, 그냥……. 며칠 신경 쓰던 일이 잘 해결될 것 같아서요."

"신경 쓰던 일? 뭔데요, 그게?"

'예? 예?' 하고 달려드는 품이 어지간히 둘러대지 않으면 물러설 기세가 아니다.

"대여해 간 테이프가 완전히 망가졌다네요."

"어머, 혹시 배상을 못 해 주겠대요?"

"아뇨, 그건 아니고요. 배상금 순다기에 아무 때나 갖다 딜라고 했는데, 아직 안 와서 혹시나 단골 하나 잃어버릴까 걱정했거든요."

"맞다, 떼먹고 도망가면 어떡해요! 금액이 얼마나 되는 거예요? 주소 있을 텐데 직접 가서 받음 안 되나요? 혹시 기 센 아줌마거나 해서 힘들면 내가 대신 가서 받아 줘요?"

자기 일처럼 흥분해 주지만 범영은 아주 고맙다는 생각은 들지 않았다. 점심 식사 시간이 좀 지난 후라 서서히 미장원의 손님이 밀리기 시작할 때가 되지 않았나. 스무 살이 좀 넘었을까 싶은 어린 보조 아가씨만으로는 장사 말아먹기 십상일 텐데.

"됐어요. 장 사장님한테 수고 끼칠 생각 없……."

딸랑.

말을 채 맺기 전에 가게 문에 달린 종이 울리는 바람에, 그는 '어서 오십쇼.'라며 얼른 고개를 돌리다가 뻣뻣이 굳어 버렸다. 익숙한 야구 모자를 쓰고 몸이 푹 파묻힐 정도로 커다란 진갈색 패딩 점퍼를 입은 손유진이 들어오고 있는 참이었다.

범영은 자신도 모르게 벽시계를 올려다보았다. 작은 시계 바늘은 막 숫자 2를 조금 넘기고 있었다. 눈을 몇 번 끔벅거렸지만 그렇다고 시간이 달라질 리도 없다. 제시간이 아닌 시간에 가게를 찾아온 손유진이라. 어째 예감이 좋지 않다.

그 예감에 대답이라도 하듯 유독 반듯한 걸음걸이로 손유진이 카운터로 걸어왔다. 작고 시커먼 천 크로스백을 열고 지갑을 꺼내려는 듯 안을 뒤지는 그녀의 손끝 사이로 파란 글씨가 인쇄된 흰 종이봉투가 얼핏 보였다.

아무래도 약 봉투 같다. 어디가 아픈 것일까? 범영이 눈치를 살피는 사이 가방 지퍼를 재빨리 채운 그녀가 빨간 플라스틱을 입힌 계산대 위에 지폐 몇 장을 내려놓았다. 푸르스름한 만 원권 다섯 장과 적자줏빛 천 원짜리가 한 장.

"늦어서 죄송합니다."

손유진의 목소리는 무미건조했다. 감도 나쁜 전화기로 들었을 때보다 훨씬 더 삭막한 목소리였다. 그녀를 차마 바로 보지 못하고 범영은 카운터 위의 지폐만을 내려다봤다. 손바닥 하나로도 충분히 가려질 기름한 직사각형의 종이 몇 장. 그간 마음을 졸였던 대가였다.

비로소 손유진에게 자신이 뭔가 기대하고 있었다는 것을 실감했다. 뭘 기대했는지도 잘 모르겠지만 절대 그 답은 돌아오지 않을 것이란 직감도 들었다. 뱃속이 미묘하게 부글거렸다.

"아뇨, 단골이신걸요."

그는 애써 미소를 지었다. 손유진에게 늘 부적처럼 들이대는 '단골'이라는 말이 지금은 참 어색하게 들렸다. 그건 자신뿐만 아니라 헤어숍 장미자에게도 마찬가지였나 보다.

"내가 먼저 왔는데."

아까부터 들고 있기만 하던 과자 봉지 몇 개를 카운터에 소리 나게 올려놓으며 장미자가 손유진의 지폐들을 쓱 밀어 버렸다.

"나도 단골이잖아요. 그리고 온 차례대로 계산하는 게 공중도덕에도 맞죠. 안 그래요, 오빠?"

눈을 크게 치뜨며 손유진을 흘깃 바라본 장미자는 그에게 웃으며 그렇게 말했다. 손유진은 잠시 장미자를 가만히 바라보다가 가게 정면의 유리 쪽으로 고개를 돌려 버렸다. 얼토당토않은 상황에서 '오빠'라며 샐샐 웃는 장미자에게 짜증이 났지만 할 수 없이 범영도 따라 웃었다.

"예, 장 사장님도 우리 집 단골이죠."

재빨리 과자의 바코드를 찍고 가격을 불러 줬다. 장미자가 지갑을 꺼내 들고 돈을 찾으며 우물거리는 사이, 구석에 밀쳐졌던 지폐들을 집어 들었다.

"빌려 갈 건 없으세요?"

"네, 없어요."

잠깐의 주저함도 없이 손유진이 대답했다. 보고 싶은 영화를 구해 놓았을 때의 그 반짝반짝하는 눈동자는 고사하고, 그간 가게에 오면서 잠깐씩 보여 주던 희미한 미소의 기미조차 없다. 범영은 문득 조바심이 났다. 혹시 정말로 발길을 끊으려는 건 아닐까? 여자는 좋아하는 영화를 빌려 볼 때면 정말 행복해하는 것 같았는데. 그걸 그만둔다는 건 무슨 뜻일까? 꼭 뭔가 안 좋은 생각이라도 하고 있을 것만 같았다.

"어, 그리고 전에 넣어 두셨던 예치금요. 배상금에 그것까지 넣는다고 했는데, 계산해 보니까 남을 것 같거든요. 만2천 원 정도 되는데 그건 그냥 예치해 놓을까요?"

생각나는 대로 급하게 지껄이고 나서 그는 아뿔싸 싶었다. 고작 그런 걸로 눈이 텅 비어 있는 이 여자를 붙잡을 수가 있을 것 같지 않았다. 오히려 비웃음을 사면 몰라도.

"알아서 해 주세요."

손유진은 예상대로 짧은 대답을 남기고 바로 돌아섰다. 손을 들어 가게 문을 미는 그녀의 손등에 희게 드러난 붕대가 한순간 범영의 시선을 강하게 잡아끌었다. 다쳤나? 얼마나? 어떻게?

"아유, 아직 그렇게 춥지도 않은데 저 촌스런 패딩은 뭐야? 되게 칙칙해 뵈는 여자네. 참 오빠, 아까 그 배상금 얘기 혹시……."

눈살을 찌푸리는 장미자를 내버려두고 그는 급하게 카운터를 돌아 가게 문밖으로 쫓아 나갔다. 보도블록과 좁은 소방 도로에는 오가는 사람이 제법 많았다. 하지만 안 본 사이 더욱 마른 듯한 몸에 걸쳐진 커다란 진한 갈색 패딩 점퍼는 대번에 눈에 띄었다. 범영은 자신도 모르게 한 손을 번쩍 들었다.

"여보세요! 손유…….."

그러나 손은 이내 스르르 내려갔다. 입 안에서 맴돌던 여자의 마지막 이름자도 쓰게 녹아서 사라졌다. 지금은, 안 된다. 범영은 입술을 깨물었다.

"왜 그래요, 오빠? 진짜 저 여자가 배상금 내야 한다는 사람 맞아요? 혹시 돈을 모자라게 받은 거예요? 근데 예치금 남았단 얘긴 뭐예요?"

그를 따라 가게 문 앞에 선 장미자가 꼬치꼬치 캐물었다. 심히 귀찮았다.

"오빠라고 부르는 거 껄끄럽다고 했죠? 전에도 말했는데. 나, 동생 같은 거 안 키워요. 천애 고아예요."

툭 내뱉고 가게 문을 열고 들어가 버렸다. 장미자의 뾰족한 시선으로 뒤통수가 따가웠지만 무슨 상관이냐는 마음이 들었다.

"진짜, 사고무친한 놈이 오빠 동생은 뭐고 남의 애 엄마가 죽건 살건 뭔 소용이람."

혼자 먹고살 생각만 해도 바쁜 인생이 아닌가. 범영은 다시 바코드 스티커를 집어 들고 기계적으로 신작 입력을 시작했다. 그러나 여전히 그의 머릿속에는 손등을 흰 붕대로 칭칭 감은 채 6~7미터 앞 인도 위에서 흔들흔들 걸어가는 갈색 패딩 점퍼의 뒷모습만이 가득했다.

　현관에 들어서 신을 벗고 있으려니 등 뒤에서 자동으로 문이 쿵 닫혔다. 스무 평이 좀 넘는 공간에 온전히 혼자만 남았음을 알려 주는 소리다. 왠지 가슴이 먹먹해서 유진은 잠시 그 자리에 멍하니 서 있었다. 새삼스레 대여점 카운터를 사이에 두고 마주 보고 있던 젊은 남녀의 모습이 떠올랐다.

　'오빠'라며 애교 어린 목소리로 웃음 짓던 여자는 대여점을 오가면서 몇 번 본 적이 있다. 대여점 옆에 있는 작은 헤어숍 주인이었다. 품위가 있다거나 눈에 띄게 아름답지는 않았으나 충분히 매력적인 여자였다. 약간 통통했으나 키가 유진보다는 커서 글래머로 보였고, 무엇보다 젊고 활기찼다. 인물이 좋은 대여점 남자와 나란히 서 있으니 썩 잘 어울렸다.

　"그때는 나도 그랬어. 젊고 예뻤다고."

　무심결에 중얼거리고 나서 유진은 흠칫했다. 이미 지난 일이다. 헤어숍 여자의 젊음과 활기는 질투가 날 정도로 부러웠지만 4~5년 전의 과거를 돌이켜보아서 무슨 소용이란 말인가. 아니, 애초부터 남의 일을 두고 비교하는 자체가 평소의 그녀답지 않았다.

　붕대가 감긴 오른손 대신 왼손으로 신을 벗자니 한층 우울한 기분이 되었다. 혼자 손으로 연고만 칠해 두었던 며칠 전의 상처는 얌전히 낫지 않고 계속 화끈거리더니 그예 덧나 버렸다. 오늘 찾아간 피부과에서는 낫기까지 시간이 꽤 걸리고 흉도 남을 거라고 했다. 상처

가 깊으면 그 나은 자리가 잘 부풀어 오르는 켈로이드 체질이라 깨지
는 물건이라면 늘 조심조심 만졌었는데. 시어머니 여정은 그런 유진
을 두고 워낙 곱게 자라 체질부터 험한 일은 못 하게 되었느냐고 빈
정댔었지만 다 모르고 하는 소리였다. 아니, 어쩌면 알고 하는 소리
였을지도.

띠리리리리리. 띠리리리리리.

언짢은 기억을 떠올리는 것과 동시에 울리기 시작한 벨소리는 왠
지 마뜩치 않았다. 느릿느릿 거실장 앞으로 다가간 유진은 단순한 신
호음을 끈질기게 토해 내고 있는 하얀색 전화기를 한참 동안 내려다
보았다. 근처 할인점에서 대충 집어 들었던 평범한 기계는 오늘따라
사나운 이빨과 발톱을 숨긴 앙칼진 짐승처럼 느껴졌다.

진작 발신자 알림 서비스를 신청해 둘걸. 혼자 살림이라 귀찮고
별생각이 없었던 생활의 편의가 이럴 때면 은근히 아쉽다.

1분이 넘자 신호음은 끊겼지만, 이내 다시 시끄럽게 그녀를 불러
댔다. 유진은 힘없는 손길로 수화기를 꾸물꾸물 집어 올렸다. 매끄럽
고 차가운 플라스틱 덩어리를 뺨에 갖다 대기가 무섭게, 따가운 목소
리가 왈칵 쏟아져 나왔다.

─ 일도 없는 애가 전화도 안 받고 어딜 나다니니?

시어머니다. 전화 소리를 들었을 때부터 마음이 언짢았지만 설마
했었는데 그 설마가 사람을 잡는다. 이제는 가족이라 여길 수 없을
만큼 멀어진 사이였지만, 시모는 그렇게 여기지 않는지 별거 후에도
매달 한두 번씩은 전화를 걸어 이런저런 일로 닦달을 했다. 유진은
한숨처럼 긴 숨을 토했다.

"……네. 나갔었어요."

- 어른이 먼저 전화를 했는데 어째 대답이 그래? 안부 인사라도 물어보는 게 도리잖니?

유진이 침묵을 지키자, 아직 50대를 넘기지 않아 기운이 쨍쨍한 시어머니는 '왜? 아직도 우리가 고깝니? 아니면 남편이랑 떨어져 지내면 시어른은 어른으로 안 봐도 된다고 너희 부모님이 가르치시디?' 하고 비꼬기 시작했다. 이어질 수순이 뻔해서 유진은 마지못해 그간 안녕하셨느냐고 말을 받았다.

- 아유, 엎드려 절 받기도 유분수지. 우리 귀한 며느리한테는 인사 한 번 받기도 어렵구나.

"……며칠 전에 도련님이 오셔서 얘기했던 것 때문에 전화하신 거라면 오늘 부쳤어요."

- 뭐?

시어머니는 허를 찔린 듯 잠시 말을 잇지 못했다. 유진은 입에 익은 버릇대로-그리고 시모가 기대하고 있을 수순대로-입금이 늦어서 죄송하다는 말을 무의식적으로 내뱉으려다 멈췄다. 시모는 요구할 것이 있으면 먼저 상대의 약점으로 까탈을 잡고 몰아세운 후 짐짓 봐주는 것처럼 조건을 이야기하곤 했다. 여태까지 그런 줄을 알면서도 다 받아 주었는데, 오늘은 어쩐지 그러기가 싫었다.

입술을 지그시 물고 있자 수화기 구멍 안에서 흘러나오는 시모의 씩씩대는 숨소리가 차츰 높아진다. 자신을 둘러싼 공기 중에서 산소를 빼내는 펌프 소리 같다. 가슴이 갑갑해졌다.

잘못한 것은 그녀가 아니다. 별거 1년이 넘어가는 지금까지도 미욱할 정도로 저쪽에 잘해 주고 있지 않은가. 길다면 길고 짧다면 짧을 4년 남짓한 결혼 생활 끝에 자신은 시든 꽃 한 송이 꽂지 못하고 금이 간 빈 꽃병처럼 살고 있는데 왜 죄책감을 느껴야 하나.

참지 못하고 유진이 울렁거리는 가슴을 한 손으로 아프도록 눌렀을 때, 겨우 대답이 들렸다.

- 그래, 내가 통장은 봤다. 애썼더구나.

애써 누그러뜨린 것이 분명한 음성이다.

- 근데 말이다. 입금 날짜가 늦어서 저쪽에서 이자를 더 달라거든? 백, 아니, 2백만 더 부쳐 줬음 하는데. 어떠니?

"2백……이나요?"

참으로 뜬금없다. 성질을 부리며 거실 집기를 부숴 놓고 간 경식조차도 천만 원만 주면 이젠 정말 끝이라고 했다. 하긴 이 식구들이 뜬금없는 것이 어제 오늘의 일이랴만.

- 응, 2백.

대답하는 시모 여정의 음성은 과자 한 봉지 사 달라고 부탁하는 조카 연지의 그것보다 더 가벼웠다. 가슴의 갑갑함이 심해지고, 심장의 박동이 빨라졌다. 돌연 조금 전에 본 젊고 자신감 있어 뵈던 여자의 모습이 눈앞을 스치고 지나갔다. 기억 속 여자의 입가가 그녀를 비웃듯 비뚜름하게 휘어졌다. 뒤통수에 뭔가를 맞은 듯 눈앞이 번쩍했다.

"몇십도 아니고, 그 정도까지는 저도 힘들어요."

- 뭐어?

믿기 어렵다는 듯 반문하는 목소리의 높이가 새파랗게 올라갔다. 유진은 입술을 달달 떨었다.

"이번에는 못, 아니, 안 되는……."

— 아니, 집 나가면서 네가 받은 게 목돈으로 얼마인데 돈 2백도 없단 말이니! 자그마치 몇 억을, 내 아들이 피땀 흘려서 벌어다 준 그 돈을 팽팽 놀면서 다 까먹었어?

떨리던 턱에 힘이 와락 들어갔다. 혀끝에 짭짤하게 와 닿는 것이 땀인지 다른 어떤 것인지 유진은 알 수 없었다.

"저 사는 이 집 전세금 빼면 제가 그 돈 쓴 거 정말 얼마 없어요."

그동안 한 번도 해 본 적이 없는 말이었다. 떨리는 전화기가 전화줄과 연방 부딪쳐 귀에 거슬리는 소음을 만들어 냈지만 목소리만은 침착하게 나왔다.

"2억이 생각보다 큰돈은 아니더라구요. 그동안 도련님이 갖고 간 돈이랑 저번 여름에 집수리하고 전자 제품 바꾸신다고 제게 말씀하셨던 것만 해도……."

— 그래, 내가 너한테 돈 좀 빌렸다!

수화기가 빽 소리를 질렀다.

— 그런데 그거 다 네 돈이니? 다 내 아들이 번 돈이야! 기가 막혀서 참……. 일일이 세는 것도 귀찮은 그깟 돈 몇 푼에 네가 시가를 아주 우습게 보는구나. 실수 같지도 않은 일로 트집을 잡아 멀쩡하기만 한 내 아들 두고 며느리가 집 나가 사는 꼴만 해도 우세스럽건만!

이래서 집안이 잘되려면 여자를 잘 들여야 한다는 둥, 늘그막에 잘난 아들 덕 좀 보려나 했더니 내가 박복한 년이라 며느리 복이 없어 아들까지 망친다는 둥 울고불고하던 시모는, 언제 그랬냐는 듯 금방 싸늘한 목소리가 되어 2백을 오늘 내로 더 부치라는 말만 남기고 전화를 뚝 끊어 버렸다.

움켜쥔 손안에 땀이 흥건했다. 상대를 잃어버린 수화기를 들고도 한참 그대로 서 있던 유진은 떨리는 손가락으로 전화기의 숫자판을 누르기 시작했다.

"이젠 못 참아. 아니, 안 참아."

이 집으로 이사 온 후로는 한 번도 눌러 본 적 없는 번호는 손가락 끝에 새겨져 있기라도 한 듯 자동적으로 굴러 나왔다. 그러나 열한 개의 번호를 누르고 정작 신호가 떨어지자, 그녀는 누구에게 쫓기는 것처럼 급하게 수화기를 내려놓아 버렸다.

"지금 한창 바쁠 시간이잖아. 전화해도 안 받을 사람인데. 핸드폰 전원을 꺼 놨을지도 모르고."

다시 윗니로 입술을 씹다가 유진은 피 맛이 나는 것을 깨닫고 얼굴을 찡그렸다. 그랬다. 남편 백경우는 항상 공사가 분명했고, 근무 시간이 아니라도 시시콜콜한 얘기를 늘어놓는 것은 그리 좋아하지 않는 단단한 사람이었다. 그래서 끌렸고, 그래서 생을 함께할 것이라 결정했었다. 다정하진 않지만 쉽게 변하지는 않을 사람. 매사에 흔들리는 자신의 연약한 마음을 붙들어 줄 믿음직한 방벽이 되어 줄 만한 이였으니까.

그런 생각을 방증이라도 하듯 남편은 헤어지자는 자신의 말에도 우선은 별거 쪽이 어떠냐고 했다. 신혼을 시작했던 집에서 그는 지금도 단정한 차림으로 출퇴근을 하고 있을 것이다. 자신들의 결혼이 아직도 여전한 양. 유진의 오른손이 자신도 모르게 비어 있는 왼손 약지의 두 번째 마디를 만지작거렸다.

　아직도 어제의 일인 것만 같다. 스물넷, 경우의 청혼을 받았던 그 가을날이.

　"우리 결혼하자."

　자주 가던 레스토랑에서 경우가 자줏빛 공단에 싸인 작은 상자를 내밀었을 때, 그녀는 '올 것이 왔구나.' 하고 덤덤하게 생각했다. 그것은 좀 이상한 일이었다. 그에게서 언제 프러포즈를 받을 수 있을까 여태 가슴 죄며 기다렸지 않았나. 행여나 결혼 생각이 아예 없는 게 아닌가 걱정도 무척 많이 했었는데.

　"그럴까요."

　살풋 웃으며 대답하는 유진을 본 경우의 미간이 희미하게 찡그러졌지만 곧 그는 특유의 미소를 지었다.

　"연인에게서 청혼을 받는 것치고는 너무 편안한 표정인데? 혹시 나랑 결혼하고 싶은 생각이 없었던 거야?"

　보여 주는 일이 드물기에 유진이 항상 안달을 내던 웃음이었다. 웃는 듯 아닌 듯 모호해서 오히려 귀족적인 매력이 더해지는 그의 얼굴을 유진은 잠깐 감탄하며 바라보다 곧 급하게 손사래를 쳤다.

　"그럴 리가 있어요? 정말 기쁜데, 그런데 왠지 실감이 나지 않아서……. 오늘따라 날씨도 너무 좋고, 경우 오빠랑 이런 시간에 만난 것도 정말 오래간만이라서 그런지 꼭 영화 속이나 무대 위에 앉아 있는 느낌이에요."

　말 그대로였다. 그날은 가로수들의 단풍이 참으로 그럴듯한 가을의 주말 해질녘이었고, 마침 그들은 영화의 한 장면처럼 노을이 잘 보이는 넓은 창가에 앉아 있었다. 로맨틱한 면에는 무심한 경우의 성격을 몰랐더라면 아마 유진은 그가 청혼을 위해 시간과 장소를 애써서 미리 맞췄다고 생각했을 것이다.

"그럼 유진이는 히로인인가? 어울리네. 이제부터 유진이는 내 인생에 제일 중요한 여자가 되는 셈이니까."

평소에는 매서운 사선을 그리고 있는 경우의 눈이 부드럽게 휘었다.

"어머나, 히로인이라니. 오빠가 그런 말도 할 줄 아나 봐요."

장난스럽게 웃었지만 유진은 내심 매우 놀랐다. 대학 1학년 때 도서관에서 자주 마주치던 복학생이던 경우와 사귀게 되었던 이후로 처음 듣는다고 해도 좋을 정도로 상냥하고 붙임성 있는 말투였다. 하긴, 지금 막 자신은 그의 예비 아내가 된 셈이다. 인생에서 유일한 여자를 대할 때는 이 남자도 달라지는 걸까.

기대감으로 뒤늦게 가슴이 두근거리기 시작했다. 그런 그녀를 알아챘는지, 그가 짓는 미소의 농도가 짙어졌다.

"반지가 마음에 들어야 할 텐데. 여자들 취향은 잘 몰라서."

말과는 달리, 테이블에 얹고 있던 그녀의 왼손을 잡아 올리며 한 손으로 상자를 여는 경우의 동작에는 여유가 흘러넘쳤다. 여느 남자라면 거만하게 보일 수도 있는 그런 자신만만함이 그에겐 후광처럼 어울렸다. 누가 이 남자를 가난한 집안의 장남으로 태어나 십몇 년 동안 고학생 시절을 보냈다고 하겠는가.

유진은 비로소 청혼을 받은 황홀감으로 얼굴을 붉히며 자신의 손가락에 끼워진 반지와 그를 번갈아 바라보았다. 이제야 행복감이 밀려왔다. 가운데 작은 다이아몬드가 하나 박혔을 뿐인 단순한 은빛 반지는 유진의 취향에는 너무 심플했지만 상관없었다. 설사 은으로 된 실반지였다 해도 평생 자신의 손가락에서 떠나지 않을 거라고 그녀는 생각했었다.

그러나 그날로부터 5년이 지난 지금, 유진의 손가락은 비어 있다. 간혹 손을 꼼꼼히 씻느라 반지를 뺄 때면 하얗게 도드라지던 자국도 이제는 자취조차 남지 않았다.

"아무것도 없어."

처녀 때보다 조금 더 굵어졌지만 오히려 더 연약해 보이는 무명지를 가리듯 깍지를 끼며 유진은 중얼거렸다. 두 사람의 사랑도, 그 사랑이 주었던 믿음과 기대도 5년의 세월이 지나는 동안 반지 자국처럼 바래져 사라졌다.

"사랑하긴 했던 걸까?"

3년이 넘는 세월을 함께 살을 부비며 살았다. 그런데도 서로 어려운 소리도 못 하고 쉬이 손 뻗어 보듬어 주지도 못하던 감정이라면 그게 과연 사랑이었을까.

무심코 말해 놓고 머릿속이 까매졌다. 갑작스런 깨달음은 무릎의 힘을 앗아 갔다. 유진은 털썩 소리가 나도록 바닥에 주저앉았다.

"아니야, 그건 아니야!"

힘없이 고개를 흔들었다. 경우의 마음은 자신할 수 없다 해도, 그녀는 절대 그런 것이 아니었다. 그를 얼마나 원했던가. 경우가 가난하다는 이유로 처음에는 반대했던 부모님에게 애써 매달렸던 것은 경우와 함께 있는 자신을 항상 꿈꾸었기 때문이었다. 하지만 지금의 둘은…….

카운터 앞에서 나란히 서 있던 남자와 여자의 모습이 또 떠올랐다. 유진은 천천히 무릎을 접어 올려 머리를 기댔다. 손님을 앞에 두고도 편하고 자유로워 보였던 남자. 남의 이목 따위는 상관없이 제 남자를 과시할 줄 아는 여자.

새삼 자신이 비참하게 느껴졌다. 차라리 연락 끊은 친정에 빌고 들어가서 사는 것이 나을지도 몰랐다.

"바보. 왜 사니?"

유진은 기어이 얼굴을 두 손바닥에 파묻었다.

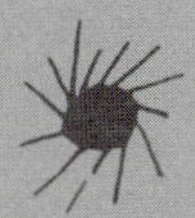

3
사랑은
사랑을 낳고
사랑의 상처는
또 다른
상처를 낳는다

손유진을 그렇게 보내 놓고 범영은 한참 동안 신

경이 쓰였었다. 틈틈이 그녀의 생각을 하느라, 밤 10시가 넘었음에도 자신이 저녁을 안 먹었다는 것을 몰랐을 정도로. 그 사실을 깨달은 것은 헤어숍 문을 닫은 장미자가 찾아왔을 때였다.

"오늘 샷다 언제 내려요? 출출하지 않아요?"

방글방글 웃으며 카운터에 한쪽 팔꿈치를 내려놓은 채 묻는 장미자는 오후에 대여점을 찾았을 때와는 다른 헤어스타일을 하고 있었다. 긴 생머리를 나른하게 드리운 여자는 솔직히 좀 예뻤다. 방금 새로 바른 것이 분명한 립스틱 색이며 추운 날씨에도 불구하고 외투 깃 사이로 깊게 파인 네크라인 속 가슴골이 외모에 꽤 신경을 쓴 눈치였다. 목에 맨 스카프의 화사한 색상 따위까지도 예사롭지 않았다. 주말로 자리 잡은 금요일 밤을 가족과 함께 보내려는지 애들 손을 잡고 비디오 가게를 들른 중년 사내들까지 은근히 장미자를 흘끔거렸다.

그러나 범영은 그녀가 불편했다. 저렇게 살을 드러내 놓는 건 취향이 아닐 뿐더러, 가게 문을 '샷다'라 부르는 장미자의 발음도 거슬렸다.

"주말에는 1시까지 문 엽니다."

폐점 시간을 전에도 몇 번이나 물어봤으니 모를 리 없다. 그러나 뚝뚝한 대답에도 장미자의 얼굴은 전혀 허물어지지 않고 오히려 더 애교 섞인 웃음을 흘렸다.

"아우, 그럼 세 시간이나 더 기다려야 되네. 혼자서 호프집 가긴 그렇고, 뭐 정리할 것 없어요? 내가 해 줄게. 손님들 많아서 일도 많을 것 같은데."

물론 할 일은 많다. 아파트촌을 낀 제법 규모가 있는 대여점인데다 아르바이트생 한 명 쓰지 않으니 지금 같은 시간에는 일손이 부족한 게 사실이다. 게다가 밤늦은 거리를 걸어 10여 분 거리의 낡은 아파트로 돌아가 봤자 범영을 반겨 주는 건 썰렁한 냉기뿐. 다들 주말 분위기를 내는 금요일 밤인데 피로도 풀 겸 간단히 맥주 몇 잔 하는 게 그라고 나쁠 리도 없다. 하지만.

"오늘 장 사장님이랑 술 약속한 기억 없는데요."

장미자의 얼굴이 와락 구겨졌다가 얼른 다시 웃음을 회복했다.

"아이 오빠. 뭐 꼭 미리 약속을 잡아야 술 한 잔 하는 건가요. 이웃사촌 간에 기분 내키면 한 번씩 즉석으로 술도 한 잔 하고 그러는 거지."

그놈의 줄기찬 오빠 소리는 뭐고 즉석 술 한 잔은 또 무슨 잡소리냐. 범영은 속으로 코웃음을 쳤다. 진짜 동생이라면 저 좋다고 하지도 않는 사내 앞에서 애교 떨고 있는 모양새만 봐도 궁둥짝을 패 줬을 터였다. 아예 대답을 않고, 그는 DVD 두 개를 들고 카운터 앞에 선 부녀에게 몸을 돌려 바코드를 찍어 주었다. 하나는 신작 영화고 다른 하나는 바비 시리즈다. 아직 어린 대여섯 살짜리 여자애가 DVD를 보며 좋아서 연방 방긋거리는 것이 유독 눈에 들어왔다. 그놈 참 귀엽다.

아빠에게 '바비 이거, 내일도 보고 모레도 보면 안 돼?' 하고 조르듯 묻는 모습에 범영이 선뜻 기일을 연장해 주겠노라 하고선 계산을 하는데, 이상하게도 낯익은 느낌이 들었다. 이게 뭘까? 그러다 뒤늦게 깨닫고 그는 당황했다. 손유진의 딸이 빌려 가려고 했던 그 애니메이션이었다. 설마 애가 귀여웠던 것도 그냥 그랬던 게 아닌 걸까? 자각을 하고 나니 당황스러워했다는 사실이 또 더 당황스러워졌다. 이 나이에 이런 걸로 귀가 뜨끈한 게, 참 미칠 노릇이다.

굳어진 표정으로 묵묵히 손님만 응대하고 있었더니, 카운터 옆에서 이달의 DVD 잡지를 들춰 보는 척하고 있던 장미자는 기어이 화가 좀 난 모양이었다. 실내가 비자마자 입술을 삐죽거리며 그에게 시비를 걸어왔다.

"너무 튕기는 거 아니에요? 이웃끼리 술 한 잔 하자는 게 그렇게 귀찮아요?"

"튕기긴 뭘 튕겨요. 내일 주말이라 바쁠 텐데 장 사장님은 술 마실 여유가 있어요?"

반납된 테이프들을 정리하며 건성으로 얘기하고 있는데, 문이 열리며 습한 바람이 거세게 몰려들어 왔다. 밤부터 비가 온다던 일기예보가 떠올랐다. 여느 때보다는 좀 빨리 밖의 과자 박스를 들여다 놔야겠다고 생각하며 범영은 얼른 고개를 들었다.

"어서 오세……, 어?"

손유진, 그녀다. 오늘이 정말 무슨 날인가? 그는 자신도 모르게 물 밖에 나온 붕어 새끼처럼 입을 뻐끔거리고 말았다. 그러나 그녀는 범영의 얼굴을 보지도 않고 그저 습관처럼 고개를 까딱한 후 카운터를 스쳐 지나갔다.

푹 눌러쓴 모자 윗부분이며 뒷머리를 늘어뜨린 갈색 점퍼의 등이

젖어 있는 것이 눈에 띄었다. 밖엔 벌써 비가 내리는 모양이다. 원래도 말이 별로 없던 여자지만 지금은 더 침울해 보인다. 비디오테이프 진열대를 거쳐 뒤쪽으로 사라졌던 그녀는 의외로 금방 돌아왔다.

"얼마예요?"

손유진이 카운터 위로 올린 것은 비디오테이프와 스낵 한 봉, 그리고 1리터짜리 페트병 맥주 하나였다. 순간 범영은 몹시 낭패스러웠다. 왜 미성년자에게 술을 팔라는 말을 들은 것 같은 기분일까? 곧 그는 그런 스스로에게 쓴웃음이 났다. 상대는 성인이 된 지 10년이 다 된 여자다. 음주와 흡연에 이골이 나다 못해 이제는 슬슬 줄여야겠다 싶은 그 자신보다 두 살이나 많지 않나.

"아, 그러니까……, 맥주하고 과자가 3천8백 원이네요. 비디오는 예치금이 있으시고요."

과자와 맥주부터 바코드를 찍었다. 안줏거리일 듯한 초라한 천 원짜리 과자 봉지가 눈에 심히 거슬렸지만 무시했다. 이어 비디오테이프를 집어 들던 범영의 손이 멈칫했다. 빨간 제목 아래 살색이 요란한 성인영화였다. 손유진과 19금 에로물이라니. 이건 알코올 6퍼센트의 보리 물보다 훨씬 더 낯설었다.

"음, 예치금에서 빼면……, 여기 액정에 남은 금액 보이시죠?"

목이 칼칼하게 마른 느낌이 들어 범영은 짧게 헛기침을 했다. 여자가 말없이 갈색 점퍼 주머니에서 지갑을 꺼내 지폐를 내밀었다. 돈을 받다가 손끝이 스쳤다. 얇은 5천 원권 지폐 한 장을 사이에 둔 여자의 체온은 무척이나 싸늘했다. 너무 차가워서, 뜨거운 냄비에 덴 것처럼 몸이 흠칫 떨릴 정도였다.

“여기 잔돈 받으시고요.”

뭔 생각이 이리 많냐. 술에 안주까지 사 가는 걸 보면 그래도 여자는 살 만한 모양이다. 범영은 입술을 한 번 꾸욱 깨물고 남은 돈을 거슬러 내줬다. 그러던 차에 손이 미끄러졌다. 지폐는 팔랑거리며 카운터 위로 떨어졌지만 동전들은 시끄러운 소리와 함께 튕겨서 가게 바닥에 나뒹굴었다.

하필 이런 실수를. 범영은 참으로 황망했다. 여자는 허리를 굽혀 묵묵히 동전을 주웠다. 그는 연방 머리를 숙이며 미안해했지만 어색함은 가시질 않았다. 검은색 비닐봉지를 들고 손유진은 말없이 가게를 떠났다. 젖어서 축 늘어진 어깨를 하고.

그녀가 다녀간 다음에는 이상하게도 손님이 없었다. 바늘처럼 가늘지만 차갑고 쓸쓸한 비 탓일까. 12시가 가까워 오자 가게 앞 도로는 인적이 드물어졌다. 맞은편 과일가게도, 거리 모퉁이의 슈퍼마켓도 다 문을 닫았다. 상가 뒤로 보이는 아파트촌의 불빛도 이제는 남은 것들이 별로 많지 않다.

까맣게 죽은 저 유리의 벽 뒤에서 사람들은 다 잠이 들었을까? 범영은 고개를 천천히 내저었다. 요즘 사람들이라면 환한 불 아래가 아니더라도 할 일은 많다. 생판 어울릴 것 같지도 않은 맥주를 사 들고 간 손유진은 그 비디오를 혼자서 볼까? 사이가 나쁘다는 그녀의 남편은……, 과연 주말 밤에도 집을 비울까?

“까짓 거, 술 먹으러 갑시다. 손님도 없는데.”

가늘지만 꾸준히 가게 유리문에 투명한 빗금들을 긋는 빗줄기를 보다 말고 그는 문득 말했다. 저녁을 거른 빈속이 어느새 홧홧하게 달아오르고 있었다. 기나긴 침묵에도 불구하고 돌아가지 않고 가끔 그의 눈치를 보면서 진열대에 기대어 잡지를 넘기고 있던 장미자가 반색을 했다.

"어머, 정말요?"

"다 먹고살자고 하는 짓인데요. 텅 빈 속 끌어안고 죽자 살자 썰렁한 집구석 찾아 들어가 봤자 뭐 하겠어요."

범영의 대답에 장미자는 '어쩜 우리 미스터 비디오 오빠 저녁도 안 먹고 일했나 봐. 속 다 상하겠다.'라며 호들갑을 떨었다. 예의 삼아 장 사장님은 어떤 술이 좋으냐 물었더니 자기 먹고 싶은 술을 마음대로 골라도 되는 거냐고 눈을 반짝인다. 두 손을 모아 잡고 감동받았다는 몸짓을 과장되게 하는 것에 범영은 실소했다.

가게 문을 닫고 간 곳은 근처의 맥줏집이었다. '안주가 푸짐하고 이 동네 술집치고는 늙다리 냄새가 안 난다.'면서 장미자가 고른 곳이다. 어디든 크게 상관은 없지만 20대 초반의 대학생인 듯한 남녀들이 쌍쌍이, 혹은 무리 지어 앉아 있는 불빛 밝은 술집이 범영은 좀 낯설었다. 몇 년 전까지는 네온사인이 화려한 밤거리도 내 집처럼 익숙했었지만 1~2년 안짝으론 이런 곳을 와 본 적이 없다. 근처 상가 사람들이나 가끔 찾아오는 동향 친구들과는 무난하고 소박한 소줏집이나 전통 주점을 골라 다녔던 그는 자리를 잡으며 괜히 어색해 주위를 둘러보았다.

"여기, 보기하고는 다르게 기본 안주가 짱이에요. 술값도 비싸지 않고."

앉자마자 날라져 오는 달걀찜과 몇 가지 안주를 가리키며 장미자가 환히 웃었다. 딴에는 알뜰함을 어필하는 것 같은데, 범영의 기분은 그저 그랬다. 비록 현재 직업은 조그만 아파트촌의 대여점 주인이라지만 그의 통장 잔고로는 룸살롱이나 고급 바에서 다섯 배, 열 배의 음주 가무를 즐긴대도 충분히 감당할 능력이 된다.

하지만 지금 이 데면데면한 기분은 꼭 돈지랄의 능력 때문만은 아니었다. 인물도 그다지 빠지지 않는데다 섹시하고, 챙겨 입는 것 보면 패션 감각도 괜찮으며, 알뜰하기조차 한 여자를 앞에 두고 자신은 왜 이리 덤덤한가.

"메뉴는 뭐로?"

"글쎄……. 오빠는 어때요? 여기 맥줏집이지만 소주도 여러 가지 파는데."

"아무거나."

평소와는 달리 반쯤은 반말로 툭툭 던지고 있는데도 장미자는 전혀 괘념치 않는가 보다. 눈가에 애교 어린 웃음을 듬뿍 담더니 두 손을 모으며 콧소리를 냈다.

"그럼 일단 소주 한 병 해요. 오빠는 왠지 맥주보다는 소주가 어울려. 나는 따로 과일소주 시켜도 되죠?"

"좋을 대로."

평소 같으면 일찌감치 쳐냈을 진득한 접근에도 뭐, 어떠랴 싶은 기분이었다. 오늘따라 이것저것 따지기가 귀찮고 피곤했다. 뭐든 마음대로 시키라고 하자 만면에 함박웃음을 머금은 장미자가 얼른 벨을 누르더니 칵테일소주와 일반 소주 하나씩에 세트로 된 안주를 시켰다.

　술이 나오고 곧 안주도 나왔지만 처음부터 계획한 술자리가 아니라 그런지 할 말은 별로 없었다. 끊임없이 흘러나오는 여자의 수다에 맞춰 소주잔을 기울이며 짧은 대답을 했을 뿐이다. 근처 가게에서 일어난 소소한 일이라든지 머리 하러 오는 손님들의 습관 같은 것을 계속 종알거리던 장미자가 자기 몫의 칵테일소주를 다 비우고 잔에 맨소주를 채우기 시작했을 때도 범영은 크게 말리거나 하지 않았다. 헤어숍의 어린 종업원이 가끔 들려주던 얘기가 아니라도 장미자가 술 몇 잔 정도로 나가떨어지지는 않을 여자라는 걸 짐작하고 있었기 때문이다.

　그러나 술 주문이 거듭되고 잔을 비우는 속도가 점점 빨라지던 장미자는 의외로 한 시간도 안 되어 혀가 꼬이기 시작했다. 그러고 보니 의식하지 않았지만 종업원이 초록색 빈 병을 치운 게 몇 차례는 되는 것 같았다. 무관심 반 어쩌나 보자 싶은 마음 반으로 가만히 놔뒀더니 그녀는 한결 풀린 눈으로 손을 휘휘 내저으며 이런 소리까지 한다.

　"오빠아, 근데 그거 알고 있어요오? 나, 오빠 좀 마음에 들거드은. 1년 가까이 옆에서 보니까아, 여러모로 차암 괜찮은 남자다 싶었단 말이지이."

　모르던 바도 아니다. 범영은 묵묵히 소주 한 잔을 자직으로 부이 마셨다.

　"그래서어, 내가, 이 장미자가아, 함 꼬드겨 보겠다는 마음을 먹었단 말야아? 아 차암, 이건 오빠가 우리 상가 건물 주인이라는 거 알아서가 저얼때 아니고오, 그냥 당신이, 김범영이란 남자가 마음에 들었기 때문이란 거어 꼬옥 알아 둬어.”

이런 소리까지 하는 걸 보면 가짜로 취한 척하는 건 아닌 듯싶었다. 죽어라 피하던 본명을 대서가 아니라, 그가 건물주란 걸 알고 있다는 소리를 장미자가 결코 제정신에는 하지 않을 것이기 때문이다.

그 뒤로 장미자는 자기 같은 여자는 흔치 않으니 꼭 잡아야 한다는 둥, 차가운 남자도 좋지만 너무 팅기면 매력이 줄어든다는 둥 횡설수설을 하다가 그예 머리를 탁자에 콩 소리가 나게 박으며 쓰러졌다. 주위의 시선이 그들의 탁자로 쏠렸다. 대부분의 시선에는 이후의 그의 행동에 대한 흥미가 잔뜩 섞여 있음을 느끼며 범영은 눈앞의 여자를 훑어보았다.

어떻게 하면 좋을까? 장미자는 아마 각오를 하고 술을 먹은 게 아닐까? 흐트러진 옷깃 사이로 뽀얗고 풍만한 가슴이 눈에 들어왔다. ‘차려진 밥상’이라는 단어가 저절로 머릿속에 떠올랐다.

“저기, 도와드릴까요?”

아르바이트생인 듯한 젊은 남자 종업원이 다가와 머뭇거리며 물었다. 범영은 고개를 젓고 지갑을 꺼내 돈과 함께 계산서를 내밀었다.

“바로 계산해 주세요.”

한쪽 팔을 잡아 목에 두르게 하고 부축을 해 일으켜 세운 장미자는 생각보다 무거웠다. 키가 있어서 그런지 미용 일로 다져진 몸이라 그런지는 모르겠다. 하지만 코에 맞닿은 긴 생머리에서 풍기는 샴푸 냄새는 나쁘지 않았다. 생각해 보니, 낯선 동네로 와 자리를 잡으려 애쓰느라 여자와 밤을 보낸 것도 벌써 꽤 됐다 싶다. 옆구리에 달라붙은 체온에 은근히 몸이 달아오르는 것을 느끼고 그는 피식 웃었다.

질질 발을 끌며 걷는 여자를 데리고 나와 택시를 잡아타고 모텔촌으로 향했다. 허리 아래로 열이 고이기 시작하고 있었지만 정작 마음은 덤덤했다. 점심으로 김치찌개를 먹을까, 아니면 된장찌개를 먹을까 고민하는 것과 다르지 않다.

여자와 하룻밤 자는 것쯤 별일도 아니다. 장미자가 비록 여간내기가 아니라지만, 앞으로 죽자고 목을 맨다 해도 떨쳐 낼 정도의 자신 역시 있다. 자신과 그렇게 하고 싶다는데, 그냥 자 버릴까 싶기도 하다. 남자의 본능이라는 추가 얹히니 저울이 슬쩍 기운다.

룸미러로 이쪽을 훔쳐보며 한 번씩 히죽히죽 웃던 택시 기사는 모텔로 가는 술 취한 남녀 커플이 타면 으레 그러는 것인지 장미자와 그가 내리는데도 만 원권에 대한 잔돈을 내주지 않았다. 모텔에서 키를 받는데 이번엔 카운터의 무표정한 중년 아줌마가 치한이라도 보는 양 뚱한 얼굴로 눈도 마주치질 않는다. 오랜만에 여자와 몸을 풀러 가는데도 기분이 은근히 껄끄러워졌다. 하찮은 일들인데 왜 이리 하나하나가 거슬리는지 모르겠다고 생각하며 범영은 들어간 객실 침대에 장미자를 내려놓았다.

다행인지 불행인지, 취해서 잠들어 있는 여자의 얼굴은 생각보다 밉지 않았다. 택시를 잡아타고 내리는 그새 맞은 것인지 빗방울이 송알송알 긴 머리에 맺혔다. 눈을 감고 색색거리며 가는 숨을 내뱉는 얼굴은 의외로 화장기가 엷어서 어쩐지 애잔한 느낌마저 들었다.

장미자가 이런 얼굴이었던가. 손을 내려 흐트러진 머리카락을 쓸어 올려 주려다가 범영은 멈칫했다. 순간 이목구비가 뚜렷한 미용실 여사장의 얼굴이 힘없고 표정을 감춘 다른 이의 창백한 얼굴로 보인 탓이다. 희미하게 몸을 감돌고 있던 열기에 얼음물이 퍼부어진 듯 정신이 확 들었다.

"머리가 처 돌았나, 아님 눈이 삐꾸가 됐나."

그는 곧 킬킬거리며 웃기 시작했다. 아슬아슬한 줄을 타고 있는 듯한 여자에 대한 동정이라고 여겼는데 결국 본심이 이런 거였나. 대여점 손님들을 앞에 두고서는 성실한 척 행동하고 있지만 원래 자신은 지저분한 놈이 맞았다. 욕은 머릿속에 수십만 개는 쟁여 놓고 있고, 남의 여자든 애 엄마든 꼴리면 머릿속으로는 엮고 있는.

하긴 손유진이 아줌마가 아니라 처녀였어도 그 말간 여자와 자신이 어울릴 리가 없다. 차라리 눈앞의 이 여자와 찰떡궁합일 테지. 가게 철문을 서터라는 표준 발음보다 샷다라고 발음하는 게 익숙하고, 순진한 앙큼함으로 술을 핑계 삼아 몸을 던져 건물주를 낚아 보려는 이 장미자 말이다. 몸 따위 맞춰 보지 않아도 뻔했다.

입맛이 참 쓰다. 욕실로 들어가 변기에 침을 뱉고 술에 찌든 입 안을 헹궜다. 머리까지 감고 나오려다가 참았다. 장미자가 깨기 전에 돌아가야겠다는 생각이 들어서였다.

방문을 잘 잠그고 내려와 키를 맡기니 카운터 아줌마가 그를 이상하다는 눈길로 쳐다봤다. '여자랑 와서 그냥 가는 남자 처음 보슈?'라고 묻고 싶었지만 참고, 대신 '오전 9시쯤에는 방에 전화를 넣어 달라'는―로즈 헤어숍은 보통 10시쯤에 문을 열었다―부탁을 했다.

밖엔 어느새 비가 그쳐 있었다. 겨울을 재촉하는 비 뒤끝이라 그런지 제법 싸늘한 밤기운이 훅 끼쳐서 범영은 가죽점퍼 옷깃을 여몄

다. 방금 나온 따뜻한 실내 공기가 새삼 아쉬웠다. 보드랍고 포근한 이불과 그 속에 함께 파묻힐 여자의 체온 역시.

"옘병, 내가 미친놈이지. 왜 차려진 밥상을 마다해."

투덜댔지만 그래도 장미자는 아니었다. 자신이 원하는 것은……. 순간적으로 손유진이 빌려 갔던 비디오가 떠올랐다. 묘한 웃음을 짓고 있던 주연 여배우와 손유진의 얼굴이 겹쳐졌다. 반쯤 벗었던 그 몸매가 어땠던가. 범영의 얼굴이 훅 달아올랐다.

"씨발, 쪽팔리게."

두 번째로 욕이 나왔다. 이건 분명히, 이미 가셨다고 생각한 술기운이 남아 있었던 탓이다. 범영은 양손으로 얼굴을 싹싹 비비고는 다시 주머니에 꾹 찔러 넣었다.

여기서 집까지는 멀다. 열심히 걸어야 했다.

"뭐야? 이제 없네?"

유진은 맥주병을 들고 흔들어 보았다. 손에 꽉 차는 크기와는 달리 갈색 플라스틱 병은 그녀의 손목이 움직이는 대로 가볍게 흔들렸다.

"아이 씨, 이게 뭐어야? 얼마 먹지도 못했는데에."

유진의 귀에도 자신의 목소리는 좀 꼬인 듯했으나 그녀는 개의치 않았다. 흉볼 타인이 있는 것도 아니고, 정에 얽힌 잔소리를 해 줄 가족이 있는 것도 아니다. 그 둘을 겸비할 수 있는 남편이라는 존재도 이제는 곁에 없다.

"모잘라, 모잘라. 안주도 남았는데 술이 없다는 게 웬 말이냐고오."

노래하듯 흥얼거리며 일어섰다. 이 아파트로 이사 올 때 이유 없이 짐에 섞여 온 양주 한 병이 새것인 채로 부엌 싱크대 하단 구석에 처박혀 있다는 것이 떠올랐기 때문이다. 붕대 감긴 한 손이 불편했지만 애써서 병을 따고 머그잔을 집어 술을 따랐다.

"하아우, 써."

한 모금 들이켠 유진은 목을 타고 내려가는 뜨거운 느낌에 오만상을 찌푸렸다. 애주가인 친정의 부친은 양주를 선호했다. 술을 자주 마시지 않아 다행이라고 생각했던 남편도 의외로 음주 취향은 비슷해 묘하게 마음에 걸렸던 기억이 났다. 차라리 맥주나 와인이 낫지 않느냐고 묻는 유진의 물음에 그는 양주가 목 넘김이 부드러워 잡맛이 없고 안주도 많이 먹지 않게 되어 편하다고 했었다.

그래도 또 한 모금을 마셨다. 맥주와는 다르게 금방 머리가 얼얼해지고 몸이 달아올랐다. 그러고 나니 기분이 한결 좋아졌다.

"진짜 안주도 별로 필요 없네, 뭐."

흔들흔들 거실로 잔을 들고 걸어간 유진은 TV 앞에 고꾸라지듯이 주저앉았다. 머그잔에서 호박색 액체가 출렁거리다 넘쳐 손가락들을 적셨지만 별 느낌이 없었다.

느낌이 없기는 화면 가득한 살색 영상도 마찬가지였다. 꽤 오래전 개봉한 영화였지만 지금도 유명한 스타 여배우의 실감나는 전라 연기는 낯 뜨거워질 정도로 훌륭했는데, 어째 이런지 모를 일이다. 대여점 한구석에서 낡은 타이틀을 뒤집어쓰고 꽂혀 있던 영화를 발견했을 때는 자신도 모르게 손이 나가지 않았던가. 연애 시절, 부끄러움을 무릅쓰고 경우에게 이 영화를 보러 가자고 했다가 냉정한 훈계를 듣고 포기했었다. 그 서운함의 묵은 기억이 대여점에서 같은 타이틀을 본 순간 갑자기 화르륵 살아났던 것이 거짓말 같았다.

"헛짓이었나 봐."

손가락으로 화면 속 남녀의 정사 장면을 더듬는 유진의 눈에서 왈칵 눈물이 솟았다. 불도 켜지 않은 채 멍청히 늦은 밤까지 앉았다가 대여점에 간 것도 충동적이었고, 오랫동안 쳐다보지 않았던 성인영화를 집어 든 것도 충동적이었다. 처음엔 대여점 남자를 의식하고는 뜨끔했으나 한쪽에 서 있는-남자를 기다리는 것이 분명한- 헤어숍 여자를 보니 알지 못할 오기가 솟아올랐었다.

이런 꼴로 혼자 산다고 해서 하고 싶은 것을 못 할 게 뭐냐. 아마도 그런 심정이었을 것이다. 그러나 지금, 낮게 깔리는 정사의 신음 소리와 섞이는 그녀의 흐느낌 소리는 차라리 우스꽝스러웠다.

친정으로 들어가게 해 달라고 매달려 볼까? 부모님의 차가운 눈초리가 이 무기력한 삶보다는 낫지 않을까? 그런 생각을 하며 손등으로 뺨을 훔칠 때였다. 희뿌연 불빛을 받고 있던 전화기가 갑자기 울었다.

"여보세요."

느릿느릿 전화기로 나가간 유진은 목이 잠긴 사람 특유의 목소리로 답했다. 그러나 저쪽에서는 얼른 말을 건네 오지 않았다. TV에서 흘러나오는 헉헉거리는 숨소리가 가득한 공간에 침묵이 흘렀다.

이 시간에 누굴까? 혼자 사는 여자를 노리는 전화일지도 몰랐다. 그러나 술에 취한 머리는 겁에 질리기보다 화가 나고 짜증이 났다.

"여보세요, 전화를 하셨으면 말씀을 하……."

- 지금 뭐 해?

상대를 재촉하려던 유진은 놀라 손으로 입을 막았다. 남편 경우였다. 6개월이 넘는 시간 동안 전화는 거의 하지 않던 그가 무슨 일일까? 머리가 핑 돌며 딸꾹질이 절로 나왔다.

"아, 아무것도 안 하고 있었, 는데……."

- 이건 무슨 소리지?

"뭐, 뭐가요? ……아."

뒤늦게 유진은 TV에서 쏟아져 나오는 소리를 의식하고 급히 비디오의 전원 스위치를 눌렀다.

"오랜만에 영화 빌려 봤어요. 시, 심심해서."

- ……너, 술 마셨어?

예민한 남편이 그새 알아차렸나 보다. 한숨 소리가 수화기를 통해 전해져 왔다. 익숙하기 짝이 없는 소리다. 그녀가 실수를 했을 때마다 내뱉던. 유진은 귀를 틀어막고 싶어졌다. 변명 반 소심한 저항 반으로 그녀는 작게 웅얼거렸다.

"잠이 안 와서요. 맥주 정도, 나쁜 거 아니잖아요."

- 원래 잘 안 마셨잖아? 그게 뭐야? 혼자서 알코올중독자처럼.

"혼자가 좋지 않으면, 그럼 누구랑 마셔야 해요?"

반사적으로 나간 말에 싸늘한 무응답이 돌아왔다. 한동안 말을 잇지 못하다가 유진은 억지로 목소리를 짜냈다.

"그런데 웬일이에요?"

- 어머니 전화를 받았어. 너, 요즘 전화도 잘 안 받고 집을 자주 비

운다며? 무슨 일이 있느냐며 걱정하시더군.

그게 다가 아니겠지. 세상에 더없이 훌륭한 아들에게는 참으로 상냥하고 애처롭게 행동하는 시모는 분명 경우를 위로하는 척하며 며느리의 버르장머리 없는 행동을 슬며시 흘렸을 것이다. 돈을 함부로 쓴다며 퍼부었으니 무슨 억측을 전했을지 모른다. 억울한 마음이 그대로 새어 나갈 것만 같아 유진은 입술을 깨물었다.

- 그런데 보아하니 잘살고 있는 모양이로군. 술도 마시고 야한 영화도 보고. 재미있어?

"……."

- 하긴 여기서는 심심했을 테지. 나야 늘 늦게 오고, 너는 취향에 맞는 사람 아니면 잘 어울리지도 못하는 성미였으니까.

"그런 거 아니었어요."

독설을 오히려 친근하고 유쾌하게 내뱉는 남편 특유의 말투를 참다못해 유진이 가로막았으나 경우는 멈추지 않았다.

- 네 취향은 참 알다가도 모를 일이야. 부담스럽다고 우리 사무실 사람들 모임에 부부 동반은 꺼려했으면서도 야한 영화는 곧잘 보고. 대중적인 건지 고상한 건지, 원.

"왜 그런 식으로 말해요?"

눈시울이 뜨거워지면서 목에서 다시 울음이 치받쳤다. 예전 일이든 지금이든 차라리 못마땅하면 못마땅하다고 말하지. 입술에서 나오지 못한 말들이 뜨끈한 응어리가 되어 목에 걸렸다.

- 뭐를?

정말 모르겠다는 듯 묻더니, 남편은 상냥하게 덧붙였다.

- 아, 그리고 어머님 돈, 내가 해 드렸으니까 그리 알아. 그거 말하려고 전화한 거야. 잘 지내.

전화가 끊겼다. 수화기 속에서 짧게 끊어지는 신호음이 유진의 가쁜 호흡과 엇박자를 맞추다 흩어졌다. 멍하게 수화기를 내려놓았다. 자기 할 말만 하고 전화를 끊는 것은 그 어머니나 아들이나 똑같다는 생각이 불끈 치솟아 올랐다가 이내 속에서 사그라졌다.

"어쩔 거야. 이제 와서."

자리에서 비틀비틀 일어나서 TV를 껐다. 거실을 밝혀 주던 유일한 광원이 사라진 어둠 속에서 그녀는 안방으로 천천히 걸어갔다. 먹다 만 과자 봉지와 벗어 놓은 점퍼가 발길에 차여 질질 끌려왔지만 유진은 느끼지 못했다. 쉬고 싶었다.

침대에 풀썩 누우니 시트가 서늘했다. 이불을 머리끝까지 끌어 덮고서 그녀는 몸을 새우처럼 오그려 말았다. 자고 나면 이 모든 것이 꿈이고, 어쩌면 자신은 친정의 익숙한 자기 침대 위에서 깨어날지도 모른다고 생각했다. 돌아가고 싶었다. 꿈도 용기도 없는 어리석은 어린애였지만 상처는 지금보다 적었던 그때로.

뒤늦게 알코올의 나른함이 밤의 축복처럼 유진을 안온하게 감싸 안았다. 눈물 자국이 따갑게 눈가에 말라붙는 것을 느끼며 그녀는 잠에 빠져들었다.

그러나 아침이 되자 찾아온 것은 스물네다섯 살의 과거가 아니라 숙취였다. 발코니를 타고 들어온 햇빛과 서늘한 공기를 뺨에 느끼며 눈을 뜨자마자 처음 맛보는 어질어질한 감각과 기묘한 열감이 몸을 스멀스멀 타고 올랐다. 책이나 드라마의 묘사처럼 머리가 깨질 것 같은 두통은 없었지만 어쨌든 상태가 좋지 않다는 점은 확실했다. 남편과의 통화가 떠오르자 더 기분이 저조해졌다.

"……제정신이 나려면 콩나물국이라도 먹어 줘야 하나."

말은 그렇게 했지만, 냉장고가 거의 텅 비어 있다시피 하다는 것이 떠올랐다. 내처 자 버릴까 싶다가 그녀는 억지로 몸을 일으켰다. 대충 씻고 머리를 질끈 묶은 다음 모자를 푹 눌러쓰고 집을 나섰다.

토요일 아침이라 그런지 아직 밖은 한산했다. 건물들의 머리 위로 연하고 힘없는 햇빛이 겨우 한 줄기 떡잎을 내밀었다. 추웠다. 유진은 아직은 길게 늘어진 청회색 그늘들 사이로 종종걸음을 쳤다. 꼬부린 손에 호호 입김을 불며 은행을 지나쳐 도넛 전문점 앞을 지나던 참이었다. 솔솔 풍겨 오는 커피 냄새가 유진의 발걸음을 멈추게 했다.

생각해 보면 1년이 넘게 밖에서 파는 커피를 마시지 못했다. 미혼 시절의 '유복한 집 따님'으로 자신을 알던 사람들은 다들 놀랄 테지만, 그간 다른 이들과 만날 약속이란 걸 해 본 적도 없었고 통장 잔고도 늘 걱정스러웠다.

정말로, 이제는 직업을 구해야겠다. 유진은 한숨을 내쉬었다. 돈도 돈이지만 사람들과 부대껴야 했다. 고작 DVD 하나 빌리면서 주인 눈치를 살피는 소심함을 꼭 벗어야 할 텐데. 어쨌든 지금 자신에게는 씁쓸하고도 달콤한 위로가 간절했다.

결국 그녀는 어깨를 으쓱하고선 유리문을 열고 들어갔다. 카운터로 가 아메리카노 한 잔과 도넛 한 개를 주문했다. 가져갈 거냔 질문에는 고개를 흔들었다. 훈기 없는 거실이나 부엌에서 오도카니 앉아 커피를 마실 생각을 하니 진저리가 쳐졌다. 차라리 낯선 가게에서 홀로 종이컵을 홀짝이는 게 훨씬 낫다.

종업원이 커피를 내리는 동안 유진은 하릴없이 가게를 훑어보았다. 슈퍼마켓이나 은행에 갈 때마다 늘 지나치기는 했지만 한 번도 들어와 본 적은 없는 도넛 체인점은 의외로 넓고 또 산뜻했다. 한결 가벼워진 마음으로 쟁반을 들고 유진은 카운터 모퉁이를 돌았다. 그리고 그 남자와 눈이 마주쳤다.

"어?"

얼굴이 가무잡잡하고 눈썹이 짙은 남자다운 용모에 비해 둥글고 큰, 대여점 남자의 두 눈이 더 커다래지는 것을 유진은 멍하니 쳐다보았다.

아, 어떡하지.

한순간 그냥 가게를 나가 버리고 싶었다. 그러나 그녀는 발에 힘을 주고 오히려 앞으로 몇 발짝 나아가서 빈 테이블에 앉는 데 성공했다. 남자에게서 두 테이블 떨어진 자리였다.

무슨 오기로 여기 앉았는지 알 수가 없다. 얼굴 전체가 여름의 한낮 태양 볕 아래 달궈진 아스팔트처럼 이글거렸다. 도넛은 포기하고 커피만 얼른 마시고 나가야지. 그런 결심으로 고개를 푹 숙이고 쏟아부은 설탕을 젓는 것에 열중한 척하고 있는데, 드르륵거리는 소리와 함께 맞은편 의자 등받이에 올려놓는 커다란 손이 보였다.

눈에 익은 손 매무새다. 하지만 그 손은 환상의 세계와 망각의 시간과만 연결되는 손이었다. DVD나 비디오테이프를 들고 있지 않은

손은 익숙했지만 동시에 몹시 낯설어 보였다. 유진이 어쩔 줄을 몰라
눈만 깜빡깜빡하고 있자니 남자가 말했다.

"안녕하세요."

왠지, 심장이 툭 떨어지는 것 같았다.

4
인생이란
초콜릿 상자,
무엇이 주어질지
알 수가 없어

정말, 정말로 의외였다. 아직은 햇볕조차 희멀건 이 시간에 여자가 도넛 가게에 올 줄이야. 눈을 가늘게 뜬 채 범영은 맞은편에서 도넛을 플라스틱 빨대로 쿡쿡 찌르고 있는 손유진을 훔쳐보았다. 그녀를 본 순간 다가가 말을 걸지 않을 수가 없었다. 마음 한 구석에서 쿡쿡 켕기는 느낌 따윈 지그시 밟아 버렸다. 단골손님을 모른 척하는 것이 무슨 예의냐고 속으로 우기면서.

"처음엔 다른 사람인가 했어요."

"네?"

화들짝 놀라며 고개를 들던 손유진이 컵을 치는 바람에 커피가 흘렀다. 얼른 손을 뻗어 종이컵을 바로 세우며 그는 애써 웃음 지어 보였다.

"책이나 영화 좋아하는 사람들은 밤늦게 자곤 하잖아요. 또 애기도 있으니까 이 시간에는 나오기 힘드실 것 같아서요."

그녀는 그 말에는 대답을 않고 멀뚱멀뚱 그를 바라보고만 있었다. 지나친 참견을 한 것일까. 범영은 좀 머쓱해져서 티슈로 탁자 위의 커피 물을 닦는 데 신경을 쓰는 척했다. 굳이 손유진의 테이블 맞은편 자리를 차지한 것도 그렇고, 개인적인 생활 애기를 하는 것도 기분에 거슬렸을 수 있겠다는 생각이 들었다.

"애기요? 아……, 연지."

뒤늦게 대답이 떨어졌다. 연지라. 아이의 이름이 그건가 보다. 탁자의 갈색 흔적을 북북 닦는 그의 손에 힘이 주어졌다.

"종종 데리고 오세요. 요즘은 더 어린 애기들도 많이들 데리고 오는데. 그때 보니까 여, 연지가 어른스럽고 얌전하고 그래서, 음, 자기 볼 비디오도 잘 고를 것 같고……. 하하하."

그는 말을 하다 말고 헛웃음을 웃었다. 이건 뭐 아동용 비디오를 못 빌려 줘서 안달이 난 것도 아니고. 왠지 약장수나 떠버리가 된 기분이었다.

"애들 좋아하시나 봐요."

"예, 뭐."

이어지는 대사가 어색하기 짝이 없었다. '아직 제 애가 없어서 그런지, 좋네요. 친구 녀석들은 애가 빽빽 울고 그러면 짜증도 난다던데.' 같은 소리를 지껄이면서도 범영은 이게 무슨 얼뜬 짓인가 싶었다. 그런데 갑자기 여자가 눈을 동그랗게 뜨고 물어 오는 게 아닌가.

"결혼하셨어요?"

놀라는 빛이 하도 역력해서 그는 '예? 왜요?' 같은 어벙한 반문을 해 버렸다.

"전에 그 가게에 있던 여자분, 여자 친구이신 줄 알았는데."

"아니, 여자 친구 아닌데요. 그냥 옆집 미용실 사장……."

그러다가 손유진의 낯빛이 뭔가 좀 이상해서 범영은 '저 결혼 아직 안 했습니다.' 하고 꽤 단호하게 잘라 말했다.

"저, 죄송해요. 요즘에는 결혼하신 분들도 애인 두시고 그런대서 잠깐…….”

말끝을 얼버무린 여자는 슬쩍 눈치를 보더니 다시 얼굴을 푹 숙였다. 이게 무슨 소린가. 그러니까 아이 얘기를 듣고서는 그가 장미자와 바람을 피우는 줄 알았다는 말?

순간 어이가 없었다가 곧 귓가가 달아올랐다. ‘나 그런 놈 아니요! 사람을 뭐로 보고!’ 하고 소리라도 치고 싶었다. 씩씩거리는 숨을 참던 범영은, 얼굴을 다 가린 푸른 모자 챙 아래로 손유진의 희고 가느다란 손가락들이 점퍼 앞섶을 꾹꾹 쥐어짜고 있는 것을 보았다. 저러다 옷 다 뜯어지겠다. 바싹 굳었던 범영의 입매가 조금 누그러졌다.

“하, 하하. 그렇게 능력 좋은 사람으로 보여요? 먹고살기도 바쁜데.”

그러나 여자는 여전히 얼굴을 들지 않았다. 점퍼 끝을 구명줄처럼 꼭 움켜쥐고 있는 자그마한 손도 그대로였다. 웃음소리가 딱딱했던 게 문제였나 싶어서 ‘요즘 진짜 먹고살기 빡세대요. 경기가 좋지 않잖아요. 개업할 적만 해도 손님들이 많았는데.’ 어쩌고 하면서 설레발을 쳤더니 그제야 조심스레 종이컵을 들고 커피를 한 모금 마신다.

“그런데 제 조카, 아, 연지요. 걔는 자주 데려갈 수가 없어요. 멀리 살아서. 가게에 애들 보는 비디오도 많던데 사람들이 별로 안 빌려다 보나 봐요?”

“예, 그게……, 예에?”

그녀를 따라 컵을 들고 조심스레 기울이다가 하마터면 커피를 뿜을 뻔했다. 콜록거리며 기침을 하는 범영을 보며 손유진이 민망해진 얼굴을 했다.

"경기가 좋지 않다고 말씀하셔서……. 죄송해요, 제가 괜한 말을 했나 봐요."

"아니, 그게 아니고, 애기, 그러니까 그때 데려온 애가 조카예요?"

"네."

"하지만 그때 분명히 애가 엄마라고 불렀……."

분명 유부녀에 애 엄마라고 굳게 믿었는데! 범영은 스스로에게 배신당한 기분이었다. 모르긴 몰라도 지금 자신은 참 얼빠진 얼굴을 하고 있을 것이다.

"진짜 둘이 닮았던데."

멍청하게 중얼거리자 동그란 눈을 하고 그를 보던 손유진이 푹 하고 작은 웃음을 터뜨렸다.

"동생 딸이에요. 제가 하도 제 딸을 하라니까 그날 하루만 엄마라고 불러 준댔거든요."

그랬구나. 하얗게 되었던 머릿속은 금세 제 색을 되찾았다. 더불어 뭔가 기분이 몽글몽글해지는 것이, 몇 번 안 써 본 바디 클렌저란 놈의 향기 좋고 매끄러운 거품으로 속까지 싹 씻어 낸 기분이었다. 그러나 곧 그는 턱에 아득 힘을 주었다.

멍청하긴. 슬쩍 물어보기라도 할걸. 괜히 방황했던 간밤의 일들이 콘크리트 땅에 삽질하는 바보짓이었던 것만 같았다. 분명 자신은 그녀와 어울릴 리 없다고 단정 지었던 사실은 순식간에 희미해졌다.

"애가 참 귀엽더군요."

자기 손으로 뒤통수를 땅땅 쥐어박고 싶었지만 범영은 대신 머리를 슬슬 긁으며 그녀를 따라 웃었다.

"예, 제 조카긴 하지만 많이 귀여워요. 맹랑하기도 하고."

손등으로 입을 가리며 쿡쿡 웃는 그녀의 모습이 나쁘지 않았다. 아까까지의 긴장이 사라진 손유진의 동그랗게 휘어진 눈은, 때때로 그에게서 마음에 드는 영화를 구해 갈 때를 닮아 있었다.

"삽질한 보람이 있네."

"네?"

"아뇨, 저도 그런 조카 하나 있으면 좋겠다고요."

그녀가 '그 나이 때 여자애들이 애교가 많죠.'라고 하며 더 환히 웃었다. 정말 조카를 좋아하는 모양이다. 그런데 왜 그의 맥박이 빨라지는 걸까.

"음, 그런데 원래 외국 판타지 쪽만 보세요?"

"아뇨, 그런 건 아닌데……. 제가 찾는 영화는 다른 분들이 잘 대여 안 해 가죠?"

미안한 얼굴로 또 웃는다. 그냥 만만한 화제로 골랐는데 저렇게 자꾸 웃으니까 흐뭇하면서도 마음이 싱숭생숭해진다.

"그게 아니고 손……, 손님께서 좋아하실 만한 물건이 들어와서."

무심결에 그녀의 이름을 부를 뻔했다. 범영은 입을 쥐어박고 싶었다. 저쪽은 자신의 이름도 모르는 처지다. 손유진 씨라고 불렀다면 참 좋아도 하겠다.

"보니까 현대물로는 가끔 추리물 같은 거 빌려 가시고 그래서요.

조선 시대 주인공이 나오는 영화인데 반응이 괜찮다고 하더라고요. 다빈치 코드 비슷한, 그……, 패, 팩……?"

"팩션물이요?"

"아, 네! 그거요! 잘 아시네."

쑥스럽게 하하하하 웃으며 머리를 긁적대자 손유진 역시 계면쩍은 듯 테이블 위의 트레이를 만지작거렸다. 그의 눈길도 따라 트레이로 떨어졌다.

"도넛 좋아해요?"

이번에는 답이 쉬이 돌아오지 않았다. 별걸 다 묻는다고 생각했을까? 아니면 좋아하'시'느냐고 좀 더 예의를 차려 물었어야 했나? 그러나 범영은 허물없는 말투를 사과하는 대신 어깨를 으쓱하며 말했다.

"저는 기름진 거 좋아하거든요. 아까도 세 개나 먹었는데. 새벽부터 돼지고기를 구워 먹을 때도 있어요."

이 남자가 무슨 소리를 하는 걸까, 조금 어이가 없다는 눈치다. 범영은 입 꼬리를 올리며 웃었다. 감정을 담고 변해 가는 손유진의 얼굴이 재미있었고 흥이 났다.

"삼겹살도 잘 먹고 오리고기도 잘 먹고 생선 중에선 고등어를 좋아해요. 구워서 양념장 친 거요. 채소도 싫어하진 않지만."

왜 자신이 이런 얘기를 듣고 있는지 영 모르겠다는 듯한 얼굴이지만, 그는 그녀의 심사를 전혀 모른 척하며 가게의 벽시계를 가리켰다.

"벌써 8시 반이네요. 슬슬 가게 문 열러 가야겠어요."

범영이 빈 컵을 들고 일어나도 손유진은 아무 말도 하지 않았다.

인사 대신 고개를 꾸벅하고 그는 그녀에게 다시 한 번 말했다. '아까 말한 그거, 진짜 재밌어요. 꼭 빌리러 오세요.' 하고.

얼굴이 화끈화끈하다. 유진은 한참을 고개를 숙이고 있었다. 얼굴을 들기만 하면 누군가 자신을 빤히 바라보고 있을 것만 같았다. 방금 전 테이블 맞은편에서 그러고 있던 그 남자처럼.

아직도 남자의 눈웃음이, 그 눈가에 잡히던 부드러운 주름이, 그가 흔들던 컵 속의 커피 향기가 아련히 주변을 맴돌고만 있는 것처럼 느껴졌다. 아무래도 숙취가 여전히 깨지 않은 듯하다.

"오버하지 마."

그녀는 혼자서 중얼거렸다. 멀쩡한 총각이 왜 자신처럼 행색도 초라하고 잘 알지도 못하는 여자에게 접근하겠는가.

"그냥 고객 접대 차원이야. 게다가 내가 지금 그런 거 생각할 처지야?"

설마 쉽게 남에게 마음을 주는 여자로 보여서 그런 건 아니겠지. 유진은 잠시 이맛살을 찌푸렸다.

"괜한 사람 애먼 쪽으로 몰지 마. 아직 잘 모르잖아. 나쁜 짓 한 것도 아닌데, 뭘."

좋은 게 좋은 거라고, 유진은 그렇게 생각하기로 했다. 딱히 대여점 남자가 자기랑 만나자고 한 것도 아니고 혼자 사는 여자라서 집적댄 것도 아니지 않은가. 그냥 호의로 받아들이는 게 나을 것 같았다. 나이가 서른이 다 되었다고, 별거 때문에 알던 사람들과 거의 소식을 끊고 산다고 해서 사람이 그립지 않은 것은 아니다. 가게 주인들과도 하나둘 낯을 익히고 그러면서 차츰 혼자 사는 것에 익숙해지는 것이 오히려 자연스러운 일일 것이다.

"맞아. 그동안 너무 틀어박혀 살았던 게 더 이상한 거지."

안타까운 한숨과 함께 목 뒤를 주무르며 벽에 걸린 시계를 흘긋 쳐다보던 그녀는 깜짝 놀랐다. 벌써 9시에서 5분이 조금 모자라는 시간이었다.

허둥지둥 자리에서 일어섰다. 문밖으로 나오자마자 차가운 바람과 함께 한기가 왈칵 밀려들었지만 유진은 열어 놓은 점퍼도 여미지 않고 거리로 나섰다. 아침부터 떠돌던 열감은 여전했지만 두통이 가셔서 그런지 발걸음은 한결 가벼웠다.

얼른 장을 보고 밥을 먹어야겠다. 남자의 말대로 새 영화를 빌리러 가지는 않더라도, 오늘은 오랫동안 가지 않았던 도서관에라도 한번 들러 볼까 하는 생각을 그녀는 했다.

그리고 10분 후, 유진은 늘 장을 보는 근처 대형 슈퍼의 해물 코너 앞에 서서 망설이는 자신을 발견했다.

"고등어가 쌉니다! 통통하게 살이 오른 고등어가 한 마리에 3천5백 원! 세 마리면 만 원씩에 드려요! 다들 싸게 사 가셔서 구워 먹고 조려 먹고 하세요!"

흰 앞치마에 빨간 고무장갑을 낀 수산물 담당 남자 직원이 고등어를 한 마리씩 손에 들고 연방 외치는 중이다. 과연 어떨까? 커다랗고 까만 둥근 눈에 미끈한 몸체를 지닌 그 푸른 생선을 유진은 근심스럽게 쳐다보았다.

지난 4년 동안 그녀는 고등어를 산 적이 없었다. 그 전에는 장을

손수 본 적이 없으니 평생 동안 제 손으론 사 본 적이 없는 셈이었
다. 남편 경우는 싸구려 생선 토막이라면 진저리가 난다며 참치회
를 제외한 모든 종류의 등 푸른 생선을 좋아하지 않았고, 유진도 맛
이 강하고 기름진 고등어보다는 조기나 가자미 같은 흰 살 생선을
더 잘 먹었다.

그러나 결국 유진은 고등어를 샀다. 그것도 세 마리나. 생선치고
는 싼 편이니까 먹어 보지, 뭐. 그녀는 자신에게 변명하듯 속삭였다.
구워 먹어도 되고 조림도 되고 하다못해 살을 발라 우거지를 넣고 매
운 국을 끓일 수도 있다잖아.

괜히 겸연쩍어진 마음에 슈퍼 전체를 한 바퀴 돌았다. 채소 코너
에서 콩나물 한 봉지와 두부 한 모를 사고 버섯 앞에서 망설이고 있
을 무렵 맞은편에서 오던 누군가가 그녀와 어깨를 부딪쳤다.

"아, 미안해요."

이쪽의 잘못만은 아니지만 버릇처럼 먼저 사과를 하고 지나가려
는데 저쪽은 아무런 말도 없다. 뿐만 아니라 제자리에 멈춰 서서 유
진의 장바구니를 훑어보기까지 하는 눈치다. 비로소 의아한 마음이
되어 고개를 들었다. 그리고 새치름한 두 눈과 마주쳤다.

"어머, 이게 누구야? 그때 범영이 오빠 가게에서 본 언니 아니에요?"

"……."

"나, 몰라보시나 봐. 바로 어제 봤는데."

여전히 화사하게 차려입은 여자에게 아무런 대답을 하지 않았던
이유는 상대가 헤어숍 주인이라는 걸 몰라봐서가 아니었다. 핑크색
립스틱을 예쁘게 바른 여자의 입술에서 튀어나온 '범영이 오빠'라는

말에 잠깐 멈칫했던 것이다.

그 대여점 주인 남자의 이름이 '범영'인가 보다. 흔하진 않지만 왠지 어울리는 이름이었다.

"고등어 사셨네. 오빠도 이거 좋아하는데. 나도 몇 마리 사 가서 같이 구워 먹고 싶다. 아, 두부도."

조금 기분이 나빠졌다. 이 여자는 왜 친하지도 않은 생판 남에게 이런 소리를 하는지 모를 일이다. 남자 말로는 그냥 옆 가게 사장이라고 했는데 그게 아닌 것일까? 하지만 그렇다면 남자는 또 왜 자신에게 거짓말을 한 걸까? 남자가 습관적으로 거짓말을 하는 사람일지도 모른다는 생각이 얼핏 들자 기분은 급격히 저하되었다.

"점심으로 먹기에는 좀 비린가? 그래도 뭐, 오빠는 양념구이고등어 좋아하니까."

취향까지 아는 걸 보면 역시 애인일까? 옷도 잘 입고, 젊고 예쁘고 섹시한 여자가 요리도 잘한다면 어느 남자가 마다하겠나. 아무 말 없는 자신의 플라스틱 바구니까지 잡아당겨 들여다보며 '고등어 물 좋아요? 아무래도 이런 건 아줌마들이 더 잘 알죠?' 하고 묻는 헤어숍 여자의 손에서 유진은 슬그머니 바구니를 빼냈다.

길게 생각할 필요가 없었다. 남편 경우만 봐도 잘난 사람들은 자기가 잘난 줄을 참 잘 알지 않던가. 마음이 차세 가라앉았다. 인물 번듯한 그 대여점 남자도 애인 없단 소리로 모든 여자 고객들의 관리를 하는지도 모를 일이다. 가게 뒤쪽에 둘이서 살림방을 차렸대도 자신이 어찌 알랴.

"이걸로 점심? 아니면 저녁 할 거예요? 언니네 아저씨도 고등어 좋아하나 봐요."

"저기, 죄송하지만 제가 좀 바빠서요."

그녀가 결혼한 줄은 또 어떻게 알았을까. 끈질기게 말을 붙여 오는 여자는 매우 부담스러웠다. 고개를 까딱 숙이고 계산대 쪽으로 바삐 걸어 나오는 유진의 등 뒤에서 헤어숍 여자가 소리쳤다.

"언니, 우리 집에 머리 좀 하러 와요! 촌스럽게 기르지만 말고!"

그러나 그녀는 슈퍼 문을 나설 때까지 뒤를 돌아보지 않았다. 털레털레 집까지 걸어온 유진은 아무 생각 없이 기계적으로 점심을 준비했다. 맑은 멸치 국물을 내어 콩나물국을 끓이고, 두부를 썰어 굽고, 김치와 김을 더해 밥을 먹었다. 남은 고등어는 텅 빈 냉동실에 들어갔다.

"사실 나는 고등어 양념도 할 줄 모르잖아."

심심하고 뜨거운 국물을 훌훌 들이마시며 유진은 작게 중얼거렸다.

기름기도 별로 묻어나지 않는 초라한 밥상을 치우고 나니 할 일이 없다. 지루해진 유진이 TV 리모컨을 찾아 들었을 때 현관 초인종이 울렸다.

지방 소도시, 그것도 외곽의 소형 평형인 이 아파트에는 1층 입구에 출입을 막을 수 있는 개폐기가 따로 없다. 때문에 찾아올 이가 없는 유진의 집에도 신문 구독을 권하거나 잡다한 물건을 팔려는 사람들, 전도를 하려는 교인들이 자주 초인종을 누르곤 한다. 이번에도 그러려니 하고 인터폰을 흘깃 쳐다보던 유진의 얼굴이 굳어졌다. 사물이 모두 볼록하게 부풀어 뵈는 화면에는 한 남자의 얼굴이 비치고 있었다. 볼이 빵빵하게 부어 보이는 이상한 모양새에도 불구하고 그

준수함이 가려지지 않은, 서른넷이지만 이제 갓 서른을 넘은 듯한 남자의 얼굴.

"경우 오빠……."

자신도 모르게 신음 소리처럼 내뱉다가, 유진은 다시 한 번 울린 벨소리에 흠칫 놀랐다. 입술을 깨물며 망설이던 그녀는 결국 주춤거리며 현관으로 걸어갔다. 문이 열리자 한쪽 구두 끝으로 느리게 박자를 맞춰 바닥을 탁탁 구르고 있던 남자가 몸을 바로 세웠다.

"괜찮아 보이네."

말쑥한 코트 자락 사이로 몸에 맞춘 듯 세련된 양복의 선이 매끄럽다. 여섯 달, 아니, 일곱 달 전쯤 보고는 처음이지만 무테안경 너머로 그녀를 스윽 훑어보는 남편의 시선에는 아무런 위화감도, 거리낌도 없었다.

그 시선을 앞에 두자 오히려 침착해지는 느낌이다. 유진은 아무 말 없이 그를 가만히 바라보았다. 투박한 금속제 문을 가운데 놓고 마주 선 경우의 미간이 설핏 찌푸려지는 것이 보였다.

"좀 들어가도 되겠지?"

대답을 기다리지 않고 좁은 현관 안으로 발을 성큼 들여놓는 남편과 부딪히는 것을 간발의 차로 피할 수 있었다. 대신 급하게 뒤로 물러서느라 신발장 문에 팔꿈치를 제법 아프게 찧었다. 눈길을 비낀 채 찧은 팔을 문지르고 있으려니 현을 잔뜩 당긴 듯 팽팽한 음성이 귓가를 때렸다.

"너도 참 답답하다. 꼭 이렇게 좁아터진 집을 얻었어야 했어?"

입을 꾹 다물고 서 있었다. 대답할 말도, 필요도 없는 물음이라고 느껴졌다. 좁은 공간에 둘이 서 있는 것만으로도 숨이 막혔다. 유진은 거실 너머 발코니에 늘어뜨려진 블라인드에 시선을 고정했다. 연하게 어룽어룽 맺히는 햇살들을 눈을 가늘게 뜨며 지켜보고 있었더니 경우의 목소리가 조금 누그러졌다.

"내 말은, 꼭 이런 불편하고 궁색한 곳에서 살 필요가 있느냔 말이야. 집을 떠나 있고 싶었으면 부모님 댁 근처도 좋잖아. 그게 아니면 말씀만 드렸어도 적당한 곳을 골라 주셨을 텐데."

경우가 말하는 '부모님'은 그의 부모를 칭하는 것이 아니었다. 시부는 남편이 어렸을 적에 이미 돌아가셨으므로. '네 부모는 내 부모나 마찬가지'라며 둘이서만 있을 때에도 그녀의 아버지와 어머니를 장인, 장모라고 부르지 않는 남편이 신혼 초에는 참으로 고마웠었다.

"아버지, 어머니 지금 나랑 연락 안 하시는 거, 모르는 거 아니잖아요."

결국 못 이겨 입을 열고 말았다. 아무 일 없다는 듯, 아니, 예전보다 오히려 더 세세하게 설명해 주는 말투의 남편을 보자 멍울 같은 감정이 갈비뼈 아래서부터 울컥 치밀었다.

"네 고집 때문이잖아."

"뭐라고요?"

"왜 시내를 마다하고 연락도 죄다 끊은 채 이런 촌구석에 박혀 있어? 숨어 사는 것처럼."

어이가 없었다. 엄격하고 보수적인 아버지는 지금도 딸의 별거를 절대 인정하지 않고 있는데 남편은 전혀 백지인 것처럼 굴고 있었다.

하긴 경우는 처음부터 친정 부모님을 좋아했었다. 시가가 가난하다며 그를 반대하고 무시하던 태도의 부모님을 그의 성격으로는 놀라울 만큼 살뜰하게 대했으니까. 그런 경우의 태도와 그가 보여준 능력 때문에 결국 부모님은 결혼을 허락한 것은 물론, 결혼 직후부터 아버지는 금세 맏사위와 죽이 맞아 사격장이며 골프장에 즐겨 그를 데리고 다니곤 했었다. 회계가 업무인 경우도 아버지의 부동산 사업에 관심을 보이며 이것저것 세무상의 도움말을 해 주는 듯싶었다. 몇 개월이 지나자 원래 아버지를 어려워했던 유진 자신보다 오히려 그가 더 자식 같을 정도였다.

아버지의 의견이라면 팥으로라도 메주를 쑬 어머니 역시 마찬가지였다. 두 분이서 해외여행이라도 다녀올 성싶으면 딸의 선물은 못 챙겨도 사위의 것은 절대 빼놓지 않고 취향까지 기억해서 사들여 오곤 했으니 말이다. 유진이 경우와 헤어지고 싶다고 했을 때 두 분이 펄쩍 뛰던 것이나 처음에는 친정으로 부쳤던 그녀의 짐들이 현관도 넘지 못하고 문간에 쌓여 있었던 것도 어쩌면 당연한 결과였는지 모른다.

"숨어 살지 않으면 어쩔 건데요? 당신 어머님 입에 달고 사시는 말씀처럼 내조도 제대로 못 하는 주제에 하찮은 일을 참지 못하고 발끈한 것도 내 죄고, 내 봄뜻이라고 철모르고 가볍게 놀린 것도 다 내 죄인걸요."

"듣기 싫다. 너 아직도 그런 소리 할래?"

꾸짖는 남편의 목소리가 묘하게 자신을 달래는 듯 들리는 것은 착각일까? 그녀는 고개를 세게 저었다. 어쨌거나 늦었다. 이젠 다시 돌아갈 수 없었다. 얇고 투명한 셀로판종이 같던 유진의 마음은, 그래서 더 반짝거렸던 건지도 모르는 그녀의 애정은 이제 찢어진 후다. 돌아가고 싶지 않았다.

"그냥 이혼해 달라고 했잖아요! 도저히 같이 못 살겠다고……. 도대체 얼마나 더 얘길 해야 돼요?"

눈물이 떨어질 것만 같아 이를 악물고 주먹을 틀어쥐고 있으려니 익숙한 한숨 소리와 함께 머리 위로 커다란 손이 얹혔다.

"이혼은 안 돼. 나한텐 아직 네가 필요해."

등 뒤로 소름이 달렸지만, 익숙하게 머리를 쓸어 주는 손길은 한편으론 8~9년 전의 그리운 대학 시절을 떠올리게 했다. 아무 일도 없었다면, 아무것도 모르고 살았다면 그저 이 손길이 이끄는 대로 멋모르고 걸어갔을 테지.

회한과 두려움이 묘하게 섞여 치미는 감정을 묵묵히 누르며 고개를 숙이고 섰노라니 이번에는 경우가 손을 잡아 왔다.

"나 배고파. 사무실서 바로 오느라 점심도 못 먹었어."

"……."

"네가 해 주는 밥 먹고 싶은데."

경우가 웃었다. 결혼 전의 연애 시절과 변한 것이 없는 그 웃는 듯 마는 듯한 미소가 유진의 가슴을 쥐어짜고 있었다. 어떻게 당신은.

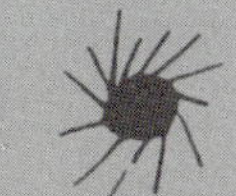

5
사랑은 변하지 않아. 단지 사람의 마음이 변했을 뿐이지

점심시간이 거의 다 지나가고 있었다. 조금 있으면 2시. 오후라고 해도 좋을 시간이었다. 잠시 손님이 없는 틈을 타 시계를 올려다본 범영은 초조하게 카운터를 손톱 끝으로 톡톡 두들겼다.

"안 오네."

그 혼잣말에 입구에 붙여 놓은 신작 소개 리스트를 응시하고 있던 학생 하나가 고개를 돌려 범영을 쳐다봤다. 안면을 발판 삼아 가게 여기저기를 기웃거리고 있던 이 여드름쟁이 고등어 녀석은 범영의 단골 중 하나인 재혁이란 놈이다.

"오늘 신작 새로 들어와요?"

"아니. 늘 아침에 받잖아. 왜, 기다리는 거 있어?"

"아뇨, 좀 있으면 기말인데요, 뭐. 요즘 성적이 안 올라서 다른 짓 하고 있는 거 엄마가 보면 죽이려고 그러는 걸요."

자주 오는 녀석이라 가끔 사적인 얘기도 하고 그랬다. 대여점이란 게 서비스업이라, 여자들이 미장원에서 머리를 하며 잡담이나 시시콜콜한 뒷얘기를 하듯 단골 중에는 범영과 소소한 얘기를 주고받는 사람들이 꽤 있다.

'힘들겠네.' 하고 웃었더니 조카뻘인 녀석이 제법 진지하게 '나도 대학 같은 데 안 가고 돈 모아서 이런 대여점 차리고 싶어요.'라며 개업하는 데 돈이 많이 드느냐고 물어 왔다.

"부지런히 공부나 해. 나중에 후회한다. 나 봐라. 여기 붙어 있는다고 애인도 하나 없잖냐."

"에? 아저씨 애인 있잖아요?"

애인이라. 마음속에 있는 전원 버튼 하나가 눌러진 듯 불이 반짝 들어왔다. 좋아하는 사람이 애인이라면, 진지한 사이는 아니더라도 최근에 자꾸 생각나고 마음에 짚이는 여자가 있긴 하다. 범영은 저절로 흐뭇하게 가늘어지려는 눈에 애써 힘을 주었다.

"아저씨 아니고 형이다. 그리고 웬 유언비어냐."

생길 애인도 안 생기겠다며 마음에도 없는 소릴 지껄이고 있자니 녀석이 엉뚱한 반응을 보였다.

"옆집 미장원 누나, 아저씨 여친 아니에요?"

"……빈말이라도 그런 말 마라."

웃고 있던 입가에서 힘이 빠졌다. 하여간 장씨 이 여자가 문제다. 조금 전에도 괜히 들어와 눈치를 보며 점심으로 고등어구이를 먹으러 가자는 둥, 그런데 생선이라면 고등어보다는 역시 회가 고급이지 않냐며 취향 좀 바꾸라는 둥 뻘소리를 해 대다가 쫓겨났다.

고개를 갸웃하는 녀석에게 '옆집 장 사장님한테 따로 애인이 있는지 없는지도 난 잘 모른다.'며 범영은 앞으론 그런 소리 말라고 꾹꾹 눌러 당부 아닌 당부를 했다. 마지못해 끄덕끄덕하던 녀석은 갑자기 무언가 생각난 듯 눈을 번쩍였다.

"에헤, 그럼 혹시 기다리는 사람이 새로 찍어 둔 여자? 손님 중에

쌈빡한 누나라도 봐 뒀어요?”

“인마, 신성한 사업에 무슨……. 그런 거 아니다.”

허가 찔린 느낌이다. 급하게 둘러쳤지만 녀석은 빙글빙글 웃었다.

“에이, 아닌 것 같은데? 아까 형 말하는 걸로 봐선 곧 올 거 같기도
하고……. 여기 있음 좋은 구경 할지도 모르겠네요?”

난처했다. 오후가 되어 가니 손유진이 올 가망성은 적다. 그래도
시계 숫자판을 꼽아 가며 기다리던 마음까지 굳이 부정하기는 싫어
그냥 무시하기로 했다.

“어디 보자, 밖에 미장원 누나보다 더 쭉쭉빵빵한 누나라도 지나
가나……. 어? 저거 뭐야?”

괜히 밖을 둘러보는 척하던 재혁이 급하게 가게 전면 유리에 들러
붙었다.

“와아, 벤츠다! 이 근처 아파트에도 저런 거 몰고 다니는 인간이
있네!”

“벤츠 정도가 뭐? 여기 땅값도 만만찮은데. 싼 건 한 5~6천만 원
하면 산다며? 중고는 더 싸겠지.”

화제가 바뀐 것에 안도하며 대꾸해 주었다. 마침 얼마 전 자동
차 중개인으로 빠진 고등학교 동창 놈 하나가 안부 전화를 걸어와
차 좀 사라며 얘기를 주절주절 늘어놓은 게 기억이 났다. 그러나
어린 고등어답게 차에 빠져 황홀한 눈을 한 재혁이 녀석은 버럭
화를 냈다.

“아, 좀! 벤츠가 다 똑같은 벤츠예요? 아저씨 같은 사람은 비싼 차
라면 그랜저밖에 모르죠? 명색이 남자라면 벤츠 시리즈 정도는 알아

야지, 으이그!”

그러면서 벤츠라면 세단을 떠올리지만 쿠페형이나 스포츠카, 심지어 SUV도 있다, 가격도 얼마나 다양한 줄 아느냐고 녀석은 입에 거품을 물었다. 호칭이 형에서 다시 아저씨로 바뀐 것만 약간 신경 쓰였을 뿐 심드렁하게 듣고 있던 범영은 ‘그러냐?’ 하고 한마디의 대꾸만을 던져서 재혁을 더 열 받게 만들었다. 분노한 얼굴로 입을 떡 벌리던 녀석이 갑자기 다시 창에 달라붙었다.

“앗, 조수석 문이 열렸어요. 여자가 내리는 것 같은데. 저런 차에서 내리는 여자는 분명 엄청 예쁘고 쭉쭉빵빵이거나 완전 사모님일 거야. 아, 보인다……. 으잉?”

“얼마나 예쁘기에 그렇게 놀라냐?”

“헐……, 못생겼는데요.”

“많이 못생겼어?”

비디오 예약 목록이나 확인할 마음에 공책을 집어 들며 시큰둥하게 묻자 재혁이 투덜거렸다.

“얼굴은 안 보이지만요, 저렇게 하고 다니는 여자치고 이쁜 여자 없거든요. 완전 칙칙한 일주일 묵은 변비색 점퍼로 온몸을 덮은데다가요, 헐렁한 구린 청바지에 야구 모자까지 푹 눌러썼어요.”

범영은 자신도 모르게 들고 있던 공책을 카운터 위로 뚝 떨어뜨렸다.

“차가 아깝다, 진짜! 근데 저 차 여기 앞에 세울 것 같은데 괜찮을라나 몰라.”

이제 재혁은 길가에 세웠다가 저 비싼 차가 흠이나 안 날지 모르겠다며 걱정을 시작하고 있었지만 범영의 귀에는 들리지 않았다. 급하게 카운터를 벗어나 재혁의 옆에 붙어 섰다. 길 건너편에 서 있는 근사한 은빛 외제 차 옆의 손유진과, 그녀와 얘기하고 있는 운전자가 눈에 들어왔다. 남자의 생김은 잘 알아볼 수 없었지만 어쩐지 불안했다. 그의 입 안은 점차 말라 왔다.

"저거, 많이 비싼 차냐?"

"S시리즈고, 500 아니면 600 같으니까 스포츠카만큼은 아니어도 우리나라에 들어온 벤츠 세단 중에는 제일 비싼 축이죠. 한 2억이나 좀 더? 그런데 왜요?"

녀석이 범영을 의아하게 쳐다보았다.

"아니, 나도 한 대 살까 싶어서."

"푸하하핫, 아저씨 농담해요? 저 차 연비가 얼만데요. 게다가 부속은 또 얼마나 비싼데."

재혁이 낄낄대고 있는 동안 손유진과 이야기를 마쳤는지 차는 맞은편 빌딩 지하 주차장으로 굴러들어 갔다. 그녀가 추운 듯 몸을 옹송그리고 거리에 서 있는 걸 보니 범영의 마음이 더 편치 않았다.

도대체 어떤 사내자식이 저 조그만 여자를 찬바람 쌩쌩 부는 길가에 세워 두는 거냐. 비싼 차라고 하니 과시하는 것 좋아하는 친척 할아버지라도 찾아온 건가? 그는 자신도 모르게 몇 마디 욕을 내뱉었다. 재혁이 뜨악해진 얼굴을 하고선 범영에게서 두어 발짝 떨어졌다.

조금 뒤 한 남자가 계단으로 올라왔다. 여자 앞에 선 작자를 보니 아예 헛웃음이 입에서 새어 나왔다. 남자는 그가 잠깐 바랐던

것처럼 나이 든 노인네가 아니었다. 코트까지 옷을 잘 갖춰 입은
젊은 남자다.

서른? 아니면 좀 더 됐을까? 안경을 쓴 눈매가 제법 날카로운 것
만 빼면 나무랄 데 없어 뵈는 멀끔한 얼굴에 키도 크고 체격도 나쁘
지 않았다. 손유진이 늘어선 상가 중 어디 한 군데를 손가락으로 가
리키자 남자는 대뜸 그녀의 손목을 잡았다.

"아 씨, 뭐야!"

자신도 모르게 유리에 붙어 있던 손가락에 힘을 줬나 보다. 거북
한 소음이 고막을 긁었다. 재혁이 숨을 헉 들이쉬며 '혀, 혀엉…….'
하고 그를 불렀지만 범영은 여전히 유리 너머의 광경에서 눈을 떼지
않았다. 당장이라도 밖으로 뛰어나가 남자의 멱살을 잡고 '누구냐,
넌?' 하고 소리쳐 묻고 싶었지만 그건 불가능했다.

손유진에게 그는 그냥 단골 대여점 주인일 뿐이다. 더해서, 그들
이 나눈 사적인 말이라곤 그녀의 조카 얘기와 일방적으로 알려 줬던
그의 식성뿐. 그런 사실들이 머릿속에서 고삐를 죄고 있었다. 그리
고……, 무엇보다 지금, 손유진이 웃고 있지 않나.

여자의 웃음은 하얀 겨울 햇살을 받아 뽀득뽀득 소리가 날 정도
로 빛났다. 범영은 유리창에 코를 꾹 누르며 그녀를, 그녀의 웃음
을 그늘에 숨어 훔쳐보았다. 저렇게 웃는 것을 보는 것은 처음이
다. 도넛 가게에서 보여 준 작은 웃음에 흐뭇해했던 자신이 바보
같을 정도로.

"저거 필시 오빠다, 오빠."

씩씩거리는 숨 사이로 작게 중얼거리며 범영은 필사적으로 자신

을 달랬다. 저번에도 조카를 딸로 착각했지 않나. 하지만 그래도 기분은 여전히 저조했다. 분기가 사라지지 않은 것은 물론이요, 심지어 억울하기까지 했다.

"저렇게 좋냐?"

"차가 좀 심하게 좋죠?"

옆에서 재혁이 한숨을 쉬었다.

"저 자식, 생긴 건 완전 제비구만."

"누구요? 아, 운전자요? 아이, 아저씨 그건 아니죠. 옷발은 좀 사는데, 뭐 저 정도 차 끌고 다니는 인간은 저 정도는 입어 줘야 하는 거 아니겠어요."

"누군 집에 양복 없나."

"양복도 양복 나름이죠. 옷 보니까 그냥 평범한 양복이 아닌데요."

범영이 재혁을 곁눈으로 힐끔 쳐다보았다. 그 눈에서 뭘 봤는지 재혁이 찔끔하며 눈길을 떨어뜨렸다.

"키도 내가 크고, 덩치도 내가 더 좋다."

고개를 떨어뜨리고 있던 주제에 녀석이 피식 웃는 것이 들렸다. 그러나 재혁은 이어지는 그의 말에 입을 딱 벌렸다.

"진짜 사? 저거."

"허걱! 아저씨, 설마 자존심 땜에 가게 팔 거예요?"

은연중에 범영을-정확히는 그의 경제력을-무시하는 말을 했던 어린 단골은 뒤이어 이어진 말에 얼굴이 팍 찌그러졌다.

"차 사도 너 태울 일은 없을 테니까 걱정 마라."

　늦은 점심, 그것도 억지로 꾸역꾸역 밀어 넣은 식사를 마치고 파스타 가게를 나오자 맥이 탁 풀렸다. 유진은 가게 입구에서 계산 중인 경우를 기다리며 이마에 밴 땀을 훔쳤다. 그러나 긴장이 풀어진 것은 의식뿐인 듯, 이번엔 명치가 은근히 거북하게 느껴졌다.

　"촌 동네라 어떨까 했더니 생각보다는 맛이 괜찮네."

　지갑을 포켓에 집어넣으며 밖으로 나온 경우가 말을 툭 던졌다. 의외였다. 땀이 축축한 손을 주무르고 있던 유진은 눈을 치뜨며 그를 돌아다보았다.

　"마음에 들 만한 깨끗한 한정식집을 몰라 할 수 없이 여기로 오자고 한 건데. 다행이네요."

　9년이 넘게 그를 알아 온 세월 동안 익혔던 경우의 식성은 한식 위주였다. 분식, 특히 국수나 수제비를 매우 싫어했지만 그것보다 더 싫어하는 것이 깔끔하지 않거나 사람이 복닥거리는 식당이라 모험을 하는 심정으로 온 거였다. 경우가 어깨를 으쓱했다.

　"예전에 네가 해 준 거하고 맛이 비슷하더라고."

　확실히 토마토스파게티는 분식이지만 유진이 한 음식 중에 군말 없이 남편이 먹은 것에 속했다. 뭐라고 해야 할지 몰라 그저 고개만 끄덕였더니 경우가 희미하게 웃었다.

　"그때는 우리도 꽤 괜찮았었잖아? 지금보다 어렸고, 신혼이었고."

　새삼스레 경우의 시선이 그녀를 훑었다. 느슨하다 못해 축 처진 채 몸의 선을 가린 진갈색 점퍼와 그 아래 깡마른 다리를 가린 헐렁한 청바지, 질질 끌고 다니다시피 하는 낡은 단화까지.

　"마른 것 같군. 넌 살집이 좀 있고 선이 부드러운 게 예쁜데."

유진은 자신도 모르게 몸을 부르르 떨었다. 경우의 예리한 시선이 두텁기 그지없는 옷감들을 뚫고 들어와 재단사라도 된 듯 온몸의 치수를 재고 쓸어 보는 것 같았다. 함께 살을 맞대고 산 세월을 품어서인지 어딘가 끈끈한 여운을 남기는 시선이었다. 그 시선을 잘라 내기라도 하듯 그녀는 날카롭게 맞섰다.

"신혼이랄 게 따로 있었나요? 남들은 3~4년까지도 신혼이라고 하는데 우린 그 신혼 기간도 끝나지 않아서 헤어졌잖아요."

"딱딱하게 굴지 마. 아까는 제법 누긋하더니, 왜 이래?"

밥 먹기 전에 동생 내외의 안부를 묻던 때를 말하는 것 같았다. 연지 얘기를 꺼내기에 아마도 자신이 얼굴을 허물어뜨렸던 것 같다. 하지만 아이가 줬던 마법은 그 잠깐 동안뿐이었다.

"정말 이럴 거야?"

삽시간에 경우의 분위기가 바뀌었다. 옅게 감돌던 식후의 나른한 여유와 친근감은 사라졌다.

"어머니 전화 받고 걱정돼서 전화했더니 술 마시던 중이고. 전화 가지고선 안 되겠다 싶어 찾아오게 만들더니, 여기까지 온 사람에게 이런 식으로밖에 못 해 줘?"

톤도 소리도 낮았지만 그래서 더 매서운 음성이었다. 유진은 애써 힘을 짜내 고개를 흔들었다.

"잘해 달라고 한 적 없어요."

"그래, 애초에 만나기 시작할 때부터 너는 내게 잘해 주고 싶다고 했었지."

경우의 눈빛은 자신의 말이 틀리느냐고 추궁하고 있었다. 유진은 말을 잃었다. 거북하던 명치께는 이제 아예 돌덩이처럼 굳어졌다.

"그러니 약속 지켜."

그가 손목을 홱 잡아당겼다. 비틀거리는 그녀의 손을 억지로 자신의 코트 주머니에 집어넣은 경우는 승강기 앞으로 다가가 버튼을 눌렀다. 온몸이 굳었지만 유진은 말없이 딸려 갔다. 손을 뿌리치기라도 하면 무슨 말썽이 더 생길지 모른다. 되도록 빨리, 그리고 아무 일 없이 그를 돌려보내고 싶었다. 유진이 얌전히 승강기에 따라 타자 경우는 약간 기분이 풀린 듯했다.

"요 앞에 대여점 있던데 영화라도 같이 볼까?"

꽤나 여유로운 제안에 유진은 순간 당황했다.

"싫어요!"

대답이 너무 즉각적이었을까. 경우가 날카롭게 죽 뻗은 눈썹을 치켜세웠다.

"왜?"

"……."

"나랑은 이제 내숭으로라도 영화 한 편 같이 봐 주는 게 힘들어? 포르노를 보자는 것도 아니잖아."

마음이 상한 듯한 말투였지만 미안함보다는 황당함이 먼저였다.

"그건 또 무슨……."

"아님 말고."

툭 뱉어 낸 대답을 탓할 겨를도 없이 유진은 승강기 밖으로 끌려 갔다. 건물 밖으로 나가서 훅 불어온 찬바람을 맞고서야 뒤늦게 저번 통화 때의 이야기인가 짐작했다. 하필 살색 가득하던 그 부분에서 흘러나온 소리를 들었던 모양이다. 그래서 내숭이라는 말을 들먹였나.

별거를 결심할 당시의 어느 날, 그가 퍼부었던 폭언이 떠올랐다.

'귀하게 자란 집 요조숙녀는 금 자물쇠라도 달고 나오는 거야? 남편에게 그 뻣뻣한 다리 한 번 벌려 주는 게 그렇게 아까워? 이건 뭐 내숭도 아니고.'

그가 보기 드물게 술에 취한 날이었다. 그렇다 해도 상처가 안 되는 건 아니었다. 그녀는 이를 악물었다.

'겨우 석 달이 지났을 뿐이에요!'

'석 달이면 충분히 휘둘려 줬잖아! 전엔 각서를 쓰라더니 도대체 언제까지 죄인 취급 할 거야!'

퍼런 핏줄이 돋도록 마른 자신의 팔뚝을 움켜쥔 그의 단단한 손에 진저리가 났다. 석 달 간 부부 중 어느 하나도 제대로 눕지 않은, 청결하다 못해 빳빳한 시트를 씌운 커다란 침대조차 역겨워 보였다. 발밑도 볼 겨를 없이 허겁지겁 뛰어나갔던 자신의 끔찍한 부주의 탓이었든, 그보다 앞선 남편의 실수-대한민국 남자라면 누구라도 한 번쯤은 저지르는 일이라 그가 주장했던-가 원인이었든 유진은 이미 남편에게서 마음이 떠나 있었다. 파경은 시커먼 늪을 눈앞에 드러내고 있는 중이었다.

남편과 몸을 섞는 일은 또한 두려움이기도 했다. 만의 하나라도 자신이 경험했던 아픈 기억을 다시 되풀이하게 될 일을 만들고 싶지 않았다. 눈 가린 말의 굴레처럼 살을 죄어 오는 가족과 결혼에 대한 의무감이나, 쓰디쓴 커피 찌꺼기 같은 남편에의 희미한 연민도 유진을 침대로 끌고 가지는 못했다.

그러나 그는 그녀와는 생각이 달랐던 모양이다.

'별 재밌지도 않은 잠자리 갖고 유세 떨지 마.'

'어떻게, 아무렇지도 않게 그런 식으로…….'

치욕으로 파르라니 질려 띄엄띄엄 말했을 때, 알코올의 가면을 덮어쓴 남편은 그녀를 차게 비웃었다.

"뭐가 남달라서 그리 특별하게 굴어, 넌?"

똑같은 말. 갑작스런 데자뷰로 희게 질린 유진은 번쩍 고개를 쳐들었다.

"하도 질색을 하기에 이상한 영화나 잔뜩 들여놓은 곳인 줄 알았더니."

하지만 이번엔 자신에 관한 말이 아니었나 보다. 잠깐 생각에 잠긴 사이 남편은 그녀의 손을 잡아끌고 이미 길 건너에 있던 대여점 안으로 들어와 있는 참이었다. 자신이 어디에 있는가를 깨달은 유진은 가슴이 덜컥 내려앉아 얼른 시선부터 떨어뜨렸다. 분명 대여점 주인 남자가 어디서엔가 자신들을 보고 있을 텐데. 그 둥그렇고 친절한 눈매와 마주칠 생각을 하니 왠지 마음이 편치 않아졌다.

내가 이럴 필요 뭐 있어. 그녀는 속으로 변명하듯 중얼거렸다.

난 그 남자에게 미혼인 척한 적도, 다른 애먼 소리 한 적도 없잖아. 그 남자에게 남딜리 호감을 사려고 한 적도 없고.

대충 실내를 훑어본 남편은 이내 최신 영화를 꽂아 놓은 진열대 앞으로 걸어가 몇 개의 영화를 뒤적거렸다. 물론 유진의 손은 여전히 한 손으로 잡은 채였다. 마음이 조금 더 불편해졌다. 최신 영화 진열대는 주인 남자가 늘 서 있는 카운터 바로 맞은편이었다.

"최근엔 영화는커녕 TV 뉴스도 제대로 못 봤어. 너무 바빠."

낮게 투덜거리는 남편의 얼굴은 매우 자연스러웠다. 흡사 이 동네에서 몇 년 살아온 사람처럼, 편한 단골 가게에 온 듯 그는 스스럼없이 '이거 어때?'라며 DVD 하나를 그녀에게 들어 보였다.

"그거는 평이 별로더라고요. 손님 취향에는 다른 게 더 재미있을 것 같은데."

놀라서 펄쩍 뛰어오를 뻔했다. 주인 남자의 음성이 카운터 쪽이 아니라 바로 등 뒤에서 들려올 줄이야. 유진은 애써 마음을 토닥거리며 바로 뒤쪽 진열대 위로 머리를 불쑥 내밀고 있는 남자에게 애매하게 웃어 주었다.

"아, 안녕하세요."

"예, 점심때가 지나서 안 오시나 했어요."

정리하던 참인 듯 손에 테이프며 DVD를 쌓아 들고 있던 남자도 눈매를 한껏 누그러뜨리며 웃었다. 둥글지만 끝은 꾹 모여서 꽤 고집스럽고 단단해 보이는 눈이 지금은 선량하게 아래로 처졌다.

"전쟁물 싫어하시죠? 그 아래 칸의 외국 판타지물 갖고 가 보세요. 대중적은 아닌데 팀 버튼 감독 거거든요. 그 감독 좋아하시잖아요."

"아, 예."

그러나 빼곡히 꽂힌 DVD 중에서 대여점 남자가 말한 것을 얼른 찾기란 힘들었다. 유진이 더 허둥대자 남자는 들고 있던 것들을 진열대 위에 얹어 놓은 후 손수 찾아 건네주었다.

"저 인간 뭐야?"

남은 테이프를 들고 다른 진열대로 다시 옮겨 가는 남자의 너른 등을 경우가 노려보았다.

"가게 주인이에요."

"주인이면 주인이지 왜 남이 빌려 가려는 DVD에 감 놔라 배 놔라 해?"

"……단골이라서요."

"단골한테는 다 그래?"

유진이라고 그걸 알 리가 없다. 하지만 그녀는 입을 다문 채 고개를 끄덕였다. 마침 다른 사람이 가게 문을 밀고 들어왔다. 입구에 붙여 둔 신작 목록을 본 손님이 대여점 남자를 찾아 이것저것 묻는다. 친절히 대답해 주는 남자를 본 경우는 찌푸렸던 미간을 겨우 풀었다.

"비위 좋은 성격인가 보네. 그러니 장사치 노릇도 하겠지."

그러나 유진은 보았다. 돌아서 있는 남편의 등 뒤를 바라보는 남자의 눈길을. 자신이 골랐던 것을 놓지 못한 채 가게 남자가 준 DVD를 유진에게서 뺏어 들어 앞뒤를 훑어보고 있는 경우를 응시하는 그 눈길은 차고 서늘했다. 빈말로라도 '비위 좋은 장사치'의 눈매는 아니었다. 은근히 본인을 무시하는 듯한 남편의 말을 아무래도 다 들어버린 것 같았다.

그리 크게 떠든 것 같지는 않았는데. 설마 이런 걸로 대놓고 화를 내진 않을 거라 생각하면서도 유진은 조금 불안해졌다. 근처에 대여점이라고는 여기밖에 없다. 남자와 서먹해지면 꼼짝없이 집에 갇혀 TV나 친구 삼고 있어야 할 판이다.

"그냥 이거 빌려 가요."

남편의 손에 들려 있던 DVD를 낚아채 꽂아 놓고 유진은 남자가 권했던 판타지물을 집어 들었다. 경우는 어이가 없는 표정을 지었지만, 남편을 돌아볼 여유도 없이 유진은 카운터를 향해 이미 몇 걸음이나 걸어가고 있는 참이었다. 그녀는 얼른 남자를 향해 DVD를 내밀었다.

"이게 재밌을 것 같네요. 이거로 가져갈게요."

화내지 말아요, 제발. 간절한 눈을 커다랗게 뜨고 자신을 치어다보는 유진을 남자는 가만히 몇 초간 보다가 천천히 손을 내뻗었다. 삑. 바코드 리더기가 소리를 내었다. 남자는 아무 말도 하지 않았지만 리더기를 움직이고 있는 커다란 손은 그녀의 마음을 다독이기라도 하듯 부드럽게 움직였다.

"너 대체 왜!"

빠르게 뒤따라온 경우의 말은 여상하게 키보드를 두드리는 주인 남자의 말에 가로막혔다.

"전엔 조카랑 오시더니 오늘은 오빠분이랑 같이 오셨네요."

"아, 그게……."

"가족분들이 다 인물이 좋으세요. 그 애기도 참 귀엽던데."

연지 얘기는 도넛 가게에서 이미 꽤 했다. 일부러 그러는 것일까. 유진은 우물쭈물했지만, 친근하게 말을 붙이는 남자의 얼굴엔 아까의 날카로운 눈빛은 온데간데없이 서글서글한 미소만 넘쳐흘렀다. 경우도 짐짓 미소 띤 얼굴로 유진의 어깨에 손을 얹었다.

"오빠가 아니라 남편입니다. 우리 집사람이 영화를 많이 좋아하죠?"

아, 이런. 유진의 심장이 덜컥 떨어졌다. DVD를 봉투에 넣던 남자의 동작이 일순 멈추는 것 같았던 것이다. 설마 이 일로 뒷소문이라도 떠돌게 되는 건 아니겠지. 사고가 난 이후로, 경우와 함께 살던 아파트에서는 바깥만 나가면 사람들의 시선을 늘 느껴야했었다. 그 시선들을 떠올리자 몸이 절로 옴츠러들었다.

"……그렇군요. 아까 두 분이 차 타고 오시는 거는 봤습니다."

남자의 어조는 여전히 선선했다. 경우가 의기양양하게 고개를 끄덕였다.

"예, 요 앞 주차장에 대 놓고 왔어요. 이 빌딩에서는 주차장을 못 찾아서."

"그러셨어요? 지하에 주차장 큰 거 있는데. 입구가 뒤에 있어요. 참, 차가 벤츠 같던데요. 운전할 맛 나시겠어요."

"뭐, 그렇죠. 그런데 이거 한 편 빌리는 데는 얼맙니까?"

경우가 품에서 꺼낸 지갑은 온통 새까맣기만 한, 그러나 한쪽 구석에 새겨진 로고가 선명한 고급품이었다. 그녀가 선물한 이후로 늘 구석에 박아 두었던 물건을 남편은 오늘따라 챙겨 들고 왔다.

"아주머니께서 미리 내 두신 예치금이 있어서요."

지폐를 꺼내려던 경우에게 손을 내저은 남자는 '아주머니'라고 하며 고개를 푹 숙인 유진을 흘깃 봤다. 그녀는 자신의 귀밑까지 온 뺨이 새빨갛게 달아오르는 것을 느낄 수 있었다. 하지만 유진은 낡은 갈색 점퍼 앞섶을 쥐어뜯고 있는 자신의 손가락들만 고집스럽게 바라보았다.

남자는 뭐라고 생각할까? 잘 빼입은 경우와 허름한 그녀는 누가 봐도 이상한 한 쌍일 것이다. 외모가 이러니 가끔 찾아오는 세컨드일 리도 없고. 딱 갈 데 없이 버림받은 소박데기 행색이다. 연지 얘기를 할 때 기혼이라는 언급을 할걸 그랬다 싶었다. 하지만 그동안 남편이 이 가게에 한 번이라도 와 보기는커녕 유진 자신도 제대로 된 가정의 그림자 한 끝도 전혀 비치지 않았다는 사실은 어쩔 것인가.

수치감이 온몸을 뒤덮었다. 어찌나 손에 힘을 주었는지 손톱 끝까 지 하얗게 핏기가 가셨다. 그런 손들을, 자신의 행동거지 하나하나를 남자가 보고 있다는 걸 충분히 자각하면서도 유진은 얼굴을 들지 못 했다. 다시 부스럭거리는 비닐봉지 소리가 날 때까지.

"재미있게 보세요. 내일까지 갖다 주심 되고요."

어쩐지 형식적인 듯 딱딱하게 들리는 말과 함께 빨간 카운터 위로 까만 봉지가 내밀어졌다. 속삭이듯 조그맣게 '감사합니다.'라고 한 다음 유진은 서둘러 봉지를 움켜쥐었다. 이 자리에서 어서 벗어나야 했다. 조금 전만 해도 남자가 화를 내지 않을까 그것만 걱정이었는 데, 이제는 아무래도 좋다 싶은 기분이었다.

눈물이 날 것만 같다. 어깨에 올려놓은 남편의 손이 자신에게 허 락된 유일한 무게처럼 느껴졌다.

이건 뭐냐?

남자가 손유진의 어깨를 감싸 안고 가게 문밖으로 나가는 걸 보면 서 범영은 이를 악물었다. 자기 애가 아니래서 마음을 좀 놨더니 이 젠 멀쩡한 남편이 있는 유부녀란다. 병 주고 약 주고도 유분수지. 아 니, 이 경우에는 약 준 후 더 큰 병 주는 격인가.

하지만 더 문제인 건 이번에도 냉정하게 돌아설 마음이 안 든다는 것이었다. 제 여자랍시고 손유진을 차고 나갈 때 남편이란 작자의 눈에 깔린 건 분명 비웃음이었는데도. 설령 그것이 수컷들끼리의 막연한 반감이라고 해도 자존심이 상했어야 하고, 미련을 깨끗이 접었어야 옳았다.

자신, 김범영이란 놈은, 자랑인지 아닌지는 모르겠지만 여태껏 물건이든 사람이든 남의 것에 섣불리 눈독 들인 적은 없었다. 알량한 도덕심 같은 것 때문이 아니었다. 굳이 비루하게 굴지 않아도 제 소유로 삼기에 적당한 것들이 세상에는 얼마든지 많았고, 또 뭔가 그럴듯한 것이라 해도 내 것이 못 될 것 같으면 미련 갖지 않는 성격이었다. 슬쩍 눈치만 줘도 자발적으로 갖다 바치는 인간들도 꽤 많았다.

그런데 지금은 다르다. 떨리던 손유진의 어깨가 마냥 마음에 걸렸다. 낡은 갈색 천을 찢어져라 움켜잡던 여자의 작고 가는 손가락들도, 화려한 수컷 공작 같던 남자를 옆에 두고 수그러들던 야윈 등도, 귓불까지 발개져서 어쩔 줄 모르던 얼굴도, 남자의 말투를 이해해 달라는 듯 커다랗게 떠져 자신을 응시하던 젖은 눈동자는 더더욱.

저래서야 행복한 결혼 생활을 하고 있다고 할 수 있을까. 평소 모습에도 마음이 쓰였지만 지금 남편이라는 작자와 함께 온 것을 보니 더 그랬다. 비싼 외제 차를 끌고 다니면 대수인가. 남자가 감싸고 있던 유진의 어깨를 확 끌어오고 싶은 충동이 속에서 숯불처럼 이글댔다.

작자는 척 보아하니 만만한 사람에게는 말 가리는 스타일도 아니고 제 여자를 귀하게 여길 타입도 아닐 것 같았다. 그 멀끔한 외양에도 불구하고, 아파트 여자들이 말하던 '가끔 와서 행패 부리는 젊은 남자'가 남편일지 모른다는 억측까지 들었다.

"진짜, 저런 남자가 뭐가 모자라서 저런 여자를 데리고 사냐?"

재혁이 녀석이 옆에 와서 뜬금없이 종알거렸다.

"뭐?"

"저 벤츠 주인, 여자한테 약점이라도 잡혀서 결혼한 거 같지 않냐고요."

더럭 짜증이 났다. 그사이 구석에 처박혀서 오래된 영화나 훑어보고 있더니 뭘 봤다고 그러는지 모를 일이다. 지그시 쏘아보고 있는데도 눈치 없는 녀석은 계속 신나게 지껄였다.

"안 그래요? 딱 보기에도 남자는 세련미에 잘난 티가 줄줄 흐르는구만. 근데 여자는 옆집 누나처럼 귀엽고 섹시한 글래머 여신도 아니고, 그렇다고 청순가련 요정도 아니잖아요. 키도 작아, 인물도 볼품없어, 몸매도 안 좋아. 어디 하나 볼 게 있어야죠. 나라도 안 데리고 살겠……."

"야, 시끄러워."

성질을 누르려니 목소리까지 낮아졌다. 재혁은 못 알아듣고 눈알을 굴린다.

"예?"

"입 닫으라고!"

버럭 지른 소리에 화들짝 놀라서 '에이, 형 왜 그래요?' 하고 엉거

붙는 녀석에게 장사하는 집에서 손님 험담하면 그 장사 참 잘되겠노라고 빈정거려 준 후 쫓아냈다. 물론 녀석도 가게 단골이긴 하지만 가릴 건 가려야 하지 않겠는가 하는 완강한 마음이 들었다.

그런데 하필 재혁을 내쫓고 나니 사람들이 계속 끊이지 않고 왔다. 바쁜데도 실수가 잦아서 오후 내내 몹시 짜증이 쌓였다. 가게에서는 되도록 삼가는 담배가 미치도록 당겼다. 그 와중에도 손유진이 지금 남자와 같이 집에서 영화를 보고 있을까 하는 궁금증은 좀체 범영의 머릿속에서 사라지지가 않았다.

어쩐지 늘 함께 사는 사람들 같지 않던데, 주말 부부인 건가? 딱히 각별해 보이진 않았지만 DVD를 같이 보려면 소파에는 나란히 앉겠지. 러브신 따위는 없는 미성년자 관람가 영화래도 서로 기대거나 무릎베개 정도는 해 주지 않을까? 하등 도움이 안 되는 상상들이었다. 나중에는 스스로에게 '미친놈' 소리가 절로 나올 지경이었다.

"씨발, 남의 부부끼리 떡을 치든 굿을 하든!"

일부러 저속한 혼잣말을 지껄였지만 오히려 역효과였다. '떡을 친다.'는 말속에 포함된 뻔한 의미와 지나치게 잘 돌아가는 상상력 때문에 그의 머리는 잘 지핀 숯불 한 덩어리를 담은 듯 뜨끈뜨끈했다. 남편과 아내, 남의 여자.

거리에 짙푸른 어둠이 내리고 길가 가게들이 전등을 모두 밝힐 즈음에야 범영에게 허기와 함께 피로감이 찾아들었다. 젠장, 이래 봤자 이쪽만 손해다. 손유진의 남편은 상식적으로 보기에 나쁜 조건의 남자도 아니었다. 자신이 자꾸 연연하고 있는 꼴이란, 아무리 좋게 봐줘도 10대도 아닌 성인 남자의 구차한 짝사랑이고 악질적으로는 남의 가정 파탄 미수범이다. 설령 손유진과 잘된대도 불륜밖에 더 되겠나.

억지 미소로 손님을 대하고 있으려니 더 빨리 지치는 것 같았다. 사람이 뜸해진 김에 장미자라도 좋으니 옆 가게 주인 중 아무나 불러다가 잠시 가게를 맡기고 머리를 식힐 겸 저녁을 먹으러 가야겠다고 마음먹던 참이었다. 가게 문에 달린 종이 딸랑 소리를 내며 찬바람이 훅 들어왔다.

"어서 오세……, 어?"

입에 붙은 인사말을 대충 던지며 손으로는 현금 계산기를 정리하던 범영은 동작을 멈췄다. 가쁜 숨을 몰아쉬는 손유진이 유리문을 붙잡은 채 가게 입구에 서 있었다. 늘 창백하던 뺨이 발개진 것이 유독 눈에 선명했다.

"이거……, 아까 빌렸던 DVD 봉지에 같이 들어 있어서요."

눈길을 마주친 그녀가 눈을 내리깔며 팔을 쭉 펴곤 뭔가를 내밀었다. DVD였다.

"아직 바코드 스티커도 안 붙어 있던데."

"……"

"휩쓸려서 같이 들어온 것 같아요. 잃어버렸다고 찾고 계시는 건 아닌가 해서."

그랬을 리 없다. 일부러 넣은 것이니까.

"그건……."

손유진에게 미리 말해 두었던 새 국내 팩션물을 선물할 생각이었다. 공급처에서 하나를 끼워 받았는데 딱히 대여율이 높지 않을 것 같아 서비스로 넣었다고 둘러대려고 했었다. 그 와중에 손유진이 조금이라도 자신의 관심을 알아차려 주길 바라는 마음 역시 당연히 있었다.

하지만 지금에 와서는 그런 말을 할 수 있을 리가 없다. 주춤거리며 다가와 DVD를 내미는 손유진에게 범영은 대신 다른 말을 했다.

"보셨어요?"

"네, 앞에만 조금."

작게 대답한 그녀는 곧 당황한 목소리로 '대여료는 드릴게요.' 하고 덧붙인다. 소심하긴. 처음으로 손유진의 소극적인 태도가 마음에 안 들었다.

"남편분도 재미있다고 하시던가요?"

"아, 저, 저희 남편은……."

울컥해서 물었던 것인데 손유진은 간당간당하게 버티고 있던 바람벽이 무너진 것 같은 얼굴을 했다. 그래도 무시하고 범영은 끈기 있게 답변을 기다렸다. 자신이 결코 심사가 배배 꼬여서 그런 것이 아니라는 변명을 속으로 열심히 하면서.

"영화를 그다지 좋아하지 않아서요."

"같이 안 보셨어요?"

"……네."

우울한 얼굴의 손유진을 앞에 두고 범영은 '저런, 그게 그 영화사에서 나름대로 기획으로 미는 건데.' 따위의 말을 실없이 지껄일 수

밖에 없었다. 그러면서도 속으로는 무지 기쁘면서 한편으로는 미안했고, 또 안타깝기도 했다. 그딴 남자, 뭐가 아쉬워서 저렇게 속을 썩이나. 만년 우울증에 걸린 중년 아줌마라면 그러려니 하겠지만, 그는 손유진이 20대 중반인 장미자보다 훨씬 더 말갛고 투명한 얼굴을 할 때를 이미 알고 있었다.

"내용은 어떻던가요? 좀 특이한 것 같던데."

"예, 그렇더군요. 재밌었어요."

충동적으로 건넨 질문에 손유진의 눈이 반짝 빛났다. 어지간히 영화가 마음에 들었나 보다.

"어떤 게요?"

"여러 가지로요."

자신이 보기에도 꽤 괜찮은 DVD 같은데, 손님들 반응이 어떨지 알고 싶다고 하니까 대화에 인색하던 마른 입술이 분홍빛 나비처럼 나풀나풀 잘도 움직였다.

"으음, 우선 역사를 가미한 고전물이고 액션이나 사건이 꽤 나오는데도 그걸 헤쳐 나가는 여자가 주인공인 게 특이했고요. 또 기본은 추리지만 로맨스가 섞여서 좋았어요. 외국 베스트셀러에서는 꽤 많았는데 우리나라에서도 이젠 이런 영화나 드라마가 나오네요. 주연 배우들도 역에 어울리고요, 조연들도 다 연기력 뛰어난 사람들이던데요."

"좋아하실 것 같았어요."

"예. 사실, 제가 좋아하는 배우들이 많이 나와서 더 좋았어요."

여자는 동그란 비눗방울 같은 웃음을 띠었다. 그래, 이런 얼굴이었다. 겨울바람에 쓸려 붉어진 기가 아직 가시지 않아 거칠어 뵈던 뺨은 여전하지만, 살짝 접힌 눈시울 안으로 맑은 다갈색 눈이 꿈을 꾸는 듯 아련하다. 범영은 돌연 가슴이 답답해졌다. 참, 돌아 버리겠다.

"가지세요."

결국 내뱉어 버린 말에 여자의 가늘던 눈이 커다래졌다.

"그 DVD, 가지시라고요."

"어, 하지만⋯⋯."

"대여용은 벌써 들여놨어요. 지금은 누가 빌려 갔지만."

붉게 표시된 이달의 신작 목록을 가리키며 홍보용으로 하나 더 증정받았다고 했다. 비로소 놀란 빛은 누그러졌지만 여전히 당황스런 눈치다. 그래서 범영은 다른 제의를 했다.

"그럼 손⋯⋯, 손님이 싸게 구입하는 걸로 하고 예치금에서 만원만 깎을게요. 마음에 안 드신다면 없던 일로 하고요."

"아뇨, 그럴 수는 없어요."

손유진이 들고 있던 DVD를 그대로 카운터에 올려놓았다. 그리고는 눈을 도로록 굴려 옆을 봤다.

"그냥 이거 다시 대여만 해 갈게요."

여자는 생각보다 고집스러웠다. 아니, 사실은 여자가 어떤 면에선 꽤 고집스러울 수 있다는 생각을 하긴 했었다. 오기에 가까운, 이대로 물러서기 싫다는 감정이 그에게 치솟았다.

"그럼 다른 영화 구해다 드려요?"

"예?"

엉겁결에 눈길이 마주쳤다. 당혹함과 의아함이 섞인 눈이다. 실수였을까. 범영은 침을 꿀걱 삼켰다.

"보고 싶은 영화가 많으실 것 같아서요. 싸게 구해 드릴게요."

"그건 좀……. 그러니까, 부담도 되실 거고……."

"아뇨, 부담 없어요. 해, 해 드리고 싶어서."

왜 말을 더듬었는지 모르겠다. 급하게 '단골이시니까.'를 만능 주문처럼 뇌까렸지만, 손유진은 눈을 떨어뜨린 채 고개를 살래살래 저었다. 심지어 뒤로 한 걸음 물러서기까지 했다. 대합실에서 엄마를 잃어버렸는데 사탕을 주면서 따라가자고 꾀는 아저씨를 보는 꼬마 애의 태도, 딱 그 짝이라 순간 범영은 울컥하고 말았다.

"그럼 편한 대로 하세요. 그것만 가져가시든가."

요즘 애들 말마따나 '짜게 식어서' 그렇게 잘라 말했다. 보란 듯 카운터 위의 DVD를 집어 들어 바코드 스티커를 붙이고 여자의 번호를 두드려 대여 입력을 했다. 손가락을 꼼지락거리며 그가 하는 양을 가만히 지켜보고 있던 손유진은 다시 눈이 마주치자 화들짝 놀랐다.

"고, 고맙습니다. 영화도 늘 잘 구해 주시고……. 제대로 인사 한 번 드려야겠다는 생각은 늘 하고 있었는데."

눈길을 떨어뜨린 채 혼잣말처럼 조그맣게 웅얼거리던 여자는 다른 DVD는 오늘 못 가져왔으니 내일 갖다 드리겠다는 말을 남기고는 도망치듯 가게 문을 열고 나가 버렸다.

그런데 왜일까.

분명 화가 났는데도, 뒤돌아선 그녀의 빨갛게 달아오른 관자놀이와 귓불이 사진 찍히듯 유독 마음에 남았다. 그리고 그 모습은 자정을 넘겨 가게 문을 닫을 늦은 밤까지도 범영의 뇌리에서 줄곧 지워지지 않았다. 기묘한 죄책감처럼, 혹은 눈 위에 파르라니 찍힌 첫 발자국처럼.

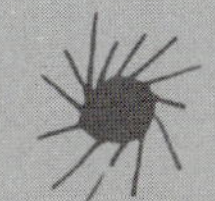

6

나는
당신을
봅니다

일요일 아침에는, 잠이 일찍 깨었다.

유진은 턱까지 끌어올린 이불 밖으로 한 손을 내밀었다. 7시쯤 되었을까. 보일러 온도를 그리 높게 설정해 두지 않은 어둑한 실내에는 훈기가 별로 없었다. 그녀는 서늘한 공기를 물장난하듯 젓다가 이내 손을 떨어뜨렸다. 드러난 어깨가 시렸다. 이불을 둘둘 말고 엎드린 다음 유진은 베개 옆에 놓아둔 DVD로 손을 뻗었다.

'낙화의 행방'. 어제 비닐봉지에 들어 있었던 DVD의 제목은 그랬다. 검은색에 가까운 매끄러운 표지에는 흐릿한 전통 문살을 배경으로 하얀 꽃이 떨어지는 모습이 선명하다. 낙화의 아래에는 둥근 물무늬가 아롱지고 있었는데, 아마도 흰 꽃이 떨어지면 그 물결에 실려 어디론가 사라질 것임을 암시하고 있는 듯했다. 생각해 보면, 여주인공의 이름도 유화流華였었다.

잠시 까만 DVD 표지와 그 위에 또렷한 흰 꽃을 가만히 쓰다듬다가 유진은 다시 돌아누워 천장을 보며 눈을 깜박거렸다. 간밤에 본 영화의 나머지 내용이 제대로 기억나지 않았다. 머리에 떠오르는 건 간결한 의문, 그뿐이다.

"그 남자는 왜 이걸 챙겨 줬을까?"

그리고 왜 자신은 남편 경우에게 그냥 돌아가라고 했을까? 돌아오던 차 안에서 두 개의 DVD를 꺼내 보고, 낯선 DVD가 대여점 남자가 빌리러 오라고 권했던 그 영화임을 깨달았을 때 손유진은 자신도 모르게 '혼자 있고 싶어요.'라고 내뱉었었다. 남편이 생각지도 않게 상처를 입은 듯한 눈매를 드러내 마음이 흔들렸지만 그건 정말로 잠시 동안의 일이었다.

남편과 함께 있고 싶지 않던 마음과 DVD가 아무런 연관 없는 것이라고 스스로를 속일 수는 없다. 남자의 선물 아닌 선물에 기분이 좋았는지 나빴는지는 모르겠다. 하지만 마음이 복잡해진 것만은 사실이다. 거의 무시하다시피 묵묵부답인 그녀에게 남편이 이유를 물으며 분노하여 다그칠 때에도, 집으로 들어와 DVD를 틀어 놓고 보는 중에도 계속 남자의 생각이 났었다. 폭언에 가까운 말을 듣고서도 온화했던 남자의 얼굴이, 경우가 남편임을 밝히자 잠시 멎었던 그의 손끝이.

보던 DVD를 중도에서 끄고 결국 대여점으로 달려갔던 건 그런 이유에서였다. 하지만 예상치도 않은 말을 듣고 돌아오면서 그녀의 마음속 당혹스런 두근거림과 더불어 혼란은 더 커졌을 뿐이다. DVD는 남자의 말처럼 홍보용 따위로 나눠 주는 물건이 절대 아닐 것이니까.

"남편도 있댔는데. 그 사람, 나쁜 사람일까?"

그러다 유진은 어이없이 웃고야 말았다. 유원지에서 사탕을 주며 꾀는 아저씨를 만난 아이도 아니고 이런 일로 망설여야 하나. 자신은 남편이 도장만 찍어 주었으면 진즉에 이혼녀가 되었을, 세상의 쓴맛을 어느 정도 본 여자다. 나이로도, 서른이 안 되어 뵈는 대여점 남자와는 최소 동갑이거나 자신 쪽이 한두 살은 연상일 테고.

단숨에 '불륜'이란 단어가 떠올랐다. 죄악감과 더불어 아릿한 아품이 본능처럼 아랫배 쪽에서 치밀어, 유진은 눈을 감고 고개를 힘껏 흔들었다. 아직은 이르다. 한참, 정말로 한참은 이르다.

경우를 떠난 것은 그의 곁에서는 숨조차 쉬기 힘들 것 같아서였다. 죽어 버린 박제가 되고 싶지 않은 안간힘이었지만, 그렇더라도 한때 꿈꿨던 행복을 다시 시도할 뻔뻔함은 결코 없었다.

띠리리리리리. 띠리리리리리.

돌연 거실에서 전화기가 시끄럽게 울었다. 잠시라도 허황된 생각을 한 유진을 꾸짖기라도 하듯. 누굴까? 벌떡 일어나 앉은 유진의 시선에 DVD가 잡혔다. 불현듯 가슴이 뛴다. 스스로의 이율배반적인 감정에 잠시 이맛살을 찌푸리고 있던 유진은 느릿느릿 침대에서 발을 내렸다.

바닥이 미지근하다 못해 부분적으로 냉랭하기까지 하다. 몸을 움츠리고 팔짱을 낀 채 종종거리며 거실로 걸어가 전화기를 집어 든 그녀는 애써 무심한 소리를 내었다.

"여보세요."

— 너, 무슨 짓이니!

전혀 예상치 못했던 목소리였다. 그녀가 미처 대꾸도 하기 전에, 시모 여정이 수화기에서 튀어나올 듯 새된 음성으로 소리쳤다.

— 이제 속이 다 시원해?

너무 놀란 탓에 그동안 일부러라도 입 밖에 안 내던 호칭이 절로 입에서 나왔다.

"어머니, 대체 무슨……."

— 어머니라고 부르지 마라! 내가 왜 네 어머니야? 날 시어미라고 생각이나 했니? 며느리라고 하는 짓이 내 새끼한테 그딴 식으로 못

된 소릴 속살거려서 모자 지간 끊어 놓는 거야?

"모, 못된 소리라니 저는 당최……."

– 아유, 네 착한 척, 아무것도 모르는 척하는 건 정말 알아줘야겠구나! 오늘 아침 댓바람부터 경우가 전화해서 나한테 버럭버럭 화내더라. 그 점잖은 애가, 이 에미더러 쓸데없는 짓 좀 하지 말라고 막말을 퍼뷠어!

"……."

– 그깟 주지도 않은 2백만 원 때문에 시에미에 시동생 우세스럽게 만든 것도 모자랐니! 찾아온 남편 천덕꾸러기 취급하고, 모자 지간 형제지간 정마저 갈라놓아야 네 속이 풀려?

처음에는 그저 멍해 있었다. 하지만 곧 억울함이 찾아왔다. 자신이 뭘 어쨌기에. 남편이 시모에게 싫은 소리를 했다는 건 의외였지만 그것도 이제 와선 그녀와는 아무런 상관이 없는 일이었다. 입술을 씹으며 상대방이 귀가 아플 정도로 퍼붓는 독설을 듣고 있자니 참으로 참담했다. 참담하고도 분했다.

– 남자가 큰일 하느라 저리 바삐 뛰어다니는데 내조 잘하면서 가정을 지키긴 못할망정, 투정에 투기에 나가 살기까지 하면서 네가 뭐 그리 잘났다고 유세니? 돈 좀 있다는 네 친정 믿고 그래? 경우처럼 다 참아 주고 사는 사내가 대한민국 천지에 어딨다고, 대체 넌…….

귀를 막고 싶었다. 숨이 막혔다. 시모가 훈장처럼 들이대는 그 '남자'는 더 이상 자신의 남자가 아니다. 아니, 애초부터 자신의 남자인 적이 있기는 했을까. 거품이 보글거리는 여름날 연못 수면 위로 입을 내민 물고기처럼 유진은 떨리는 입술을 크게 벌렸다.

"저도 경우 씨가 참지 않았으면 좋겠어요."

- ……뭐라고?

"경우 씨에게 말씀해 주세요. 굳이 참지 않아도 된다고요. 헤어졌으면 좋겠다고 전 1년 전부터 분명히 말했었어요."

- 네, 네가 시에미를 앞에 두고 못 하는 말이 없구나!

시모의 목소리가 부들부들 떨렸다. 눈치껏 충분히 알고 있으리라 생각했는데 아닌가 보다. 하지만 거기에 신경 쓸 만큼 유진은 여유롭지 않았다. 언제고 시모에게 하고 싶었던 말, 크게 쏘아 주고 싶었던 말을 하는데도 어쩐지 머리가 어지러웠다. 그녀는 애써 마음을 다잡았다.

"진심이에요. 지금도 그 마음 변함없고요."

일견 냉담하게 들리는 대답에 시모는 악에 받친 듯했다.

- 하, 그렇담 진작 헤어지지 그랬니? 지금까지 내 아들 붙잡고 왜 질질 끌었어?

"그건……."

설명이 길다. 유진은 머뭇거렸다. 하지만 그 잠깐의 공백에 시모는 순식간에 힘을 되찾고 의기양양해졌다.

- 너, 경우와 통화도 하잖아. 이번에 찾아간 것도 문전박대는 안 했다며? 이혼하고 싶다면 아예 인연을 끊었어야지! 왜 안 그래? 미련이 남은 거 아니니?

설마. 자신의 마음이 정말 그러했을까? 가볍게 비웃으려 했으나 어쩐지 말이 막혔다.

- 매일 순진하고 처량한 얼굴로 경우 관심 받는 것만 기다리는 강아지처럼 그러고 있었어도 너 꽤 독한 것 내 안다. 경우 앞에서 도저

히 못 산다고 정말 딱 잘라 말했니? 패악이라도 부려 봤어?

유진은 그만 아득해졌다. 정말 자신이 왜 그랬을까? 독하게 헤어지자고 했더라면, 눈앞에서 손목이라도 그었다면 과연 경우가 끝까지 이혼을 거부했을까? 그녀는 다급하게 내뱉었다.

"아니에요. 그건 경우 씨가 조금만 시간을 두고 보자고 했기 때문이에요. 직장에서의 자기 입지도 있고, 당장 집에 말씀드리기도 어렵다면서."

하지만 자신의 귀에도 어눌하게만 들리는 말들이었다. 모든 것이 진심인데 왜 이리 변명 같기만 한 것일까.

"그래도 조금만 기다리면 경우 씨가 정말로 헤어져 주겠다고……."

두서없던 말의 속도가 점차 느려졌다. 자신은 진심으로 남편과 결별하고 싶었다. 하지만 단호한 결단은 미뤘다. 경우가 기다려 달라고 했다는 단 한 가지 이유 때문에.

어쩌면 이렇게 어리석은가. 자신은 뭘 믿었던 걸까? 유진은 깊고도 뜨거운 숨을 내뱉었다. 가슴속에 쌓았던 허망한 모래 탑의 실체를 본 느낌이었다. 얼마간 두고 보자던 남편은 이제 와서는 자신이 해 주는 밥이 먹고 싶다고 한다. 그는 두고 보면 무엇이 달라질 거라고 생각했을까?

─ 느이 내외가 이혼한다면 네가 훨씬 힘들 거라는 건 알고 하는 소리니? 요새 아무리 이혼이 흔한 일이 됐다고 해도 이혼녀는 대접 못 받아.

전화기 속에서 울려 나오는 저 말을 정작 하고 싶은 것은 남편이 아니었을까. 손유진은 이미 백경우의 것이 되었으니 그 사실은 바뀌지 않을 것이라고, 심약한 그녀로서는 결코 그의 그늘을 벗어나 혼자 서는 세상으로 걸어 나갈 수는 없을 것이라고.

'남자야 애만 안 딸리면 총각이나 마찬가지지만 이혼한 여잔 이미 금 간 그릇'이라는 소리를 늘어놓던 시모는 결혼한 지 오래인 동생 유림의 얘기까지 기어이 꺼냈다.

─ 이혼녀 딸을 두게 되면 너네 집안이 민망해지는 것도 문제지만 네 여동생은 어쩌려구? 안 그래도 그 동생은 학생 때 결혼시켰다면서 이런 일 생기면 너 제부 보기에 떳떳할 것 같애? 애기도 있다며? 네가 그렇게도 싸고돈다더니만 그 조카 딸애가 이혼한 이모 보고 무슨 생각을 할지는 생각 안 하니?

"그만 하세요!"

연지의 얘기까지 나오자 도저히 더 참을 수가 없었다. 어린 조카를 보는 자신의 마음이 어떤지 시모는 짐작도 못 하는 것 같았다. 아니, 짐작할 마음이 아예 없는지도 몰랐다.

─ 아니, 얘가…….

"아무튼 이제 하실 말씀 있으시면 경우 씨한테 하시고 저한테는 이런 전화 안 하셨으면 해요."

거칠게 수화기를 내려놓았다. 호흡을 가다듬으며 가쁜 숨을 몰아쉬는데 거실장 위에 놓인 DVD가 눈에 띄었다. 정신이 난 듯 그것을 움켜쥔 유진은 서둘러 안방으로 걸어 들어갔다.

동지가 점점 가까워 오는 즈음의 오전 9시는 '오전'이란 단어와 전혀 어울리지 않는다. 7시경이 되어야 푸르스름하게 밝아 온 아

침은 그 흐릿한 빛살의 치맛자락을 9시가 다 되어서야 겨우 펼쳐
놓았다.

평소처럼 밑반찬 몇 개와 된장찌개로 아침을 먹은 후 설거지한 그
릇을 엎어 놓던 범영은 손을 닦다 말고 아파트 발코니 너머부터 퍼져
들어오는 귤빛 햇살들을 약간 멍한 기분으로 바라보았다. 같은 시간대
라도 햇살이 새 광목천처럼 희고 빳빳했던 몇 달 전에 비하면 한결 느
슨하고 부드러웠다. 늦게까지 잠들지 못하고 뒤척거렸던 어젯밤 일이
꿈만 같았다. 찌뿌듯한 어깨를 의식하며 그는 크게 기지개를 켰다.

"오늘은 좀, 좋은 일이 많았으면 하네."

그렇게 빌어 본 탓인지 짧은 출근길은 상쾌했다. 옛 읍내의 낡
은 아파트를 출발해 신축 아파트들을 끼고 있는 상가까지 오는 도
중 5백 원짜리 동전도 하나 주웠다. 재수가 좋으려나 싶어 범영은
씩 웃었다.

"어허, 오늘 날씨는 꽤 춥네."

커다란 자물쇠를 풀고 셔터를 올리려니 차가운 금속에 손이 쩍쩍
붙는다. 그는 하얀 입김을 내며 손을 후후 불었다. 낡은 가죽장갑은
편하긴 했지만 이제는 좀 얇다. 도어록을 해제해 유리문을 여니 밤새
쌓인 냉기가 훅 끼쳤다.

먼저 히터를 틀어 놓고 사람들이 반납기에 넣어 둔 DVD며 비디
오테이프부터 꺼내 들여놓았다. 그리고 컴퓨터의 전원을 넣고, 가게
앞을 간단히 쓸고, 밖에 내놓는 과자 박스도 옮겨 놓았다. 쌓인 테이
프들의 반납 처리를 해 놓곤 진열대며 냉장고 따위를 닦던 중이었다.
누군가 휙 소리가 나도록 거칠게 가게 문을 열고 들어왔다. 걸레를

쥔 채 카운터로 나가 보니 놀랍게도 손유진이 와 있었다.

"어서 오세요. 일찍 오셨네요."

싸늘하게 대했던 어젯밤의 기억이 떠올라 어색하긴 했지만 반가움이 더 컸다. 자신도 모르게 오른손을 번쩍 들다가 범영은 쥐고 있던 걸레를 보고 얼른 등 뒤로 숨겼다.

"웬일이세요, 이 시간에?"

"DVD 돌려 드리러 왔어요."

답하는 손유진의 호흡이 가쁘다. 얼굴이 발그레한 것은 물론이고 DVD를 내미는 손마저 빨갛다. 무슨 일일까? 설마 헐레벌떡 뛰어오기라도 한 건가? 그러고 보니 늘 꽁꽁 싸매고 다니던 낡은 패딩 점퍼도 앞이 다 열린 채였다. 안에 입은 티셔츠가 그대로 내보였다. 얄따란, 초가을에나 입을 법한 옷이었다.

이런 행색을 하고 왜 여기를. 범영은 자신도 모르게 불쑥 그녀의 어깨를 끌어당겼다.

"이리 와요."

히터 바람이 잘 불어오는 카운터 뒤의 보조 의자에 손유진을 앉혀 놓고 발치에 있는 작은 전기 히터도 켰다. 온장고에서 커피를 꺼내다가 고쳐 생각하곤 두유와 쌀음료를 제일 따뜻한 놈으로 골라 하나씩 들고 왔다. 그때까지 당황한 얼굴로 의자에 앉아 있던 손유진은 그가 다가가자 자리에서 벌떡 일어섰다.

"저기, 이러실 필욘……."

"두유랑 쌀음료 중에 어느 게 나아요?"

모르는 척, 범영은 한 손에 하나씩 쥔 음료수 병을 들어 보여 줬다.

여자가 고개를 숙이고 자기 발을 내려다보기에, 자동적으로 그 눈길을 따라갔다. 추리닝이라고 부르는 낡은 운동복 아래 발목이 드러나는 짧은 양말에 범영은 속으로 혀를 끌끌 찼다. 저러니까 서른도 다 된 주제에 주위 사람에게 휘둘리며 살지.

"전에, 그 부서진 DVD 값을 공급가보다 좀 더 받았더라고요. 그거 대신이라고 생각하세요."

거짓말이 또 익숙하게 튀어나왔다. 이거 완전 버릇이 됐나 보다. 한심하기 짝이 없는 자신의 상황에 범영은 한숨이 났다. 잠시 그를 말끄러미 쳐다보던 손유진이 고개를 흔들었다.

"이런 건 좋지 않아요."

범영은 미간을 조금 찌푸렸다. 무슨 말을 하려는지 알 것 같았다.

"그냥 음료수 한 병인데요."

"……그럼 누구한테나 이러시는 거예요?"

관심이 지나치다 이건가? 범영은 입술 한쪽을 지그시 씹었다. 그럼 불쌍하게나 굴지 말지. 자꾸 신경이 쓰이는데 어쩌라고. 그는 아무렇지도 않은 듯 다시 한 번 양손에 쥔 음료수 병을 흔들었다.

"진짜 오해네요. 업주는 고객 관리가 기본인 거 몰라요?"

손유진이 망설이듯 음료수 병을 바라보았다.

"그런 거예요?"

"아, 그럼요! 정 거리끼면 나중에 돈 받을게요. 됐죠?"

쌀음료의 병을 따서 그녀의 손에 밀어 넣다시피 쥐어 주었다. 손유진은 병을 감싸 쥐고 고개를 숙였다. 작고 가느다란 손가락이 병 둘레에서 또 안쓰럽게 꼼지락거렸다. 저러다 천년만년 걸리겠다 싶어 재촉할 겸 범영이 자신 몫의 두유를 먼저 따던 참이었다.

"신경 써 주셔서 감사해요. 음, 좋은 분인 건 알고 있어요. 사실은 잘 지내고 싶었는데."

"얼른 식기 전에 마셔……, 예?"

무슨 소리를 들었나 싶어 순간 귀를 의심했다. 손유진이 더 깊숙이 고개를 숙였다.

"영화를 봐도 얘기 나눌 사람이 없어요. 보시다시피 이웃이랑 친할 만한 주변머리도 없고."

"……."

"말씀하셨던 것처럼 단골이고 잘해 주셨는데 제 성격이 그래서 만날 때마다 서먹하게 대했잖아요. 그게 사실 마음에 걸렸었어요. 그러니까……."

말을 잃고 그녀를 내려다보는 범영을 보며 손유진이 희미하게 웃었다. 그게 참 아련했다. 금세 찬바람에 지고 말 가을 들꽃처럼.

"저기, 나이도 비슷하니까 친구처럼 대해도 될까요?"

안 된다고 하는 것이 더 맞을 것 같기도 한데 범영은 어쩐지 고개만 끄덕였다. 그리고 뚜껑을 딴 두유를 들이켜다가 그만 사레가 들렸다.

"어머, 괜찮으세요? 이걸 어째."

"괘, 괜찮아요. 쿨럭."

정신없이 기침을 하는 그를 보고 손유진이 안절부절못했다. 등을 좀 두드려 주면 안 되겠느냐는 말이 혀끝까지 나왔지만 꾹 삼켰다. 기침이 가라앉자 범영은 남은 두유를 다시 마시면서 말했다.

"말할 때 '시' 자는 뺐으면 좋겠어요."

"네?"

"친구처럼 지내자면서요. '이러셨어요, 저러셨어요.' 하는 거 불편하잖아요."

친구처럼은 무슨. 말도 안 되는 소리다. 한껏 상냥하게 웃는 얼굴을 하면서도 범영은 속으로 자신을 비웃었다. 진실을 말하라면 '사심 잔뜩'이 40퍼센트에 '평소에는 있는지 없는지도 모르게 겨울잠만 자고 있던 오지랖 발동'이 60퍼센트쯤일까. 핸드폰 대리점에서 일할 때, 수리 완료된 폰 가져가라고 연락했다가 그 사나운 회장 노인네한테 깜빡 속아 집까지 가져다주느라 얽힌 것을 끝으로 자신의 인생에 파란만장은 없다고 다짐했는데 이게 웬 미친 짓인지. 그래도 그때는 외롭고 힘든 독거노인이라고 거짓부렁을 한 것이 그쪽이기나 했지, 이건 빼도 박도 못하게 제 발로 수렁으로 들어가는 기분이었다.

"그건 좀⋯⋯."

불쌍한 얼굴로 그를 낚은 주제에 손유진은 망설이는 얼굴을 했다. 대한민국 아줌마가 소심하기는.

"혹시 나한테서 꼭 존댓말 듣고 싶어요? 하긴 그쪽은 손님이니까."

나이가 두세 살 많은 것만으로도 그녀가 어느 정도의 말 높임을 요구할 수도 있는 상황이지만, 범영은 시침을 뚝 땠다. 곧 죽어도 손유진에게 '누님' 따위의 말을 하고 싶진 않았다. 예상대로 손유진은 펄쩍 뛰었다.

"아뇨, 그런 거 절대 아니에요!"

"아, 그러면 혹시 남자들한테 우대받는 거 좋아해요?"

그런 여자로 보이진 않지만 정 원한다면 해 줄 수도 있다. 그러나 손유진은 얼굴이 빨개지더니 곧 머리를 마구 흔들었다.

"그런 식으로도 생각해 본 적 없어요. 저는 정말로 친구처럼 지내고 싶어서."

그럼 통과하고. 그런데 손유진의 말 중 자꾸 범영의 신경을 건드리는 부분이 있었다. 친구면 친구지 친구'처럼'이 뭐냐. 평소 손유진이 하는 걸 봐서는 그 '친구처럼'은 '친구보다 훨씬 못한 사이'일 가능성이 99퍼센트다. 기왕 저지르는 거 확 저지를 것이지.

"그럼 '시' 자는 서로 빼고, 그리고 이제 그냥 손님이 아니니까 유진 씨라고 부르면 돼요?"

"네?"

눈이 동그래졌다. 그 정도로 뭘 놀라는가 싶다.

"계속 그쪽, 이쪽 그러면 소개팅 하는 애들 같잖아요."

"하지만 전 아직 그쪽 이름도 한 번 들어 본 적이 없는걸요."

"참, 그러네요. 내 이름은 김범영이에요."

'잘 부탁해요.'라며 손을 내밀었더니 아예 얼굴이 창백해진다. 딴에는 지나치게 빠른 전개라 생각하고 있을 테지. 겨우 내민 달달 떨리는 손끝을 범영은 홱 잡아당겨 짤짤 흔들었다. 학교 다니면서 남자들하곤 악수도 안 해 본 사람 같다고 말했더니, 살짝 벌어져 있던 연한 색 입술을 손유진은 야무지게 딱 닫았다. 잡은 손에도 힘이 들어갔다. 애 같은 반응이라 솔직히 좀 웃겼다. 하지만 아마 겉으로 보기엔 범영의 얼굴은 꽤나 진지했을 것이다.

친구가 된 기념으로 건배하자며 다시 병을 들었다. 가볍게 쌀음료

병을 건드리고 나서 두유를 한 모금 들이켠 범영이 슬쩍 웃었다.

"이 회사 두유 진짜 맛있네요. 들여놓기를 잘했다."

거짓말이 아니었다. 여태까지 먹어 본 두유 중에 제일 달고 고소한 이 맛을 왜 여태 몰랐을까 싶을 정도로.

그답지 않게 맛 들인 두유 취향은 꽤 오래갔다. 그 후로 손유진이 대여점에 올 때마다 범영은 항상 따뜻한 두유와 쌀음료를 각각 한 손에 들고 그녀를 맞이했기 때문이다. 추운 날이면 많은 사람들은 뜨거운 커피를 홀짝이는 것이 제격이라고 생각하겠지만, 그는 왠지 손유진에게 커피보다는 좀 더 든든한 것을 먹이고 싶었다.

어쩌면 도넛 가게에서 만난 아침, 커피를 들고 오던 그녀의 텅 빈 것 같은 표정을 보아서 그런 것인지도 모른다. 혹은 그녀와 점심을 같이 먹었던 남자에의 질투가 이유였을지도 모르겠지만. 그러다가 결국 손유진과 밥을 먹고 싶다는, 먹어야 되겠다는 생각을 하게 되었다. 시작은 날씨가 좀 더 추워진 12월 초순이었다.

수능이 있은 후 한 달까진 되지 않아서 그런지 거리의 판매대나 빵집 진열대에는 아직도 초콜릿이나 엿 따위를 팔고 있을 때였다. 대여점에도 얼마간 들여놓았던 게 몇 개 남아 녹지나 않았나 싶어 범영이 한 개 까서 우물거리고 있던 차에 손유진이 가게 문을 열고 들어왔다.

"뭐, 맛있는 거 먹나 봐요?"

그는 입속에서 우물거리던 엿을 한쪽 뺨으로 밀어 넣었다. 친구 먹기로 한 날 이후로 서서히 말문을 트기 시작한 그녀는 요즘은 범영에게 꽤 만만하게 굴었다. 그는 일단 이웃사촌처럼 대하자, 그렇게 마음먹고 있었다.

"엿 먹을래요?"

짓궂은 농담과 함께 반짝이는 비닐에 싸인 흰 엿을 하나 내밀었으나 손유진은 물끄러미 내려다보기만 했다. 범영은 그녀의 무반응에 괜히 계면쩍어졌다.

"혹시 싫어해요?"

"아니, 그런 건 아닌데……. 낯설어서요. 오래간만이네요, 엿은."

"그래도 10년 전 대입 땐 싫도록 먹었을 거 아니에요. 나는 그런 적도 없어서 가끔 먹고 싶더라고요."

바스락거리며 포장지를 벗기고 입 안에 넣어 오물거리는 것을 보며 범영은 슬쩍 웃었다.

"수능을 안 쳤거든요."

고의적으로 말을 꺼낸 건 아니었지만 예전부터 마음에 걸리던 사실을 흘리듯이 말하고 나니 범영은 속이 시원했다. 고졸이 죄도 아니고 딱히 자신이 모자란다거나 하는 생각도 없었지만 뭔가를 속이고 있는 것 같아서 그간 좀 께름칙했었다. 영화 얘기를 하고 싶어 친구가 필요하다던 손유진의 말 때문에 더 그랬다. 뭣도 모르면서 유식한 척 꾸며 말 굴리기에 그는 영 소질이 없었으니까. 잠시 동안 말없이 입속에서 엿을 굴리던 손유진이 입을 열었다.

"나도 엿은 안 먹었어요. 수능 때도 그렇고 고입 때도요. 부모님이 야단스럽게 그러는 걸 싫어하셔서 입시생이라고 뭘 따로 챙긴 일도 없고, 일부러 친척들에게도 알리지 않았거든요."

"아, 그래요?"

'왜 대학엘 가지 않았느냐?'라든가 '그 뒤로도 생각이 없었느냐?'

같은 질문이 나오지 않은 것은 다행이지만, 범영은 유진의 대답이 여러모로 이상하게 느껴졌다.

유진이 가족 이야기를 한 건 조카 얘기 이후로 처음이었다. 남편의 얘기는 물론 다른 가족의 얘기 또한 그동안 그녀와 나눈 대화 중에 보풀 하나만큼도 흘러나오지 않았었다. 유진은 혼자, 그리고 가족과도 별 연락 없이 사는 것이 확실했다. 부모와 사이가 좋지 않나 싶었는데 방금의 대답으로 그 의심이 더욱 짙어졌다.

보통의 부모라면, 아이가 고3일 때는 입시 불공을 드린다든지 꼼꼼히 식사와 간식을 챙긴다든지 하는 식으로 늘 노심초사하질 않나. 수능 당일에 아침부터 서둘러서 차를 태워 준다거나 고사장 앞에서 기다린다거나 하는 많은 부모를 TV 화면으로 보면서 부러워한 적이 있는 범영은 유진의 부모가 그녀와 친하지 않을뿐더러, 학업 역시 별로 중요시하지 않았나 보다고 생각했다. 그녀의 입성도 그렇고 역시 친정이 가난한 게 아닐까. 그래서 남편도 은근히 그녀를 무시한다면 말이 된다.

"힘들었겠네요."

"네?"

고개를 갸웃하며 반문하는 유진에게 어깨를 으쓱하며 '부모님이 엄하셨던 것 같아서요.'라고 했더니 그제야 그녀는 끄덕이며 살짝 웃었다. 요즘 들어 자주 보게 되는 그 아련한 웃음이었디. 문득 배가 고파져서, 범영은 생각했다.

이 여자랑 따뜻하고 푸근하게 밥을 먹어 보고 싶다고. 아니, 이 여자에게 그런 밥을 먹여 주고 싶다고.

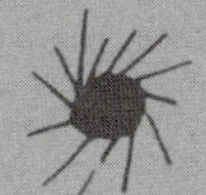

7

너의 슬픔을
땅끝에
묻어 줄게

충동적인 마음에서 시작되었던 대여점 남자와
의 사귐은 그리 나쁘지 않았다. 애초부터 남자의 인상이 나쁘지 않았
던 것도 있지만, 친구처럼 지내자고 해 놓고 여전히 비디오나 DVD를
대여하러 찾아가는 것이 다인 유진의 행동에 대여점 남자의 태도가
별로 달라지지 않은 탓도 있을 것이다. 그는 여전히 친절하며 상냥했
고, 그런 것에 비하면 말수가 그리 많진 않았다. 대뜸 이름을 불러도
되느냐고 물었던 것에 비하면 상당히 의외였다.

달라진 거라고는 그녀가 가게를 찾을 때마다 하나씩 건네주는 음
료수 병이었는데, 처음 잘 지내보자고 한 날처럼 그는 늘 쌀음료와
두유를 그녀와 나눠 마셨다. 대부분 유진이 마시는 것은 쌀음료였고
범영이 두유를 먹었지만 가끔 그 둘이 바뀌는 때도 있었다. 두유 특
유의 달착지근하면서 은근한 콩 내음이 나는 그 맛을 유진은 그리 좋
아하지 않았으나, 가끔은 범영의 대여점에서 파는 두유가 먹고 싶기
도 했다. 그가 말했듯이 브랜드가 남다른 것일지도 몰랐다.

처음엔 안 줘도 된다고 얘기했지만 고집스런 태도로 친구 대접이
그런 게 아니란 말만 돌아와, 할 수 없이 유진도 가끔씩 뭔가를 사 들
고 가게 되었다. 주로 도넛이나 치킨 같은 것들이었다.

"오늘은 초코 도넛."

음료수를 간이 탁자에 놓은 후 유진이 사 온 세 번째의 도넛 상자를 열어 본 남자는 빙긋이 웃었다. 그녀에게도 먹으란 듯 앞으로 상자를 밀어 내놓은 후 범영이 먼저 플라스틱 포크로 하나를 푹 찍어 우걱우걱 먹기 시작했다. 작은 크기의 도넛 하나를 골라 반을 잘라 입에 넣으며 유진은 열심히 먹고 있는 남자를 새삼스레 쳐다봤다.

남편 경우는 기름진 것, 특히 인스턴트라면 질색을 했는데.

"도넛 참 좋아하나 봐요."

기어이 그런 질문이 입에서 나왔다. 남자가 입가의 부스러기를 떨며 의아하다는 듯 그녀를 마주 봤다.

"왜요?"

"그냥……, 잘 먹어서요."

남자가 스윽 웃었다. 말 그대로 스윽. 소리가 나지는 않는데 하얀 앞니들이 가지런하게 입술 밖으로 내다보이는 미소였다.

"원래 가리는 것 없어요. 그리고……."

"그리고?"

범영의 미소가 조금 더 깊어졌다.

"내가 기름진 것 좋아한대서 사 오는 거 아닌가요? 저번엔 치킨하고 탕수육도 사 왔었고."

유진은 가슴이 뜨끔했다. 분명 그런 생각을 하긴 했었다. 그래도 수긍하기는 어려웠다.

"그게, 늘 12시쯤 오게 되니까……, 식사 시간이라서요. 뭘 사 들고 오려니 이 근처에는 간단하게 먹을 만한 게 마땅하지 않고. 또……, 김밥 같은 건 너무, 음, 부실한 거 같고."

대한민국 국민의 가장 흔한 테이크아웃 음식으로 보편화된 김밥 전문점이 근처에도 몇 군데나 있다는 것을 기억해 낸 유진이 마지막 말을 급히 덧붙이자, 범영이 어깨를 으쓱했다.

"나도 파는 김밥은 질려요. 워낙 많이 먹었거든요."

"밥해 먹기 귀찮죠?"

생뚱맞게도 동질감이 들었다. 유진도 어릴 땐 분식집의 김밥을 꽤나 먹었었다. 범영이 대여점에서 약간 떨어진 예전 읍내-읍이 아니라 면이니 읍내라 하기도 뭣했지만-의 아파트에서 혼자 산다는 것은 이미 알고 있는지라, 여자인 자신도 혼자 먹는 식사를 챙기기가 귀찮은데 남자는 오죽할까 싶었다. 하지만 범영은 고개를 흔들었다.

"아뇨, 밥은 그냥저냥 해요. 김밥은 예전에 많이 먹었죠."

그러고 보니 요즘은 점심 도시락을 잘 안 싸 온다며, 좀 귀찮아지긴 한 모양이라고 남자는 또 웃었다. 생김새가 굵직굵직한 남자가 도시락을 손수 싼다는 말에 놀랄 겨를도 없이 유진은 그만 볼이 화끈했다. 그가 도시락을 싸 오지 않는 이유를 알 것 같기도 했기 때문이다.

"아, 저기, 김밥이라니까 소풍 생각난다. 오늘 날씨 되게 좋죠?"

뜬금없다는 것을 알면서도 화제 돌릴 때의 제일 만만한 메뉴인 날씨 얘기를 꺼냈다. 범영은 아무렇지도 않은 얼굴로 두유 병을 기울이며 '그러네요.' 했다. 그러더니 가게 유리창 너머의 하늘을 좀 더 유심히 보고는 눈을 가늘게 뜨며 입맛을 다셨다.

"자전거 타러 가기 좋은 날씬데."

"자전거요?"

"예, 상가 아래쪽 아파트촌 지나서 톨게이트로 통하는 지하도로 반대쪽으로 주욱, 한 20분만 가면 다 논밭이거든요. 되게 넓어요. 지금은 벼를 다 베서 썰렁하긴 하지만 속이 탁 트이고 좋아요."

보기 드물게 손짓 팔짓까지 동원해 가며 설명하듯 방향을 이쪽 저쪽 가리키던 그는 그곳에 가면 개천도 있고 작은 저수지도 있다고 알려 주었다. 휴일이면 간간이 낚시하는 사람들도 만날 수 있단다. TV 화면이나 사진 속의 풍경이 연상되는 얘기에 유진은 눈을 깜빡거렸다.

여태 살면서 그런 평범하지만 아름다운 풍경을 스쳐 지나가 본 적이 몇 번은 있을지도 모른다. 그러나 여유가 생기면 딸들과 보내기보다는 사업 상대들과 골프를 치고 클레이사격 따위를 하거나, 그것도 아니면 또 다른 개인적인 즐거움을 찾던 아버지에게는 자전거를 배워 본 적도 없고 남편 경우와도 야외로 함께 나가 뭔가를 해 본 적은 없었다.

"시외버스를 타고 나갈 때 논밭들이 많은 걸 보기는 했지만 그렇게 가까운 줄은 몰랐어요."

그 소리에 범영은 조금 놀란 빛을 했다.

"마트 한 번도 안 가 봤어요?"

유진은 고개를 끄덕끄덕했다. 근처에 하나밖에 없는 대형 마트가 농경지를 두르고 지어져 있는 것은 안다. 농수산물에서 가구까지 취급하는 큰 마트라 아파트촌의 사람들뿐만 아니라 30분 정도 거리의 소도시에서도 사람들이 찾아오곤 한다지만 그녀는 가 본 적이 없었다. 아파트촌 내의 중형 슈퍼마켓만으로도 족했다.

"……차가 없어서?"

"차 몰 줄도 몰라요."

한 박자 어색한 침묵이 흘렀다가, 자기 차 없이 장 보러 가기엔 좀 힘들 것 같다고 금방 고개를 끄덕이는 범영에게 불쑥 사실을 말해 버렸다. 계면쩍은 웃음을 흘리며 생각해 보니 서른 다 되도록 뭘 했는지 모르겠다. 분명 면허가 있긴 했지만 차를 직접 몰아 본 적은 없다.

"그럼 면사무소 같은 데 갈 때는 버스 타고 가고요?"

살다 보면 전혀 안 갈 수 없는 관공서는 걷기에도, 차를 타기에도 애매한 거리였다.

"택시를 타거나……, 날씨가 좋으면 가끔 걸어도 갔어요."

"이 동네는 자전거 있으면 편할 텐데. 탈 줄 알아요?"

"중학교 때 친구한테 배우긴 했는데 그 뒤론 한 번도 안 타서 지금도 탈 수 있을지는 모르겠어요. 어차피 외출을 자주 하는 것도 아니고, 나다니는 거 별로 좋아하지도 않는걸요."

무심코 대답하다가 유진은 자신이 하는 말의 내용이 익숙한 것을 깨닫고 입술을 깨물었다. 신혼 시절, 남편 경우가 밤늦게 돌아와 '나 없이 뭘 했느냐?'고 물으면 그냥 집에 있었다며 곧잘 답하던 말이다. 그러면 남편은 만족한 듯 고개를 끄덕이고는 더 이상 아무 말도 하지 않았었다. 그때는 100퍼센트 진심이 아닌 답을 하면서도 괜찮다 생각했다. 부부 중 하나는 만족하니까.

그런데 지금은 진심이다. 자신의 말이 진심이라는 사실이 그녀는 갑자기 무서워졌다.

김범영이 굵은 눈썹을 꿈틀거리며 잠시 동안 말없이 그녀를 건너다봤다.

"나, 보기 답답하죠?"

참다못해 꺼낸 질문에 범영은 생뚱맞은 대답을 했다.

"조만간 자전거 사요. 금방 탈 수 있을 거예요."

"예?"

"중학교 때 배웠다면서요. 타고 싶었으니까 배웠을 것 아니에요."

유진은 알 것도 같고 모를 것도 같은 말을 하는 남자를 올려다봤다.

"지금은 싫어요?"

범영이 눈썹을 치켜세웠다. 평소보다 조금 크게 뜨인 그 눈은 마음을 꿰뚫어 보는 듯했지만 사뭇 맑았다. 사람을 직시하는 눈이 강요가 되지 않을 수도 있구나. 새삼스레 놀라움을 느끼며 그녀는 눈을 떨어뜨렸다. 간이 식탁 위에 나란히 놓인 음료수 병 두 개와, 그 사이의 열린 도넛 상자가 보였다. 문득 또 가슴이 뛰었다. 유진은 고개를 천천히 저었다.

"아뇨. 지금도 타 보고 싶어요."

"그럼 사요."

"그게……, 자전거에 대해 잘 몰라요. 사는 거 도와줄 사람도 없고."

대답을 해 놓고 나니 또 어색해졌다. 눈치가 모자란 사람은 아니니 어차피 알고 있었을 것 같지만, 그래도 대놓고 '나, 남편과 사이 나빠요.' 하고 말해 버린 셈이었다. 범영이 검지로 미간을 문지르더니 곧 스윽 웃었다. 가볍게, 아무런 문제도 없다는 듯이.

"그럼 내일은 좀 일찍 와요. 한 9시쯤에."

아마도 저건 도와준다는 말이겠지? 무슨 말을 해야 할지 몰라 목이 따끔따끔했다. 한 번 침을 삼키고 나서 유진은 어울릴 만한 인사를 골랐다.

"고마워요. 범영 씬 참 좋은 친구예요."

쑥스러운지 남자의 웃음이 조금 흐려졌지만 유진은 다시 한 번 되풀이했다. '정말 좋은 친구 맞아요.'라고.

도넛을 다 먹기가 바쁘게 손님들이 조금씩 늘기 시작해서 유진은 가게를 나왔다. 촘촘하게 세워진 상가 건물 사이를 벗어나니 찬바람이 제법 불었다. 잎들을 다 떨어뜨린, 혹은 메마른 한두 잎을 달고 있는 가로수 아래를 옛 영화의 DVD 한 장과 두유 한 병이 든 검은 비닐봉지를 한 손에 들고서 그녀는 생각에 잠겨 걸었다.

굳이 범영의 말 때문이 아니라도 자전거가 생긴다면 나쁘지 않을 것 같다. 운동도 되고, 기분 전환도 되어 우울한 생각도 하지 않을 것이다. 그러니까 그의 친근하고 다정한 태도 같은 건 너무 신경쓰지 말자고 유진은 생각했다. 동성 친구들도 저 정도는 하지 않는가. 일부러 자꾸 의식하는 게 더 이상한 일이 아닐까. 대신 자전거 사는 건 혼자서, 그리고 연습하는 것도 혼자서가 좋겠다고 마음먹었다.

"어차피 자전거는 1인용이잖아. 홀로 서기에 딱 맞는 교통수단이라니까."

커다랗게 중얼거리고 나자 비로소 마음의 짐을 던 듯 홀가분해졌다. 조금씩 흥분되기도 했다.

자전거에 익숙해지게 되면 겨울이라도 여기저기 다녀 봐야지. 추울 테니까 귀까지 푹 눌러쓰는 뜨게 모자도 사고, 목도리와 두툼한 장갑도 사겠어. 바깥바람 맞고 다닐 거니까 굳이 비싼 브랜드 제품이 아니더라도 상관없겠지.

노래 부르듯 읊조리다가 그녀는 아직 사지도 않은 모자와 장갑을 착용한 자신의 모습을 떠올렸다. 주로 무채색에 가까운 의류들을 선호해 왔지만 지금 연상된 건 눈에 확 띄는 예쁜 빨강 뜨게 모자였다. 아님, 사철나무 같은 짙은 초록이나 알록달록하게 갖은 색실을 섞어 짠 것이 좋을 것 같기도 했다. 오늘이라도 근처 상가에 나가 사 놓을까? 아니면 자전거가 온 뒤에 그걸 타고 범영이 말했던 대형 마트에라도 가 볼까? 춤의 스텝을 밟듯 발이 가벼워졌다.

흥겹게 경비실 앞을 지나 아파트 현관을 들어서려는데 주차장의 까만 고급 승용차 한 대가 언뜻 유진의 눈을 끌었다. 까만색의 BMW. 친정어머니가 타고 다니던 차와 같은 종류다. 온기로 덮혀져 있던 가슴이 갑자기 싸늘해졌다. 조심스럽게 차 안과 주위를 살폈지만 운전을 하지 못하는 어머니를 늘 따라다니던 기사는 보이지 않았다.

"요즘은 외제 차도 흔한걸, 뭐."

애써 입을 당기며 웃었다. 설사 친정어머니가 찾아왔다 해도 어쩔 수가 없지 않은가. 유진은 별거 이후 두어 번 어머니를 만났던 기억에 팔을 축 늘어뜨렸다. 언제 집으로 돌아갈 거냐며 같은 말만 외국어 회화 테이프처럼 되풀이하던 어머니였지만, 보지도 않으려는 아버지보다는 그나마 낫지 않느냐고 그녀는 자조했다.

엘리베이터 앞에서 푹 숙인 고개를 하고 버튼을 눌렀다. 빨간 디지털 숫자가 꼭대기 층에서 내려오다가 16에서 잠시 멈췄다. 유진의 안색은 좀 더 어두워졌다. 각오는 했지만, 막 열린 엘리베이터에서 설마설마했었던 얼굴을 맞닥뜨리게 되자 그녀는 자신도 모르게 몇 걸음 물러섰다.

"왜 이렇게 집을 오래 비웠어?"

상냥한 목소리로 말하며 다가서는 잘 차려입은 중년의 여성은 유진과 매우 닮아 있었다. 크지 않은 몸매며 틀어 올린 까만 생머리, 검은색 같지만 실은 다갈색인 눈동자가 다 그랬다. 누구나 그들 모녀를 보면 다 엄마와 딸임을 알아본다. 하지만 닮은 것은 외모뿐이다. 유진은 손을 뒤로 숨기며 무표정하게 물었다.

"오셨어요?"

주소를 묻지도 않았던 어머니가 여기까지 찾아온 것을 보면 아마 동생 유림이 알려 준 모양이다.

"그래, 날도 찬데 어딜 이리 오래 다녔니? 집 앞에서 기다리다 못해 내려오는 길이다. 누구 만났어?"

"……."

"뭐니? 설마, 정말 누구 만나고 오는 거야?"

손이라도 잡을 듯 친근하게 묻던 어머니는 유진이 시선을 맞추지도 않은 채 미동도 없이 뻣뻣하게 서 있자 미간을 살풋 찡그렸다. 그 시선이 딸이 입은 검은 트레이닝복과 그 위의 낡은 갈색 점퍼를 재빠르게 훑어 내렸다.

"그건 아닌 것 같은데. 하긴 넌 예전부터 워낙 옷 센스가 없었지. 아무튼 빨리 올라가자."

어머니는 그녀의 어깨를 끌어안으며 엘리베이터 안으로 발걸음을 옮겼다. 올라가는 엘리베이터 안에서 어머니는 '이 나이가 되니 나도 오래 서 있으면 다리가 뻣뻣해서 힘들다.'며 연한 한숨을 내쉬었다. 동네 미장원이며 세탁소 따위의 상호가 적힌 거울 속에 그 옆 얼굴이 비쳤다. 아직까지 잔주름도 몇 없이 팽팽하고 고운 얼굴이었다. 눈 밑에는 검은 그림자가 지고 푸석푸석한 머리칼의 딸과는 나이 차가 좀 지는 자매간으로 보일 만큼.

"아무리 말씀하셔도 그렇게는 못 해 드려요."

유진은 불쑥 내뱉었다. 흘러내린 머리카락 몇 가닥을 귀 뒤로 쓸어 담던 어머니가 그녀를 바라다보았다.

"뭘 말이니?"

"똑같은 말씀이시잖아요. 다시 그 사람에게 데려가려고 오신 건 줄 알아요. 전 안 가요. 도저히 못 가요."

"백 서방은 너 기다린다."

어머니는 다시 한숨을 내쉬었다. 조용한 비난이 섞인 한숨이다. 이번에는 뻑뻑한 무릎 때문이 아니라는 것쯤 유진도 알았다.

"잠시 나와 있던 것쯤 다 이해할 거다. 따로 설명할 필요도 없고 그냥 다시 네 집에 돌아가기만 하면 돼. 옛말에도 부부 싸움은 칼로 물 베기라고 그랬잖니. 왜 사람들 보기에도 좋잖게……."

"어머니, 정말 모르시겠어요?"

"뭘 말이니?"

무슨 데자뷰 같았다. 몇 초 전에 한 말을 여전히 품위 있고 차분한 말투로 되풀이하는 어머니의 얼굴을 유진은 똑바로 쳐다보았다.

"복잡한 건 싫다. 머리가 아프구나."

저 말도 참으로 많이 들었던 말이다. 이번 일 전에도, 결혼 전에도, 경우와 만나기 전에도, 여학생일 때도, 아이 때도 줄곧 들었던 말.

담담해서 무심할 정도의 어조로 어머니가 '뭘 말이니? 복잡하게 굴지 마라. 머리가 아파.'라고 하면 유진은 할 말이 없어지곤 했다. 동생 유림이 졸라 라면을 끓여 주다가 손을 데어 서투른 솜씨로 붕대를 칭칭 감아 놓았던 상처도, 아끼던 크레파스를 옆자리 남자애가 통째로 뺏어 가서 속상해서 어쩔 줄 모르던 여덟 살 때도, 여중생 시절 유일하다시피 절친했던 친구가 전학을 가서 겨우 참아 내던 눈물도, 가난하고 자존심 강한 연인이던 경우 때문에 아버지의 폭언을 들어야 했던 순간의 억울함도 저 말 앞에선 모두 하잘것없는 일이 되었다. 어머니에게는 결코 울 일도 분노를 터뜨릴 일도 아닌 일을 두고 그 마음 상한 것만 그대로 남아서, 혼자 돌아서서 이유도 없이 다친 마음을 혼자 쓰다듬어야 했던 일이 일시에 되살아났다. 유진은 뒷걸음질을 쳤다. 차가운 거울이 등에 와 닿았다.

"저는 이해 못 해요. 그 사람은 이해해도 저는 이해 못 한다구요! 그 사람이 저한테 한 일도 이해할 수 없고, 제가 저한테 한 일도, 그 사람과 저 사이에 일어난 일도 죄다 이해 못 해요. 그리고 어머니도 이런 절 이해 못 하시잖아요. 그러니까 그냥 내버려두세요. 제발요, 네?"

붙잡고 있던 유진의 어깨를 놓친 어머니의 손이 허공에서 허둥거리다 풀썩 아래로 떨어졌다.

"아니, 왜 내가 널 이해 못 한단 말이니? 30년 가까이 키운 딸인데, 내가 왜?"

"이해하신다면 벌써 제가 그 집을 나오기 훨씬 전부터 이해하셨어야 해요. 어머니도 여자니까, 제가 뭘 잃어버렸는지 아실 거 아니에요!"

"잃긴 네가 뭘 잃었다는 거야? 난들 아무 생각도 안 해 본 줄 아니? 만일 네가 내 입장이었다면……."

빠르게 내뱉던 어머니의 말이 돌연 멈췄다. 어머니는 둘밖에 없는 엘리베이터 안을 허둥대며 둘러보았다. 꼭 누가 그들의 대화를 엿듣기라도 하는 듯.

"오늘따라 너 왜 이러니? 늘 차분하고 얌전하던 아이가……. 너 혹시 어디 아프니?"

유진은 눈을 질끈 감았다. 열이라도 짚어 내려는 것처럼 어머니의 손이 이마를 건드리는 것을 유진은 오른손을 들어 떨쳐 냈다.

"전 이제 그 사람과 살 수 없어요. 아니, 안 살 거예요!"

땡 소리와 함께 문이 열렸다. 유진은 거칠게 엘리베이터 밖으로 나왔다. 하지만 그녀는 곧 멍하니 멈춰 설 수밖에 없었다.

"아버지……."

"백 서방이 너 이상하다고 하는 말에도 설마설마했는데, 정말이로구나."

커다란 키에 묵직한 어깨를 한 부친이 현관문 앞에서 형형한 눈빛으로 그녀를 노려보며 서 있었다. 기사가 안 보인다 했더니 아버지가 손수 차를 운전해서 오신 모양이다. 가슴이, 숨 쉬기가 힘들 만큼 답답해졌다. 1년 남짓 만에 보는 것이지만 반백의 머리에 검은 양복 차림을 한 부친은 아무도 60대 중반으로 보지 않을 만큼 여전히 정정했다.

"그새 다른 놈이라도 만났니?"

"여보."

직설적인 부친의 어투를 나무라기라도 하듯 어머니의 목소리가 엘리베이터 앞 공간을 부드럽게 울렸다.

"여기서 이럴 일이 아니잖아요. 안으로 들어가서 천천히 이야기하세요."

"……열어라."

솟구쳐 오르는 화를 누르기라도 하는 듯 담배를 꺼내 물며 친정아버지가 비켜섰다. 유진은 점퍼 주머니에서 짤랑거리는 열쇠 꾸러미를 꺼냈다. 옆에서 어머니가 '문에 번호키가 없어? 불편하고 위험해서 어째. 서민 아파트는 다 이러니?'라고 걱정스럽게 중얼거리는 소리가 공허하게 들렸다.

작은 신발장이 있고 평범한 타일이 깔린 좁은 현관을 부친은 비웃는 얼굴로 둘러보았다. 유진은 아무 말 없이 신발을 벗고 먼저 안으로 들어갔다. 냉장고에서 우유를 꺼내 붓고 수돗물을 끓여 녹차 티백을 하나 담갔다. 쟁반에 컵 두 개를 받쳐 들고 나오니 부모님은 소파도 없는 거실에서 서성이고 계셨다. 평소에는 썰렁하게까지 보였던 거실이 오늘은 몹시 비좁고 남루하게 보였다. 그녀는 무표정한 얼굴로 바닥에 쟁반을 내려놓고 침실 장롱에서 방석을 꺼내 왔다.

"집에 원두커피나 차 같은 건 없어서요. 앉아서 드세요."

"아버지껜 이런 티백 말고 차라리 그냥 물을 드리지 그랬어."

입가에 컵을 살짝 갖다 댄 후 다시 내려놓으면서 어머니가 가볍게 나무라는 투로 얘기했다. 유진은 무심하게 대답했다.

"정수기가 없어요."

"저런. 그럼 물은 사 먹는 거야? 아님 배달받니?"

"지금 그런 쓸데없는 소리 하게 생겼나!"

어머니의 조곤조곤하던 목소리는 아버지의 호통에 뚝 끊겼다.

"백 서방이 며칠 전 왔었다."

"……."

"본인이 미안하기도 하고 그래서 재촉도 않고 널 기다리고만 있었는데, 이젠 그래서는 안 될 것 같다고 그러더구나. 네가 좀 이상하다는 소리도 하고. 그래도 딸자식이라고 나는 네 사는 꼴이 백 서방 마음에 안 들어서 그런 말도 하는 거겠거니 생각했는데 지금 보니 그 말이 맞는 모양이다."

"무슨 말씀이세요?"

"못마땅해하던 결혼 죽자고 매달려서 허락했더니 이젠 남편 내버리고 바람이라도 피울 셈이냐?"

혐의에 사로잡혀 있던 마음은 아예 먹먹해졌다. 모친의 누구 만났느냐는 물음이나 부친의 다른 놈 운운하는 소리를 흘려들었는데, 이제 보니 그냥 했던 말이 아닌가 보다. 생각해 보면 남편은 무덤덤하긴 해도 자기가 신경을 곤두세우는 쪽으로는 굉장히 눈치가 빠른 사람이었다.

"어차피 제가 하는 말은 안 믿으실 거잖아요."

후들후들 떨리는 입술로 얘기했다. 일그러지는 부친의 얼굴을 보고 싶지 않아서 꿇어앉은 바닥만 보았다.

"어쨌든 법 어기는 짓은 안 해요. 빠른 시일 내에 그 사람하고는 정식으로 헤어질 거구요."

"뭐야?"

"죄송하지만, 해 주신 아파트는 그 사람 줘야 할 것 같아요. 대신 여기 전세금을 받았으니까 뭐든 해서 저 혼자 벌어먹고 살 수는 있을 거예요. ……제가 못나서 죄송해요."

"못난 거 아는 게 그따위야!"

와장창하는 소리와 함께 쟁반이 어깨 위로 떨어졌다. 불같은 아픔에 어깨를 감싸 쥐고 입술을 깨물었다. 그러나 아픔보다 더한 것은 두려움이다. 똑같은 상황, 똑같은 절망. 결혼 전에도 결혼 이후에도 결코 자신의 인생은 여기서 더 움직일 수 없다는, 벗어날 수 없을 것만 같은.

"못난 줄 알면!"

퍽 소리와 함께 머리가 기울어졌다. 어머니의 '여보! 제발!' 하는 비명 같은 소리가 들렸다. 쓰러질 뻔했지만 겨우 손으로 바닥을 짚어 앉은 자세를 되찾을 수 있었다.

"그나마 굴러들어 온 남편 복을 걷어차진 말아야지! 돈 퍼부어서 가난한 집안이랑 결혼시키고 한 몇 년 오냐오냐해 줬더니 아주 건방만 늘었구나! 잘난 것도 없는 네년이 그만한 남자 어디 가서 만날 거야? 응? 이혼한 꼬리표 차고 집안 망신을 또 얼마나 시키려고?"

엉킨 머리칼로 뒤덮여 흐릿해진 시야에 엎질러진 찻물이며 뒹구는 잔들이 보였다. 몸에 달라붙어 떨어지지 않는 기억, 오래전부터

지긋지긋하게 익숙한 광경이었다. 그래서 유진 자신도 지난 4년을 그렇게 지내 왔을까.

지금에야 드물어졌다지만 젊은 시절의 부친은 성질이 불같았고 밖에서 하는 일이 뜻대로 되지 않으면 집안을 발칵 뒤집으며 그 속을 풀었었다. 딸만 둘인 것을 타박하면서 밖에 여러 여자를 두고 딴살림을 차린 것도 몇 번이나 되었다.

"여보, 제발 좀 참으세요! 애를 이래 놓으면 백 서방을 어떻게 보시려구요? 집안 풍파 없으려면 어쩌든지 다시 데리고 가야 하는데, 시퍼렇게 멍든 얼굴을 하고 집에 가랄 참이에요? 사람들이 다들 뭐라겠어요?"

정작 무엇이 중요한지 모르는 어머니의 애원도 끔찍했다. 어린 시절 때때로 어머니는 얼굴이며 팔다리에 멍이 든 채로도 아버지가 아무 일 없는 척 새로 사 준 백이나 목걸이, 반지 따위를 들여다보고 하얗게 웃었다. 남편에게 해야 할 악다구니 따위를 까맣게 잊어서 그럴까. 자식의 입성이며 끼니 챙기는 것 역시 자주 잊고 살던, 회칠을 한 가면을 닮은 그 얼굴이 떠올랐다. 할머니를 친탁해서 아버지의 애정을 그나마 좀 받은 유림이 자라 입바른 소리를 할 때까지 집안은 한결같았다. 자신마저 그렇게 되라고?

'자전거, 타고 싶었으니까 배웠을 것 아니에요.'

남자가 머릿속에서 속삭였다. 그 말이 맞았다. 조신하지 못하게 계집애가 다리 쩍 벌리고 천지 사방 돌아다닐 셈이냐고 혼이 났어도, 자신은 정말 타 보고 싶었다. 힘차게 페달을 밟아서 모르는 길, 한 번도 가지 않은 길을 가 보고 싶었다. 땀이 흐르도록 바람을 가르고 헐떡이더라도 세상의 공기를 한껏 들이켜고 싶었다.

'금방 탈 수 있어요.'

그렇게 말해 준 사람이 있었다. 여태까지는 아무도 해 주지 않았던 말이었지만 이제는 달랐다. 바닥을 짚었던 손에 힘이 주어졌다. 떨리던 팔도 멎었다.

"두 분 계속 계실 거면 제가 나갈게요."

벌떡 일어선 유진은 곧바로 현관으로 뛰쳐나왔다. 딸의 이름을 소리쳐 부르는 어머니의 목소리와 뒤쫓아 나오는 아버지의 발소리가 뒷머리를 잡아채는 것 같았다. 1층에 머물러 있는 엘리베이터를 보고는 내처 계단으로 뛰었다. 몇 번이고 고꾸라질 뻔하면서 달리다 보니 어느새 자신은 아파트 단지를 빠져나와 근처 조그만 공원까지 와 있었다.

뒤늦게 깨달은 둔통에 발을 내려다보니 엄지발가락 전체에 피멍이 들어 있었다. 그것도 꿰고 있는 슬리퍼 앞쪽에서 양말을 뚫고 삐죽 튀어나오기조차 한 보기 흉한 모양새였다. 연방 불어오는 찬바람 탓에 머리카락이 자꾸 뺨에 달라붙었다. 떨리는 손으로 머리카락을 떼다 보니 눈 아래가 젖어 있었다. 언제부터 울고 있었던 걸까. 무의식적으로 소매를 들어 뺨을 문지르긴 했지만 머릿속이 텅 빈 것 같아 아무 생각도 할 수 없다. 다리가 풀려 비틀거리는 걸음으로 그녀는 비어 있는 나무 의자에 가서 앉았다.

겨울 느낌이 완연한 공원에는 인적이 없었다. 마른 나뭇잎들이 바스락거리며 바람에 부딪히는 소리만 가득할 뿐이었다. 이제 어디를 갈까? 뛰쳐나온 순간 들렸던 목소리가 떠올라 벌떡 일어섰으나, 유진은 금세 고개를 흔들었다. 그건 그냥 마음이 빚어 낸 소리였다. 드러내서 될 일이 아니었다. 게다가 그를 만난다 해도 뭐라고 할 것인가. 남편의 일로 부모에게 맞았다고? 허탈한 헛웃음이 유진의 입에서 모래알처럼 굴러 나왔다.

넋을 놓고 앉아 있는 사이 햇살이 점차 희뿌옇게 힘을 잃고 기울어져 갔다. 이제 곧 어둑어둑해질 텐데. 유진은 무릎을 구부려 가슴에 안고 가늘게 몸을 떨었다. 몇십 미터만 가면 사람들이 늘 오가는 아파트와 상가가 나온다는 것이 거짓말 같았다. 지금 그녀에게 체온을 느끼게 해 줄 살아 있는 인간은 자신뿐이었으므로.

길 건너의 보도에 우두커니 서 있던 유진을 범영이 발견한 것은 정말 우연이었다. 유독 그림자가 짙은 건물 그늘에서 긴 머리를 늘어뜨리고 머리를 숙인 채 꼼짝도 하지 않고 있었던 탓에, 가게 유리문의 얼룩을 닦을 생각이 아니었으면 자칫 보고서도 모르고 지나갈 뻔했다.

"유진 씨, 안 들어오고 거기서 뭐 해요?"

문을 열고 손을 흔들었지만 그녀는 움직이지 않았다. 머리가 슬쩍 기울어지며 이쪽을 향한 듯 보이는 것이 분명 자신의 말을 들었음이 분명한데도 말이다. 흐릿한 그림자가 마치 금세 사라질 것 같았다. 문득 불안이 치솟았다. 마침 가게 안에는 손님이 없어 범영은 문 잠글 틈도 없이 냅다 뛰었다.

"어디 가는 길이었어요?"

옆 점포에서 흘러나오는 희미한 불빛 속에서 창백한 얼굴이 그를 바라보느라 천천히 젖혀졌다. 발개진 눈과 눈물 얼룩이 선명해 가슴이 철렁했다. 그래도 부러 웃으며 어깨를 툭툭 쳤다.

"지나가는 길이었더라도 잠시 들어오지 그랬어요?"

아무렇지도 않은 척하면서 살펴보는데, 어둑한 주변 때문에 잘 보이지 않았던 유진의 신발이 눈에 들어왔다. 점심때와 달리 헐거운 슬리퍼다. 게다가 엄지발가락 쪽의 양말이 찢어져 시커먼 얼룩이 묻었다. 놀라서 그녀의 어깨를 잡아끌어 가게로 데리고 왔다. 밝은 불빛 아래서 보니 검게 뵈던 얼룩은 핏자국이었다. 게다가 머리카락에 가려져 있던 귓가 쪽 뺨이 벌겋게 부어 있었다.

"발, 어디 부딪혔어요?"

카운터의 서랍에서 일회용 밴드와 가벼운 상처에 쓰는 연고를 꺼내면서 물어도 답을 안 했다. 잘못해서 선생님 앞에 불려 온 초등학생 아이처럼 그저 고개만 푹 숙이고 있을 뿐. 연고를 짜낸 밴드를 들고 무릎을 꿇자 유진은 비로소 두어 발짝 뒤로 물러서며 '내가 할 수 있어요.'라고 작게 중얼거렸다. 그나마 싫다 하지 않는 것이 고마워 아무 말 없이 일어섰다.

온장고에서 따뜻한 음료를 꺼내 와 건네주려는데 의자에 구부려 앉아 밴드를 붙이는 그녀의 동그란 머리에 눈이 갔다. 헝클어진 머리카락이 드리워진 그 꼭대기에 가마가 두 개, 참 하얗게 빛났다. 쌍가마를 가진 여자애는 팔자가 세다는 속설이 문득 생각났다.

저렇게 예쁜데. 그는 속으로 중얼거렸다. 까만 머리카락 사이에서 깨끗하고 은은하게 내비치는 쌍가마는 중학교 과학 교과서 맨 앞쪽 컬러 사진에 있던 쌍둥이 은하 같았다.

"지금 자전거 사러 갈래요?"

충동적이었다. 놀랐는지 숙이고 있던 유진의 고개가 반짝 들렸다. 범영을 바라보던 표정이 점차 망설임으로 바뀌어 가더니, 그녀는 작은 목소리로 물었다.

"……가게는요?"

"잠시 잠가 두죠. 요 옆인데요, 뭐."

그의 대답은 간단했다. 핸드폰 번호가 적힌 '잠시 외출 중' 팻말을 유리문에 걸어 두고 유진과 함께 10여 미터 떨어진 자전거포로 갔다. 가다가 가판대에서 눈에 띈 게 있어 유진에게 모퉁이 자전거 가게에 먼저 가 구경을 하고 있으라고 하고는 얼른 지갑을 꺼내 돈을 치렀다. 주머니에 산 물건을 구겨 넣고는 휘파람을 불며 앞서 가는 손유진을 쫓았다.

거리가 가까워, 유진은 벌써 자전거포 쇼윈도 앞에서 자전거들을 눈으로 훑고 있었다. 추운데 왜 안 들어가고 있는 건지. 범영은 혀를 쯧쯧 찬 후에 등 뒤에서 가볍게 문 쪽으로 그녀를 밀었다.

"보기만 하면 뭘 해요? 앉아도 보고 브레이크도 잡아 봐야지."

"아, 그게 아니라……."

우물거리는 목소리를 들으며 유진의 어깨 너머로 문을 밀자 따뜻한 공기와 함께 타이어 특유의 고무 냄새가 코에 확 와 닿았다. 대충 훑어보기만 해도 가게 안에 전시된 자전거는 꽤 많았다. 아동용의 알록달록한 네발자전거부터 파스텔 색조에 핸들이 Y자 형인 여성용 자전거에, 일반 자전거는 물론 산악자전거도 있었고 고가의 미니벨로나 전동 자전거까지 있었다.

"눈에 띄는 것이 있어요?"

허리를 굽혀 귀 가까이 대고 물었더니 유진은 움찔하면서 재빨리 고개를 흔들었다.

"나, 난 잘 모르겠어요."

원래 소극적인 유진이지만 지금은 좀 더한 것 같았다. 슬리퍼만 신은 발에 붙인 밴드가 자꾸 그의 눈에 밟혔다.

"어서 오세요. 어이고, 요 옆 대여점 사장님 아닙니까? 누가 타실 걸 찾는데요?"

이미 안쪽에서 다른 손님을 상대하고 있던 점포 주인이 이쪽을 보며 아는 체를 해 왔다. 몇 번 지나치며 눈인사는 나눠 본 축이라 범영은 고개를 끄덕이고는 좀 둘러보겠다고만 했다. 유진의 등을 슬쩍 밀어 여성용 자전거 쪽으로 향했다.

"처음 타니까 저런 건 어때요?"

그는 알루미늄 프레임에 비교적 가벼워 보이는 걸 가리켰다. 연한 하늘색에 흰색 줄이 몇 개 가 있는 것이 유진과 잘 어울릴 것 같았다. 그랬더니 또 고개를 저었다. 머뭇거리는 기색이 눈에 확연해서 범영은 인상이 써졌다. 자전거로 분위기를 바꿔 보려고 했더니 영 효과가 없을 모양이다.

"그러지 말고 뭐든 좋은 걸 골라 봐요."

"얼른 봐선 정말 잘 모르겠는걸요."

곤란한 듯 깨무는 입술이 파랬다. 추운 걸까? 주머니 속의 물건을 꺼내야 하나 어쩌나 범영이 망설이는데 작고 희미한 소리가 들렸다. 빈 수도관에서 공기가 연달아 터지는 듯한 소리였다. 설마 싶어서 그는 그녀를 내려다봤다. 7시가 넘었는데 점심때 도넛을 나눠 먹은 후 여태까지 굶은 건 아니겠지? 그러나 아까는 창백하리만큼 희던 유진의 얼굴은 새빨개져 있었다.

갑자기 범영의 속에서 울컥하는 마음이 치솟았다. 깨진 발톱에 눈물이 얼룩진 얼굴, 헝클어진 머리와 낡은 슬리퍼. 그 가느다란 어깨를 흔들며 자신과 만났던 그 이후에 대체 무슨 일이 있었는가를 묻고 싶었다.

"그럼 자전거는 다음에 다시 봐요."

좋은 소리를 내려고 애썼지만 스스로의 귀에도 무뚝뚝한 소리가 흘러나왔다. 유진은 착한 아이처럼 그저 고개만 끄덕끄덕했다.

자전거포를 나와 그 옆 건물로 그녀를 데리고 들어갔다. 그곳 이층엔 나름대로 깔끔한 한정식집이 있다. 구석에 박혀 있어 아는 사람만 아는 집이지만 맛은 있었다. 엘리베이터를 기다리는데 아무 말 없이 벽을 보고 있던 유진이 돌연 그의 소매를 잡아당겼다.

"혹시, 저기 저 집 가려는 거예요?"

엘리베이터 옆, 커다란 다른 명패에 가려 눈에도 잘 띄지 않는 한정식집의 명패를 그녀의 검지가 정확히 가리키고 있었다. 왜 그러나 싶어 쳐다보자 유진은 대뜸 인상을 찡그렸다.

"저긴 싫어요. 이름을 보니 한정식 같은데 그런 메뉴 안 좋아해요."

보기 드물게 강경한 태도가 낯설었다. 한정식이란 게 그냥 좀 잘 차린 한국식 밥상 아니던가. 그릇을 죽 늘어놓는 게 정신이 없다거나 연달아 음식이 나오는 차림 방식이 귀찮다거나 해서 한정식을 싫어하는 사내놈들은 좀 봤지만 유진이 왜 이러는지 범영은 이해가 안 갔다. 하기야 그간 같이 먹은 건 인스턴트에 가까운 음식들뿐이긴 했다.

"그럼 뭐 먹고 싶어요?"

그렇게 물으니 정작 당황한 눈치다. 대답을 찾지 못해 어물대는 그 모습에 범영은 반사적으로 알 것 같았다. 한정식 자체가 싫다거나 따로 먹고 싶은 것이 있는 게 아니라 그냥 한정식에 대한, 혹은 한정식을 좋아하는 사람에 대한 불쾌한 기억이 있는 거다, 이 여자는. 동시에 한 남자의 모습이 떠올라서 그리 좋지 않았던 그의 마음에는 아예 풍랑이 쳤다.

누굴 피해 도망쳐 나왔는지, 누가 당신의 뺨을 때리고 울게 만들었고 그 작은 발에 피멍이 들게 했는지 묻고 싶은 것을 꾹 참고 범영은 다른 말을 했다.

"먹자는 거 먹을 테니까 말해 봐요."

"글쎄요. 어……, 따뜻한 거?"

"따뜻한 거 뭐 어떤 거요?"

'겨울이니까 찬 음식 빼고는 다 따뜻할 텐데.'라고 중얼거리자 유진은 주위를 둘러보더니 되는대로 대답한다는 것이 여실한 얼굴로 말했다.

"국물, 그러니까 설렁탕 같은 거요."

"혹시 저기 보이는 설렁탕집 간판을 보고 그래요?"

범영은 그예 입가를 일그러뜨리며 풀썩 웃고 말았다. 어지간히도 자기가 뭘 원하는지 모르는 바보 같은 여자다. 그리고 그 사실에 마음이 한없이 죄이는 그 역시 바보였다.

"저 집 맛없어요. 혹시 돼지국밥 먹어 봤어요?"

"네? 돼지……국밥요?"

"여기 바로 다음 건물에 있어요. 맛있으니까 거기 가요."

유진의 손목을 덥석 잡았다. 종종걸음으로 슬리퍼를 질질 끌며 허겁지겁 딸려 오는 여자를 거의 억지이다시피 데려갈 수 있었던 까닭은 가슴 밑바닥에서 피어오르는 분노 때문이었다. 한정식이 영락없이 어울릴 그녀의 남편에 대한, 그리고 그 사내에게 어쩔 수 없는 열등감을 느끼는 그 자신에 대한.

범영은 이제 인정해야 했다. 유진의 남편이 싫었다. 이유는 한두 가지가 아니었다. 인상이 나빴고, 인간성도 별로였고, 자기 여자를 힘들게 했고, 그리고 무엇보다……, 유진을 차지하고 있는 남자니까.

사람들로 북적이는 허름한 실내 구석의 조잡한 탁자 앞에 유진을 앉혀 놓고서 그는 대뜸 주방을 향해 '여기 국밥 두 그릇하고 소주 한 병요!' 하고 소리쳤다. 그리고 탁자 위를 노려보며 무뚝뚝하게 얘기했다.

"나, 나갔다 올 테니까 잠시만 기다려요."

차마 유진의 얼굴을 마주 볼 수가 없었다. 자신의 얼굴은 필시 험상궂게 일그러져 있을 터였다. 그녀의 얼굴도 좋지는 않겠지. 자전거포에서부터 말도 않고 여기까지 끌고 온 그에게 화를 내고 있을지, 어이가 없어 하고 있을지, 그것도 아니면 미친놈 보듯 하고 있을지 모르겠지만 말이다. 금방이라도 그녀가 벌떡 일어서서 이 자리를 나가 버릴 것만 같았다. 차라리 자신이 먼저 나가야 한다고 생각을 하면서도 범영은 얼른 발길이 떨어지지 않았다. 돌아왔을 때 맞은편 의자가 비어 있으면 어쩌지.

금방 손님이 나갔는지 행주로 훔친 물기가 남아 있는 희뿌연 탁자를 뚫어져라 노려보고만 있었다. 낡은 갈색 점퍼 소매가 천천히 탁자 위로 올라왔다. 가만히 팔꿈치를 기대고 있던 넓고 기다란 소매에서는 잠시 후 꼼지락거리면서 흰 손이 뻗어 나왔다. 탁자 구석에 놓인 수저통에서 수저 두 벌을 조용히 꺼낸 손이 한 벌씩 짝을 맞춰 탁자 위에 늘어놓았다. 목이 턱 막혀 왔다. 범영은 자신도 모르게 마른 입술을 열었다.

"진짜 잠시만……, 조금만 기다리면 돼요."

목소리는 쉰 것처럼 잠겨 있었다. 유진이 잠시 머뭇거리다가 조심스럽게 대답했다.

"다녀와요. 기다릴게요."

고개를 끄덕이고는 범영은 밖으로 빠르게 걸어갔다. 신발 가게는 5분쯤 떨어진 대로에 있었다. 도착하고서야 뒤늦게 유진의 신발 사이즈를 모른다는 생각이 떠올랐지만 할 수 없이 아까 봤던 발 크기를 대충 손으로 만들어 보여 주었다.

"이 정도 발 크기고요, 여자가 신을 건데요. 따뜻하고 편한 걸로 주세요."

"젊은 분이 신으실 건가요? 아니면 어머님?"

20대 후반쯤 되는 여자가 신을 거라고 하자 싹싹하게 생긴 신발집 아줌마는 웃으면서 '기왕이면 예쁜 신발이 좋겠죠?' 하고 말했다.

"예, 뭐."

얼버무리고는 '사람이 기다리는데.'라고 했더니 눈치 빠르게 서두르며 신발을 골라 주었다. 상자에 담아 준 짧은 갈색의 굽 낮은 부츠를 들고 돌아서자 등 뒤에서 아줌마가 '선물 받으시는 분께 예쁘게 잘 신으라고 전해 주세요!' 하고 외쳤다. 찬바람이 부는데도 범영은 어쩐지 뺨이 홧홧했다.

성큼성큼 걸어서 국밥집으로 돌아왔다. 문을 열자마자 시선이 간 구석 자리에는 국밥 두 그릇을 앞에 두고 동그마니 앉아 있는 유진이 보였다. 재빨리 다가가 보니 다행히 뚝배기에서는 아직 뜨끈뜨끈한 김이 올라오고 있는 중이었다. 소리를 들은 유진이 그를 올려다보고 조금 웃었다.

"빨리 왔네요. 밥도 지금 나왔어요."

눈초리가 살짝 접히는 말간 그 웃음을 보자 무릎이 절로 꺾였다. 쪼그려 앉아 주머니에서 양말을 꺼내고 범영은 그녀의 슬리퍼를 벗겼다.

"뭐, 뭐 하는 거예요?"

당황한 그녀가 숨이 넘어갈 듯한 소리로 속삭였지만 그는 고집스레 구멍 난 양말을 벗기고 새 양말을 신겼다. 주위의 시선을 의식해 얼굴이 벌게진 유진이 버둥거리며 발을 빼내려고 했지만 기어이 둥글둥글한 갈색 부츠까지 신기고 나서야 범영은 일어섰다. 이번에야말로 유진은 식당을 나갈 기세로 벌떡 일어서려 했지만 어깨를 꾹 누르는 범영 때문에 그럴 수가 없었다. 그는 왼손으로 숟가락을 집어 그녀 앞의 뚝배기에 걸쳐 놓았다.

"먹어요. 배고프잖아요."

"……"

"나, 이 집 단골인데, 유진 씨가 그냥 나가 버리면 창피해서 다시는 이 집 못 와요."

"……."

"나, 다시 안 볼 거 아니죠? 그럼 이거 먹어요. 내가 다 얘기할게요."

부들부들 떨리는 손으로 탁자 모서리를 꼭 쥐고 있던 유진이 그 말에 고개를 툭 떨어뜨렸다. 그제야 조금 안심이 되어서 범영은 자리에 앉았다. 놓여 있던 물수건으로 손을 닦고는 젓가락을 들어 부추김치를 집어 그녀의 뚝배기 위에 올려놓았다.

"원래 돼지국밥은 정구지랑 먹는 거예요."

범영 역시 부추를 한껏 집어 국밥에 넣고 숟가락으로 썩썩 뒤집어 한 숟가락 가득 펐다. 유진도 그가 하는 것처럼 숟가락을 뒤적이더니 밥을 떠 입에 넣는다. 그것을 보고 씩 웃어 주고는 밥을 씹었다. 뜨끈한 국물과 밥이 속에 들어가니 만족스러우면서도 땀이 났다. 천천히 밥을 씹어 삼킨 뒤에 범영은 등에서 흘러내리는 땀을 의식하며 천천히 입을 열었다.

"유진 씨, 우리 친구 맞죠?"

그의 시선을 받던 유진이 보일 듯 말 듯 고개를 까딱였다.

"유진 씨는 얼마 전부터 친구처럼 지내자고 했지만, 사실 나한텐 유진 씨가 좀 다르게 느껴진 게 오래됐어요. 음, 뭐라고 하나, 그게……, 틀림없이 좋은 사람일 거라고 생각했고……."

유진의 얼굴에서 충격 같은 것이 지나가는 것을 본 범영은 황급히 손을 흔들었다.

"아니, 아니, 뭐 내가 유진 씨를 어떻게 해 보겠다는 건 아니에요.

솔직히 사귈 마음이 없었던 건 아니지만 그건 사정 모를 때 얘기고. 지금은 뭐랄까, 음……, 거참 말이 잘 안 나오네.”

어색하게 웃은 그는 한쪽에 놓여 있던 소주의 뚜껑을 따서 앞의 잔에 따랐다. 잔을 훌쩍 비우며 흘깃 보니 유진은 앞의 뚝배기에만 계속 눈길을 박은 채 국물 속 사리를 건져 오물오물 씹어 삼키고 있었다.

“난 그냥……, 참 좋은 사람인데, 왠지 너무 조용히만 사는 것 같아서. 사내 친구 놈이라고 해도 그런 걸 옆에서 보면 답답할 텐데, 유진 씨는 여자잖아요. 사정이 어떤진 몰라도 아직 젊고 또…….”

“그게 왜요?”

말문이 막혔다. 숟가락으로 국물을 떠먹고 있는 유진은 의외로 똑똑한 목소리였다.

“그래서 불쌍해요? 내가 불쌍해서 음료수도 주고 DVD도 주고 싶고 신발까지 사 주는 건가요?”

“그게 아니라…….”

“아니면, 내가 남편 있는 여자래도 한 번 사귀어 보고 싶어요? 불쌍한 얼굴로 DVD나 보면서 낙으로 삼는 여자니까 잘해 주면 넘어올 것 같았어요?”

그건 정말 아니라고 하려고 했다. 유진을 손쉽게 본 적도 없고 자신은 재미로 그런 일 할 사람이 아니라고. 하지만 범영은 입 밖으로 내려던 말을 멈출 수밖에 없었다. 숟가락을 바투 잡아 쥔 유진의 손에 새하얗도록 힘이 주어져 있었다.

“미안해요.”

한참 만에 그녀가 다시 중얼거리듯 말했다.

"범영 씨 그런 사람 아닌 거 알아요. 하지만 어쩌면 나는 그런 일이 닥쳐도 감지덕지라고 생각했을지도 몰라요."

"말도 안 돼요."

겨우 입을 열어 말했지만 유진은 그를 보지 않았다.

"누구든 날 좋아해 준다는데 고마워해야죠. 내가 좋은 사람이라고 말해 주고, 이렇게 사는 거 안됐다고 말해 주는데 그게 설령 딴마음이 있대도 그 순간에는 눈물 나게 고마울 것 같아요. 그거 정말로 고마운 줄 아는 사람이에요, 나는."

나직하지만 또록또록한 말소리 사이에 투둑 탁자 위로 물방울 떨어지는 소리가 들렸다. 분명 잘못 들은 것이 아니었다. 하지만 유진은 침착하게 다시 국에 만 밥을 한술 떠먹었다.

"거짓말 아니에요. 내가 안 먹고 싶다는 거 같이 안 먹는다고 말해 주고, 추울 때 이렇게 따뜻한 거 먹여 주는 사람은 범영 씨가 처음이에요. 그리고 그렇게 말해 준 사람이 범영 씨라 정말 다행이라고 나는 지금 생각하고 있어요."

묵묵히 그녀의 말을 듣다가 범영은 문득 깨달았다. 늘 수줍어하던 유진이 처음으로 스스럼없이 그의 이름을 불렀다는 것을. 늘어진 앞머리로 얼굴을 반쯤 가린 채 국밥을 떠먹고 있는 그녀는 실내에 있는데도 온통 비에 젖어 있는 것 같았다.

대여점 남자는 참 이상한 사람이었다. 약간 멍한 머리로 유진은 그렇게 생각했다. 이상하고, 말도 잘 못하고, 여자 대하는 요령도 없고, 그렇지만 다정한 사람.

“잠 오는 것 같은데 괜찮아요?”

소주잔을 또다시 한입에 홀랑 비워 버린 남자가 뚝배기에서 고기를 한 점 건져 새우젓에 찍어 먹다 말고 걱정스레 물었다.

“아, 괜찮아요. 그냥……, 추운 데 있다가 따뜻한 데서 따뜻한 거 먹고 나니까 그런가 봐요.”

사실은 당신 가게 앞에서 한 시간 가까이 떨었노라고, 왜 좀 더 빨리 자신을 발견하지 못했느냐고 따지고 싶었지만 참았다. 이제는 기분이 좋아졌으니까. 유진은 키들거리며 자신 앞의 반쯤 남은 술잔을 홀짝 들이켰다. 남자, 범영이 그런 그녀를 의심스러운 눈으로 쳐다보았다.

“진짜 주량 한 병 맞아요?”

“네, 맞아요.”

그 한 병은 소주가 아니라 맥주였고, 혼자서 1리터가량을 다 마셔 본 것도 얼마 전이 처음이었지만 유진은 시침을 뗐다. 소주 따위 제대로 마셔 본 적도 없는데 주량을 어찌 알까.

“미안해요.”

“뭘요?”

“아까 말한 거……. 남편 있는 여자라도 꾀어 보려고 했냐는 말요. 진심 아니에요.”

“알고 있어요. 아까 말했잖아요.”

남자의 대답은 짧지만 역시 다정했다. 웃음이 절로 나왔다. 실내에 틀어 둔 TV에서 흘러나오는 노래를 흥얼흥얼 따라 부르며 유진은 초록색 유리병에 손을 뻗었다.

“술이란 건 참 좋으네요.”

“이제 그만.”

병을 잡은 손 위로 더운 체온이 와 닿았다가 황급히 떨어졌다. 눈을 깜빡거리며 범영을 바라보자 그가 시선을 피하며 중얼거렸다.

“그만 마셔요.”

“왜요? 이제 겨우 석 잔 마셨는데. 범영 씨가 먼저 마시라고 그랬잖아요.”

투덜거렸지만, 기울이려던 병을 순식간에 뺏겼다. 제법 엄한 표정으로 소주병을 탁자 구석에 밀어 두며 범영이 자리에서 일어섰다.

“할 거 많으니까 그만 나가요.”

“할 거? 집에 가 봤자 난 전혀 할 게 없는데.”

유진은 작게 옹알거렸다. 이렇게 저녁도 먹었으니 남은 일이라고는 방을 닦고 멍하니 TV를 보든가 그것도 귀찮으면 그냥 침대로 파고들어 자는 일뿐.

그러나 일어서서 의자를 밀어 넣고 지갑을 꺼내 드는 남자를 보자, 그가 대여점으로 돌아가야 한다는 사실이 떠올랐다.

“맞다, 범영 씬 일하러 가 봐야지. 남잔 직장 일이 최고 중요하지.”

고개를 끄덕끄덕하며 일어섰다. 그런데 탁자 위 컵을 건드리는 바람에 부츠 위에 물을 쏟았다. 낭패였다. 울상을 한 유진은 탁자 위의 두루마리 휴지를 되는대로 줄줄 풀어냈다.

“아우, 어떡해. 이거 새건데. 얼룩지면 안 되는데. 정말 선물은 오래간만인데, 이거 망치면 어떡해.”

허둥거리는 손길로 허리를 굽혀 부츠를 닦고 있는데 커다란 손이

다가와 휴지 뭉치를 뺏어 갔다. 범영은 몇 번 형식적으로 슥슥 부츠를 문지르더니 휴지를 옆에 있던 휴지통에 던져 넣었다.

"됐어요. 물 조금 흘린 거니까. 망가지면 또 사 주면 되지."

"네?"

또 눈만 깜빡깜빡하고 있는 유진의 팔을 범영이 끌어당겼다.

"그보다, 누가 그래요?"

"……?"

"남자가 직장이 최고 중요하다고 누가 그랬어요?"

"…….."

"남편이요?"

갑자기 말이 나오지 않았다. 낡은 천장과 기다란 형광등을 가로막고 선 남자는 미미하게 얼굴을 찡그리고 있었다. 전 같으면 그저 무표정이라고만 생각했을 텐데 이제는 그의 미간에 간 흐릿한 주름을 알아볼 수 있다. 왠지 가슴이 이상했다. 뭔가 답답하기도 한 것 같고, 벅차오르는 것 같기도 했다. 유진은 억지로 입을 열었다.

"아뇨, 아버지께서요. 일 잘하고, 사회적으로 인정받고, 그런 게 남자한텐 무지 중요하다고 하셨어요."

이번엔 범영이 말이 없어졌다. 팔을 잡고 있는 남자의 손에서 왠지 힘이 빠지는 것 같아서 유진은 그의 팔목을 잡고 얼른 벌떡 일어섰다.

"그런데 우리 아버진 당신이 사 주신 선물이 망가지면 되게 화를 내셨어요. 다시 사 준다는 말씀도 절대 안 하셨고요."

그녀가 덧붙여 '참, 밥은 범영 씨가 사 주는 거예요? 나 얻어먹는 거 되게 좋아해요.'라고 방긋 웃자 비로소 그도 씨익 웃었다.

"잘됐네요. 난 혼자 밥 먹는 게 싫으니까."

식대를 치르는 남자를 두고 밖으로 나오니 밤공기가 제법 매웠다. 소주 석 잔으로 흐릿해졌던 정신이 확 깨는 것 같았다. 소매를 당겨 손을 감추고 금세 차가워진 뺨을 문지르면서 유진은 발을 내려다보았다. 특징 없이 길거리에 널린 갈색 어그부츠지만 포근하고 따뜻했다. 괜히 앞뒤로 발을 굴러 보고 있는데 불쑥 옆에서 종이컵을 든 손이 뻗어 나왔다.

"커피 마실래요?"

음식점에서 흔히 후식 대신 제공하는 자판기 커피였다. 커피보다는 싸구려 커피 크림이 더 잔뜩 들었을 연갈색 커피는, 그러나 온화한 체온처럼 부드럽고 달콤해 보였다. 유진은 대답 대신 웃으며 냉큼 컵을 받아 들었다.

달달한 커피를 홀짝거리며 남자와 나란히 걸었다. 밤거리는 조용한 듯하면서도 난생 처음 들어 보는 것 같은 온갖 소리로 가득했다. 선물 가게에서 흘러나오는 연말의 흥겨운 캐럴 소리, 바쁘게 오가는 사람들의 경쾌한 발소리, 높이 솟은 전깃줄을 가끔 스치고 지나가는 바람의 휘파람 소리, 심지어 저 까만 하늘에서 반짝이는 별들의 까르륵대는 웃음소리까지 들릴 듯했다.

마침내 범영의 대여점이 발하는 빛이 저만치 보였고, 유진은 서운함을 느끼고 있었다. 이제 남자는 자정까지 그의 가게를 지켜야 할 것이고, 자신은 사람 없는 싸늘하고 컴컴한 집으로 돌아가야 한다. 그녀가 뛰쳐나온 후 아버지는 펄펄 뛰긴 했겠지만 워낙 바쁜 양반이라 지금까지 기다리고 있지는 못할 것이다. 친정 부모를 떠올린 유진은 입술을 깨물었다.

"이제 그만 가 볼래요. 오늘 고마웠어요."

마침 갈림길에 이르렀다. 자신의 아파트 쪽을 가리키며 그녀는 고개를 살짝 숙였다. 시선 끝에 갈색 부츠가 잡혔다. 유진은 자신도 모르게 희미한 미소를 머금었다.

자신은 혼자가 아니었다. 남자가 사 준 신발은 그녀와 함께 아파트로 걸어가 현관에 얌전히 머무를 것이다. 남자가 신겨 준 양말도 마찬가지였다. 분홍색 토끼가 그려진 우스운 양말 한 켤레는 이제는 유진의 서랍장에서 한자리를 차지할 것이고, 때론 다른 양말들과 엉켜서 그녀의 작은 세탁기 속에서 돌아가다가 스테인리스 건조대에서 햇볕을 받으며 그녀의 발코니에 널려 있게 될 것이다. 작은 사물들이 주는 안정감이 실은 얼마나 큰 고마움인지 이 남자는 알까.

눈을 살풋 감고 그런 것들을 생각할 때, 뒤통수를 커다랗고 따뜻한 손이 덮었다. 퍼뜩 고개를 쳐들었더니 범영은 짐짓 모른 척하며 다른 쪽을 봤다.

"밥도 사 줬는데 문 닫는 거 안 도와줘요?"

"예?"

잘못 들었나 싶었다. 그러나 그는 두 번 말하지 않았고 대신 그녀의 팔을 잡아끌었다. 얼떨결에 남자의 손에 끌려 가게까지 걸었다. 도착한 후 범영은 전등과 컴퓨터의 전원을 내리고 '갑작스런 사정으로 오늘은 일찍 문을 닫으니 이에 따른 연체료는 받지 않겠다.'는 내용의 메모를 문에 붙였다. 셔터를 내리고 자물쇠까지 채운 범영이 뒤

돌아서며 유진을 향해 벙긋 웃었다.

"이제 다시 자전거 고르러 가야죠?"

"예?"

자신의 반문이, 그의 웃음이 너무 환해서인지, 아니면 그가 의외의 말을 해서인지 잘 알 수가 없었다. 웃음 짓는 남자가 참 잘생겼다는 생각만 머릿속에 모호하게 감돌 뿐. 표정이 멍해 보였는지 범영이 설명을 덧붙였다.

"아까는 편하게 못 고르는 거 같아서요. 인터넷으로도 엔간한 거 다 파니까."

아까 범영이 언급했던 '할 일'이라는 것이 이 말이라는 것을 깨달았다. 하지만 지금 온라인 쇼핑을 하자는 것인가? 어디서? 설마 그녀의 집에서? 그럴 리는 없는데도 가슴이 덜컥 내려앉았다. 집 안 꼴이 뛰쳐나올 때 그대로이면 어쩌지? 게다가 만의 하나 친정 부모님이 아직 돌아가지 않았다면.

"저, 우리 집엔 컴퓨터 없어요."

"……PC방 가잔 소리였는데."

범영이 눈을 과장되게 떠 보였다. 유진은 얼굴이 뜨끈해졌다. 역시 자신의 생각은 오버였나 보다. 그는 웃으면서 그녀의 어깨를 가볍게 툭 두드렸다.

"아는 데 있어요. 깨끗해서 유진 씨도 괜찮을 거예요."

그렇게 찾아간 PC방은 범영의 말대로였다. 영화 같은 데서 본 담배 연기투성이의 장소를 막연히 상상하고 있었는데, 금연석과 흡연석이 층으로 나뉘어져 있고, 개점한 지 얼마 안 된 듯 인테리어도 깔끔했다. 카운터에 앉아 있는 남자와 얘기를 나누고 온 범영이 유진을 데리고 사람이 없는 구석진 자리에 가서 앉았다.

"인터넷 쇼핑 사이트 중에 잘 가는 곳 있어요?"

"아뇨. 쇼핑 사이트를 잘 몰라요. 안 해 봐서요."

컴퓨터를 부팅시키고 카드를 꽂던 그의 동작이 잠깐 멎었다. 유진은 좀 머쓱해졌다. 이 나이에 인터넷 쇼핑 한 번 안 해 봤다면 역시 이상한 것일까? 하지만 쇼핑을 즐기는 어머니도, 고가가 아니면 무슨 물건이든 아예 아랫사람에게 구입 자체를 맡기는 아버지도 온라인 쇼핑은 선호하지 않았다. 결혼하고서는 집 근처에 백화점이 있어 잠깐 걸어 나가면 되었기 때문에 물건을 사는 것에 별로 불편함이 없었다. 그러나 범영은 곧 수긍한 듯 고개를 끄덕였다.

"하긴 여자들은 아이쇼핑을 더 좋아하니까. 남자 혼자 살면 아무래도 이게 편해요."

"네, 편하긴 되게 편하겠어요."

두 대의 컴퓨터에 익숙하게 유명 쇼핑몰 사이트를 띄우는 그를 보며 유진도 같이 고개를 끄덕였다. 이상하게 보지 않아서 다행이었다.

인터넷 쇼핑몰에는 생각보다 다양한 종류의 자전거가 있었고, 범영과 함께 온라인 쇼핑을 하는 것은 꽤나 즐거웠다. 그는 자전거 가게에서 봤던 것과 비슷한 여성용의 파스텔풍 자전거들을 주로 권했는데, 생각보다 가격이 높아서 유진은 좀 망설였다. 그러나 범영이 꽤나 강하게 추천하는 것이 있어 결국은 그걸로 고르기로 했다.

"여기서는 좀 위험하니까 집에 가서 내 컴퓨터로 주문할게요."

하긴 PC방은 개인 정보 유출이 잦은 곳이니 당연한 말이다. 하지만 그러면 결재는 어떻게 하게 되는 것일까? 유진은 고민스러워졌다.

"이제 볼일 끝났으니까 가야겠죠?"

남자의 말에 대답도 못 하고 자리에서 일어섰다. 범영이 로그아웃을 하고 다시 카운터로 가서 몇 마디 말을 나누는 동안, 유진은 입구에서 그를 기다렸다. 점퍼 주머니 속에 들어 있던 반지갑을 만지작거리며 신용카드 번호만 알려 주면 되는 걸까 싶어 망설이고 있는데 다가온 범영이 그녀의 얼굴을 보더니 고개를 갸웃했다.

"뭐 더 할 거 있어요?"

"아뇨, 그……, 결재는 그럼 내일 입금하면 될까 싶어서……."

"아, 일단 내가 결재하고 자전거 오면 계산하죠."

별일 아니라는 듯 선뜻 대답하는 그를 보니 이런 일로 걱정하고 있던 자신이 우스웠다. 하긴 돈을 직접 주면 될 일이다.

"정말 그래도 되나요? 그냥 아까 자전거 가게에서 살걸. 미안해서 어째요."

"온라인에서 파는 게 더 좋았잖아요."

"그렇긴 하지만……."

"나도 유진 씨가 기왕이면 어울리는 거, 예쁜 걸 타고 다녔음 해요."

그의 얼굴을 빤히 쳐다봤다. 범영이 껄끄러운지 얼굴을 돌리며 '친구 좋다는 게 뭔데.' 하고 슬며시 중얼거렸다.

"그런 말, 안 어울리는데요."

"……친구요?"

"아뇨, 그 말 말고. 예쁜 걸 타고 다니라는 말."

20대의 끝에 와 있지만 이미 늙고 피로에 지친 자신을 생각하며 씁쓰레하게 웃었더니 뭘 떠올렸는지 범영이 가로등을 바라보며 뒤통수를 벅벅 긁었다.

"하긴 사내자식이 그런 말 쓰면 좀 그런가. 그럼 멋진 거라고 해 두죠."

오해라고 말해 주려다 말고 유진은 그냥 다시 웃기만 했다. 지금 이 시간은 그의 말이 다 맞는 것으로 해 두자. 범영의 곁에서만은 자신도 그저 좋은 사람, 예쁜 게 어울리는 사람일 수도 있으니까.

아파트 입구까지 바래다주겠다는 것을 사양하다가, 결국 요즘 아파트 강도가 빈번하다며 고집 부리는 그에게 밀렸다. 건물 입구를 들어서면서 뒤를 흘깃 보니 범영이 아파트 현관이 잘 보일 법한 장소에서 이쪽을 지켜보고 있었다. 엘리베이터를 탈 때까지 지켜보고 있을 모양이었다. 마치 갓 입학한 꼬마 아이를 학교에 보내는 부모처럼. 갑자기 코가 찡해 왔다.

그 덕일까. 잠기지도 않은 채 닫혀만 있는 현관문도, 몇 켤레 안 되는 그녀의 신발이 어지러이 널려 있는 현관의 모양새도 그리 마음에 걸리지 않았다. 엎어진 쟁반과 잔이 그대로인 거실 바닥과 부친이 담배를 피우다 나갔는지 훤히 열려 있는 거실 앞 발코니 문에도 유진은 눈살만 한 번 찌푸렸을 뿐, 조용히 문단속을 하고 보일러를 높이고 방을 치웠다.

간단히 씻고 자리에 누웠을 때에야 시퍼렇게 노했을 부친과 안절부절못하는 모친의 모습, 그리고 무엇보다 어제나 그제 침착한 목소리로 부모에게 전화를 걸었을 남편 경우가 마음에 떠올랐다. 유진은 베개에 머리를 푹 파묻고 손으로 눈과 귀를 꼭 막았다.

　며칠 후면 자전거가 집으로 올 것이다. 모니터에서만 본 자전거를 생각했다. 외국 유명 브랜드의 이름을 따고 국내 자전거 회사에서 만들었다는 분홍색 자전거는 화면으로만 봐도 백조처럼 매끈하고 솜사탕처럼 사랑스러웠다. 이제 어디 가서 아줌마라 불려도 아무 말 못 할 자신보다는 보송보송한 열일곱 살 소녀나 풋풋한 스무 살 어린 처녀가 탈 법한 자전거였지만, 그래도 새 자전거 주인은 그녀가 맞다.

　"아무래도 자전거 꿈을 꿀 것 같아……."

　기분이 점점 풀리며 머리가 몽롱해진다. 유진은 작게 중얼거리며 하품을 했다. 눈을 떴을 때 집 앞에 자전거가 배달되어 와 있다면 참 좋겠다는 것이 그녀의 그날 마지막 생각이었다.

　다음 날 아침, 당연히 유진의 상상은 이루어져 있지 않았다. 그리고 간밤에 자전거 꿈 역시 꾸지 않았다. 대신 꿈에는 쑥스럽게도 범영이 보였던 것 같다. 하지만 정확한 기억은 없었다. 게다가 꿈은 현실과 반대라더니 그날 내내 범영에게서도 자전거와 관련한 소식이나 다른 연락은 전혀 오지 않았다.

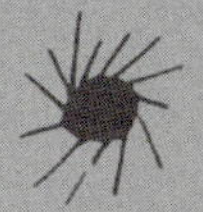

8
사랑은
미안하다고
말하지 않는 것

"······어떡하지?"

참으로 고민스럽다. 방금 쌩 소리가 나도록 나간 장미자가 했던 질문이 범영의 머릿속에도 역시 가득 차 있었다.

'바보예요? 저걸 어떻게 갖다 주려고?'

물론 장미자는 그런 뜻으로 말한 게 아니지만 그는 그대로 참 곤란했다. 가게 밖을 내다보다가 말고 카운터 위에 얹어 놓은 팔에 고개를 푹 파묻었다. 자연스레 시선이 카운터 아래 선반의 상자에 가 닿았다. 이건 이것대로 걱정이고. 큼큼 목을 가다듬은 범영은 고개를 들었다. 끌리는 것처럼 눈이 어쩔 수 없이 또다시 정면 유리로 갔다.

말끔하게 닦아 놓은 유리 너머에는 어제 오후에 배송되어 온 반짝반짝하는 연한 분홍색 자전거가 가로수 기둥에 매어져 있었다. 아무리 봐도 참 예뻤다. 유진에게 잘 어울릴 것 같기도 했다. 그런데 저걸 어떻게, 무슨 말을 하며 갖다 주나. '선물'이라고 생각하니 더 그랬다.

"내일은 비 온다 그러던데."

비를 한 번 맞힌 후엔 아무래도 새 자전거의 느낌이 덜해질 것이다. 오늘 오전에 자전거용 덮개를 구해 놨긴 했지만 그것 역시 빗물로 얼룩지면 건네주기 어렵다.

"병신, 일부러 회사 홈페이지까지 쫓아가서 주문해 놓고 이제 와 왜 이래."

범영은 두 손으로 머리카락을 벅벅 긁으며 잔뜩 헤집었다. 이런 삽질은 회장 노인네가 죽을병 걸린 줄도 모르고 부지런히 등산 데리고 가고, 먹을 것 사다 나른 그 일 이후로 참 오래간만에 해 본다 싶다. 쇼핑몰 사이트에는 배송이 늦게 될까 봐 회사로 바로 주문을 넣어 놓고, 덕분에 거의 하루 만에 배달되어 온 자전거를 밤늦게까지 조립까지 해 놓고서도 정작 이틀째 가게 앞에 묶어만 놓다니 말이 되나.

바보 짓거리에는 자전거뿐 아니라 상자째로 가져다 놓은 멀끔한 노트북도 포함됐다. 어제 아침 일어나기 바쁘게 택시를 잡아타고 시내까지 가서 전자 제품 전문점의 개점 시간을 기다렸다가 사 온 놈을 역시 이틀째 가게 선반에 박아 놓고 있다.

자기 손으로 인터넷의 물건 한 번 못 질러 본 딱한 사정의 여자가 총 2백만 원이 좀 넘는 선물을 어떻게 생각할지가 미지수였다. 평소 경우가 똑바르던 걸 생각하면 안색이 새파래지면서 거절할 것 같은데, 밥 얻어먹는 거 좋아한다고 하던 맹랑한 얼굴을 생각해 보면 또 다를 것 같기도 하고. 새침하게 '사 주는 거예요?'라며 생긋 웃던 그때의 얼굴을 떠올리자 범영의 가슴이 또 덜컹 뛰었다. 솔직하게 말하자면, 범영은 그 얼굴을 또 한 번 보고 싶었다. 정말이지 엄지발가락 끝이 간질간질할 정도다.

"아이 씨, 미친놈! 진짜 지랄 옆차기를 해라. ……그런데 진짜 어떻게 주지?"

이번에는 머리를 컴퓨터에 쿵 처박았다. 그래도 좋은 생각은 안 났다. 마침 재혁이 들어오다가 그 꼴을 보고 소리를 버럭 질렀다.

“아저, 아니, 형, 뭐 해요? 왜 자학을 하고 그래요?”

“어, 왔냐?”

“왜 그러고 있어요? 요즘 가게가 잘 안 돼요? 혹시 사채라도 쓴 거예요?”

“대체 뭔 소리야.”

힘없이 중얼거리고 나서야 범영은 지금 시간이 고작 2시밖에 안 됐다는 사실을 깨달았다.

“너, 학교 땡땡이 깠어? 왜 벌써 와?”

“우이 씨, 날 뭘로 보고 그래요? 오늘 기말고사 쳤잖아요!”

“어, 그래? 미안하게 됐다.”

매상 올려 줬더니 공부도 영 안 하는 놈 취급한다며 이제 영화 빌리러 안 올 거라고 투덜대는 놈을 달래느라 그는 제일 싼 요구르트 한 병을 냉장고에서 꺼내 물렸다. 고작 이거 주냐며 또 투덜거린 녀석은 그래도 빨대를 꽂아 쭉쭉 소리를 내며 잘 마셨다.

“근데 뭘 줘야 하기에 그렇게 고민을 해요? 진짜 사채 아니죠?”

두어 모금만에 요구르트를 비운 재혁이 쓰레기통 안에 플라스틱 병을 던져 넣으며 물었다. 녀석이야말로 그를 뭘로 보고 그러는 건가 싶다.

“사채 말고 선물.”

간단하게 대답했더니 녀석이 ‘선물이라뇨?’ 하고 고개를 갸웃거리더니 알겠다는 듯 씨익 웃음을 흘렸다.

“아하, 뭔 고민을 그리 하나 했더니 여자한테 줄 선물이구나? 드디어 옆집 미장원 누나랑 잘해 보기로 했어요?”

"인마, 좀! 장 사장은 아니라니까."

우선 눈썹을 부라려 놓고 나서 카운터 아래에서 상자를 들어냈다. 카운터 위에 놓고 노트북을 꺼내자 녀석이 눈을 크게 뜨고 환성을 질렀다.

"와, 이거 요즘 TV 광고에 나오는 그 모델이잖아요! 진짜 얇기는 되게 얇네."

허락을 구하지도 않고 덥석 뚜껑부터 열어 본 녀석은 키보드 감도도 좋고 모양도 매끈하다며 제가 더 좋아했다.

"근데 이거 선물할 거라고요? 누구한테?"

"어, 그게, 먼 친척 누나…….''

한 번 장미자에게 써먹은 거짓말인데도 말은 주춤거리며 나왔다. 나이가 그보다 많으니 누나는 맞다. 그리고 친척이란 부분에 대해서라면, 어차피 삼천리 한민족은 다 같은 핏줄인 거라고 범영은 속으로 변명을 했다. 그러나 이게 재혁에게든 누구에게든 씨도 안 먹힐 것이라는 것을 그 자신도 충분히 알고 있다. 몇 년만 더 전이었다면 이런 거짓말도 뻔뻔스레 할 수 있었을 텐데 하고 아쉬워하면서 슬쩍 재혁의 눈치를 살폈다. 하지만 녀석은 의외의 방향으로 의아함을 표시했다.

"엥? 형 누나라면 나이가 몇인데 이런 거 써요?"

"……의 딸한테 줄 거야."

연지라고 했나, 그녀의 조카가 떠오른 게 다행이었다. 재혁은 여자애라고 하니 금세 싱글벙글이 되어서 몇 살이냐, 얼굴은 예쁘냐 따위를 물어 왔다.

"어려. 초등학생이야."

그것도 아직 예비라는 말은 당연히 안 했다. 범영이 씨익 웃자 재혁은 약 오른 표정으로 툴툴거렸다.

"아니, 무슨 초등학생한테 이런 노트북이 필요해요?"

"안 그래도 그런 이유로 안 받으려고 할까 봐 걱정이다. 누님도 컴퓨터가 없는데."

"아항, 그러니까 형의 그 누님도 같이 쓰시라고 사 주는 거구나? 형 이제 봤더니 착한 동생이네요."

"음, 내가 좀."

누님 누님 하니까 왠지 제비족이 된 기분이다. 우스워서 실실 웃다가 범영은 재혁에게 팔꿈치로 등짝을 맞았다. 손이 매운 녀석이라 꽤 아팠지만 그래도 녀석은 신세대답게 좋은 방법을 생각해 줬다.

"그 누님 컴퓨터에 대해 잘 모르죠? 그럼 여기다 운영 프로그램이랑 다 깔고 그림이나 사진 같은 것도 몇 개 다운받은 다음에 중고라고 싸게 샀다고 해요."

"하, 그런 방법이 있었군."

나이 든 자신보다 훨씬 낫다고 칭찬해 주자 으쓱거리던 재혁은 대번에 손을 쑥 내밀었다. 요구르트를 하나 더 꺼내 얹어 줬더니 어떻게 이걸로 싹 입을 닦느냔다.

"그럼 고추장볶음 삼각김밥 하나 더. 콜?"

"노노. 김밥 두 개에 요구르트 말고 바나나우유로. 오키?"

인터넷 글들에서 흔히 보는 자음들이 녀석의 머리 위를 둥실둥실 떠돌아다니는 듯했다. 피식 웃으며 냉장고에서 노란 항아리 우유와 재혁이 좋아하는 제육볶음 김밥을 꺼내 던져 주었다. 녀석은 익숙한 손길로 미니 탁자에서 빨대를 뽑아 와 우유를 쭐쭐 빨아 먹었다.

"혹시 그 누님이 계속 안 받으려고 하면 몇 달씩 쪼개서 돈 일부만 살살 받아요. 원래 할부라고 하고. 그런 게 오히려 그쪽 부담을 덜 수도 있으니까."

"그럴까?"

할부라고 하고 개월 수가 얼마냐고 물으면 10년쯤 된다고 할까? 그러면 유진은 정말로 10년 동안은 자신에게 돈을 건네줄지도 모른다. 고민하던 조금 전과는 달리 범영은 호호호 웃으며 신나게 노트북을 부팅했다.

"어차피 자전거까지 합하면 꽤 돈 될 거 아니에요."

"뭐?"

노트북에 CD를 넣다 말고 재혁을 쳐다보니 녀석은 어깨를 으쓱하곤 유리 밖을 가리켰다.

"저거도 갖다 줄 거 맞잖아요. 딱 여자애 스타일이구만. 근데 형, 전에 벤츠 본 뒤론 브랜드에 꽤 신경 쓰네요. 베네통 브랜드네. 뭐, 선물은 뽀대나는 게 좋죠."

"……"

"얘가 키가 큰가 봐요? 저거 거의 어른만큼 되어야 탈 텐데. 아, 저것도 누님과 겸사겸산가?"

"그렇지, 뭐."

범영은 속이 뜨끔했다. 눈치는 참 빠른 녀석이다. 그나마 조금씩 빗겨 나가는 점이 있는 게 다행이려나. 식은땀이 나는 것을 대충 얼버무리며 그는 노트북에 필요한 것들을 깔았다. 가게에 가끔 노트북을 가져오는지라 공유기가 있어 편했다. 사진도 몇 개 다운받고 쉬운 무료 게임도 몇 개 깔아 놓았다. 그런데 그 작업이 다 끝나도 어째 재혁이 갈 생각을 않는다. 삼각김밥을 두 개 다 까먹고 자기 돈으로 과자도 한 봉지 사서 뜯어 먹은 녀석은 진열대 앞에 서서 DVD 소식지를 뽑아 읽기 시작했다. 초조해진 범영은 결국 묻고야 말았다.

"그런데 너 시험은 어떻게 봤냐?"

녀석은 못 들은 체했다. 그래서 그는 다시 물었다.

"내일 시험 치는 과목은 자신 있냐?"

"에이 진짜! 아저씨 나빠요! 지금 내가 시험 잘 쳐서 이러고 있겠어요? 치사해!"

재혁은 벌컥 화를 내더니 우울한 얼굴을 하고 집으로 돌아갔다. 범영은 약간 미안했지만 어쩔 수가 없었다. 적어도 배는 든든할 테니까 자기 엄마에게 야단을 맞아도 좀 덜 슬프겠지.

재혁이 나가서 길 건너로 사라지는 것을 확인한 후 그는 곧 전화기를 들었다. 신호가 가는 것을 들으며 초조하게 유진의 음성을 기다렸다. 그러나 정작 그녀의 목소리를 듣자 메마른 목구멍 때문에 말이 금방 나오지 않았다.

- 여보세요.

"……."

- 여보세요, 말씀하세요.

얼핏 든 생각은 '나인 줄 모르는구나.'였다. 그리고 곧장, 유진은 거의 모든 가정에서 할 법한 발신자 번호 표시 서비스를 해 두지 않았다는 사실을 깨달았다. 이런 위험한 경우를 봤나 싶어 잔소리를 하려는데, 문득 그녀가 물었다.

ー 범영 씨?

"어……."

왠지 기뻤다. 상대방을 모르는 전화를 받았을 때 유진이 제일 먼저 떠올릴 만한 사람이 자신이라니. 그녀의 남편도 가족도 아니었다.

ー 범영 씨 맞죠?

"네. 그동안, 크음, 잘 지냈어요?"

안 본 것이 고작 이틀인데 몹시 오랜 시간이 흐른 것처럼 마음이 간절해지려고 한다. 아, 위험하다. 그것도 많이. 목이 칼칼한 나머지 범영은 중간에 헛기침을 했다.

ー 혹시 자전거 땜에 전화했어요? 아직 안 왔더라고요.

"네, 그것도 있고……."

ー 참, 나 아직 범영 씨한테 자전거 값도 안 줬는데 안 왔다는 소리나 하고. 생각보다 내가 많이 기다리고 있나 봐요.

가벼운 웃음소리가 전화선을 타고 전해져 왔다. 기분이 좋아졌다. 아니, 그 정도가 아니라 긴장으로 굳었던 입가에 절로 힘이 풀리는 게 느껴져서 범영은 유진이 기다리는 게 자전거라는 걸 다시 한 번 애써 되뇌어야 했다.

"자전거 왔는데."

ー 와, 정말요?

이번에는 환성이 귓가를 직격했다. 잘못 들은 것이 아니라 분명 어린애처럼 즐거운 비명이다. 귓불이 따끔거리다 못해 타닥타닥 타

들어 가는 느낌이라 그는 자신도 모르게 비어 있는 손으로 귀를 문질렀다.

"주소를 가게로 해 놔서 이리 왔어요."

말해 놓고, 범영은 얼른 '자전거가 완전 조립이 안 되어 올 수도 있댔거든요.' 하고 변명처럼 덧붙였다.

- 어머, 그럼 조립까지 해 준 거예요?

"어려운 일 아니니까……. 아, 조립은 아직 못 했어요. 해서 갖다 줄게요."

범영의 입에서 거짓말이 술술 흘러나왔다. 일부러 찾으러 오게 하는 것보다는 가져다주고 싶었다. 노트북도 문제였다. 와서 들고 가라면 아마 그냥 두고 도망갈 것 같은 예감이 들었다.

"가게 마치면 좀 늦는데, 전화하면 잠깐만 아파트 현관 앞에 나올 수 있어요?"

충동적으로 묻고 나서 그는 침을 꿀꺽 삼켰다. 이래도 될까? 유진이 대여점에 드나드는 동안 코털 한 점도 보여 주지 않았던 남편이 그녀와 같이 살고 있지 않을 거라는 것에 전 재산을 걸 수도 있지만, 죄책감에 마음이 두근거렸다. 하지만 유진을 보고 싶었다. 며칠이나 보지 않은 그녀의 모습이 눈앞에서 아른거렸다. 사막에서 목마른 놈이 본다는 신기루처럼. 정확히는 목마른 '미친'놈이었다.

- ……미안해서 어째요.

역시 안 되는 거였나. 가슴이 철렁했다. 유부녀를 자정이 넘어 불러내는 파렴치한 놈이 된 것보다 그녀가 자신의 예의 없는 행동에 약간이라도 실망하지나 않을까가 범영은 더 걱정되었다. 몇 시간 더 빨리 보는 게 뭐가 그리 대수라고 그랬을까. 서둘러 사과를 하고 내일 오전 가게 열기 전에 갖다 주겠다고 하려는데, 유진의 말이 더 빨랐다.

－ 가게 마치면 피곤할 텐데 그렇게나 수고를 끼쳐서요. 집 앞까지 와서 전화하지 말고, 오면서 전화해요. 시간 맞춰서 내려갈게요.

그 순간 그가 느낀 감정을 뭐라 말해야 좋을까. 기쁨도 안심도 아니고 그렇다고 놀람도 아닌, 하지만 뭔가 아슴아슴 어지러운 이 느낌이 뭘까? 흡사 심장이 더운물에 솔솔 풀리는 가루덩어리가 된 듯한 기분이었다.

"네, 그러죠. 되도록 빨리 갈게요."

작은 웃음소리가 들릴락 말락 나더니, '천천히 와요. 그럼 나중에 봐요.'라는 말을 남기고 전화가 끊겼다.

그다음에는 하루 일이 어떻게 흘러갔는지 범영은 하나도 몰랐다. 손님들이 오면 DVD 찍고, 과자 들어온 것 정리하고, 반납된 테이프며 DVD를 진열장에 끼우는 중간 중간에도 눈이 자꾸 밖에 세워 둔 자전거로 갔다.

밤 10시 가까이 되어 오늘은 문을 좀 일찍 닫을까 말까 범영이 망설이고 있을 때였다. 옆집 로즈 헤어숍에서 청소를 하고 걸레를 빨았는지 밖에 물을 촤악 뿌리는 소리를 들었다. 얼른 뛰어 나가서 자전거에 뭐가 묻지나 않았는지 살폈다. 앞바퀴 덮개에 물이 몇 방울 튄 것 같아 그 부분을 손으로 닦아 내며 그가 혼잣말처럼 타박했다.

"이제 겨울인데 길 얼면 어쩌려고."

"아이고, 퍽이나! 한겨울에도 영하 되는 날이 잘 없는 동네에 무슨."

물통을 들고 섰던 장미자가 샐쭉하게 범영을 노려보았다. 어제 자전거가 배송되는 걸 본 이후로 계속 기분이 별로인 듯했다. 이거 몇 번 본 적 있다고, 역시 예쁘다고 감탄에 감탄을 거듭하기에 인터넷에 파는 데 많다고 그랬더니 그 후로는 계속 저런 식이다.

오늘 낮에도 차도 없으면서 어떻게 갖다 줄 거냐는 둥, 택배로 부치면 배송비가 엄청 나올 거라는 둥 쓸데없는 말만 하고 갔었다. 돈도 잘 버는 것 같더니 진짜 자기가 한 대 사면 될 일이지. 범영은 그녀를 그냥 쓱 훑어봐 준 뒤 가게로 들어와 버렸다.

범영에게서 전화가 온 것은 11시 반이 조금 넘어서였다.

- 좀 이따 나올 수 있어요? 한 5분쯤 뒤에.

남자의 목소리는 낮고 차분했다. 밤이라 그럴까. 그게 아니면 실내의 등을 다 끄고 작은 스탠드 하나만 켜 두어서 그렇게 들렸는지도 모른다.

"지금 어디예요?"

- 다 왔어요. 아파트 입구 보여요.

대여점에서 오는 길이라면 아파트 뒤쪽 입구다. 자신이 사는 동 입구와는 20미터도 안 되는 곳인 줄을 깨달은 유진은 준비해 둔 겉옷으로 급하게 손을 뻗었다.

"벌써요? 가게에서 나올 때 전화하지 그랬어요."

- 먼저 나와 기다리면 위험하잖아요.

문득 '그래, 너도 마중 좀 나오고 그래 봐.'라고 중얼거리던 남편이 생각났다. 언젠가 시모가 당신은 장남이 늦게 올 때면 동네 입구에서 기다리는 걸 십수 년을 했다며 '보살필 애도 없는데 남편을 버선발로 나가 맞지는 못할망정 아파트 입구에서 기다리는 정도는 해야 하지 않느냐.'고 빈정거렸을 때의 일이었다.

"지금 바로 내려갈게요."

머리를 흔들며 재빨리 기억을 털어 냈다. 문을 열고 나갔더니 마침 엘리베이터가 위쪽에 올라와 있었다. 쉽게 1층에 내려갔는데도 범영은 이미 아파트 입구에 와 기다리는 중이었다.

"빨리 왔네요."

얼른 남자의 안색을 살폈지만, 원래 그의 피부 톤이 어두운 편이라 추위에 붉어졌는지 어쨌는지를 알 수가 없었다.

"예, 유진 씨도 금방 나왔네요."

계단 아래서 웃던 남자의 시선이 그녀의 발에 내리꽂혔다. 유진도 자신의 발을 내려다보았다. 집에서 신는 수면 양말에, 흔히 화장실에서 쓸 법한 둔한 플라스틱 슬리퍼다. 범영이 나무라는 듯한 어조로 말했다.

"또 슬리퍼네."

"아, 그냥 바로 앞에 나오는 거라서 무심코……."

자신도 모르게 소심한 말투가 나왔다. 그의 미간이 살짝 찌푸려졌다가 금방 펴졌다. 오히려 싱긋 웃는 얼굴이 되어 범영이 놀리듯 말했다.

"빨리 자전거 보려고 아무거나 막 신고 나왔구나. 그렇죠?"

얼굴이 확 붉어진 것은, 남자의 '빨리 나오려고 애썼다.'는 놀림 때문인지 아니면 웃음 가득한 얼굴 때문인지 모르겠다. 달아오른 뺨 때문에 아무 말도 못 하고 있자, 그가 한 걸음 뒤로 물러서며 옆에 세워

놓았던 자전거의 안장을 탁탁 두드렸다.

"밤이지만 한 번 타 볼래요?"

아파트 현관 불빛을 등지고 서 있어 자신의 낯빛을 알아채지 못한 것 같아 다행이라 생각하며 그녀는 우물거렸다.

"중학교 때 몇 번 타 보고 그 뒤론 정말로 한 번도 타 본 적이 없어요."

"괜찮아요. 자전거 타는 건 안 잊어버려요."

그가 이번에는 자전거의 스탠드를 아예 올려 버리며 다시 한 번 안장을 두드렸다. 망설이다 결국 유진은 계단을 천천히 걸어 내려갔다.

"잡아 줄게요. 걱정 말아요."

한 손으로 핸들을, 다른 손으로 짐받이를 잡은 범영이 또 웃었다. 한 걸음씩 내딛는 이 발걸음이, 두근두근 뛰는 심장이 마치 제 것이 아닌 양 낯설었다. 정말 탈 수 있을까? 남자 앞에서 보기 흉하게 나뒹굴게 되는 건 아닐까? 마침내 자전거 곁에 서게 되자 그는 페달을 가리켰다.

"여기에 발 얹고……, 이런."

그녀의 발에 눈길이 닿은 범영이 혀를 찼다. 유진도 자신이 신고 있는 것이 뭔지 자각했다.

"참, 슬리퍼."

초보인 자신이 페달을 밟다가 발이 미끄러지면 큰일이다. 남자를 잠깐 세워 두고 갈아 신고 와야 할까? 유진이 고민하고 있는 사이 범영은 쉽게 결론을 내 버렸다.

"갈아 신고 오려면 귀찮을 텐데. 오늘은 그냥 뒷자리에 앉아 볼래요? 그럼 섭섭한가?"

얼떨결에 고개를 끄덕였다. 씨익 웃은 남자가 안장 높이를 조절하더니 자그마한 분홍색 자전거에 덜렁 올라탔다. 그리고 유진에게 손짓을 했다.

"뭐 해요?"

조심스레 옆으로 앉자마자 양손을 끌어 잡혀 남자의 허리에 둘러졌다. '어, 어!' 하고 놀란 소리를 채 내뱉기도 전에 자전거가 출발했다. 약간 흔들거리는가 싶더니 금세 페이스를 찾은 자전거가 서서히 속도를 올리기 시작했다.

"어디 가요?"

어두운 주차장을 한 바퀴 정도 돌아 본 자전거가 아파트 옆 도로로 접어들자 유진은 겁이 덜컥 났지만, 남자는 오히려 유쾌한 듯 큰 목소리로 선언했다.

"아파트 근처만 한 바퀴 돌죠! 괜찮아요!"

블록으로 구분된 자전거 도로는 물론이고 차도까지, 자정의 도로는 텅 비어 있었다. 오렌지빛 가로등 불빛만 휘황할 뿐이다. 범영이 내리막길에서 한층 더 속도를 내자 귓가를 스치는 바람이 윙윙 울었다. 남자의 등에 파묻다시피 머리를 바싹 들이댔는데도 머리카락이 마구 날리고 숨이 가빠 왔다. 치음에 옷깃만 간신히 잡고 있던 손은 이젠 아예 깍지를 낀 채 힘이 잔뜩 들어갔다.

"시원하죠?"

남자가 소리쳐 물었다. 춥고 무서웠는데 남자가 그렇게 말하니 시야가 좀 트이는 것 같기도 하다.

"안 시원해요?"

대답이 없으니 또 묻는다. 유진은 숨을 한 번 크게 들이쉬고 외쳤다.

"추워요!"

"뭐라고요?"

"춥다고요! 완전 추워요!"

"그렇게 추워요?"

"뒤집어지게 추우니까 좀 천천히 달려요!"

"뭐? 뒤집어지게?"

범영이 갑자기 커다란 웃음을 터뜨렸다. 그가 웃는 리듬에 따라 자전거가 흔들려서 유진은 눈을 질끈 감았다.

"흔들려요!"

"뭐요?"

남자가 웃음기 남은 음성으로 물어서 좀 약이 올랐다.

"흔들린다구요!"

"그래도 안 넘어져요."

태연자약한 걸로 봐서 일부러 더 휘청거리는 게 아닌가 싶었다. 겉보기보다는 꽤 짓궂은 남자였다. 더 이상 소리쳐 뭐라고 하기에는 너무 오두방정인 것 같아 그녀는 입을 다물었다. 자전거 처음 타 봤다고 꺅꺅거리는 건 조카 연지도 안 할 짓인데, 나이 스물아홉에 귀엽지도 않게 무슨 짓이람.

유진이 침묵하자 남자도 말이 없어졌다. 내리막길이 오르막으로 바뀌자 자전거의 속도도 줄었다. 그래도 귓가에서는 겨울바람이 가끔씩 길게 휘파람을 불었다. 눈을 들어 한 번 올려다본 하늘에는 찬

공기에 말끔하게 씻긴 별들이 희게 반짝였다. 오르막에서도 범영은 스윽스윽 가볍게 자전거의 페달을 저어 갔지만, 정수리가 닿을 듯 말 듯한 남자의 등에서는 열이 뿜어져 나왔다.

유진은 눈을 감았다. 사람의 훈기가 연연하게 오감으로 전해져 왔다. 바람은 아직 차가웠지만 이제는 그렇게 춥지 않았다. 어쩌면 오늘은, 올해 중에 가장 따뜻한 날일지도 몰랐다.

"너무 늦었네요. 빨리 들어가요."

자전거를 아파트 앞에 세우자마자 남자가 한 말이었다. 뜬금없는 재촉에 유진은 눈을 크게 떴다. 어쩐지 뭔가 다급한 일이 생겨 자신을 몰아내는 것처럼 들리기도 했다. 자전거를 거치대에 자물쇠로 채우고, 덮개가 잘 씌워졌는지 앞뒤 주름까지 살펴보는 행동과는 딴판인 음성이었다. 뭔가 자신이 잘못한 것이 있는 건가 의아해졌지만 유진은 웃었다.

"오늘 정말 고마워요. 자전거 갖다 준 것도, 태워 준 것도요."

"별거 아니에요."

남자의 목소리가 조금 눅어진 듯싶었다. 그래도 유진을 똑바로 보지는 않으면서, 남자는 바구니에 담겨 있던 가방을 내밀었다.

"이거 가져가요."

"이게 뭔데요?"

"이것도 별건 아니고……. 아무튼 집에 가서 봐요."

엉겁결에 손을 내밀어 크로스백처럼 생긴 것을 받아 들자 제법 묵직한 무게가 실렸다. 뭔진 모르겠지만 자꾸 이렇게 받아서야 될 것인가. 곤란해진 유진은 흐트러지는 머리카락을 쓸어 올리며 눈을 내리깔았다.

"저기, 자전거 값을 빨리 줘야 할 것 같은데. 아무래도 이체를 하는 게 낫겠죠?"

"뭐어, 그냥 몇 달로 쪼개서 조금씩 줘도 돼요."

바닥에 신발 앞코를 탁탁 구르며 범영이 느릿느릿 말했다. 심상하게 하는 말투이긴 한데 어딘가 마음에 걸려 유진은 눈을 또렷하게 떴다.

"자전거 살 돈은 있어요."

"솔직히 난 돈 받기 싫은데."

"아뇨, 안 돼요."

남자의 마음은 안다. 그래도 어쩐지 마음이 울컥했다. 정신적인 위로를 구하는 것도, 배려를 받는 것도 자신이라는 걸 알고는 있지만 그래도 이건 아니다. 돈이나 값비싼 선물이 사람 사이에 오가게 되는 것이 관계를 망가뜨린다는 사실에 대해 이제 유진은 무지하지 않았다.

"전에 말했지만 범영 씨가 날 동정한다고 해서 싫어하지 않아요. 그 동정심, 저급한 데서 시작한 거 아니라는 건 아니까. 하지만 이런 식이라면 기분 좋지 않아요. 불쾌해지려고 해요."

들고 있던 가방을 그에게 다시 내밀자, 소리를 내며 아래위로 움직이던 남자의 신발이 멈췄다. 가방을 받지 않아서 할 수 없이 땅에 내려놓았더니 굳은 시선이 곧바로 그녀를 찔러 왔다. 호의를 거절당해서인지 어둠에 반쯤 묻힌 범영의 얼굴은 사뭇 사나워 보였다. 문득 그 얼굴에 다른 얼굴이 겹쳐 보였다. 화를 내던 아버지의 얼굴, 그리고 그녀의 비난에 팔을 거세게 낚아채던 남편의…….

돌연 눈앞이 새카매졌다. 눈앞의 남자가 야수처럼 느껴졌다. 평소에는 상냥하다가도 마음에 거슬리면 순식간에 상대를 날카로운 이빨로 헤집고, 칼날 같은 발톱으로 찢어 놓는 야수.

"나, 나한테 잘해 주는 걸 고마워한다고 해서……, 범영 씨 마음대로 내 일을 결정해도 된다고 허락한 거, 절대 아니에요."

목소리가 발발 떨렸다. 하지만 유진은 하던 말을 멈추지는 않았다. 멈추면 안 된다는 생각에 이를 악물었다.

"누구도 나한테 그럴 권리 같은 거 없어요. 그런 거, 이제 누구한테도 안 줄 거예요."

빠르게 말을 쏟아 내놓은 유진은 입술을 꾹 깨물었다. 무서웠다. 남자의 얼굴을 보고 싶지 않아서 고개를 돌려 버렸더니 하얀 덮개를 쓴 자전거가 눈에 들어왔다. 방금까지도 그렇게 따뜻했었는데. 갑자기 추위가 몰려와 그녀는 양손으로 어깨를 감쌌다. 멀리서 클랙슨 소리가 거칠게 울리다가 길게 꼬리를 끌며 사라졌다.

"미안해요."

차 소리의 여운처럼 범영의 목소리가 낮게 깔렸다.

"그런 뜻 아니었어요. 나도, 유진 씨 일을 마음대로 할 권리는 다른 사람 아무한테도 주지 말라고 하고 싶어요."

정말일까. 하지만 말이라도 저렇게 해 줘서 그나마 다행이었다. 유진은 붙어 버린 깃 같은 입술에 힘을 주어 억지로 벌렸다. 가쁜 숨결에 하얗게 입김이 솟았다.

"이해해 줘서 고마워요."

"근데 나도 섭섭하긴 하네요. 그렇게 금을 딱딱 긋고 살아야 돼요?"

딱히 금을 긋자고 한 것은 아니었다. 그저 자신을 지키기에 급급

했을 뿐. 하지만 남자의 눈에 어떻게 보였는지 확신할 수는 없었다. 퍽퍽하게 얼어붙었던 마음이 조금 숨을 죽였다. 범영은 땅에 놓였던 가방을 집어 들고 이리저리 살펴보더니 바닥 쪽을 손으로 털었다. 그리고 다시 그녀에게 내밀었다.

"아는 사람이 안 쓴대서 술 한 잔 사고 받았어요. 중고예요."

남자의 말투는 절대 곱지만은 않았다. 역시 화가 났나 보다. 어떻게 할 줄을 몰라 유진이 딴 곳만 보고 있자, 범영은 그예 가방을 바닥에 내려놓고 돌아섰다.

"나한테 부담 주기 싫어 그런 거 알아요."

등 돌리고 선 남자가 그렇게 말을 했다. 뭐라고 할 말이 없어 유진은 고개를 숙인 채 그가 아까 했던 것처럼 가만히 발을 굴러 보았다.

"그런데 부담 주기 싫은 건 부담 받기도 싫다는 거겠죠."

앞뒤로 까닥대던 발이 절로 멈췄다. 유진은 고개를 들어 남자의 뒷모습을 바라보았다.

"전에 밥 먹을 때, 남자는 일이 중요하댔죠? 그런데 안 그래요."

"……."

"내 생각엔 제일 중요한 건 사람이에요. 사람 사이의 정이요. 남자나 여자나 다."

아!

소리 없는 감탄사가 입에서 나와 사라졌다. 유진은 멀찍이 서 있는 그의 단단한 등을 향해 손을 뻗었지만 당연하게도 그 등은 닿지 않았다. 남자의 이름을 부르고 방금 한 말이 진심인지, 혹시 지나가는 말이나 그녀를 안심시키기 위해 하는 거짓말은 아닌지 확인하고 싶은데 어쩐지 입에서는 한마디도 나오질 않는다.

혹시나 그가 돌아서지나 않을까. 그래서 자신을 보면서 다 괜찮을 거라고 말해 주지나 않을까. 유진은 간절한 기대로 범영의 뒷모습을 바라보았다. 말없이도 몇 번씩 그녀의 마음을 읽어 내던 남자였다. 커다란 손을 머리 위에, 혹은 어깨 위에 얹고서 전혀 화가 나지 않았다고, 당신이 한 말을 다 이해한다고 말해 준다면 얼마나 좋을까. 그러나 남자는 그러지 않았다.

"추운데 얼른 들어가 자요."

그 말만 남기고 범영은 성큼성큼 걸어서 아파트 사이의 어둠 속으로 사라져 버렸다. 자취도 없이 사라진 범영을, 그가 떠난 그 자리를 유진은 얼어붙은 듯한 밤의 추위 속에서 한동안 바라보고 있었다.

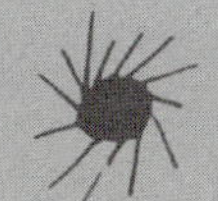

9
밥은
먹고 다녀요?

또 며칠째, 범영은 틈만 나면 전화기만 노려보고 있는 중이다. 자전거를 가져다준 이후로 유진은 아무런 연락이 없었다. 자전거와 함께 갖다 준 노트북 때문에라도 무슨 말이 있지 않을까 했는데 예상이 빗나갔다. 하루에도 수십 번 손이 전화기로 가려 했지만 억지로 누르며 꾸역꾸역 일을 했다.

시시때때로 전화기로 쏠리는 눈길 말고는 달라진 것도 없는 것 같은데, 시험 중에도 가끔씩 들르던 재혁이나 같은 빌딩의 가게 주인들이 무슨 일이 있냐고, 혹은 여자가 생겼느냐고 자주 물어 왔다. 심지어 며칠 동안 범영을 소 닭 보듯 하던 로즈 헤어숍의 장미자조차도 어제는 꼭 일부러인 것처럼 과자를 잔뜩 사 가면서 '누가 보면 진짜로 연애하는 줄 알겠네. 로봇 같은 김 사장님이 그럴 리가 없는데 말야.' 하고 빈정거리고 갔다. 그런데 정작 그 자신은 이 상황이 어찌 된 판국인지 가늠이 잘 안 되었다. 머릿속이 참, 난리도 아니었다.

이성이지만 친구처럼 지내자고 했으니 연애는 안 하고 있다. 그런데 보면 안됐고, 늘 애틋하고, 밥은 챙겨 먹었나 싶고 그렇다. 이 마음을 뭐라 불러야 하겠는가. 어찌 보면 그녀의 말대로 동정심 같기도 하고, 어떨 땐 혈육을 대하는 감정 같기도 한데 그렇게만 그치기에는 또 그의 마음이 삿되다.

'샷된 놈.' 이건 자전거를 끌고 유진을 찾아갔던 그날 밤의 마음을 참 잘 표현해 주는 말이다. 범영에게 쓸데없다 싶을 정도의 돈을 남기고 죽어 버린 김 회장 그 노친네가 가끔 점잖게 욕을 하고 싶을 때 침을 퉤 뱉으며 하던 말인데, 그때는 그 말의 뜻이 범영식式으로는 '빌어먹을 새끼들'이나 '썩어 나자빠질 시발놈들'과 비슷한 말이겠거니 생각했다. 사실 노친네가 평소 하던 욕들이나 그가 내뱉는 말들이나 그리 다를 바가 없었기 때문에 그 생각은 틀리지 않았을 것이다. 다만 노친네는 젊었을 때에 범영보다 훨씬 나은 교육을 받아서 종종 무의식적으로 저런 곰팡내 날 법한 양반 투의 옛말을 쓰곤 했을 뿐이다.

어쨌거나 자정이 다 된 시간에 여자를 보자고 나오라고 했던 것이나, 여자를 뒤에 태우고 야밤의 거리를 달린 것 둘 다 남자라면 눈같이 새하얀 마음으로 할 짓은 아니다. 게다가 유진을 내려놓기 전엔 어땠나. 금세라도 그 여자를 끌고 어디론가 남의 눈이 보이지 않는 둘만의 장소로 사라져 버리고 싶은 생각이 굴뚝같지 않았나. 그때만은 유부녀니 불륜이니 하는 말들이 전혀 머릿속에 떠오르지도 않았는데, 설마 그게 친구 관계를 유지하고 싶은 놈의 마음일까. 간섭은 받지 않겠다고 고집스레 말하는 여자에게서 치고 들어갈 틈이 안 보여 화가 불같이 난 것도 마찬가지다.

게다가 그는 지금 끈질기게 유진의 전화를 기다리기만 하고 있는 중이다. 이것도 다 그 마음 약한 여자에게 부담 운운해 가며 밀어붙여 놨으니 곧 고집을 꺾을 거란 예상을 했기 때문이다.

이게 과연 연애일까? 모르겠다. 그저 고민스럽기만 할 뿐이었다.

과자 봉지 위의 먼지를 떨어내면서도 유진을 생각했고, 냉장고를 걸레로 닦아 내면서도 그녀의 목소리를 떠올렸다. 중학교 때부터 학교 뒷담에서 여자애들과 시시덕거렸고, 고딩 때는 자신보다 나이 서넛 많은 여자들과도 쉽게 어울렸었다. 또한 성인이 된 후로도 수없이 여자를 만났지만 그중에 이런 연애는 없었다. 여자란 귀엽고 예쁘지만 쉽게 오고 쉽게 사라지던 생물들이었는데 말이다.

분명한 것은 단 한 가지다. 범영은 유진의 담장이 무너지고, 벽이 부서져 내리기를 바랐다. 부드러운 속살까지 드러내어서 그 안의 상처까지 다 헤집어 볼 수 있었으면 좋겠다고 간절히 원했다. 그래야 그가 유진의 연약한 속마음에까지 발을 내디딜 수 있을 것이니까. 또 그녀에 대해 제일 많이 아는 사람이 자신이 될 수 있을 테니까. 그러면 유진에게 그 남자, 지금의 남편과 헤어지라고, 내게 오라고 큰소리를 칠 수도 있지 않을까. 이런 생각을 하는 자신이 어떻게 삿된 놈, 비열한 자식이 아닐 수 있겠는가.

그렇지만 그런 생각으로 재고, 한참을 계산만 하던 범영도 지금은 한숨이 났다. 유진은 어쩌고 있을까? 어떤 얼굴로 무슨 생각을 하고 있을까?

지금은 그저 그녀가 보고 싶다. 간절하게.

"김 사장, 뭐 하요? 넋을 빼놓고."

누군가 문을 열고 들어와 물었다. 범영이 눈만 모로 굴려 봤더니 마흔 중반 줄에 명예퇴직을 하고 그 퇴직금으로 피자 가게를 차렸다는 뒤쪽 통로 건너 피자집 전 사장님이시다. 비록 전국 규모 유명 체인은 아니지만 제법 쏠쏠하게 장사는 되어 좀 바쁜 양반인데 여기까지 오신 걸 보면 무슨 이유가 있을 것 같다. 전화기에 붙여 놨던 눈을 떼고 일어서서 약간 건성인 인사를 했더니 범영과 전화기를 번갈아 보며 다시 물었다.

"오늘쯤 관리비 걷을 때 안 됐소?"

"아, 예. 됐죠."

일부러 오시게 해서 죄송하다며 카운터 아래 선반에서 영수증이며 관련 서류를 꺼내 들었다.

"거참, 수상한 일일세. 김 사장이 여기 온 뒤로 이러는 걸 내 한 번도 못 봤는데."

신문 가판대를 뒤지며 하는 혼잣말이지만 저건 거의 들으라고 하는 소리다. 아무 말 않고 전기료며 수도세, 가스 요금, 기타 청소비 같은 것을 계산해 놓은 수첩과 관리 용역 회사에서 만들어 준 세금계산서를 대조해 보고 있으려니 또 그를 힐끔거리며 중얼거린다.

"요새 어디 신경 많이 쓰나? 장사도 잘되는 거 같고, 여기 빌딩 사람들이야 딱히 관리비 같은 걸로 속 썩이는 사람들도 없는데 말이야."

"하고 싶은 말씀 있으시면 그냥 편하게 하세요."

먼저 확인해 놓은 것부터 카운터에 밀어 놓으며 '이번에 전기를 좀 많이 쓰셨나 봐요. 오븐 새로 들여놓으셨다더니.' 하고 덧붙이자 금세 '아이고, 내 그 오븐이란 놈 때문에 신경이 쓰여서 죽겠소. 하여튼 사람이나 기계나 길이 잘 들어야지.' 어쩌고 하면서 엄살을 부풀리며 투덜거린다.

"그래서 말인데, 내 김 사장한테 좋은 사람 하나 소개시켜 주고 싶은데. 어떻소?"

어떻게 얘기가 그렇게 튀나 모르겠다. 범영이 계산서에서 눈을 들어 전 사장을 빤히 바라보자, 어색한 얼굴을 하더니 몇 가닥 남아 있지도 않은 머리카락을 쓱쓱 쓰다듬었다.

"아니, 뭐 나는……, 김 사장 나이도 슬슬 결혼을 생각할 때고, 사람도 성실하고 그래서. 우리 사촌 형님 딸이 스물일곱이거든. 애가 참 참하고 또……, 동갑은 궁합도 안 본다니 딱 좋잖소."

빌딩 점포의 남자 사장들만 모였던 술자리에서 당분간은 여자 사귈 생각 없다고 한 것이 분명히 두 달 전인데 그새 까먹으신 건 아닐 터였다. 불쑥 로즈 헤어숍 장미자가 떠올랐다. 실수로라도, 김 회장 생전처럼 범영이 건물 관리만 하는 게 아니라 지금은 실제 소유주란 소리를 그녀가 흘려서 이러는 게 아닌가 싶었다. 돈을 빌려 주고 이자로 관리비를 받는 형식이라 등기부 명의는 현재 김 회장의 양자로 되어 있으니 서류만 봐서는 아무도 알 수가 없다.

사람을 괜히 의심하면 안 되겠지만 원래 사람이란 동물의 바탕이 간사한 것 아니냐고, 범영은 냉정하게 생각했다. 그 자신부터가 그렇고, 사고로 잃은 부모님 보험금 다 벗겨 먹고 어린 중학생 애만 혼자 덜렁 사글셋방에 남겨 둔 채 도망간 친척 아줌마, 아저씨들도 그렇고, 심지어 자기 의붓자식이 싫어 일생 동안 긁어모은 재산을 교묘한 방법으로 그한테 떠넘긴 그 영감도 그랬다. 가판대 앞에 서서 왠지 자꾸 가게 밖으로 시선을 던지고 있는 전 사장도 그 사실에서 벗어나진 못할 것이다.

"고맙습니다만 아직 생각 없습니다. 여유도 없고요."

딱 잘라서 거절했더니 전 사장은 금세 서운한 표정이 되었다.

“아니, 내 조카라서 하는 말이 아니고 애가 요즘 아가씨 같지 않게 진짜 참해. 요즘 여자들 툭하면 남편한테 대들고 이혼 말 꺼내고 그러는데, 절대 그런 애 아니거든. 야무진데다 붙임성 있고.”

범영을 어떻게 봤는지 전 사장은 ‘요즘 아가씨답지 않은 여자’를 강조했다. 그가 요즘 남자 같지 않아 보였나 보다.

“생김새도 요즘 말로 거 뭐라더라……, 그래, 글래머! 늘씬한 게 참 몸매가 좋아. 또 얼굴도 귀엽고. 키도 어디 가서 빠지지는 않는데.”

이쯤이면 흥미가 동하겠지 싶은지 전 사장의 눈에 자신감이 담겼다. 시쳇말로 ‘육덕진’ 몸매인가 본데 범영도 남자니까 그런 걸 딱히 싫어하진 않지만 그렇다고 침을 흘릴 정도로 좋아하지도 않는다.

“연애할 만큼 주변머리가 좋지 않아서요.”

“혹시 스물일곱이 나이가 많아서 그러는 거요?”

참 끈질기다. 스물일곱이면 팔팔한 나이라고, 서른이 다 되면 문제지만 여자 나이 그 정도가 애 낳고 키우기도 딱 좋다며 열변을 토하는 전 사장이 조금씩 눈에 거슬리기 시작했다.

“그것보다 여기 보증금 올릴 분위기던데 혹시 아세요?”

“응? 금시초문인데. 김 회장 아들, 아니, 새 회장한테 직접 들은 거요?”

불쑥 꺼낸 말에 예상대로 전 사장은 놀라는 눈치다.

“아뇨. 그런데 빌딩 보증금이랑 월세가 몇 년째 그대론지 아느냐고 그러시더라고요. 쓰읍, 가게 내느라 얻어 쓴 돈 이자도 빡빡하구만. 역시 대출이 사업 자금 반 이상 넘으면 안 되나 봐요.”

머리를 벅벅 긁으며 툴툴거렸더니 전 사장이 흠칫했다. 대출이 있는 줄은 몰랐다고, 걱정이 많겠다고 사뭇 염려하는 말을 몇 마디 늘어놓던 전 사장은 계산서며 영수증을 챙겨 들더니 급히 가게를 나가 버렸다. 범영의 입가에 비딱한 웃음이 걸렸다. 사람들을 불러 놓고 오순도순 이야기라도 나누려나.

다시 조용해진 가게 안에서 그는 다시 나머지 계산서를 체크해 보려다가 귀찮아져 그냥 놓아 버렸다. 원래 점포들의 관리비 계산이야 대충 25일까지만 해 줘도 된다. 생각해 보니 이번 달 25일은 크리스마스다. 매출이 빠지지는 않는 달인데다 관리비나 기타 공과금이 지난달보다 딱히 많이 나온 사람도 없으니 다들 알아서 맞춤한 금액을 미리 준비해 놓고 있을 것이다. 그리고 매달 넣는 적금과 김 회장의 아들에게 늘 보내는 소량의 돈은…….

"젠장, 될 대로 되라지."

머리를 굴리는 것마저도 피곤해진 범영은 의자에 몸을 털썩 내려 놓았다. 곧 크리스마스니 뭐니 하여 다들 흥청대겠지. 지금도 가게마다 연말 분위기가 넘쳐흐르는데 당일이 되면 애인끼리, 혹은 친구나 가족들끼리 먹고 마시고 선물이란 것도 주고받는 신선놀음을 해 댈 것이다.

"악착같이 긁어모아서 뭐 하나……."

철든 후로 처음 그런 생각이 들었다. 한 사나흘 굶은 모양새로 뱃속이 헛헛하다. 범영은 의자 등받이에 양팔을 걸치고 머리를 젖혀 천장을 올려다보았다. 청소한 지 보름쯤 된 형광등 갓에 먼지가 앉은 것이 눈에 띄었다. 저놈도 닦아야 할 텐데.

중학생 때의 그는 딱히 나쁜 놈은 아니었지만 성실함이라고는 약에 쓰려고 찾아도 없이, 그저 겉멋만 들어 살던 말썽쟁이 애새끼였다. 그런 자식도 외아들이라고 힘들여 키워 주던 부모가 새벽시장에서 가게 물건 떼어 오다가 덜컥 차 사고로 죽자 친척들에게 내돌려졌는데, 지금 생각해 보면 바보 같은 노릇이지만 그때는 어린놈이 아비 어미를 잃고 더 거칠어지기만 했었다. 비뚤어진 덩치 큰 사내애가 사흘이 멀다 하고 치는 사고 덕에 맡아 주는 친척 또한 자주 바뀌었는데, 그럴 때마다 부모님이 모아 둔 돈이며 보험금이 들어 있던 통장의 개수가 자꾸만 줄었다. 마지막으로 자신을 데리고 있던, 촌수도 어렴풋한 숙부와 숙모가 사글세방의 쥐꼬리만 한 전세금까지 빼서 달아난 탓에 친구 집을 전전하며 라면 따위로 끼니를 때운 지 사흘 만에야 비로소 범영은 정신을 차렸었다.

학교도 빼먹고 오전 내내 공원 벤치에서 잠만 자다가 오후 늦게야 주머니 속의 몇 푼 안 되는 동전으로 편의점에서 컵라면과 김밥을 먹었던 날이었다. 그때, 편의점 바깥 까만 아스팔트에 쏟아지던 햇빛이 하필 왜 그렇게 희고 반짝반짝했는지 모를 일이다. 울컥 눈물이 날 만큼.

그때의 허기와 입 안으로 우겨넣던 라면 면발의 뜨거움은 그에게 오랫동안 잊히지 않았다. 줄기차게 뱃속 어느 한구석에 똬리를 틀고 앉아서는 아직도 1년에 한두 번쯤은 칼에 벤 듯 따갑게 속을 할퀴곤 한다. 점잖게 늙은 할매, 할배들이 공원 벤치에 앉아 소일하는 걸 볼 때나, 책가방을 멘 말쑥한 젊은 놈들이 귀에 꼬부랑대는 외국 말이 흘러나오는 이어폰을 끼고 다니는 걸 볼 때면 범영은 이상하게 배가

고팠다. 그래도 여자 생각에 이랬던 적은 없었는데.

"젠장, 술이나 풀까."

일 마치면 자정인데 너무 늦다. 일찍 가게 문을 닫을까 생각도 했지만 얼마 전에도 유진 때문에 그런 적이 있어서 망설여졌다. 무슨 일 있냐고 캐물을 게 뻔한 주변 가게 사장들의 눈들도 귀찮고, 관리비 받아먹는 것보다는 가게 일이 내 본업인데 싶었기 때문이다. 문득, 남자는 일을 잘해야 한다던 어눌한 그녀의 목소리가 귀에 들리는 듯했다. 범영은 피식 웃었다.

"그래, 뭘 이만한 것 가지고."

내키는 대로 놀고먹던 시절은 일찌감치 끝냈다. 사내자식 나이 스물다섯을 넘어 서른을 향해 가는 처지에 할 건 하고 살아야지. 한숨을 푹 쉬고 그는 카운터 구석에 밀어 놓은 서류 뭉치를 당겼다. 수첩에 입출금을 기록해 가며 들여다보고 있는데 가게 문이 열렸다.

"어서 오십……, 어?"

약간 초췌한 낯빛을 한 유진이 문가에 서 있었다. 늘 똑같은 그 갈색 점퍼 차림이었다. 뻐끔거리는 입은 말도 못 하고 있는데 눈만은 저절로 움직여 그녀의 손으로 시선이 떨어졌다. 다행히 노트북을 들고 오진 않았다. 그다음으론 가게 유리창 밖을 봤다. 가게 앞 보도, 잎 떨어진 가로수 아래 연분홍 자전거가 자물쇠를 매고 얌전히 서 있었다. 범영은 자신도 모르게 입이 벙싯 벌어졌다.

"자전거 타고 왔어요. 범영 씨 말처럼 금방 혼자 타겠던데요."

그의 눈길을 알아챈 유진이 희미하게 웃었다.

"아, 예."

비식비식 흘러나오는 웃음 때문에 범영은 손을 들어 입가를 가렸다.

"자전거 어때요?"

"마음에 들어요."

갑자기 이마가 뜨거워졌다. 유진이 눈을 내리깔지 않고 자신을 똑바로 보고 있었기 때문에. 그녀의 대답이 자전거를 가리키는 거라는 것을 알고 있는데도 범영은 미친 듯이 가슴이 덜컹거렸다.

"……펴, 편해요?"

"네, 편해요."

바보처럼 말을 더듬어 버렸다. 범영은 핑계처럼 헛기침을 몇 번 한 다음 수첩과 서류를 밀어 놓고 컴퓨터 앞에 가 섰다.

"오늘은 뭐 빌릴 거예요?"

유진은 말이 없었다. 이제는 일부러 떠올리지 않아도 바로 손가락 끝에 붙어 버린 그녀의 전화번호를 키보드로 두드리고 잠시 기다렸으나 그래도 그녀는 그냥 서 있기만 했다. 비포장 시골길을 가는 버스 같던 심장이 덜컥 멈췄다.

"볼 만한 게 없어요? 어제 신작 나왔는데. 추석 때 극장에서도 사람들이 많이 본 그……."

"이제 음료수는 안 줘요?"

"예?"

당황한 그가 모니터에서 얼굴을 돌리니 유진의 시선이 맞부딪쳐 왔다. 빛 좋은 아침나절 잘 닦아 놓은 가게 유리창같이 맑은 눈이었다.

"전에 주던 음료수……, 마시고 싶은데."

또렷하던 목소리가 어째 점점 작아지더니 결국엔 거의 들릴 듯 말

듯 되었다. 고개를 툭 떨어뜨렸는데 그 목덜미가 잘 익은 것처럼 발간 것이 눈에 들어왔다. 범영의 심장이 또다시 덜커덩 뛰었다. 시동을 거는 낡은 버스처럼 몇 번 덜덜거리던 가슴은 곧 튀어 나갈 듯 질주했다. 뭔가 말을 하려고 입을 벌리는데 소리가 나오지 않았다. 몇 번 입술을 들썩거리다 포기하고 그는 급하게 온장고 문을 열었다. 잡히는 대로 쌀음료며 두유를 꺼내 들고 와 카운터 위에 올려놓았다.

"마셔……, 아니, 마시세요."

입에서 튀어나오는 것이 반말인지 존대인지 구분도 못 하겠다. 그답지 않은 그 모습이 우스웠는지 유진이 고개를 들고 살짝 웃었다.

"이거 너무 많아요. 나 혼자 어떻게 다 마셔요?"

대답 대신 재빨리 병 두 개를 따고, 나머지는 비닐봉지에 넣어 카운터 위에 다시 올려놓았다.

"가져가요."

따 놓은 두유 병 하나를 들고 봉투를 그녀 앞으로 밀었다. 이번엔 정색을 한 유진이 고개를 저었다.

"또 공짜로 주려고요?"

"……."

"이런 거 옳지 않아요. 나한테나 범영 씨한테나."

"미안해서요."

범영은 얼른 대답했다. 며칠 전 밤의 되풀이가 되는 건 절대 사양이었다.

"그때 화났죠? 생각해 보니 내 입장만 내세운 게 잘못이었어요."

거짓말이다. 미안하기는 개뿔이. 그렇지만 범영은 자신이 잘못했다고도 생각하지 않았다. 단지 이렇게 말해야 유진이 누그러질 것을 알기 때문이었다.

"유진 씨 말이 맞아요. 친구끼리일수록 금전 관계는 더 확실해야죠. 내가 유진 씰 무시하는 것도 아니고. 하지만 그 자전거 값은 진짜 할부로 받을 거예요. 어차피 인터넷에서도 할부로 산 거니까. 그리고 내가 준 중고 노트북 값은……."

일부러 '중고'에 힘을 주어 말한 그는, 줄줄이 내뱉는 말을 당황스러운 얼굴로 듣고 있는 유진에게 빙긋 웃어 보였다.

"……내일모레 낮에 장 보러 가는 거 도와주는 걸로 대신해요. 마트라도 남자 혼자 장 보려니 힘들더라고요. 물론 결재는 유진 씨가 하고, 배달도 필수예요."

약속한 시간이 다 되었다. 이걸로 좋을까? 유진은 자신의 옷차림을 다시 한 번 훑어보았다.

평범한 청바지에 평범한 초록 후드 티셔츠, 평범한 회색 양말에 단벌 외출복이다시피 한 갈색 패딩 점퍼. 평범 일색인 옷차림에 심지어 그가 늘 보던 점퍼를 입고 가는데도 왠지 신경이 쓰였다. 바람을 맞고서도 춥지 않을 두툼한 옷이라고는 그것밖에 없어 따로 선택의 여지도 없건만 자꾸 옷장 안을 흘끔거리게 된다.

장보기가 끝나면 범영의 집에 가게 될 건데, 처음 방문하는 거니 얇더라도 차라리 단추가 달린 흰색 셔츠를 입고 갈까? 옷차림에 연연하게 되는 것은 어쩌면 아직은 혼란한 마음의 발로인지도 모른다. 꺼낸 셔츠를 움켜쥐고 유진은 한숨을 쉬었다.

그가 고맙다. 김범영, 앞으로는 평생 혼자일지도 모른다고 생각한 삶에 갑작스런 온기와 색깔을 갖고 선물처럼 찾아와 준 남자. 친구든 다른 이름으로든 이제는 정말로 과거와 종지부를 찍고, 혼자만 탈 수 있는 자전거지만 함께 나란히 달릴 수는 있는 것처럼 그렇게 살아갈 수 있지 않을까 하는 가능성을 준 사람.

그러나 아직은 용기가 모자란 것 같기도 하다. 과연 그가 보여 주는 것이 자신이 생각한 그런 것인가 미심쩍기도 하고, 또 한 번 잘 못된 판단을 하게 되면 이제 영영 무너져 버릴 것 같아 무섭기도 했다. 그의 가게에 자전거를 타고 가며 한 각오들은 다 어디로 갔는지 모르겠다.

애써 거울에 관심을 돌려 셔츠를 대 보고 있는데 전화벨이 울렸다. 제풀에 놀라며 얼른 뛰어가 받았더니 아니나 다를까 범영이다.

- 유진 씨, 난데요. 준비됐어요?

"아, 예. 대충……. 어디예요?"

- 아래예요.

"벌써 도착했어요? 가게는요?"

아침부터 서둘렀는데 왜 이렇게 시간이 빨리 흘렀을까. 시계를 곁눈으로 보니 정각 10시였다.

- 아는 동생에게 맡겼어요. 난 괜찮으니 천천히 내려와요.

"네, 금방 갈게요."

서둘러 크로스백을 메고 아래로 내려갔더니, 범영이 자전거 거치대에 있는 유진의 자전거에서 덮개를 막 벗겨 내는 참이었다.

"평소엔 덮개 하지 말죠. 귀찮을 텐데."

먼지를 털어서 착착 접은 후 그녀의 자전거 바구니에 덮개를 담는 범영의 행동이 참으로 익숙해 보여서, 유진은 기분이 좀 이상해졌다.

"너무 마음에 들어 그런지 망가질까 겁나요. 누가 가져갈 것만 같고요."

들고 내려온 열쇠를 백에 넣는 척하며 조그맣게 대답했는데, 상대는 어째 가타부타 말이 없다. 슬쩍 훔쳐보다 눈이 마주쳤다. 뭐라 말할 듯 입을 달싹이던 그는 고개를 흔들더니 그냥 옆으로 걸어갔다. 제일 끝줄에 세워 둔 자전거가 범영의 것인지 스탠드를 걷고 끌고 온다. 까만 니트 모자를 내려쓴 그의 목 언저리가 붉어 보이는 건 분명 그녀의 착각일 것이다. 늘 덤덤한 채로 간혹 웃기만 하는 저 남자가 낯을 붉힐 이유가 뭐 있겠는가.

"자전거가 좋아 보여요."

"아, 그냥……, 이것저것 조립한 건데요."

딱히 할 말이 생각나지 않아 한 소리인데 남자는 좀 당황한 것 같았다. 칭찬에 좋아하는 것처럼도 보였지만, 유명 브랜드인 그녀의 자전거를 슬쩍 쳐다보는 걸로 봐서는 아무래도 두 자전거의 차이를 의식하고 있는 모양이다. 하지만 범영의 자전거는 전체적으로 날렵하고 꽤 세련된 모습이어서 유진은 진심으로 말했다.

"그렇지만 정말 멋있어요. 범영 씨하고도 잘 어울리고요."

"고맙네요. 사실 자전거엔 꽤 도, 아니, 신경을……."

말을 하다 말고 범영이 얼버무렸다.

"그보다도 사실 차가 없으니까 자전거가 발이거든요."

"그런데 짐받이도 내 거랑 모양이 좀 달라요. 범영 씨 것은 남자용이라 그런가 봐요."

"따로 사서 단 거예요."

자주 보는 형태가 아닌, 아주 단순하게 하나의 선으로 이루어진 듯한 심플한 검은 짐받이를 보면서 유진은 그것이 아주 새것이라는 것을 알아챘다. 아마도 원래는 짐받이가 없는 자전거인데 급히 사서 다느라 저런 간단한 것을 산 것 같았다. 범영의 말과는 달리 그는 마트에 장을 자주 보러 다니지는 않나 보다. 최소한 이 자전거를 타고서는. 그럼 오늘 일은 어찌 된 것일까? 어쩐지 묘한 기분이 되어 고개만 끄덕이고는 유진도 자신의 자전거를 끌어냈다.

"날씨가 좋네요."

발을 페달에 얹어 놓고 그녀를 기다리던 범영의 말이 아니더라도 유진 역시 그렇게 생각하고 있었다. 지난달 말이나 이달 초순에는 바람이 제법 쌩쌩 불더니 며칠 사이 온화해진 날씨는 마치 초봄 같았다.

"예, 걱정했는데 오늘은 자전거를 타도 하나도 안 추울 것 같아요."

"그 정돈 아닌데."

출발할 준비가 된 유진을 본 범영이 이맛살을 슬쩍 찌푸렸다. 그는 다시 가방을 뒤지더니 가죽 장갑 한 켤레를 꺼내 그녀에게 건네주었다. 서두느라 장갑을 챙기지 못했던 유진은 당황했다.

"괜찮아요."

"늦어지니까 빨리 껴요."

잠시 눈치를 보며 망설이던 유진은 그냥 장갑을 꼈다. 오래 꼈는지 반들반들한 갈색 장갑은 안쪽에 천이 덧대어져 있어 따뜻했다. 좀 큰 장갑을 당겨 꾹꾹 손을 집어넣고 있는데 머리에 뭔가가 푹 눌러 씌워졌다. 차갑던 귓불을 감싸는 따뜻한 온기에 놀라 고개를 드는 순간 벌써 자전거를 출발시키는 범영의 뒷모습이 보였다. 아무것도 쓰지 않은 그의 머리카락을 마구 헝클었던 바람이 날아와 유진의 뺨을 쓸고 지나갔다.

"어서 와요!"

범영이 뒤를 돌아보며 소리쳤다. 귓바퀴까지 폭 감싼 니트 모자는 그의 체온으로 따뜻했다. 얼굴이 확 붉어졌지만, 유진은 얼른 자전거에 올라타 범영을 뒤쫓았다.

천천히 가고 있는 그의 뒤를 따라잡는 것은 그리 어렵지 않았다. 아파트 단지를 감싸며 흘러 나간 길은 곧 텃밭들과 식당들이 드문드문 섞여 있는 외곽으로 이어졌다. 따로 있던 자전거 도로가 인도와 합쳐지기도 하고 때론 차도와 일부가 되기도 하는 길이 반복되었다. 이 정도의 거리를 자전거로 가 보는 것은 처음이라 처음에는 긴장했으나 곧 유진은 편안해졌다.

싸늘한 겨울 공기가 코끝을 맴돌지만 몸은 차츰 더워진다. 바람은 귀 옆을 스쳐 달려가고 때론 머리 위에서 펄럭였다. 투명한 듯 보안 햇빛 속에 퍼져 나가는 가쁜 자신의 숨소리가 들린다. 허벅지를 팽팽하게 당기는 속도감. 살아 있다는 실감이 났다.

"좋죠?"

앞서 가던 범영이 속도를 줄여 유진과 자전거 머리를 나란히 하며 소리쳤다. 묻는 그의 눈에 가득한 웃음이 햇살에 빛났다. 눈이 부셨다.

"예!"

어쩐지 코가 매운 것은 바람이 찬 탓일 것이다. 유진은 숨을 크게 들이켰다. 어디서 낙엽이라도 태우는지 희미한 마른 연기 냄새가 났다. 코를 훌쩍이자 그가 또 큰 소리로 물었다.

"추워요?"

"아뇨, 괜찮아요!"

고개를 커다랗게 저었는데도 범영은 그 자리에서 자전거를 멈췄다. 몇 미터 앞에서 그녀도 멈춰서며 돌아보자 그가 메고 있던 가방에서 뭔가를 꺼내고 있었다. 자전거를 가까이 몰고 온 후 보니 범영의 손에 들린 것은 면으로 된 흰 마스크였다. 말없이 건네주는 그것을 받아 들고서는 유진은 웃지 않을 수가 없었다. 마스크에는 동글동글 노란 병아리가 눈을 땡그랗게 뜨고 그녀를 바라보고 있었다.

"둘이 닮았는데요, 뭘. 어울려요."

농담치고는 참 진담처럼 말하며 범영이 다시 자전거에 올랐다. 병아리라니. 그의 나이를 정확히는 모르지만 그녀 쪽이 더 어리진 않을 텐데. 먼저 달려 나간 그의 자전거를 한참 쳐다보다가, 얼른 마스크를 하고 안장에 올라 페달을 밟았다. 몇 분 안에 완연한 시골 풍경이 좌우로 펼쳐졌다. 숨이 확 트였다.

겨울이지만 농토는 황량하지만은 않았다. 대부분이 벼가 베어진 바랜 황토색의 논들이었지만, 몇몇 곳엔 비닐하우스가 들어서 있고 때론 대가 새파란 파, 곧 수확할 듯 묶어 놓은 배추들도 보였다. 유진은 앞서 가는 남자의 등을 바라보며 싸아한 공기를 한껏 들이켰다. 입 안 가득 박하사탕을 물고 있기라도 한 양 공기는 시원하고 달콤했다.

너른 들판을 지나 도착한 대형 마트에는 평일인데도 의외로 사람들이 꽤 많았다. 범영의 말로는 마트 뒤편에 얼마 전 완공한 아울렛 덕분에 더 그렇다고 했다. 다양한 명품을 취급한다는 아울렛에는 근처 사람들뿐 아니라 30여 분 떨어진 시내에서도, 더 멀리 대도시에서도 사람들이 찾아와 주말이면 주차장이 빽빽하단다.

"며칠 있으면 크리스마스니까요."

거치대에 자전거를 나란히 세우고 자물쇠를 채우던 범영이 잊고 있던 날짜를 일깨웠다. 먼 나라 풍문처럼만 들렸던 대형 마트도 아울렛도 다른 사람들에게는 생활이고 일상이듯이, 연말연시의 북적북적한 분위기나 정다운 사람들과 나누는 선물들은 이젠 자신과는 영 동떨어진 얘기만 같아 유진의 기분이 잠시 가라앉았을 때였다.

"유진 씨는 뭐 갖고 싶은 것 없어요?"

동전을 꺼내 카트를 빼내는 동작만큼이나 자연스럽게 범영이 물었다. 멍하니 그의 행동을 지켜보고 있던 유진은 깜짝 놀랐다.

"어, 아뇨. 저는 벌써 많이 받은걸요. 자전거도 그렇고, 거기에 노트북도……."

"자전거는 돈 준다면서요. 노트북도 오늘 장 보는 거 내기로 했고."

카드를 밀고 마트 입구로 들어서며 '혹시 떼먹을 거예요?'라고 상난스럽게 묻는 남자의 등 뒤로 커다란 크리스마스트리가 보였다. 천장에 닿을 듯한 싱싱한 초록 나무에 색색의 전구가 연방 반짝거렸는데, 그것을 배경으로 선 남자는 유진을 향해 웃고 있었다. 오직 그녀만을 위해서.

갑자기 머리가 핑 돌았다. 따뜻한 실내에 급하게 들어서서 그럴 것이다. 그게 아니라면 그의 모습만 저렇게 환할 리가 있나. 또 자신이 호흡곤란 증세를 만난 양 숨이 막힐 리가 있겠나.

유진은 범영의 웃는 얼굴을 멍하니 보다 말고 고개를 떨어뜨렸다. 그가 미는 카트의 한쪽을 잡았지만, 자신의 손이 카트 미는 것을 도와주는 건지 아니면 카트에 의지해 걸음을 옮기는 건지 알 수가 없었다. 심장이 두근두근 뛰었다. 왠지 그에게 죄를 짓는 기분이었다.

'산타할아버지는 알고 계신대. 누가 착한 앤지 나쁜 앤지.'

보이지 않는 스피커에서 울려 나오는 캐럴이 장내를 꽉 메우고 있었다. 하지만 크리스마스 나절에 듣는 캐럴은 그런 부분까지도 사탕처럼 달콤하게 들렸다. 다디단 죄. 유진은 잠깐 눈을 감았다. 과거가 있는 창녀의 눈물을 성인께서도 용서하시지 않았던가. 모든 사람이 사함을 받는 종교적 명절이니 어쩌면 자신도 능히 용서받을 수 있으리라.

어쨌거나 범영과의 장보기는 즐거웠다. 딱 필요한 것만 간단히 사서 돌아오던 슈퍼에서의 외로운 걸음과는 달리, 둘이 미는 카트에는 물건이 넘쳤다. 그는 좋아하는 두부의 브랜드가 따로 있었고, 달걀은 무항생제의 서른 개들이 판으로 샀으며, 쌀은 경기도 이천산을 먹었다. 의외였다. 어류 판매대에서 고등어를 산 것만 유일하게 예상에 들어맞았다.

"정말 도시락도 싸서 다녔나 보네."

조그맣게 혼자 중얼거리는 소리를 들었는지 범영이 피식 웃었다. 그 웃음은 대여점에서 손님들을 대하는 때와는 달라 보였다. 그래서 좋았다. 우리는 이제 서로에게 길들여진 것일까. 어린 왕자가 여우를 길들인 것처럼, 하얀 염소 메이가 '폭풍우 치는 밤에'라는 비밀 언어를 늑대 가부와 나눠 가졌던 것처럼. 그 좋은 기분은 계산대 앞에서 범영이 장바구니를 꺼냈을 때까지도 계속되었다.

"도대체 뭐 뭐 가져온 거예요? 그 가방 안에 별게 다 있네요."

정말 여러모로 겉보기와는 다른 남자였다. 카드 결재를 끝낸 유진은 계산대에서 멀어지자마자 아예 드러내 놓고 킥킥 웃었다. 장바구니에 담고 남은 물건들을 박스에 포장하던 범영이 눈을 가늘게 뜨고 짐짓 그녀를 노려보았다.

"얼마 전부터 비닐 쇼핑 봉투 못 쓰는 거 몰라요? 난 절대 법은 안 어겨요, 모범 시민이라서."

"정말이에요? 나쁜 짓은 절대 안 해요?"

그는 엄숙한 표정으로 고개를 주억거렸다. 장난을 치는 것이다. 유진은 짓궂은 기분이 들었다.

"에이, 그럴 리가. 나쁜 남자 분위기가 폴폴 나는데요."

"하, 말도 안 돼."

절대 아니란 듯 손까지 내젓는 그에게 그녀는 검지를 세워 흔들었다. 사실 범영은 체구가 크고 인상이 강해 언뜻 보기엔 착하고 상냥한 남자 같지 않다. 손님들에게 싹싹하게 웃으며 응대할 때야 괜찮지만.

"아니 아니, 딱 보기에도 나쁜 남자 이미지라구요. 필시 아마 학생 때부터 여자애 여럿 울렸을 거예요. 주변 친구들에게 원망 많이 듣지 않았어요? 범영 씨한테 여자 친구 뺏기겠다고……."

"남의 여자 뺏어 본 적 없는데."

정신이 퍼뜩 들었다. 어느새 범영은 진지한, 아니, 굳어진 얼굴로 유진을 바라보고 있었다.

"그런 놈으로 보였어요?"

자신의 얼굴에서도 핏기가 싹 가시는 것이 느껴졌다. 농담으로 시작했던 말이 모가 난 잔돌처럼 혓바닥 위를 따갑게 구르는 것 같았다.

"그게, 나는……, 내가 말하려던 건 그게 아니고……."

범영이 포장을 끝낸 물건들을 카트에 담아 밀고 성큼성큼 걸어갔다. 유진이 입을 닫고 말없이 그를 뒤따랐다. 바깥으로 나간 범영이 자전거 거치대를 지나쳐 카트를 밀고 가더니, 가로수 아래 비어 있는 벤치에 털썩 앉았다. 그의 앞에 서서 유진은 바닥으로 눈길을 떨어뜨렸다.

"저, 실은 전부터 말해야 한다고 생각했어요."

연한 햇살이 어룽지는 보도블록 위로 범영의 그림자가 완강하게 도드라져 보였다. 한 치도 움직이지 않는 그 그림자를 향해 유진은 떨리는 목소리로 입을 달싹거렸다.

"우리 중에서 더 나쁘거나 부주의한 사람이 있다면 그건 나라고요. 우리 만나는 거……, 친구니까 괜찮다고 생각했지만 다르게 보일 수도 있죠. 남들 눈에도 그렇고……."

그녀는 눈을 질끈 감았다.

"내가 사정을 고의로 숨기려던 건 아니에요. 하지만 사실을 모르고 있다는 것 때문에 범영 씨한테 피해가 갈 수도 있으니까."

"……무슨 사실요?"

"내 남편, 전에 범영 씨가 봤던 그 사람 얘기요."

범영은 말이 없었다. 유진은 내처 말했다.

"그 사람은 여기서 고작 한 시간 떨어진 곳에 살아요. 결혼한 지는 한 4년 됐어요. 내가 나와 산 건 1년 좀 넘었지만 양가 부모님은 우리가 헤어졌다고 생각하지 않아요. 남편도 그냥 아무 때나 집으로 들어오라고 하고요."

숙인 정수리가 찌르는 듯 따가웠다. 마른 목구멍에 억지로 침을 삼켰다.

"처음에 친정 부모님은 남편과의 결혼을 못마땅해했었어요. 가난한 집 사람이었으니까. 그래도 내가 매달렸었어요. 한 번만 만나 보시라고, 그러면 마음 바뀌실 거라고요. 처음 좋아한 사람이었거든요. 똑똑하고, 자기 신념 뚜렷하고, 일 잘하고, 어디에 있어도 눈에 띄고. 나랑 다른 장점이 많은 사람이었죠."

"왜 집을 나왔어요?"

묵직한 범영의 목소리가 천 근 바윗돌처럼 가슴을 사정없이 눌렀다. 숨이 가빠 와 목소리가 더 가늘어졌다. 그러나 유진은 애써 담담하게 얘기했다.

"그냥 안 맞았어요. 생각하는 가치가 서로 너무 다르니까. 처음엔 몰랐는데 살다 보니 그렇더라고요. 꼭 필요한 대화를 하면서도 내 말은 그 사람 가슴속에는 들어가지 않는 것 같아서, 잠긴 방의 문을 한없이 두드리는 기분이었어요. 허망하고, 마음이 너무 아프고……. 행복하려고 한 결혼인데 왜 내가 이렇게 불행할까 싶어서. ……남편도 행복하진 않았을 거예요. 그러니 나보다 나은 사람을 만날 권리를 줘야겠다 싶었고요."

"……."

"남편도 다른 가족들도 그랬어요. 결혼이 다 그렇다고. 그러니 주변 생각해서 그냥 좀 참고 살라고 하는데 그럴 수가 없었어요. 다른 사람들의 평판을 위해 더 이상 날 희생하고 싶지 않아졌으니까요. 그래 놓고선 난 지금 범영 씨랑 있으면서 기뻐하고 즐거워해요. 나, 참 이기적이고 재수 없는 여자죠?"

더 이상 다른 말은 하고 싶지 않았다. 구차하고 어리석은 얘기를 늘어놓아 봤자 자신만 못난 여자가 될 것 같았다. 가슴에 무언가 먹먹한 것이 가득 차올랐지만 유진은 얼굴을 들고 억지로 웃었다. 그런데 범영의 표정이 이상했다. 처음 보는, 차갑고도 메마르고 무심한 표정으로 그는 물었다.

"진작 이혼했어야 하는 거 아닌가요?"

"남편이 조금만 기다려 달랬어요. 주위 이목도 있고 또……, 직장에서도 곤란해진다고."

분명 사실인데, 어째 자신이 변명을 늘어놓고 있는 것 같았다. 웃고 있던 입술이 점점 일그러지는 것을 느끼며 유진은 더 작아진 목소리로 속삭이듯 말했다.

"남편이 있는 거 알고도 나랑 친구해 줬으니까, 지금에 와서 범영 씨가 꺼릴 거라고는 생각하지 않아요. 하지만 언제든 아니다 싶으면 얘기해요. 동정심에 참지 말고."

"유진 씨는……."

그가 말을 꺼내다 말고 한 박자 멈추었다. 서늘한 눈을 내리깔고 입 안에서 단어를 고르는 남자가 두려워 유진은 침을 삼켰다. 무슨 말을 하려고 저럴까? 그녀는 바로 옆, 거치대에 매어져 있는 연한 분홍색의 자전거를 바라다보았다. 금방 녹아들 듯한 솜사탕처럼 부드럽고 사랑스러운 색의 저 자전거를 가져다준 사람이 바로 범영이었다. 벗겨진 발에 두툼한 부츠를 사다 신겨 주고, 혼자 뭔가를 할 수 있다고 해 주기도 했었다. 그러니까……. 유진은 입술을 짓씹었다.

이 남자는 그녀에게 모진 말 같은 건 하지 않을 것이다. 절대로. 아니……, 아마도.

"……내가 왜 유진 씨에게 잘해 준다고 생각해요?"

"모르겠어요."

그녀는 솔직히 말했다. 예쁜 외모도 아니고 성격도 그리 좋지 않다. 친구로서든 여자로서든 자신은 장점보다는 여러모로 단점이 많은 인간이었다.

"사실은 나도 잘 몰라요."

그가 픽 웃었다. 험상궂고 사나워 보이던 얼굴의 균열이 깨어지고, 눈에 익은 친절하고 상냥한 표정이 드러났다. 순식간의 그 변화가 무슨 마법 같아서 유진은 홀린 듯 범영을 바라보았다.

"별로 여자 같지도 않고, 아무렇게나 입고 다니고, 말수가 적은 것 빼고는 눈에 띄는 거 하나 없는데."

이제는 아까와는 다른 의미로 입 안이 말랐다.

"그냥 유진 씨 눈이 좋았나 봐요. 예뻐요. 웃는 것도 좋고. 잘 웃진 않지만요."

크나큰 안도가 찾아옴과 동시에 얼굴이 확 달아올랐다. 눈이 예쁘다는 소리는 어릴 적 말고는 들어 본 적이 없다. 웃는 게 예쁘다는 소리는 더더욱 들은 적이 없다.

"말하고 나니까 좀 그러네. 외모 때문에 끌린 건가 싶어서. 하긴 나도 남자니까."

그렇게 말한 남자는 혼자서 하하하 웃었다. 우스운 얘기긴 했다. 유진 스스로도 자신의 외모가 남에게 어필한다고는 한 번도 생각해 본 적이 없으니까 말이다. 그러나 범영은 짧은 웃음을 그치고는, 아주 시원스런 표정으로 손을 내밀었다.

"나는 유진 씨가 아주 솔직하고 마음 맞는 좋은 친구라고 생각하니까, 복잡한 건 다 집어치우고 이제 집에 가요. 얼른 고등어 구워 먹어야죠."

집으로 가는 길, 페달을 열심히 밟으면서도 범영은 기분이 나빴다. 아주 더러웠다.

유진의 가족들이나 그 남편에게 화가 났고, 유진에게도 화가 났고, 마지막으로는 그 자신에게도 화가 무진장 났다. 중간 중간에 잠시 자전거를 세워 쉬면서 유진과 얼굴을 마주하는 동안에는 애써 좋은 얼굴을 했지만, 속에는 천불이 타오르고 있었다.

유진의 가족들, 특히 그 남편이란 작자는 왜 유진을 옭아매지 못해 안달인가. 가족이야 유진이 이혼녀 딱지를 붙이는 게 싫어서라고 해도, 초라한 모습의 유진과는 딴판으로 빼입고 다니던 낯짝이나 자신만만하던 행동으로 볼 때 그 남편이 유진을 굳이 놔주지 않으려는 것에는 무슨 이유가 있음이 분명하다. 그 시커먼 속셈을 알아채지 못하고 더 나은 사람 만날 권리 운운하는 유진이 답답했다. 아니, 유진은 소심해서 그렇지 보기보다는 꽤 똑똑한 여자니까 알고 있을지도 모른다. 그렇지 않다면 속사정을 그에게 다 이야기하지 않고 숨기는 이유가 뭐겠는가.

"그냥 서로 안 맞는다고? 생각하는 가치가 달라? 깜찍하긴."

설마 아직도 어떤 면에서는 그 남자를 잊지 못하고 있는 건 아니겠지. 핸들을 부서져라 틀어쥐고 범영은 이를 갈았다. 전부터 어렴풋이 느끼던 것이지만 유진은 생각보다 고집이 셌다. 줄곧 취향이 드러나도록 대여해 가던 DVD며, 싫은 것에는 차라리 대답을 하지 않으면 않았지 좋다고 거짓말은 못 하던 것이며, 어딘가 가방끈이 긴 사람 티가 나는 말투와 태도 하며, 심지어 죽자고 꿰입고 다니는 낡은 갈색 패딩 점퍼에서도 알 수 있는 일이었다.

뭘 숨기는 걸까? 그가 생판 남도 아닌데. 아니, 남이긴 하지만 기왕 파탄 난 결혼 얘기까지 할 정도면 좀 확실히 해 주면 좋지 않은가. 왜 아직도 이혼을 하지 않고 있는지, 언제쯤이면 그 남자와 확실히 인연을 끊을 건지.

손바닥 폭도 안 되는 좁은 담벼락 위에 올라선 기분이었다. 사내자식이라면 멱살을 틀어쥐고 을러댔을 것이다. 처음 좋아했다는 그 남자에 대한 유진의 마음은 어떤 것이었는지, 그 둘 사이에는 어떤 친밀한 기억들이 있었는지 상상만 해도 끓는 물을 삼킨 듯 속이 뜨거워졌다. 진정이 되지 않을 정도로 화가 치미는데, 그런 자신의 마음 뒤편에 보이는 것은 그 화를 덮을 만큼의 불안감이다.

김범영이란 놈, 참 옹졸하다 싶다. 본인이 옹졸하고 모자란 것을 아는 까닭에 오히려 그는 유진에게 웃는 얼굴을 만들어 보일 수밖에 없었다.

"고등어 말고 뭐 좋아해요? 토종 입맛은 아닌 것 같던데."

"어, 아니에요. 반찬 안 가리고 잘 먹어요."

조회 시간의 학생 애들처럼 줄줄이 선 아파트들의 머리가 저 멀리 보일 때쯤, 쉴 겸 멈춰 서서 물을 마셨다. 가방에 넣어 왔던 작은 보온병에서 범영이 보리차를 따라 건네줬더니 '그거 진짜 요술 가방 같아요.'라며 그녀는 희미하게 웃었다. 집에 가서 같이 밥을 먹기로 한 것이 애초의 약속이었지만, 상황이 이상하게 되었으니 달라질 수도 있다. 하지만 대답을 저리 하는 걸 보면 괜찮을 것 같았다.

"면 좋아하잖아요. 밀가루 음식 잘 먹고."

"그렇긴 한데……."

말끝을 흐리는 걸 보니 그녀 자신도 잘 모르는 식성을 어떻게 범영이 알까, 딱 이런 표정이다. 하지만 뻔했다. 저번에 돼지국밥을 먹으러 가서도 면 사리부터 건져 먹고 밑반찬은 거의 안 건드렸었다. 가끔 가게에 뭘 사 올 때도 여지없이 분식이나 주전부리 취향으로 사 왔었고. 젊은 여자들 대부분이 밀가루 음식을 좋아한다고는 해도, 그가 보기에 유진의 입맛은 혼자 사는 20대 후반의 독신녀라기보다는 맞벌이하는 부부 아래 자란 애들 쪽에 가까웠다. 이런 부분이 범영에게 유진을 더 신경 쓰게 만드는지도 몰랐다.

"그래도 우리 집에 가면 된장찌개에 밥 먹어야 돼요. 대신 선택해요. 두부조림? 아니면 고등어조림?"

“그게……, 고등어는 구운 게 좋아요.”

“잘됐네. 마침 양념간장도 있는데.”

좀 당황스러운 표정을 하던 유진이 망설이며 내린 선택에 그는 시원스럽게 답하고는 자전거에 올랐다. 된장찌개는 아침에 준비를 얼추 다 해 놓고 나왔고, 밑반찬 몇 가지도 있으니 준비는 손쉽게 끝날 것이었다.

집에 도착하니 1시가 조금 넘은 시간이었다. 호기심과 어색함이 반반쯤 섞여 쭈뼛거리는 유진에게 편하게 있으라고 하고는 범영은 식사 준비를 시작했다. 전기밥솥에 불려 놓은 쌀을 안치고 발코니에 휴대용 가스레인지를 내놓은 뒤 씻은 고등어를 얹었다. 두부를 살짝 튀긴 후 냄비에 조리면서 그 옆의 된장 뚝배기에는 두부와 채소만 넣고 다시 끓였다. 상추를 씻어 놓고 밑반찬을 내놓는데 마침 밥솥에서 삑삑거리며 신호음이 났다. 작은방에서 DVD를 구경하고 있는 유진을 불렀다.

“밥 다 됐는데 수저 좀 놔 줘요.”

“예, 먼저 손 좀 씻을게요.”

별생각 없이 손을 닦고 나오던 유진은 식탁 위를 보고 엄청 놀란 눈치였다.

“반찬이……, 뭐 이렇게까지 차렸어요?”

“원래 잘해 먹어요.”

뚝배기를 냄비 받침에 내려놓으며 범영은 아무렇지 않게 대답했다. 평소보다는 반찬 가짓수가 두어 개 더 많지만 틀린 말은 아니다. 된장찌개, 고등어구이, 두부조림에 상추쌈, 밑반찬으로 해 놨던 더덕

무침과 시금치나물과 버섯야채전이 식탁 위에 올라와 있었다. 마지막으로 국물김치를 떠서 올려놓고 그는 의자를 뺐다.

"국이 없지만 많이 들어요."

숟가락을 들고 김이 오르는 밥을 한술 떴다. 주춤주춤 의자를 빼서 앉은 유진은 수저에도 머뭇거리면서 손을 뻗었다. 숟가락을 뺏어 밥을 푹 푸고 고등어 살을 실하게 발라 얹어 주고 싶은 것을 범영은 꾹 눌러 참았다. 굳이 식사 예절을 가려 가며 깔끔을 떠는 성격이 아니라서 한동안 식탁 위에는 그의 국물을 후후 부는 소리와 수저 부딪치는 소리, 채소 씹는 소리만 가득했다. 밥을 절반쯤 우적우적 먹다가 범영은 잠시 수저를 내려놓았다.

"밥이 맛없어요?"

물론 아니라는 것을 알고 있다. 뭐든 잘 먹는 편이긴 하지만 기본적으로 맛있는 음식을 좋아하기 때문에 그는 반찬도 잘 만드는 편이다. 그 증거로 유진은 지금 두부조림을 절반 이상 혼자서 해치웠다. 마침 뜨거운 찌개를 입에 넣고 있던 그녀는 말을 못 하고 고개를 좌우로 열심히 저었다.

"그럼 왜 깨지락깨지락 먹어요?"

"많이 먹고 있어요."

음식을 꿀꺽 삼키며 겨우 대답하는 유진에게 범영이 불쑥 물었다.

"나, 뭐 하나 물어봐도 돼요?"

"……뭔데요?"

"별거 아니에요. 왜 매일 대여점에 12시쯤에 왔는지 그게 궁금해서요."

"아, 그건……."

유진은 그렇게만 말을 꺼내 놓고 숟가락을 들었다. 그러고는 공기의 밥을 푸는가 싶더니 다시 내려놓고 이번엔 젓가락을 들었다. 손가락 사이에서 잠시 흔들리던 젓가락은 시금치나물을 한 줄기 집어 유진의 밥그릇 위로 돌아갔다. 그녀는 나물이 얹힌 밥을 묵묵히 내려다보았다.

"변하지 않는 게……, 좋아서요."

"네?"

"매일 같은 시간에 집을 나서고, 같은 거리를 걸어서 DVD를 빌리러 가면 어쩐지 마음이 든든해졌어요. 어제도 그제도 똑같은 지구에 여전히 똑같은 내가 씩씩하게, 튼튼히 잘 매달려 있는 것 같은 느낌이 들더라고요."

"아."

무슨 말인지 알아들을 수 있을 것 같았다. 그런데 이상하게도 마음이 쓸쓸해졌다. 그의 마음을 쓸쓸하게 만든 여자에게 범영은 두부와 더덕을 넣고 상추쌈을 커다랗게 하나 만들어 내밀었다.

"먹어요."

"안 돼요. 이건 너무 큰데."

"먹어요. 손님 노릇 해야죠."

거의 턱밑까지 들이대다시피 하는 상추쌈을 유진은 결국 거절하지 못하고 받아 들었다. 상추쌈을 무슨 주먹밥처럼 손으로 조심스럽게 감싸 쥐고 조금씩 아삭거리며 베어 먹는다. 이번에는 그게 또 참 흐뭇했다. 그 남편이란 작자도 이렇게 그녀를 바라봤을까? 그건 아닐 것 같다. 범영은 불쑥 말했다.

"밥 잘 먹는 건 중요해요."

"그렇죠."

"다 잘 먹고 잘살자고 힘들여서 돈 벌고 그러잖아요."

"네."

"유진 씨에게 밥 좀 잘 먹이고 싶어요, 나는."

밥을 씹느라 대답도 대충 하던 유진의 눈이 크게 뜨였다. 그의 집에서, 그의 식탁에 앉아, 그가 한 밥을 먹느라 뺨이 약간 볼록해진 채 휘둥그런 눈을 한 여자가 범영을 쳐다본다. 가슴이 찌르르 울렸다. 이런 일은 처음이다. 여자들은 남자가 마음에 들 때 그 남자에게 밥을 해 먹이고 싶은 마음이 든다는데, 남자도 이런 마음이 들 줄 몰랐다.

그 순간 범영은 깨달았다. 자신은 이 여자와 매일매일 이렇게 마주하고 밥을 먹고 싶다고. 아주 오랫동안 -아마도 평생 동안- 함께 자전거를 타고 장을 보고 얘기를 나누고, 그리고 그녀를 돌봐 줄 수 있기를 바란다고.

"왜……, 범영 씨가요?"

"내가 제일 유진 씨 가까이에 있으니까요."

"……."

"아닌가? 유진 씨 챙겨 줄 사람 또 있어요?"

다소 도전적인, 그러나 불안을 담은 그의 물음에 유진은 가만히 고개를 저었다. 비로소 약간의 안도감이 찾아들었다. 물론 유진이 식탁을 같이한 남자는 범영이 처음이 아니겠지만, 그래도 지금 저 여

자의 눈에 비치는 것은 자신뿐이잖은가. 그는 괜히 코끝을 손등으로
문질렀다.

"밥 잘 먹으란 게 뭐 딴 뜻은 아니고, 면 같은 거 너무 먹지 말라고
요. 안 좋으니까."

"······네."

유진은 얌전히 고개를 주억거렸다. 범영이 다시 수저를 들었다.
그 후 몇 분 동안은 전처럼 씹는 소리, 수저와 그릇 달그락거리는 소
리만 가득했지만, 식탁 위의 공기는 한결 부드럽고 말랑해진 느낌이
들었다.

뭐랄까, 남자는 참 이상했다. 이런 남자는 정말 처음 본다. 그릇을
맑은 물에 헹궈 내는 범영의 손에서 차곡차곡 접시며 밥공기를 받아
들고 마른 행주로 닦으면서도 유진은 계속 얼떨떨해 있었다.

원래도 흔한 성격이 아닌 줄은 알고 있었지만, 본인의 집에서 보
는 그는 더 묘한 사람이었다. 별말 하지 않으면서도 충분히 상냥하
고, 가볍지 않아 보이는데 또 버겁거나 무섭지는 않았다. 머릿속에
보얗고 몽실몽실한 구름들이 가득 떼를 지어 돌아다니듯 유진은 어
렴풋하고 멍한 기분이었다.

집에 처음 들어서시는 많이 긴장했었다. 오기 전의 분위기가 많
이 어색해져 있었고, 또 설사 그런 일이 없었더라도 유진이 갖고 있
던 사고방식으로는 성인 남자의 집에 성인 여자가 찾아가는 것은 아
주 평범한 일은 못 되었다. '부담 주기 싫은 건 부담 받기도 싫다는 소
리'라는 범영의 말을 듣고는 오래 생각했고, 그 결과 달라져 보자는

생각으로 장보기에 식사 얘기에까지 응했던 것인데 정작 범영의 집에까지 오게 되자 조금은 후회된 것이 사실이었다.

그러나 뜻밖에도 그와의 식사는 나쁘지 않았다. 대화는 거의 없었지만 편안했다. 남편 경우 역시 밥을 먹으면서 별로 말이 없는 타입이었는데 그때는 유진 쪽이 몹시 불편해서 일부러 날씨나 가족들 등의 화제를 꺼내 종알종알 얘기를 늘어놓곤 했었다. 친정아버지처럼 식사 중 침묵을 강요하지 않는 것만으로도 처음에는 기쁘고 고맙다고 생각했었는데, 점차 그녀도 말수가 줄어들었다. 최초로 말이 없어지기 시작한 이유에 얼핏 생각이 미치자 유진은 급히 고개를 흔들었다.

"저기, 밥 참 잘 먹었어요."

식사에 대한 인사를 빠뜨렸다는 생각이 나서 얼른 말을 꺼냈다. 다른 사람이 해 준 밥을, 그것도 이렇게 편안하고 배부르게 먹은 것은 참으로 오래간만이었는데 그런 말까지 해도 좋을지는 좀 망설여졌다. 마지막으로 설거지를 끝낸 수저의 물기를 털며 범영이 가볍게 고개를 끄덕였다.

"뭘요."

"아뇨, 진짜 반찬이 맛있었어요. 전에 도시락 얘기 할 때 긴가민가 했는데 요리 잘하네요."

"한 지 오래됐으니까요."

간단하게 답하는 남자의 말에 유진은 뭔가 좀 이상하다 싶었다. 그러고 보니 범영에게서 가족 얘기를 들은 적이 없다. 대학을 나오지 않았다는 것 외에 이 남자에 대해서는 직업 말고는 아는 것이 없다는 생각이 문득 들었다.

"커피나 다른 차 마실래요?"

"예, 좋아요. 아, 물은 내가 끓일게요."

가스레인지 뒤쪽에 얌전히 올라가 있던 작은 주전자에 정수기 물을 받았다. 생각보다 고가인 정수기 브랜드에 유진은 조금 놀랐다. 딱히 가난한 것 같지는 않은데. 오래되었지만 낡았다거나 구질구질한 느낌은 별로 없는, 남자 혼자 살기엔 제법 넓게 보이는 아파트 내부를 새삼스레 훔쳐보며 유진은 생각했다. 이 남자, 대여점 하기 전에는 뭘 하고 살았을까? 그리고 다른 가족들은 어디에 살고 있는 걸까?

"남자 혼자 산 지 10년이 다 되니까 잔이 이런 것밖에 없네요."

마치 그녀의 마음을 읽은 것처럼 범영이 말했다. 꺼내 놓은 잔을 보니 그의 말처럼 짝이 맞지 않는 커다란 머그잔 두 개다. 그러고 보니 아까 식탁의 그릇들도 하얗기만 하고 무늬 하나 없는 것이거나, 어디서 사은품으로 받은 것이 분명한 따로 노는 접시들이 다였었다. 그나마 냉장고 안의 저장 용기들은 세트로 구색이 맞는 듯했는데 한꺼번에 대량으로 구입한 티가 철철 났다. 한마디로 여자 손이 거의 안 간 살림이었다. 그의 눈치를 살피며 조심스럽게 물었다.

"어, 아까 물김치도 범영 씨가 담근 거예요? 그런 거 남자들이 보통 못 하니까 어머니께서 해 주시던데."

"예. 부모님은 내가 중학생일 때 다 돌아가셨거든요. 사고로."

너무나 덤덤한 말투에 유진은 잠깐 자신이 잘못 들은 게 아닌가 생각했다. 그러나 그녀는 곧 정신을 차리고 급히 사과했다.

"미안해요. 내가 생각 없이 말했어요."

"그럴 수도 있죠. 형제도 없어서 혼자 친척집을 전전하다가 고등학교 2학년인가 3학년 때부터 본격적으로 혼자 살았어요."

상부 싱크대에서 커피 병들을 꺼내 놓으며 범영이 심상하게 말했다. 유진은 속으로 조용히 숫자를 꼽아 보았다. 그러면 지금 범영의 나이는 대충 20대 후반인가. 그 나이에 혼자 힘으로 이 정도 사는 걸 보면 그동안 참 열심히 산 사람일 것이다.

"그래서 유진 씨 보면 누나나 여동생 같고 마음이 쏠렸나 봐요."

누나나 여동생이라니. 피붙이가 그리웠구나 싶어 짠한데, 또 마음 한구석에선 어쩐지 좀 헛헛한 느낌이 들었다. 왠지 내가 가족의 대용품인가 하는 마음. 유진은 복잡해지려는 심정을 다잡았다. 그러면 안 될 건 또 뭐람. 자신 역시 그 마음과 아주 다르다고는 말할 수 없지 않은가.

"커피 괜찮아요? 크림은요?"

"아, 네. 커피……, 좋아요. 크림은 안 넣어요. 설탕만 있으면 돼요."

목이 긴 찻숟가락을 인스턴트커피 통에 넣으며 눈으로 묻는 범영에게 서둘러 '둘 다 한 숟가락씩요.' 하고 말했다. 그는 머그잔 하나에 커피와 설탕을 한 숟가락씩 넣고 나서 다른 것에는 커피와 설탕, 크림 가루를 두세 숟갈씩 퍼 넣었다. 좀 놀란 눈으로 보고 있으려니 범영이 헛기침을 한 번 하고는 다시 병들을 챙겨 넣었다.

"예전에 일할 때 잠 오면 다방 커피 식으로 엄청 타 먹던 게 버릇이 돼서."

혼잣말인지 유진에게 하는 말인지 헷갈리는 말투로 중얼거린 그가 갑자기 손을 뻗었다. 순간, 심장이 싸늘해졌다. 어깨가 닿을 듯 정면으로 성큼 다가온 얼굴에 흠칫해서 한 발짝 물러서다가 등을 벽에 부딪칠 뻔했다.

"놀랐어요? 물이 끓어서 그랬는데."

가스레인지의 불을 끄고 주전자를 내리며 그가 당황한 유진의 얼굴을 들여다보았다. 유진은 다시 한 걸음 물러서며 뒤로 손을 뻗쳐 식탁 의자를 끌어냈다.

"아뇨, 괜찮아요."

의자에 앉으며 침착하게 말했지만 실은 괜찮지 않았다. 아직도 맥박이 벌컥벌컥 뛰었다. 범영이 손을 뻗고 얼굴이 다가온 순간 유진이 느낀 것은 놀람이 아니라 두려움이었다. 체격도 다르고 얼굴도 분명 다른데 왜 범영의 모습 위로 다른 남자, 남편의 모습이 겹쳤는지 모르겠다.

"향기가 좋네요."

유진은 김이 오르는 머그잔을 범영에게서 건네받으며 억지로 웃었다. 얼굴이 30센티미터도 안 되게 다가왔던 것에 차라리 달콤한 가슴 두근거림을 느꼈다면 기분이 더 나았을까. 하지만 이 정도인 게 오히려 다행인지도 모른다. 부모와 남편, 두 번의 경험으로도 아직 자신은 무너지지 않았다. 그리고 지금 이런 생각을 할 수 있는 깃은 어느 정도 눈앞의 남자 덕분이기도 했다.

비로소 몸에 온기가 돌았다. 유진은 뜨거운 커피를 후후 불면서 천천히 마셨다. 슬쩍 곁눈질로 본 범영은 싱크대에 비스듬히 기댄 채 무슨 생각을 하는지 잠시 말이 없었다. 설마 자신 때문에 불쾌해진

건 아니겠지. 침묵이 길어지면서 유진이 초조해지기 시작했을 무렵,
범영은 엉뚱한 것을 물었다.

"원두커피 아니라서 맛없죠?"

"어머, 아니에요."

생각지도 않은 말이었다. 원두커피의 담백한 맛을 좋아하긴 하
지만, 그와 만나면서 한 번도 그렇게 말한 적도 없는데 왜 그 말을
꺼낸 건지.

"내 생각엔 그걸 더 좋아할 것 같아서요."

마치 그녀의 마음을 읽은 것처럼 범영이 말했다. 그리고 뭔가 할
말이 있는 것처럼 잠시 머뭇거리다가 다른 말을 꺼냈다.

"노트북은 잘돼요? 중고라서 좀."

"중고 안 같고 완전히 새거던데요? 켜 보니까 잘됐고요. 그런데
집에 인터넷 연결이 안 돼서 아직 뭘 많이는 못 해 봤어요."

사실 해 본 건 컴퓨터에 원래 깔려 있는 게임 몇 가지밖에 없었다.
범영의 목소리 톤이 놀란 것처럼 조금 올라갔다.

"인터넷, 아직 신청 안 했어요?"

"월요일에 신청했는데 내일이나 온대요. 연말이라 그런가 봐요."

컴퓨터가 없다고 얘기했으니 인터넷이 깔려 있었을 리도 없지 않
은가. 여태 별생각도 안 하고 살았는데 왜 이런 얘기가 부끄러운지
모르겠다고, 유진은 커피 잔을 들여다보며 생각했다.

"설치하러 온다고 하면 전화해요. 집에 여자 혼자 있으면 안 좋
으니까."

그럴 것까지는 없다고 말하려다가 유진은 그냥 고개를 끄덕였다.

요즘 택배라고 하고서 침입한 도둑 얘기라든가, 혼자 사는 여자는 음식점 배달도 자주 시키면 안 된다든가 하는 얘기들이 떠오르기도 했고, 흘끔 쳐다본 범영의 얼굴이 워낙 단호하기도 했지만, 솔직히는 '그냥 그러고' 싶었다.

'혼자 있으면 안 좋으니까.'라니. 지금까지 아무도 그렇게 말해 주지 않았다. 어릴 적 부모님이 동생만 데리고 외출할 때에도 그랬고, 신접살림을 난 커다랗고 텅 빈 아파트에서 구역질을 아침저녁으로 해 대며 점심만 배달 냉면으로 겨우겨우 때울 때도 마찬가지였다. 따뜻한 목욕물 같은 감정이 가슴에 찰랑찰랑 차올랐다. 이상하도록 뿌듯한 그 느낌에 심장이 도근도근 뛰었다.

그러니까 이 정도는 괜찮잖아. 유진은 자신에게 속삭였다. 범영이 불편할 것도 알고, 여자 혼자 사는 집에 남자가 드나드는 걸 남들이 보면 좋지 않다는 것도 알지만 이 정도 호사는 좀 누려도 되지 않을까. 스물아홉 인생에서 난생 처음인 일들이 한 달도 못 되는 시간에 마치 꽃불처럼 그녀 주변에서 팡팡 터지고 있었다. 그러니까 지금은 좀 이기적이 되고 싶었다.

"정말 고마워요."

유진은 고개를 들고 그를 보았다. 하지만 범영은 잠시 생각에 잠긴 것처럼 자기 잔만 들여다보고 있는 중이었다. 그녀는 잠시 망설이다 그의 팔을 살짝 건드렸다. 놀란 것처럼 퍼뜩 고개를 든 남자에게 유진은 자신이 만들 수 있는 가장 밝은 얼굴로 활짝 웃었다.

"난 참 기뻐요. 범영 씨 같은 친구가 있어서."

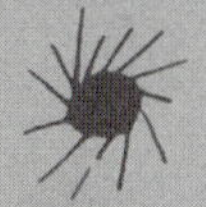

10

당신은 나를
더 나은 사람이
되게끔 해요

며칠간, 범영은 기분이 찢어지게 좋았다.

아니, 사실 좀 뒤숭숭했다. 정확히는 그 두 가지 기분이 뒤범벅이 되어 갈피를 못 잡겠다는 게 맞을 것이다. 분명 자기의 마음인데 '미친 년 널뛰듯 한다.'는 말이 그렇게 실감날 수가 없었다.

유진은 그사이 가게에 두 번이나 간식을 들고 왔다. 전에 그가 분식 운운했던 것이 마음에 걸렸는지 한 번은 비록 저렴한 가격대이긴 했지만 초밥을, 또 다른 한 번은 손수 만든 과일 도시락을 갖고 왔다. '범영 씨 솜씨를 생각하니 도저히 도시락을 쌀 엄두가 안 나서…….' 라며 수줍게 웃는 모습에 얼마나 그의 가슴이 뛰었는지 모른다.

더 좋았던 것은 유진이 집 구경을 시켜 준 것이었다. 물론 인터넷 연결 때문에 그런 거지만, 어쨌든 그다지 기대하고 있지 않았는데 그녀의 집에 발을 들일 수가 있었다. 인터넷 설치하러 온 기사와 함께 유진의 집 거실에 앉아 커피도 마셨고, 기사가 간 다음엔 노트북이 잘되는지 봐 주기도 했다.

그렇게 유진과 함께 보내는 시간들은 정말 좋았는데, 그리고 그 시간들을 혼자서 떠올릴 때도 좋은데, 그 나머지 시간이 문제였다. 그녀와 같이 있던 일을 되새기고 나면 꼭 머리가 복잡해졌다. 유진의 남편이나 간섭이 심한 듯 보이는 그 가족들만 문제라고 생각했는데

실은 그게 아니었다. 유진과 식사를 하면서 느낀 이상하리만치 찡한 감정은 범영을 조급하게, 또한 불안하게 만들었다.

"범영 씨, 오늘 하늘이 너무 예뻐요! 겨울 하늘 주제에 흰 구름이 나른하게 깔린 게, 꼭 '별'에 나오는 프로방스의 하늘이 저랬을까 싶어."

예를 들면 딱 이런 식이다. 범영은 문을 왈칵 열고 들어오는 유진을 입을 헤벌린 채 바라보았다. 전에는 없던 무지갯빛 목도리에, 세트로 맞춘 듯한 장갑을 낀 그녀는 창밖 맑게 갠 하늘을 가리키며 환하게 웃고 있었다.

'별'이 뭘까? 영화일까, 책일까? 구름이 나른하다니 그건 또 무슨 소린가? 유진이 그에게 말한 걸 보면 유명한 건데 싶어 열심히 생각을 더듬다 보니 범영도 알고 있는 얘기가 맞다. 고등학교 국어책에 나왔으니까. 부잣집 아가씨를 짝사랑한 외국 양치기 얘기였지, 아마? '프로방스'는 기억이 안 났지만 유진이 말하는 걸 보니 소설 속 지명인 게 분명했다.

"예, 하늘 색이 정말 곱네요. 날 잘 잡았죠?"

아무렇지 않게 대답하면서도 범영은 약간 초조해졌다. 고등학교까지 배운 모든 교과서의 내용을 꼭 기억해야 할 필요도, 의무도 없는데 말이다. 유진의 눈이 예쁘게 휘어져 심장이 간질간질한 만큼, 그를 보는 그 눈이 빛나면 빛날수록 더 그랬다.

유진이 요즘 유달리 자주 말하는 '좋은 친구'란 표현에도, 영화에 대해 차분히 얘기하는 그녀의 말에 섞이는 뜻을 알 듯 모를 듯한 고급스런 단어들을 들으면서도 범영은 횡단보도 위에서 달려오는 자동차를 만난 양 가슴이 덜컹거리고 두려워졌다. 아주 최근에 깨닫게 된 사실-그녀가 걸치고 다니는 초라한 옷들이 유행은 지났지만 실은 매우 비싼 브랜드 제품이라는 것-에도 마찬가지였다.

유진을 둘러싼 과거의 사람들, 특히 그녀의 남편은 자신과는 많이 달랐을 거란 생각도 자꾸만 떠올랐다. 아마 고위층 인사, 혹은 고소득 전문직 종사자가 아닐까 싶었다. 차도 그렇고 옷매무새도 그렇고 분위기도 그랬으니 말이다. 범영은 싫어하는 상대라고 해서 일부러 과소평가하지 않았다. 땡빚을 내서라도 벤츠를 타고, 벌이 없는 백수라도 명품을 걸치는 사람이 없지 않은 세상이지만 그 작자는 그럴 인간은 아니었다.

자신도 잘 안 써서 그렇지 돈이 아예 없진 않은데, 말로만 듣던 돈지랄이라는 걸 해 볼까. 생전 느껴 보지 못했던 자격지심이라는 치사한 감정이 범영을 뒤흔들고 있었다.

"조금만 앉아서 기다려요. 재혁이 녀석이 금방 올 거예요."

이럴 경우 어쩔 수 없는 범영의 최대 무기는 웃음이었다. 여자들이 자신의 웃음을 좋아한다는 건 일찌감치 알고 있던 사실이다. 남자들이 표정을 지운 그의 얼굴에 존경을 표한다면, 여자들은 범영의 웃음에 경계를 풀고 상냥해지곤 했다. 가장 그를 잘 알고 있던 여자인 범영의 어머니조차 그가 웃으면 머리를 쥐어박으면서도 엔간한 실수는 넘어가 주곤 했으니 말이다. 예상대로 유진은 눈길을 슬쩍 피하면서 수줍어했다.

"괜찮아요. DVD 구경하면 돼요."

이제는 어디에 뭐가 꽂혀 있는지 속속들이 알 만한 가게인데도 굳이 안쪽의 구프로 코너를 찾아 들어가는 유진의 뒷덜미가 약간 붉어진 것도 같다. 이래서야 장점이라고는 얼굴이나 몸밖에 없는 제비 같다는 느낌도 들지만, 솔직히 이런 걸로라도 들이댈 수 있다면 어쨌거나 좋았다. 못나게 낳아 주지 않으신 부모님께 대한 고마움을 요즘처럼 범영이 자주 느낀 적은 아마 없으리라.

"그나저나 재혁이 이 녀석은 왜 이렇게 안 오는 거야?"

그는 혼자서 몰래 투덜거렸다. 오늘 유진이 찾아온 것은 날씨가 포근하리란 예보를 듣고 근처의 공원에 같이 자전거를 타고 나가 보기로 이틀 전 약속했기 때문이었다. 시간이 더 늦어지면 돌아올 때 쌀쌀해질 것이다. 아무리 오늘 날씨가 따뜻하다 해도 이제는 겨울이 깊어 가는 시기였다.

"형, 저 왔어요!"

호랑이도 제 말 하면 온다더니 마침 재혁이 팔팔한 목소리와 함께 가게로 들어섰다.

"10분 늦었다."

"어우 형, 원래 저 오전 타임 아니잖아요. 겨우 10분 갖고 뭘 그래요."

녀석이 냉큼 손을 뻗어 카운터 앞 사탕 꽂이에서 막대 사탕 하나를 뽑으려는 것을 손을 탁 쳐서 막았다.

"그래서 크리스마스 전날하고 크리스마스에는 쉬었잖아. 그날만큼은 무슨 일이 있어도 친구들과 놀아야 한다고 사정했던 건 누구냐?"

"아 진짜, 쩨쩨하게."

투덜거리는 재혁에게 바나나우유 하나를 내주고 현금 계산기 안의 금액이며 신작 들어온 것 등을 인수인계해 주는 사이, 뒤쪽 진열대에서 빠져나온 유진이 살짝 고개를 숙여 보이곤 서둘러 가게를 나갔다. 아마 바깥에서 기다리려나 보다. 범영도 한 번씩 웃으며 고개를 끄덕여 주곤 재혁에게 얼굴을 돌리는데 녀석이 눈썹을 치켜세웠다.

"아이고, 형, 그렇게 아무한테나 자꾸 웃어 주지 말아요."

"뭐?"

"내가 이런 말까지 하긴 좀 그렇지만, 그래도 형이 약간은 먹어 주는 얼굴이라 아무한테나 웃고 그러면 안 된단 말이에요. 게다가 저 여자, 전에 벤츠 주인이랑 왔던 그 이상한 여자잖아요."

"너, 말 좀 가려서 하라 그랬지?"

눈을 부릅뜨자 엇 뜨거워라 싶은 표정으로 목을 움츠리더니 '다 형 생각해서 그런 건데.' 어쩌고 하면서 중얼중얼한다. 그러다가 범영이 더 이상 아무 말 않고 인수 금액을 적는 걸 보더니 또 다른 말을 주섬주섬 꺼냈다.

"가게 앞에 형 자전거 있던데 어디 갈 건가 봐요? 그 비싼 자전거를 길거리에 다 세워 두고."

"음, 뭐."

"아 참, 자전거 얘기가 나왔으니까 말인데 그 자전거 꽤 인기 많나 봐요. 한 2주 전에 형이 샀던 그 분홍색 말이에요."

짐작 가는 바가 있어서 그는 그냥 입을 꾹 다물고 있었다. 재혁은 혼자서도 잘 떠들었다.

"그 베네통 자전거, 색깔까지 똑같은 걸 바로 요 옆 놀이터 앞에도 누가 한 대 세워 놨더라고요. 형이 생긴 거하고는 다르게 꽤 눈썰미가 있다는 건 아는데, 여자애들 유행 취향까지 꿰맞추나 싶어 좀 놀랐다니까요."

"이거나 잘 봐 둬. 나 빨리 나가야 된다."

수첩을 쓱 밀어 주고는 카운터 아래에서 접어 둔 점퍼와 가방을 꺼냈다. 서둘러 옷을 걸치고 장갑을 끼고 마지막으로 머리에 니트 모자를 푹 눌러쓰는데 재혁이 흘긋 보더니 투덜댔다.

"하여간 자기 얼굴에 책임감이라고는 못 느끼는 아저씨라니까."

아저씨란 호칭도 그렇고 얼굴에 책임감이라니, 잘 꾸며 보란 소린가. 평소 같으면 그냥 '너도 늙어 봐라.' 하고 넘어갈 텐데 오늘은 좀 신경이 쓰였다.

"거……, 내 얼굴, 많이 지저분하냐?"

"예?"

"얼굴 말이야. 수염 많이 자랐냐?"

반문하는 재혁에게 다시 물었더니 갑자기 재혁이 푸하하하 웃었다.

"형님, 왜 갑자기 안 하던 질문은 하고 그러시나요? 평상시처럼 준수하게, 아니, 형 나이의 다른 보통 남자들보다 훨씬 멋지고 젊게 보이니까 걱정하지 마세요. 여자들 눈길이나 조심하시라고요."

"젊어 보이는 게 뭐 좋냐. 남자는 무게지. 뭐냐, 그 연……, 그렇지 연륜."

'난 무게 있는 남자'라고 범영이 엄지를 세워 가슴을 가리켜 보이자 재혁은 '아이고, 연륜이고 뭐고 형은 거기서 더 무게 잡으면 아예 무섭다고요!' 하고 과장되게 부르르 떨다가 문 열리는 소리에 웨이터처럼 '어서 옵쇼!'를 힘차게 부르짖었다.

그러나 들어온 사람은 손님이 아니라 옆집 헤어숍 사장 장미자였다. 그녀는 약간 고까운 투로 그의 아래위를 훑어보았다.

"어머, 김 사장님 어디 나가시나 봐요."

"예, 바쁘네요. 그럼 볼일 보고 가세요."

고개만 대충 끄덕이고 밖으로 나오는데 등 뒤에 깔끄러운 시선이 푹 박히는 게 느껴졌다. '재혁아, 너네 사장님 요즘 자전거 타고 놀러 다니시느라 몸이 세 개라도 모자라신 모양이다?' 하고 꼬아 묻는 목소리조차 꼭 큼지막하고 푸르죽죽한 탱자 가시가 찔러 대는 것 같았다. 그러거나 말거나 무시하면서 범영은 유진이 기다리고 있을 놀이터로 향했다.

오늘 둘이 가 보기로 정한 곳은, 대단위 아파트촌과 다른 아파트촌 사이의 지역에 자리 잡아 제법 한적한 공원이었다. 공원이라고는 해도 나무와 꽃을 심어 놓고 잔디밭과 등나무 벤치에 오솔길이 있는 그런 아기자기한 곳은 아니고 근처에서 발견되었다는 오랜 옛날의 집터와 모형을 살려 재현해 놓은 무슨 유적 공원이라는데, 길가 쪽으로는 키 큰 나무들이 빙 둘러서 있고 가운데는 몇 채의 흙집들 말고는 죄다 잔디밭이라 겨울 햇볕이 잘 쬐어 따뜻하기는 하였다.

딱히 멋지거나 조경이 잘되어 있는 곳은 아니지만 바로 앞에는 인근 도시 출신의 연예인이 운영한다는 카페도 하나 있고, 또 조금만 가면 다른 식당이나 커피 전문점들도 많아서 여기 사람들은 휴일이면 많이 놀러 가는 것 같았다. 자전거로는 40~50분 거리였는데 유진이 한 번도 가 본 적이 없다고 해서 목적지로 결정했다.

새해를 겨우 나흘 남긴 날짜인데도 오늘따라 날이 맑고 온화해 마치 이른 봄 같았다. 아직 자전거에 능숙하지 않은 유진을 위해 좀 돌아가더라도 인적이 드물고 그늘이 들지 않은 길을 택했기 때문에 공원에 도착했을 때는 1시가 다 되어 있었다.

상록수로 둘러싸인 잔디밭은 푸른 기를 잃고 누래졌지만 결이 고왔다. 원두막처럼 대 위에 높이 올라앉은 선사시대의 나무집들을 잠시 둘러보다가 제일 따뜻할 듯싶은 쪽에 깔개를 폈다. 보온 도시락에 싸 온 샌드위치와 커피를 꺼내 놓으며 범영은 멋쩍게 웃었다.

"밖에 있고 싶어 할까 봐 싸 왔어요. 추우면 요 앞에 카페도 있으니까 그리 가요."

"아뇨. 날씨가 좋아서 풀밭도 따뜻한걸요, 뭘. 나는 아무것도 준비 안 해 왔는데 미안해지네요."

샌드위치를 한 입씩 물고 커피를 마셨다. 한 옆에 봉오리를 맺은 개나리를 발견하고는 이게 어찌 된 셈이냐며 웃기도 했다. 까슬까슬한 잔디를 한 손으로 쓸어 보던 유진이 햇빛 비친 풀밭을 두고 '보송보송한 것이 꼭 새끼 여우나 강아지 털 같다.'며 좋아했다. 범영도 뭐든 비슷한 것을 상상해 보려고 했지만 잔디 색이 색인지라 똥개밖에 생각이 안 났다. 그래도 유진이 좋다니 다 좋았다.

그러나 적잖이 남은 샌드위치를 두고 유진이 금세 손을 놓아서 그것에 마음이 좀 상했다. 체력이 국력이라는데, 겨울 햇살에도 핼쑥해 보이는 저런 낯빛과 그리 큰 사이즈도 아닌 점퍼가 헐렁해 보이는 몸집으로 이 어려운 세상 뭘 어떻게 이겨 낼까 싶었다.

"좀 팍팍 먹어요."

"많이 먹었는데 왜 그래요? 나, 범영 씨 만난 이후로 위가 막 늘어난 것 같아요. 몸무게 계속 늘고 있는 거 알아요?"

"늘긴 뭐가 늘어요?"

그가 인상을 찡그리자 유진이 손등을 덮고 있던 점퍼 소매를 끌어올렸다.

"이거 봐요. 손목에 살 오른 거."

"턱도 없구만. 세게 잡으면 그냥 부러지겠는데."

은근히 비웃었더니 유진은 제법 분한 얼굴로 손목을 바싹 들이댔다.

"서른이 다 됐는데 자꾸 나 애 취급할래요? 아무리 범영 씨가 힘이 세도 이게 어떻게 부러져요?"

나이 얘기는 처음이다. 그가 나이가 더 적다는 건 알까, 모를까? 눈앞에서 봄날 나뭇가지처럼 연하고 가느다란 손목이 흔들거렸다. 코끝에 왈칵 느껴지는 건 어린애같이 달콤한 살 내음이다.

웃기시네, 서른은 무슨. 갑자기 골이 찡하게 울렸다. 유진을 만나면서 전에는 한 번도 느끼지 못했던 강렬한 욕구가, 허기 같은 어떤 굶주림이 범영을 덮쳤다. 햇빛을 못 받아 하얗게 드러난 손목을 그는 홀린 듯 바라보았다.

"아얏!"

정신을 차려 보니 유진이 그의 무릎 위로 엎어져 있고 범영은 그녀의 손목을 꼭 붙들고 있었다. 얼굴에 열이 확 올랐다. 아마 모르는 새에 자신이 유진의 손목을 움켜잡고 세게 끌어당긴 모양이다. 진짜로, 잠깐 퓨즈가 나갔나 보다. 순식간에 뿌듯해진 허리 아래가 영 거북스러웠다. 그래도 겨울이라고 긴 점퍼를 입은 것을 그나마 다행으로 생각했다. 아니면 올데갈데없는 변태 소리 들었을지도 몰랐다.

"허 참, 나이 먹으면 뭐 해요. 꼭 불에 손을 넣어 봐야 뜨거운 줄을 아나."

범영은 일부러 느릿느릿 손을 놓았다. 아무렇지도 않은 척 말투도 늘어졌다.

"정말 이러기예요? 갑자기 손목을 잡아당기면 어떡해요!"

유진이 벌떡 일어나 앉으며 그를 흘겨보았지만 범영은 전혀 무섭지 않았다. 오히려 푸슬푸슬 웃음이 났다. 피가 몰린 자국이 남은 손목만큼이나 그녀의 목덜미와 귓불이 발갛게 물들어 있었기 때문이다.

억지로 샌드위치 하나를 유진에게 더 먹이고, 도시락이며 보온병을 챙겨 자리에서 일어났다. 그래도 겨울 날씨인데 밖에 계속 앉혀 두기가 마음에 걸린 범영이 바로 앞 찻집에라도 들어가자고 했기 때문이다. 타박타박 앞서서 걸어가던 유진의 발걸음이 때 아니게 피어난 개나리 앞에서 문득 멈췄다.

"저기, 그거 알아요? 개나리는 나리꽃보다 못한 애라서 개나리라고 부른다죠. 그런 말 꽤 많잖아요. 개살구, 개복숭아, 개꽃 같은 말들."

그냥 흘려듣기에는 꽤 의미심장한 말투라 범영은 아무 대답 없이 그녀 곁에 가서 섰다. 12월의 햇살 아래 환하게 피어난 오종종한 노란 꽃은, 때가 아니라도 참 예뻤다.

"애들도 이렇게 태어나고 싶어서 그런 건 아닐 테죠. 물을 주고 햇빛을 주는 하늘 말고는 도움 받는 곳 하나 없이 씩씩하게 혼자서 잘 사는 애한테 왜 사람들은 개나리라고 못난 이름을 붙여 부르는지 모르겠어요. 그래서 애는 이렇게 한겨울에도 핀 걸까요. 나는 겨울이든 봄이든 햇볕만 따뜻하면 잘살 수 있는 꽃이라고, 꼭 누가 정해 놓은 대로 계절 맞춰 피고 지는 생명은 아니라고 말하고 싶어서."

조용조용히 말하고 있는 유진의 얼굴 대신 범영은 그녀의 손을 보았다. 사람들의 몸은 때때로 말보다 훨씬 많은 것을 말한다. 유진도 그런 사람 중 하나였다. 내리깔려 떨리는 눈시울이, 옷을 꼭 틀어쥔 가느다란 손가락들이, 붉어지는 귓불이 그녀의 음성이나 얼굴보다 늘 더 많은 말을 해 주곤 했었다.

지금도 평안하고 잔잔해 보이는 얼굴과는 달리 그녀의 손은 힘주어 꼭 주먹을 쥐고 있었다. 가끔씩 어떤 감정을 이기지 못해 떨리며 풀렸다가 다시 힘을 주는 것을 반복하는 그 손을 범영이 잡았다. 자신의 손바닥에 올려놓고 손가락을 하나씩 펴 주고, 온전하게 열린 손바닥에 그의 손바닥을 마주 대고는 깍지를 꼈다.

"그래도 예뻐요."

유진이 고개를 돌려 그를 바라보았다. 그 눈을 마주 보며 범영은 말했다. 자신의 눈에 진심이 꾹꾹 눌러 담겼으면 좋겠다고 생각하면서.

"나리꽃이 어떤지 보지는 못했지만 내 눈엔 지금 이 개나리꽃이 세상에서 제일 예쁜 꽃이에요. 남들이 뭐라고 하면 어때요. 나만 좋으면 장땡이지."

그녀의 눈이 살풋 접히더니 범영이 좋아하는 그 둥근 눈웃음을 지었다. 가느다란 눈썹달 같은 눈매 안에서 흑갈색 구슬 같은 눈이 반짝거렸다.

"고마워요. 범영 씨는 그렇게 말해 줄 것 같았어요. 사실, 스물아홉 해를 살면서 그런 말을 들은 건 범영 씨한테서가 처음인데. 우리 부모님도 그런 말은 해 주지 않았거든요."

어떤 사람인지 한 번도 보지 못했던 유진의 부모님을 떠올려 보려고 애썼지만 범영은 좀체 상상이 가지 않았다. 그가 아는 부모란, 늦게 끝나는 장사일 때문에 아침이면 연방 하품을 하고 반쯤 졸면서 아들의 아침밥이며 김이 오르는 국을 퍼 주던 어머니와, 학교가 끝나 가게로 찾아가면 밀가루 묻은 손으로 튀김을 접시에 수북이 담아 주고 앞치마에서 꼬깃꼬깃한 지폐 두세 장을 꺼내 접시 곁에 아무 말 없이 놓아 주던 아버지였다.

"남들이 뭐라고 하겠냐. 남들 눈에 부끄러운 꼴을 보이면 안 된다.'는 말을 참 많이 하셨어요. 나는 그게 참 당연한 말이고 도덕적인 태도라고 생각하며 컸죠. 집에서 세간이 부서져 나가든 부모님이 서로를 소 닭 보듯 하든, 설사 돌봐 주는 어른이 없어 애가 물만 먹으면서 두 끼를 내리 굶었어도 바깥에 나가서는 떠들어 대지 않고 얌전하게 아무런 문제도 없다는 듯 잘 지내야 한다고요. 공부든 다른 재능이든 특별히 잘하는 것도 없어 부모님이 자랑할 만한 데가 없는 자식이니까, 그저 속 썩이지 않고 말 잘 듣는 그거 하나가 내 장점이거니 하고 믿었어요."

"그거……, 아닌데."

뭐든 말을 더 해 주고 싶었는데 생각이 나지 않았다. 속에서 조금씩 들끓기 시작하는 이 감정이 분노인지 슬픔인지 범영은 잘 알 수가 없었다. 그저 아니라는 생각만 들었다. 유진은 또 살포시 웃으며 한 손으로 노란 개나리꽃을 쓸었다.

"전에도 말했지만, 결혼할 때는 부모님 애를 먹였어요. 그런데 좀 있으니까 우리 부모님한테는 그 결혼이 내가 평생 살면서 한 일 중 제일 잘한 일이 되어 있더라고요. 사위가 딸보다 더 이쁘시다는데, 우습게도 나한테는 결혼이 점점 힘든 일이 되어서 이제는 더 유지 못 하게 되어 버렸어요. 나 불효녀지요?"

"그냥 유진 씨 마음대로 살아요."

달리 좋은 말이 생각나지 않아 범영은 속에 있는 말을 그대로 내뱉어 버렸다. 유진이 의외의 말을 들었다는 듯 눈을 댕그랗게 뜨고 또 그를 봤다.

"유진 씨 나쁜 사람 아니잖아요. 혹시 앞으로 살인이나 도둑질이나 뭐 심각하게 법 어기는 거, 이런 거 할 계획 있어요?"

그녀가 고개를 살래살래 흔들었다.

"그럼 됐잖아요. 성인이고 여태까지 남에게 해 끼치는 것 하나 없이 잘살았는데, 앞으로라고 잘살지 못할 리가 없잖아요."

"하지만……."

"괜찮아요."

깍지 낀 손을 세게 끌어당겼다. 품에 풀썩 안기는 작은 몸을 범영은 두 팔로 꼭 감쌌다. 그 온기에 몸이 확 더워졌다.

"나는 유진 씨 부모님을 잘 모르고 유진 씨가 어떻게 자랐는지도 모르지만, 내가 본 유진 씨는 참 바르고 예쁜 사람이에요. 남 나쁘게 할 줄 모르고, 다른 사람 힘들게 할 바에야 자기가 힘들고 마는 사람.”

“아, 안 돼요. 이거 놔줘요.”

품속의 유진이 놀라 굳어 있다가 버둥대기 시작했다. 놓아 달라 말하는 그 목소리에 물기가 묻어 있어서, 애잔한 마음에 가슴이 뭉클했다. 좀 더 그녀를 세게 끌어안으며 범영은 그 정수리에 턱을 묻었다.

“남들이 유진 씨를 보면 바보라고 할지도 몰라요. 하지만 줄곧 생각해 왔어요. 이 여자가 얼마나 예쁜 눈을 가졌는지, 웃으면 내 마음이 얼마나 울렁대는지, 조용조용히 말하는 목소리가 얼마나 사람 가슴을 적셔 놓는지를요.”

여자를 녹이기 위해서 말발 따위 세워 본 적 없는데 그냥 말이 저절로 막 술술 나왔다. 버둥대던 유진의 움직임이 천천히 멎었다. 잠시 후 울 것 같은 음성으로 그녀가 말했다.

“범영 씨는 몰라요. 내, 내가……, 어떤 사람인지. 아직 남편하고 헤어지지도 못했고 설령 헤어진다 해도 이혼녀예요. 남이 데리고 살던 여자. 나이만 먹었지 할 줄 아는 것도 없고 잘난 데도 없는 음침한 여잔데, 왜…….”

“그런 식으로 말하지 말아요. 누가 그렇게 말하래요!”

화가 나 이를 물고 말했더니 유진의 목소리가 뚝 멎었다. 부들부들 떨고 있는 작은 몸이 여실히 느껴졌다. 범영은 한숨을 훅 내쉬고 오른손을 올려 그녀의 뒤통수에 가져다 대었다. 잠시 망설이다 천천

히 머리를 쓰다듬기 시작했는데, 자신의 생각에도 참 서툴기 짝이 없
는 행동이라 다시 한숨이 나오려 했다.

"나는 유진 씨가 자기 보고 못났다는 바보 소리도 하지 말고, 겨울
에 슬리퍼 같은 거 끌고 다니면서 발 찧어서 내 마음 아프게 하지 말
았으면 좋겠어요. 아무리 힘든 일이 있어도 추운 밤에 거리에서 혼자
한참 서 있지도 말고요. 그냥 따뜻한 집에서 보일러 세게 틀고 날 기
다려 줬으면 좋겠다고요."

"범영 씨……."

그의 솜씨가 좀체 나아지지 않는지 유진의 떨림은 멈추지 않았다.
오히려 더 거세지기 시작했다.

"나는 안 돼요?"

"그런, 그런 말……."

"난 유진 씨 부모님이 어떤 사람들인지도 모르고, 부모님이 예
쁘게 본다는 유진 씨 남……, 그 사람이 어떤 사람인지도 잘 몰라
요. 하지만 잘 보이도록 노력해 볼게요. 유진 씨를 낳아 주신 분들
이니까요."

앞섶이 축축하게 젖어 들기 시작했다. 하지만 차갑지는 않았다.
범영은 유진의 머리에 뺨을 대고 가만히 비볐다. 유진의 더운 입김과
작은 흐느낌 소리는 그의 품속에 갇혀 밖으로 새지도 않고 그녀와 범
영의 사이를 이어 주고 있었다.

"그래도 그분들이 나 싫다면……. 음, 거기까진 모르겠고, 하여간
안 돼요?"

훌쩍거리던 유진이 그 말에 쿡 웃었다. 범영의 입귀가 슬며시 올

라갔다.

"뭐니 뭐니 해도 제일 중요한 사람은 유진 씨니까 유진 씨만 오케이하면 돼요."

"오케이 안 하면요?"

별로 울지도 않았는데 목이 메었는지 코맹맹이 소리가 났다. 속울음을 자주 울어서 그런 걸까. 얼굴을 계속 파묻고 있는 걸로 봐서는 어쩌면 코끝이 빨개졌을지도 모른다는 생각이 들었다.

"그럼 집도 알겠다, 내가 유진 씨 몰래 업어 와야지, 뭐."

"말도 안 돼."

그녀의 목소리가 힘을 얻고 비죽 올라갔다. 그게 반가워서 범영은 실실 웃기 시작했다.

"대여 연체료 많이 밀렸거든요? 그 대신이에요."

"진짜 말도 안 돼. 내가 언제 반납 늦게 했다고. 그런 적 한 번도 없거든요."

"내 마음, 빌려 가서 아직도 안 돌려줬잖아요."

새근거리던 유진의 숨소리가 딱 멎었다. 범영이 조금 더 기다렸는데도 아무런 대답이 없었다. 너무 썰렁했나? 하긴 철판을 깔고 내뱉었지만 스스로도 이가 딱딱 물릴 정도로 근질근질한 소리긴 했다. 그 벤츠 모는 빽질빽질한 작자가 딱 내뱉을 만한 작업용 멘트가 아닌가 하는 생각까지 하니 그는 뒤늦게 좀 후회가 되었다.

"음, 그게요……."

"반납……."

서둘러 변명하려는데 여천히 고개를 들지 않고 있던 유진이 뭐라고 작게 말했다. 잘 들리지가 않아서 범영은 되물었다.

"뭐라고 했어요? 잘 못 들었어요."

그의 말에 다시 유진이 웅얼댔지만 여전히 소리는 작았다. 허리를 숙여 그녀의 입가에 귀를 가져갔더니 놀란 유진이 뜨거운 물을 뒤집어쓴 듯 얼른 몸을 떼며 소리쳤다.

"바, 반납 못 하겠다고요!"

낮은 햇살은 은빛 핸들이 좌우로 돌아가는 대로 연한 반짝임을 반사시켰다. 유진은 눈을 가늘게 떴다. 싸늘한 바람이 조금씩 귓가에 윙윙거렸지만 장갑을 낀 손은 그리 시리지 않았다. 하지만 목도리로 둘둘 감은 목이나 뺨 일부 말고 그대로 노출된 얼굴, 특히 코끝은 꽤 맵다.

코가 시려워, 꽁. 뺨도 시려워, 꽁. 겨울바람 때문에. 꽁꽁꽁. 유진은 낮게 콧노래를 부르기 시작했다.

그래도 좋아, 꽁. 겨울이 좋아, 꽁. 난 지금 행복하니까. 꽁꽁꽁. 앞바구니에 담은 DVD가 박자를 맞추듯 달각거렸다.

어쩌면 이렇게 행복할 수가 있을까. 요 며칠간 유진의 머릿속에 끊임없이 떠도는 단 하나의 생각이었다. 살면서 여태까지 한 번도 이런 적이 없었다 싶을 정도로 행복해서, 서랍을 닫다 손가락이 끼어도 별로 아프지 않았고, 침대 이불이며 시트 몇 개를 죄다 끌어내 빨고 널고 했어도 힘들지가 않았다. 몸이 내 것이 아닌 것처럼 가벼워서 발만 떼면 비눗방울처럼 둥둥 떠다닐 수도 있을 것 같았다.

어제는 가까운 보습학원에 면접을 보러 갔었다. 초등학생을 몇 타임 가르치는 일이고 보수도 적었지만, 얼마 전 학원을 열었다는 사람 좋아 보이는 원장은 그녀에게 호의적이었다. 오늘 첫 수업을 한 후로 계속 호응이 좋으면 중등부도 해 달라는 요청을 받았을 때의 뿌듯함은 뭐라 말할 수가 없었다.

범영과의 일을 부모님에게 말씀 드려야 한다는 것이 큰 부담으로 다가오긴 했지만 그래도 이번엔 혼자가 아니었다. 범영이 언제든 같이 가 주겠다고 했으니까. 사실 부모님보다 남편 경우의 문제가 더 크긴 했는데 어쩌면 소송을 해야 할지도 모른다는 생각도 들었다. 하지만 유진은 경우가 전에 한 약속대로 자의로 헤어져 주기를 바랐다. 재판이라는 복잡하고도 지난한 과정을 겪고 싶지 않을 뿐 아니라 몇 년을 남편이라 불렀던 사람에 대해 최소한의 기대를 저버리고 싶지 않았기 때문이다.

오래전부터 서랍 깊숙이 간직해 뒀던 이혼 신고서를 빠른 등기로 경우에게 부친 것이 사흘 전. 아마도 경우는 이미 그것을 받았을 것이다. 남편은 그녀가 앞으로 무엇을 할지는 잘 모르겠지만, 이제 무엇을 원하는지는 확실히 알게 되었을 것이라고 유진은 생각했다.

"왔어요?"

자전거를 곱게 보도에 세워 둔 뒤 익숙해서 내 집 같아진 대여점 문을 열고 들어가자 범영이 그녀를 반겼다.

"DVD는 여기 있고, 범영 씨 말대로 먹을 것은 사 갖고 오지 않았어요. 그런데 왜 그래요?"

"우리 이제 좀 덜 만나야 할 것 같아요."

카운터 위로 DVD를 올려놓던 유진은 의아한 눈으로 그를 바라보았다. 설마 그럴 리는 없지만, 뭔가 안 좋은 말이라도 들은 걸까?

아직도 범영에게 말하지 않은 일들이 남아 있는 건 사실이라 유진은 조금 불안해졌다. 물론 그는 그 얘기들을 들어도 화를 내진 않을 것이다. 그것은 장담할 수 있지만, 범영이 전혀 힘들어하지 않을 것이라고까지는 장담할 수 없었다. 그녀는 때꾼해지고 다소 살벌하게까지 보이는 범영의 눈매를 조심스레 살폈다.

"별거는 완전히 갈라선 게 아니라서 연애도 하면 안 된다고 누가 그러더라고요."

무뚝뚝한 어투로 툭 내뱉고 나서 남자는 '할 수 없지, 뭐.'라고 혼잣말처럼 중얼거렸다. 포기의 빛이 비친다기보다는 묘하게 도전적인 어투라, 유진은 그의 냉담한 날카로움이 자신에게 화가 나서가 아님을 알았다.

"……네. 그럴 것 같아요."

그녀가 자신의 눈치를 보는 것을 알아챈 범영의 어투가 한결 누그러졌다.

"유진 씨가 그 남자와 이미 헤어졌다는 거 알아요. 그냥 절차가 남은 거지."

"어서 진짜로 끝이 났으면 좋겠어요."

"그런 마음은 내가 더해요."

같이 있지 못하는 불만과 아쉬움이 범영의 말 속에 은근히 드러났다. 남자는 큰 손으로 입가를 한 번 문지르더니 '이젠 정말 핸드폰 하나 마련해요.'라고 요구했다. 자신도 전화기 바꿀 때 됐다며 요즘은 인터넷으로도 개통이 다 된다고 운을 떼는 범영을 보고 유진은 애매하게 웃었다. 아마 커플 전화기라도 사자는 말을 꺼낼 참이었겠지.

"전화기는 그냥 내가 살게요."

"거 말 안 듣네. 물건 고르는 것도 잘 못하면서."

범영이 나무라듯 입을 꾹 다물었지만 저 무뚝뚝한 표정에도 이제는 속지 않는다. 그가 그녀를 나무란다든가 윽박지를 사람이 아님을 이미 알고 있었으므로. 유진은 대답 대신 카운터 위로 손을 뻗어 미안한 웃음으로 가만히 그의 손을 한 번 잡았다 놓았다. 범영의 꾹 다문 입술이 슬며시 허물어졌다.

"유진 씨, 은근히 약았어요."

그의 목덜미에 살짝 붉은 기가 내비쳤다. 거기에 눈길이 팔린 사이 범영이 놓았던 그녀의 손을 끌어 다시 깍지를 끼고 손등을 매만졌다. 순간적으로 몸이 긴장했지만, 그가 가볍게 손등을 툭툭 두드리는 통에 애써 힘을 풀었다.

범영의 손길은 거의 느껴질 듯 말 듯 조심스러웠다. 남자의 나른한 눈길을 받고 있으려니 유진은 햇볕에 나온 고양이처럼 느릿하게 기분이 풀어졌다. 그리고 범영에게 조금 더 미안해졌다.

아마도 그는 어느 정도 짐작하고 있을 것이다. 그녀에게 정확히 어떤 일이 일어났는지는 아직 모르겠지만, 가끔 본인이 지나치게 가까이 올 때면 그녀의 몸이 굳는다는 것을 모를 정도로 범영은 둔한 남자가 아니었다. 지금도 위로하듯 그저 손등과 손목을 오가는 남자의 손가락들을 느끼며 유진은 가만히 눈을 감았다.

사고가 있은 후, 의사는 몸은 시간이 지나면 회복될 것이고 크게 문제는 없을 거라 말했지만 그녀의 정신은 그렇게 튼튼하지 못했다.

2년이 가까운 시간이 흘러도 아직 마음은 금이 간 그대로다. 하지만 이제는 달라져야 하지 않을까. 달라질 수 있지 않을까.

유진은 눈을 뜨고 이제는 그녀의 손을 안마하듯 조물조물 주물러 주고 있는 남자를 쳐다보았다. 이제 20대 중반을 지나 서른을 바라보는 남자는 건강하고 아름다웠다. 선이 뚜렷한 이목구비, 짙은 색을 가진 남자다운 얼굴도 잘생겼지만 듬직한 어깨와 단단한 팔, 크고 길쭉한 손을 가진 그 몸도 많은 여자들에게 충분히 매력적일 것이었다. 내성적인 자신에게도 '섹시함'이라는 단어가 떠오르는데 요즘 개방적인 젊은 여자아이들에게는 어떻겠는가. 게다가 성격도 좋은, 과분할 정도로 괜찮은 남자였다.

"범영 씨."

"왜요?"

"말해 둘 게 있는데 나, 올해 스물아홉 살이에요. 내일모레면 서른이 되고요."

손을 주물러 주던 남자는 그 순간 움찔했다. 왜 이럴까? 유진은 좀 놀랐다. 설마 그녀의 나이를 모르는 것은 아닐 테지. 대여점 기록에는 분명히 주민등록번호 앞자리가 올라가 있을 것이다.

"내가 앞서 가는지는 모르겠지만 범영 씨가 전에 공원에서 했던 말, 내 생각에는 음……, 우, 우리가 뭔가 구체적인 계획을 생각할 단계라고 받아들였어요. 그러니까 내년이라든지 이다음에……, 뭘 할지. 내 나이도 있고요."

"예, 맞아요."

어렵게 꺼낸 말에 그가 돌연 씨익 웃었다. 이를 환하게 드러내고 싱글싱글 웃으며 범영은 '저언혀 앞서 가는 거 아니에요. 그런 생각을 왜 해요? 당연히 계획을 세워야죠! 걱정일랑은 절대 절대 말아요!'라고 강조했다. 뭔가 이상했다. 처음엔 그냥 나이 얘기였는데 왜? 유진은 미간을 찡그렸고, 그것을 알아챈 범영이 눈을 둥그렇게 떴다.

"왜 그래요? 설마 내……. 그, 그러니까 내가 별 계획도 없고 실없는 사람이라고 의심하는 거 아니죠? 난 유진 씨한테는 뭐든 진심이라고요. 그리고 계획, 그거 말 잘했어요. 이쯤 되면 꼭 세워야 하는 게 바로 미래 계획이죠. 우리 10개년 단위로 장기 50년 계획은 어때요?"

"어, 알겠어요. 다만……."

원래 범영은 저런 식으로 오버하는 사람이 아니었다. 물론 과묵한 성격도 아니지만. 굳이 말하자면 해야 할 말은 적시에 하고 필요 없는 말은 안 하는 타입인데. 유진은 범영의 얼굴을 뚫어지게 바라보았다. 이미 알고 있던 그녀의 나이가 이제 와서 무슨 문제일까? 아니, 어쩌면 그녀가 아니라…….

"범영 씨 가까운 친척 분들은 내가 나이 많은 걸 어떻게 생각하실까 해서."

"어우, 뭔 걱정이에요."

이번에도 한순간이지만 남자의 얼굴이 잠시 굳었다 다시 부드럽게 풀어졌다. 아니, 풀어진 정도가 아니라 아예 벙긋벙긋 웃음꽃이 폈다.

"전혀 상관 안 하실걸요. 유진 씨 얼굴 완전 동안인데. 그리고 그렇게 가까운 친척도 없어요. 게다가 유진 씨가 무슨 나이가 많아요? 요즘은 다들 서른은 넘겨 짝 만나는 추세잖아요. 나는 어린 여자 별로 취향 아니에요."

입만 닫고 있으면 뚝뚝한 얼굴인데, 지금은 기름한 외꺼풀의 눈으로 살살 눈웃음까지 치는 것이 장난이 아니다. 아마 본인은 저런 얼굴인 줄은 모르고 있겠지만. 고의적이든 아니든 벌써 반쯤 설득당한 느낌이어서, 유진은 보란 듯 한숨을 포옥 내쉬었다.

"솔직히 말해 봐요."

"네?"

"나이요."

"나이가 왜요? 유진 씨 나이 절대 많지 않다니까요?"

"그거 말고, 범영 씨 나이요."

남자가 삽시간에 얼어붙었다. 샌드위치처럼 유진의 손을 포개어 잡고 있던 손 하나를 불이 붙은 듯 펄쩍 떼어 냈다가, 다시 급하게 붙잡았다. 혹시나 해서 찔러 본 것인데 그게 바로 정답이었나 보다. 하긴 범영은 자신의 정확한 나이를 말해 준 적이 없긴 했다.

"몇 살이에요? 나보다 연하죠?"

"아니, 그게……."

구명줄이라도 되듯 자신의 손을 잡고 매달리는 남자를 유진은 조금은 어이없다는 눈으로 쳐다보았다. 그게 뭐 대수라고. 하기는 이쪽 지방이 원래 보수적이라 남자들 중에는 나이가 여자보다 더 적은 것을 부끄럽게 여기는 사람들이 종종 있긴 했다.

"괜찮으니까 말해 봐요. 요즘은 연하가 대세래요. 이제 보니 나, 엄청 복 많은 여자네."

"……."

"한 살인가? 아님 두 살? 와, 내가 막 걸어 다닐 때 범영 씨는 누워서 옹알이하고 있었나 봐."

오기가 나서라도 화를 내며 '그거 몇 살쯤'이라고 말할 줄 알았는데 범영은 계속 말이 없었다. 그제야 유진은 조금 묘한 기분이 되었다. 설마?

"저기, 혹시 20대 중반? 그건 아니죠?"

"······스물일곱요."

"스물일곱······이요?"

"뭐, 양력으로는 스물여섯이지만 1월생이라 우리 나이론 스물일곱이 맞다고요."

불퉁한 태도로 남자가 우겼다. 스물여섯. 그러면 세 살 차이다. 그녀가 중학생일 때 그는 초등학생이었고, 그녀가 교복을 벗을 때 그는 고등학교 입학식을 했다는 말인데. 조금 전까지만 해도 그의 성적 매력을 짚어 보고 있던 유진은 약간 우울해졌다.

"아, 진짜! 나, 빠른 입학해서 스물일곱이랑 똑같다고요! 쥐띠요, 쥐띠! 내 이럴 것 같아서 말 안 하려고 그랬는데!"

범영이 거칠게 머리를 긁어 댔다.

"나는 절대 유진 씨 누나라고 생각 안 해요. 알아요, 그거? 유진 씨는 밥도 챙겨 먹여야 될 것 같고, 내버려두면 아무 데나 슬리퍼 질질 끌고 다닐 거라서 절대 혼자 못 내버려둘 것 같고 그런 거."

"······뭐예요, 그게. 모자란단 얘기잖아."

힘없이 입을 열었더니 불쑥 커다란 손이 뻗어 와 머리를 덮고 쓱쓱 문질렀다.

"귀엽다는 얘기죠."

"나이도 세 살이나 많은데 귀엽기는 뭐가. 그거 욕이에요."

머리에 놓인 손을 툭 털어 내며 찡그리자 범영의 손은 뺨으로 옮겨 왔다.

"거참, 그럼 나이가 더 적은 놈은 능숙한 맛도 있으면 안 되고 기 델 만하지도 못하고 그래야 돼요?"

그렇게 말하니 입이 막혔다. 그녀의 뺨을 감싼 손이 온기를 갖고 살갗을 가만가만 쓸었다.

"어차피 한국 남자 평균 수명이 여자보다 짧다잖아요. 내가 오래 오래 돌봐 주면서 살 거니까 더 낫죠, 뭐."

"……."

"어? 유진 씨 지금 멀쩡하다, 그쵸?"

범영의 놀리는 듯한 말에 뭔가 하고 눈을 들었더니 그의 눈이 잔 잔한 웃음으로 반짝이고 있었다.

"뺨 만져도 괜찮아요?"

"어?"

그러고 보니 정말 그랬다. 어지간히 친밀한 접촉인데도 별로 의식 을 하지 않고 있었다. 범영의 손이 눈을 동그랗게 뜬 그녀의 뺨을 타 고 내려와 목을 감쌌다.

"아, 이러니까 욕심나네. 나 뽀뽀해도 돼요?"

"뭐, 뭐라는 거예요?"

재빨리 손을 떨치고 뒤로 물러섰다. 범영이 하하하하 크게 소리를 내며 웃었다.

“그리고 세 살 아니고 두 살 차이라니까요. 꼭 기억해요.”

웃으면서도 고집스레 말하는 남자의 한 손은 그녀의 손을 놓지 않은 채여서 유진은 조금 우습기도 하고 흐뭇하기도 했다.

그렇게 둘이서 노닥거리던 시간은 금방 끝이 났다. 평일 오후지만 연말이라 손님들이 번갈아 계속 대여점을 찾았고, 혼자서는 달리 할 것도 없거니와 주위 시선도 의식해야 하는 터라 유진은 곧 가게를 나왔다.

일부러 가게 건너편에 세워 둔 자전거로 다가가자 의외의 인물이 서 있었다. 말은 몇 번 안 해 봤지만 안면은 있는 대여점 옆 헤어숍 주인 여자가 그녀의 자전거를 훑어보고 있었던 것이다. 약간 신경이 쓰였지만 지나가는 길이었겠거니 하고 자물쇠를 풀려는데, 여자가 어딘가 뾰족하게 들리는 목소리로 말을 건네 왔다.

“자전거 좋네요.”

“네? 아, 네. 고마워요.”

“어디서 샀어요? 이런 자전거가 요새 유행인가 본데, 나도 하나 사고 싶네요.”

이게 유행인가? 꽤 예쁘긴 하지만 패션 브랜드가 달린 것 외에는 별다른 것도 없는데 싶어 유진은 그냥 웃었다. 아무리 이웃이라고는 해도 범영이 이 자전거 얘기를 했을 것 같진 않았고, 자신 역시 범영과 친한 척하던 이 여자에게 소소한 얘기까진 하고 싶지 않았다. 그러자 여자의 목소리가 좀 더 날카로워졌다.

“묻는데 왜 대답을 안 해 줘요? 어디서 샀냐니까요?”

“……인터넷 쇼핑몰에서요. 한 군데가 아니라 여러 군데서 많이 파니까 직접 보고 구입하는 게 나을 거예요."

"가격은 얼마쯤 하는데요?"

별스럽고 무례하다 싶었지만 순순히 가격도 말해 주었다. 그 외에도 여자는 색깔이 이거 하나냐, 크기도 이 종류 하나뿐이냐 여러 가지를 캐묻듯 물었지만 유진은 별 토를 달지 않고 간단하게나마 답을 다 해 주었다. 입술을 씹으며 뭔가를 생각하던 여자는 이윽고 건너편 자기 가게로 돌아갈 것처럼 몸을 돌렸다. 왠지 안심이 되어 안장에 올라타려는데 갑자기 등 뒤에서 또 다른 질문이 날아왔다.

"가르쳐 줘서 고마워요. 근데 집으로도 배달해 줘요?"

온라인 쇼핑이 도대체 뭔데 그런 질문을 하는가 싶어 어처구니가 없어졌다.

"예, 해 줘요. 그런데 배송료는 다른 작은 물건보다는 비싸요."

그래도 고개를 끄덕이며 대답하자 이번에는 이런 질문을 한다.

"확실해요? 집으로 배송 받아 봤어요?"

"……네. 그런데 궁금한 게 참 많은가 봐요. 그냥 자전거 가게에 가서 물어보는 편이 낫지 않겠어요?"

"어머, 갖고 싶은 게 바로 눈앞에 있는데 뭐 하러요?"

완곡한 거절에도 여자는 아무렇지도 않게 대꾸했다. 거기에 질문을 더 얹기까지 했다.

"그런데 그 인터넷에서 덮개도 팔아요? 덮개는 얼마고, 또 색은 뭐뭐 있어요?"

용케 자전거에 매달린 커버 가방까지 본 모양인데, 유진은 그것까지는 몰랐다. 그녀는 망설이다가 결국은 내키지 않았지만 거짓말을 하고야 말았다.

"예, 같이 팔던걸요. 내 건 흰색인데 가격은 한……, 2만 원쯤 했던 것 같아요. 은색이나 검은색도 있는 것 같던데요."

"그래요? 고마워요."

여자는 비식 웃더니 쌩 돌아서 가 버렸다. 유진은 그제야 출발할 수가 있었다. 께름칙한 기분에 느릿느릿 페달을 밟다 보니 범영이 가게로 자전거를 배달 받았다고 한 것이 생각났다. 어쩌면 여자는 이미 이 자전거를 봤고, 그가 이 자전거를 사 줬다고 오해하고 화가 났던 게 아닐까.

뒤늦게야 아차 했지만 이 자전거를 여러 곳에서 팔고 있는 것도 사실이라 설마 별일은 있겠나 싶었다. 유진은 찜찜한 기분을 애써 털어 버리려 노력하며 천천히 집으로 향했다.

11
사랑하기 때문에,
비밀인 것을

눈에 익은 대형 은색 세단이 가게 앞을 스쳐 지나 갔다. 범영은 들어온 DVD 정리를 하다가 무심코 유리창 밖을 내다봤 었던 참이었다.

"어, 저거?"

잠시 눈을 의심했지만 그는 재빨리 가게 문을 열고 뛰쳐나왔다. 벌써 몇십 미터 앞의 다른 빌딩 주차장 입구에 서 있는 차는 뒤꽁무니만 콩알만 하게 보였어도 의심할 여지가 없었다. 딱 한 번 봤지만 절대로 잊을 수 없는, 유진의 남편이라고 부르기도 싫은 그 작자의 차였다.

여긴 왜 또 왔을까? 혹시 유진의 마음을 돌리려고? 턱도 없는 소리다. 범영은 차가운 웃음이 절로 나왔지만 그래도 왠지 불안한 마음은 어쩔 수가 없었다.

차가 주차장 안으로 들어가지 않고 계속 입구에 정차하고 있는 것이 이상해서 눈을 가늘게 뜨고 살피니 옆에 누군가 한 사람이 서 있었다. 여자인 듯한데, 조수석 차창 쪽으로 허리를 숙이고 있는 걸 보면 아마 지나가는 사람에게 그 작자가 뭔가를 물어보고 있는 중인가 보다. 그런데 어쩐지 여자의 윤곽이 눈에 익었다. 누굴까? 유진보다는 키가 좀 더 큰데.

미심쩍은 마음에 계속 지켜보고 있었다. 얼마 후 대화가 끝난 듯 차가 주차장 안으로 들어가고 인도에 남은 여자는 이쪽으로 걸어오기 시작했다. 1분도 지나지 않아 범영은 여자가 누군지 알 수 있었다. 로즈 헤어숍 주인인 장미자였다.

이건 또 뭘까? 불쾌한 느낌이 범영의 가슴을 스쳐 지나갔다. 물론 유진의 남편이 여기 올 수는 있다. 유진이 이혼 서류를 보냈다니까 그 관련으로 한 번쯤 올 수도 있고, 우연히 옆 가게 주인인 장미자와 마주칠 수도 있고, 또 뭘 물어볼 수도 있는 것이다. 그게 상식적인 설명인데도 어째서 그의 감은 그게 아니라고 외치고 있는 것인지.

피가 뚝뚝 떨어지는 싱싱한 쇠간을 포식한 여우 새끼처럼 흐뭇한 표정으로 허리를 살랑살랑 흔들며 걸어오던 장미자는 범영을 보자 안면을 단번에 바꾸었다. 새침한 얼굴로 자신의 헤어숍으로 쏙 들어가려 하는 것을, 건들건들 다가간 그가 몇 마디 말로 붙들었다.

"아는 사람이에요? 차가 좋던데."

"누구 말이에요?"

시침을 뚝 떼려는 장미자의 태연한 태도에 범영은 조금 열이 받았지만, 반면에 방금 전 본 일이 그저 우연은 아니라는 확신을 얻었다.

"조오기 서 있던 은색 벤츠. 동네에서 못 보던 차더만."

"아아, 그 차? 면사무소가 어딘지 물어보더라고요. 근데 왜요?"

"그냥. 장 사장님 행동에 관심이 생겨서?"

"관심이라구요?"

장미자의 안색이 확 펴지다가 금세 다시 새침한 표정으로 돌아갔다.

"흥, 뒷북인지, 아님 딴생각이 있어서 그러는지는 모르겠지만 둘

다 안 반갑네요. 김 사장님 관심은 그 분홍색 자전거 주인한테나 쏟으세요. 그것도 얼마 못 가겠지만.”

“지금 그거 무슨 소린데요?”

말속에 뼈를 심어 놓고 하는 얘기라 본능적으로 목소리가 낮아졌다. 범영은 한 걸음 다가서며 눈에 힘을 주어 여자를 내려다보았다. 여자치고 작은 키는 아니었지만 그의 시선에는 한참 못 미치는 장미자가 독하게 눈을 치뜨며 범영을 노려보았다.

“전에 대여점 앞에 있던 분홍 자전거, 정말 친척한테 보냈어요? 아니잖아요!”

“배달민족 전부가 다 한핏줄인데 나라 밖으로 불법 수출만 안 했으면 됐지, 그거하고 장 사장이 무슨 상관이에요?”

“무슨 상관이냐고요?”

그의 목소리가 낮아질수록 장미자의 목소리는 새되게 바뀌었다.

“손님이랑 불건전하게 사귀면, 여기 상가 소문 더럽게 나지 않겠어요? 그 여자 결혼해서 남편도 있다면서요?”

“그 여자라니? 소문은 또 무슨 소문? 뭘 말하는지 통 모르겠네.”

범영은 픽 웃었다. 속에서야 ‘요것 봐라. 도대체 무슨 소리를 어디서 얼마나 듣고 이러지?’ 싶었지만 그걸 입 밖에 내어 말할 수는 없는 노릇이다.

“멀쩡한 남의 사생활을 파 뒤집고 다니는 이상한 취미가 장 사장한테 있는 줄은 진짜 몰랐네요. 이래서 사람은 가려서 사귀어야 한다는 말이 있나 보다.”

새끼손가락으로 귀를 파내어 훅 불며 그녀를 비웃어 줬더니 장미자는 악에 받친 모양이었다.

"아니, 멀쩡한 처녀 술 먹여서 모텔까지 데리고 갔으면 책임을 져야지! 나도 김 사장님 그렇게 안 봤는데 왜 이 여자 저 여자 건드리고 다녀요? 네?"

"아 진짜, 장 사장 참 큰일 낼 사람이네."

그의 웃음은 한층 더 깊어졌다. 손을 내밀어 장미자의 팔뚝을 꽉 움켜쥐고 범영은 빙글빙글 웃으며 말했다.

"내 성질 같아서는 사과 정도론 그냥 못 넘어갈 일인데, 이웃 사이에 멱살 잡고 싸울 수도 없고."

"뭐라고요?"

"자꾸 쓸데없는 소리 하려거든 전의 그 모텔 가서 CCTV 테이프 받고 경찰서 갑시다. 사이좋게 손잡고."

"지금……, 뭐라는 거예요?"

"가서 판명 받으면 되겠네. 증거도 있고, 이 근처 사람들로 증인도 세우고. 장 사장 말이 맞으면 내가 강간에 간통죄, 내 말이 맞으면 장 사장이 명예훼손에 영업 방해."

장미자는 잠시 할 말을 잊었는지 그의 얼굴만 멍하게 올려다보았다. 범영은 비어 있는 다른 손을 들어 검지로 그녀의 이마를 콕콕 두드렸다.

"내가 장 사장 말대로 이 빌딩 주인인지 어떤지는 나도 잘 모르겠는데, 정말 빌딩 주인이 맞다면 이런 일은 쉽게 안 넘어갈 거요. 알죠? 부모한테 땡전 한 푼 물려받은 거 없이 이 나이에 이런 재산 모았다면 그냥 보통 사람처럼 살지는 않았을 거 아니요. 세상 쓴맛 단맛 다 봤을 테고 그런 놈일수록 깔짝거리면서 자기 건드리는 거 못 참거든. 여자라 봐줄 거 같소?”

꼼꼼한 화장 덕에 늘 화사하던 장미자의 얼굴이 어디 아플 때의 유진만큼이나 핼쑥해졌다.

“아니, 나는…….”

“거기다가 장 사장은 본인 말마따나 결혼도 안 한 처녀 아뇨. 재산 노리고 술 취한 척 남자한테 들이댔다는 소문도 듣기 썩 좋지는 않겠지. 그러다가 뜻대로 안 되니까 앙심 품고 협박까지 했다고 하면 그게 오히려 상가 소문 더럽게 날 일인데. 행실 나쁜 여자한테 누가 머리 맡기고 단골 될까? 안 그래요?”

“행실이라니 내가 뭘 어쨌다고! 조, 좀 심한 거 아니에요?”

“심하긴. 그러게 왜 멀쩡한 총각하고 어떤 불쌍한 유부녀를 엮냐고요?”

이마를 찌르던 손으로 머리를 슬슬 쓰다듬어 주었다. 장미자의 눈에는 공포와 배신감이 가득했다. 늘 점잖은 척 어리광을 대충 받아 줬으니 이럴 줄 몰랐을 것이다. 범영은 어깨를 으쓱했다.

“법으로든 뭐든 어째 해 버리고 싶은 마음 간절하니까 순순해지는 게 좋을 거요.”

“그래서 뭐 어쩌라고요?”

풀이 죽은, 그러나 아직은 앙칼짐이 남아 있는 목소리로 장미자가 물었다. 쯧. 그는 혀를 찼다. 잔머리만 굴리지 않는다면 아주 매력 없는 여자는 아닌데 사람을 잘못 만났어.

“유언비어 퍼뜨리지 말고 조용히 사쇼. 괜히 남의 떡에 눈독들이지도 말고.”

“남의 떡?”

장미자가 인상을 찡그렸다. 잡고 있던 그녀의 팔에 힘을 주며 범영은 다시 이를 드러내 웃었다.

“말 알아들었으면 벤츠 그 자식하고 무슨 얘기 했는지 좀 말해 보쇼. 거기다가도 이 동네 대여점 주인이 여자 집적대고 다닌다고 그랬나?”

“그건 왜 신경 써요? 그 사람 어차피 여기 사람도 아닌데.”

새끼 고양이처럼 끝까지 발톱을 내놓고 아르릉거리는 게 이해 안 가는 바도 아니었지만 유진의 일이라 기어코 짜증이 났다.

“허 참, 아직도 못 알아먹었나 보네.”

나지막이 중얼거리며 그는 흘긋 로즈 헤어숍 쪽을 돌아보았다. 그녀가 금쪽같이 여기는 가게에는 마침 타이밍 좋게 손님이 하나도 없었다. 물을 주려고 그랬는지 출입문 앞에 나란히 내어놓은 화분 몇 개가 눈에 띄었다.

휘적휘적 걸어가서, 평소에 돈 들어오는 나무라고 장미자가 반들반들하게 닦아 주던 금전수 나무부터 걷어차 주었다. 도미노처럼 차례로 산산이 깨어지는 화분 조각들을 장미자는 아연하여 쳐다보고 있었다.

“아, 이런 실수를. 발이 헛나갔네. 그래도 뭐, 화분 값만 물어주면 되지.”

“이런 나쁜 놈!”

싱글싱글 웃는 그의 뺨을 향해 손을 휘두르려는 장미자의 손목을 범영이 틀어잡았다. 거리에 지나다니던 많은 사람들이 이 소란에 놀라 그들을 빤히 바라보는 것이 눈에 들어왔다. 범영은 눈살을 찌푸렸다. 이런 건 좀 그렇다. 유진의 귀에 들어갈 수도 있고.

"나, 원래 친절한 놈 아니요. 그러니까 친하게 지낼 생각 말고, 덤비지도 말고, 아예 신경 꺼 주면 제일 좋겠는데."

그는 낮게 으르렁댔다. 범영의 눈에서 뭘 봤는지 장미자가 눈에 띄게 풀이 죽었다.

"오, 오빠, 난 정말로……."

더듬거리던 목소리는 범영의 싸늘한 눈길을 받고서 '미안해요, 김 사장님.'이라는 울먹임을 토해 냈다.

"그 작자한테 뭐라고 했어요?"

"그게, 그 여자, 그러니까 분홍색 자전거 타고 다니는 여자 말이에요. 여기 상가에 다니는 거 봤는데 마누라 아니냐고, 남자한테 비싼 선물 받고 다니는 거 그쪽은 아냐고……."

아우 진짜, 네까짓 게 뭘 안다고! 눈에서 불똥이 튀었다. 장미자가 목을 움츠리며 조그맣게 중얼거렸다.

"기, 김 사장님 얘긴 정말 안 했어요. 상대 남자 쪽은 전혀 모르는 사람이라고 말했다고요."

"너, 진짜 여자만 아니었으면 내 손에 죽사발 됐어!"

장미자를 패대기치다시피 거칠게 뿌리치고 대여점 안으로 뛰어 들어갔다. 뒤에서 장미자가 길바닥에 철퍼덕 주저앉아 훌쩍훌쩍 우는 소리도, 사람들이 웅성거리는 소리도 그의 귀엔 들리지 않았다. 들어가자마자 전화기부터 잡고 매달렸지만, 부서질 듯 눌러 댄 버튼에도 불구하고 수화기 저쪽에선 하릴없는 신호음만 연속으로 울려 댔다.

"제발 전화 좀 받아, 이 여자야!"

이 일로 이름뿐인 남편 앞에서 죄인이 될 유진을 생각하니 범영의 속에서 도가니의 쇳물 같은 것이 끓어올랐다. 가게를 찾아왔던 날 무례했던 남자의 행동과 언젠가 피멍이 들었던 유진의 뺨이 겹쳐 보였다. 그때 진단서라도 끊어 놓을 것을. 뒤늦은 후회를 했지만 그건 말 그대로 후회고 이미 늦은 얘기였다. 지금 그가 할 수 있는 일은 뭘까?

허둥거리던 머릿속에 1년 가까이 잊고 있던 사람의 기억이 번개처럼 스쳤다. 범영은 급하게 핸드폰을 꺼내 전화부를 검색하고 통화를 연결했다. 다행히 상대는 전화를 금방 받았다.

"한 변호사님이시죠? 기억나실지 모르겠는데, 저 김범영입니다."

─ 김범영 씨? 아, 진호 일로 봤던…….

"예, 김진호 회장님 은혜를 많이 받은 그 사람입니다. 그때 폐 많이 끼쳤는데, 그동안 소식 전하지 못해서 죄송합니다. 잘 지내셨습니까?"

김 회장 그 노친네가 죽을 날만 받아 놓고 병원에서 그를 불렀을 때 소개해 줬던 한 변호사는 김 회장의 오랜 친구였다. 그때 '필요한 일이 생기면 네놈이 의논할 만한 사람'이란 말을 들었기에, 법 쪽에 아는 분이 없어 불고염치하고 연락을 드렸다고 범영은 솔직히 말했다.

자신이 관련됐단 소리는 빼고 대강의 사실을 전했더니 자기 전문이 아니라서 정확히 말할 수는 없어도 아주 불리한 건 아니라고 했다. 이쪽이 배우자로서 성실을 안 지켰다는 구체적인 증거가 없고, 특히나 별거 상태에서도 남편이 폭력을 휘둘러 왔다면 충분히 이혼 사유가 될 거란다. 돈이 얼마가 들든 믿을 수 있는 전문 변호사를 소개해 달라고 하고 전화를 끊고 나니 그제야 조금 여유가 생겼다.

유진의 집에 다시 전화를 해 봤지만 역시 받지 않았다. 당장 그녀의 아파트로 달려가고 싶은데 답답한 마음은 어디다 말할 곳도 없다. 이제는 무슨 일이 있더라도 핸드폰을 하나 개통해서 유진의 손에 쥐어 주어야겠다 싶었다.

그사이에 들어온 손님이 옆집 미용실에 무슨 일 있었냐고 물어 오는 바람에 범영은 정신을 차리고 화원에 전화를 넣었다. 유진이 연락을 하거나 찾아온다면 분명 가게 쪽일 거라서 어쨌든 여길 지키고 있어야 했다.

"유진아, 너 이러면 안 돼."

시끄러운 패스트푸드점의 소음을 배경으로 해서 경우는 벌써 네 번째 똑같은 말을 반복하고 있었다. 카운터의 마이크 소리와 연방 드르륵거리는 호출기 소리가 사방에서 요란했다.

"어쩔 수 없어요. 이젠 전에 말한 거 지켜 줘요."

유진 역시도 같은 대답을 반복할 수밖에 없었다. 남편의 얼굴을 보고 싶지 않아서 그녀는 종이컵을 움켜쥔 채 탁자 모서리만 뚫어져라 바라보고 있는 중이었다. 옅은 색 상판과 진한 갈색 테두리가 만나는 모서리에는 사람들 손이 계속 안 간 탓인지 보일 듯 말 듯 희미하게 때가 타 있었다. 이미 한 번 때가 타 버린 저 자국은 절대 지워지지 않고 진해져만 가리라.

"너, 지금 착각하고 있는 거야. 너무 오래 떨어져 있어서. 진짜 그만 하고 집에 들어와야 되겠다, 너."

짜증 한 점 섞이지 않은 이성적이고 차분한 목소리가 귀에 차곡차곡 쌓였다. 사람 많고 시끄러운 곳이라면 질색하는 그의 습관을 생각하면 놀랄 일이었다. 경우의 컵에 담긴 것이 갓 짠 오렌지주스나 고급의 세작, 하다못해 제대로 된 원두커피조차 아닌 싸구려 탄산음료라는 것까지 고려하면 더 놀라웠다.

이 사람, 설마 진심일까? 그러나 곧 유진은 고개를 저었다. 진심이든 위선이든 지금에 와선 그건 중요하지 않았다.

“아뇨, 말했잖아요. 내 마음은 바뀌지 않아요.”

“참, 괜히 내보냈다 싶네.”

경우의 목소리는 씁쓸한 어조를 띠었으나 평상시보다 더 상냥하고 친절한 음색에는 변화가 없었다.

“혼자 있어 보면 마음이 좀 안정되고 정리될 거라 생각했는데.”

“마음 정리된 것 맞아요. 그래서 서류 보낸 거잖아요.”

“그거 아냐. 너, 원래 공상하고 그러는 거 좋아했잖아. 괜히 이런저런 생각 끝에 심정 상해서 그런 거 다 아니까 이제 그만 해.”

말을 못 알아듣는 어린아이를 앞에 둔 자애로운 부모라도 된 듯 그는 밝은, 그러나 분명한 어조로 또박또박 말했다.

“자꾸 말이 길어진다. 그냥 여기서 나가는 길로 바로 짐 싸자. 네 물건 그대로 집에 다 있으니까 뭐 챙길 필요도 없어. 임대 계약서 있지? 그것만 나한테 주면 내가 다 처리할게.”

“어디가 내 집이라는 건지 모르겠네요. 내 집은 여기고 어디 갈 생각 없다니까요.”

입술을 앙다물고 그를 외면하고 있으려니 느껴지는 시선으로 머리 꼭대기가 타들어 가는 듯 뜨거웠다. 하지만 경우는 곧 고개를 끄덕였다.

"하긴 지금 아파트는 싫어할 만도 하다. 그럼 좀 손해가 나도 급매물로 내놓고 다른 곳으로 옮길까? 일반 주택은 어때?"

"그런 말 아닌 거 알잖아요."

도저히 말이 안 되겠다 싶어서 결국 시선을 마주했다. 평소처럼 깔끔한 셔츠 깃과 세련된 넥타이가 보이고 그 위로 다소 마른 듯한 얼굴이 그녀를 바라보고 있었다. 입가는 호선을 그리며 미묘한 그 특유의 미소를 띠고 있었으나 안경 속의 이지적인 눈매는 역시 웃고 있지 않았다. 그게 참 거슬렸다. 생각처럼 가슴이 크게 뛰거나 두렵지가 않아 다행이라 생각하며 유진은 새삼스레 남편의 표정을 뜯어보았다.

바로 저 남자, 웃음을 지으면서도 상대에게 눈으로는 절대 웃지 않는 남자가 약 5년간 그녀의 남편이었던 사람이다. 딱히 낯설지도 않은 표정인데 왜 이제 와서야 다른 것도 아닌 저것 하나가 유독 눈에 걸리는 걸까? 그 답은 유진의 마음속에서 즉각적으로 떠올랐다. 지금은 어떤 것이 정말 사랑하는 사람을 대하는 웃음인지 알고 있기 때문이다. 자신을 보면 늘 눈으로, 온 마음으로 웃어 주는 남자를 만났으니까.

"오빠는, 아니, 당신은 전혀 변한 게 없군요."

그녀는 내뱉다시피 말했다. 경우의 눈이 이쪽의 마음을 탐색하는 것처럼 가늘어졌다.

"……무슨 뜻이야?"

"내가 아침마다 셔츠 챙겨 주고 넥타이 골라 주는 게 좋다고 했죠? 하지만 내가 없어도 당신은 여전히 완벽한 옷차림에 깔끔하게 면도를 하고 산뜻한 남성용 향수 냄새를 풍겨요. 스스로 원해서 집을 나온 나는 정작 지난 1년간 내가 뭘 걸치고 다녔는지도 잘 모르겠는데."

“절제력이 있고 잘 변하지 않을 것 같아 내가 좋다고 한 사람이 누군데?”

그는 참으로 어이없다는 듯 물었다.

“그럼 내가 너 없인 홈리스처럼 하고 지냈어야 한다는 소리야?”

“아뇨, 당신은 내가 없이도 잘살 사람이란 소리예요. 그러니 이혼해 줘요. 나는 적어도 내가 없으면 정말로 힘들고 괴로워할 사람과 살고 싶으니까요.”

“하, 남자 취향이 그렇게 바뀐 줄은 몰랐군.”

남편의 입가가 이번에는 불쾌감을 담은 냉소로 일그러졌다. 유진은 다행이다 싶었다. 이 시니컬한 웃음이 오히려 익숙해서 좋았다.

“아내가 너무 소중해서 막 굴리기 편한 여자를 기분 풀이용으로 만났다는 당신의 배려보다는, 변한 내 남자 취향이 더 낫지 않나요?”

유진의 조용한 물음에 남편의 웃던 얼굴이 그대로 굳었다.

“잠시 한눈을 판 것에 왜 그리 집착하는지 모르겠지만, 다시 사과하는 걸 네가 원하면 얼마든지 해 줄 수는 있어.”

기괴한 탈처럼 웃는 채로 굳어진 남편의 모습은 삽시간에 유진에게 과거의 악몽 같은 기억을 떠올리게 했다. 웃는 얼굴, 그리고 그 얼굴에 걸맞지 않게 쏟아 내던 무참한 폭력. 유진은 자신도 모르게 컵을 놓았다. 조금씩 떨리던 손이 저절로 점퍼의 아랫단으로 갔다. 옷섶을 쥐어뜯기 시작하는 움직임을 자각하면서도 멈출 수가 없었다. 경우가 눈을 차갑게 빛내며 물었다.

“한데 대체 언제까지 이럴 셈이야? 평생 동안 내가 너한테 무릎 꿇고 애걸이라도 해야 속이 시원하겠어?”

숨이 턱턱 막혔다. 금방이라도 그가 일어서서 쓰러진 그녀의 멱살을 잡아 올릴 것 같았다. 싸늘하게 굳은 비웃음으로 그녀를 질질 끌고 가 팽개치고, 그리고…….

전신이 움츠러들고 죄일 듯 아파 와 유진은 고개를 푹 숙이고 눈을 꼭 감았다. 괜찮다. 가만히만 있으면 아무 일도 없을 것이다. 지금은 그때와 다르니까. 숨을 몰아쉬며 그녀는 자신을 달랬다. 여기는 이웃집에서 비명 소리가 나도 아무도 나와 보지 않던 고급 아파트가 아니었다. 많은 사람의 시선이 지켜보고 있기도 하니 누구든 도와줄 사람이…….

돌연 캄캄한 시야 속에서 범영의 얼굴이 나타났다. 그가 안쓰럽게 속삭였다.

'그거 알아요? 유진 씨는 밥도 챙겨 먹여야 될 것 같고, 내버려두면 아무 데나 슬리퍼 질질 끌고 다닐 거라서 절대 혼자 못 내버려둘 것 같고 그런 거.'

그 말을 들었을 때의 고마움과 희미한 반발심이 다시금 떠올랐다. 유진은 약하게 고개를 흔들었다. 아니에요. 나도, 뭐든 혼자 할 수 있어. 당신에게 짐이 되고 싶지 않아.

조그맣게 부풀어 오른 생각은 곧 줄기를 뻗고 뿌리를 내렸다.

아냐. 사실은, 난 당신뿐 아니라 다른 어떤 사람에게도 짐이 되고 싶지 않아. 그리고 누군가 나를 짐짝 취급하게 내버려두지도 않을 거야. 옷자락을 쥐어뜯던 유진의 손이 멎었다. 그녀의 감긴 눈 속에서 노란 꽃송이들이 환하게 피어났다.

그녀가 본 개나리는 봄이 아니라 겨울에 피어도 예뻤다. 전에는 몰랐던 그 진실을 그녀는 이제 안다.

“겉만큼 속도 변한 게 없네요, 당신은. 아무리 말해도 내가 원하는 걸 모르는 점까지도.”

그렇게 말하면서 그녀는 눈을 떴다. 목소리는 의외로 떨리지 않았다. 자신의 귀에도 침착하고 차분하게 들렸다.

“그냥 아무 말 없이 깨끗이 헤어져 줬으면 좋겠어요. 어차피 당신은 제대로 된 사과를 할 줄 모르는 사람이고, 또 나는 당신의 사과 따위 받고 싶지도 않으니까요. 당신이 한 일은 사과로 해결될 선을 넘어섰다는 걸 모르니까 그런 소릴 하는 거겠지만.”

“하, 기가 막혀서. 너, 혼자 살더니 진짜 이상해졌구나.”

경우가 갑자기 헛웃음을 터뜨렸다. 그러나 탁자 위에 올려놓은 그의 주먹 쥔 오른손엔 힘줄이 불끈 돋아나 있었다.

“고작 다른 여자 몇 번 만난 걸 가지고, 그것도 1년은 넘은 얘기로 이런 식으로 유세 떨면 대한민국 남자들 다 이혼해야 돼.”

“다른 사람들은 다른 사람들이고, 당신은 달라요.”

“내가 다른 게 아니고 네가 별난 거야.”

“각서 썼잖아요.”

이제 목소리는 분기로 조금씩 떨려 나오고 있었다. 옷깃을 잡아 뜯던 손으로 탁자를 짚으며 유진은 경우를 노려보았다.

“그 여자가 직접 나한테 헤어져 달라고 말하면서, 내가 애도 못 낳아 주는 여자라고 당신이 그랬댔죠. 그래서 그 말대로 해 주겠다고 당신 앞에 초음파 사진 내놨잖아요. 양육권과 집만 해결된다면 잡음 없이 물러나겠다는 내 말에 당신이 쓴 각서, 기억 안 나요?”

“응, 기억 안 나는데.”

별 망설임도 없이 경우가 대답했다.

"각서라니 네가 가지고 있니? 있으면 좀 보여 주지그래. 그럼 기억날지도 모르지."

유진은 눈을 크게 떴다. 귀가 의심스러웠다. 그가 하도 서슴없이, 그리고 자연스런 목소리로 얘기를 해서 자신이 당사자가 아니었다면 정말 경우가 아무것도 기억하지 못한다고 믿었을 것이다.

"그거, 당신이 없앴던 거예요?"

설마설마했었다. 원본을 안방 화장대 서랍 안에 두었지만, 짐을 챙겨 와 줬던 동생 유림의 말로는 그 자리엔 어떤 봉투나 서류도 없었다고 했다.

"기억도 안 나는 걸 내가 어떻게."

남자는 냉정하게 잘라 말했다. 각서라면 자신이 큰 잘못이라도 저지른 것 같은데, 지금으로선 도대체 뭘 말하는지 모르겠다고. 기가 막혔다. 나중에 헤어져 주겠다던 경우의 말은 애초부터 새빨간 거짓이었던 것이다.

"유진이 네가 임신 우울증으로 힘들어하던 걸 제때 다독거려 주지 못한 건 미안하게 생각하고 있어. 하지만 예민해졌다고 나랑 말다툼하다 뛰어나가서 사고가 난 게 내 탓은 아니잖아. 그리고 그 뒤로도 난 다시 아이를 가지려고 했지만 계속 거부한 건 너였고."

"그런 거……, 아니잖아요."

결혼한 후 단 한순간이라도 그는 그녀에게 진심이었던 적이 있었을까? 가슴속에서 뜨거운 것이 치밀어 올라 목이 타는 것만 같았다. 억지로 입을 감싸고 있으려니 열기는 결국 눈에서부터 터졌다. 델 것처럼 뜨거운 액체가 끊임없이 흘러나왔다. 발개진 눈에서 흘러나오는 것이 눈물인지, 1년이 넘는 시간 동안 속에서 썩고 녹아내린 마음인지 유진은 알 수가 없었다.

"마지막까지 나는 반쯤 포기하면서도 희망을 갖고 있었어요. 당신 각서도 있고, 무엇보다 아이가……, 내 안에 있었으니까. 그런데 그 여자가 보낸 메일……. 그거……, 그거는 정말 아니잖아요. 그리고 사고라니요? 정말 사고였어요? 그게?"

"그럼 뭐야? 임신한 여자가 생각도 없이 굽 높은 신발 신고 아파트 계단 뛰어 내려가다가 거꾸러진 걸 사고라고 부르지 뭐라고 부를까? 내가 밀기라도 했단 말이야?"

당당한 그의 태도에 유진은 비명이라도 지르고 싶었다. 그녀는 그 후로는 한 번도 힐을 신지 못했다. 샌들이라도 약간 굽이 있는 걸 신으면 머리 뒤끝이 쭈뼛 서면서 아랫배가 아팠다. 그런데도 이 남자는.

"당신은 대체……."

변명 같아 차마 입 밖에 한 번도 내지 못했던, 그러나 가슴속에서는 절대 잊지 못하고 늘 맴돌고 있었던 말. 당신이 웃는 얼굴로 저지른 그 끔찍한 짓 대신에 그 길로 바로 날 병원에 데려갔었더라면 어쩌면 아이를 살릴 수 있었을지 모른다는 말을 지금 정말 하고 싶었다. 너무나도 간절히. 그러나 그녀는 입을 닫았다. 그리고 자리에서 일어섰다.

"무슨 짓을 해서라도 당신과 헤어질 거야."

"그게 가능하다고 생각해?"

불같은 눈물을 흘리는 유진을 보는 경우의 얼굴에는 차가운 승리감이 서려 있었다. 그녀는 두 주먹을 꼭 쥐었다. 이젠 정말 끝이었다.

"꼭 그러고 말 테니까, 조금이라도 미안한 감정이 있다면 날 좀 내버려둬!"

"하, 이혼 소송은 귀책사유가 있는 쪽에서 제기할 수 없다는 건 모르니? 왜 내가 널 나가게 내버려뒀다고 생각해?"

경우의 입에서 나온 대답 아닌 대답을 예상하진 못했지만, 그래도 유진은 이제는 놀랍지가 않았다. 결국 지금의 이 별거조차도 모두 계획된 것이었다. 자신은 집에 남고 그녀를 내보냄으로써 결혼 생활의 문제는 오히려 유진 쪽에 있다고 떠넘기려는 속셈이겠지.

"생각하는 거야 당신 마음대로지."

"따라다니는 남자가 있다고 기고만장한 모양인데, 넌 안 돼. 네 아버지, 어머니도 널 도와주지 않는 마당에 생판 남인 놈이 무슨 영화를 누리겠다고 빈털터리에다 처녀도 아닌 헌 여자를 도와줘?"

흡사 범영에 대해 아는 것 같은 말투가 마음에 걸렸으나 유진은 무시하기로 마음먹었다. 경우의 성격상 확실하게 알고 있다면 분명 더 심한 얘기를 했을 것이다. 더 이상의 악담은 듣고 싶지 않아 그녀는 그 자리를 돌아 나왔다. 경우가 뒤따라 나오지 않아 다행이었다. 만약 그가 따라 나왔다면 이번에야말로 뺨을 쳐도 모자랄 것 같은 심정이었으니까.

늘어선 상가의 가게를 지나서 범영의 가게가 가까워 오자 점점 더 마음이 어두워졌다. 연애 시절까지 합하면 10년 가까이 알아 온 사람이고, 한때는 살을 섞기도 했던 남자와의 끝은 생각보다 훨씬 추악했다. 재판까지 하게 되면 더 피폐한 꼴을 볼지도 모른다.

이런 모습을 범영이 알게 된다고 생각하니 몸서리가 났다. 혹시나, 만의 하나지만 경우가 그의 존재까지 파헤쳐 엮고 들어간다면 또 얼마나 진창이 될 것인가. 암울함에 사로잡혀 고개를 푹 숙이고 걷고 있는데 귀에 익숙한 음성이 어디선가 들려왔다.

"언니! 뭐 하다 이제 와?"

어쩐지 동생 유림의 목소리와 닮았다 싶었지만 본인의 일을 갖고 있는 동생이 지금 여기에 있을 리가 없다. 그러나 다음 순간 유진은 쨍쨍한 목소리로 울리는 자신의 이름을 들었다.

"이봐요, 손유진 씨! 어디다 정신 쏟고 있는 거야?"

정말 동생이었다. 게다가 제과점의 외부 파라솔 탁자에서 일어서고 있는 유림 곁에는 범영까지 있었다. 날씨도 추운데 왜 저기 앉아 있을까? 그리고 저 둘은 대체 어떻게 만났을까? 뭘 물어볼 겨를도 없이 유림이 달려와 그녀의 팔을 냉큼 붙들었다.

"그 인간 왔었지? 만났어?"

유림이 말하는 '그 인간'이 누구인지는 뻔했다. 동생은 가족이나 가까운 친척 중에서 유일하게 일관된 태도로 경우를 좋아하지 않았다. 처음 밖에서 소개시켜 주었을 때부터 동생은 유진이 경우와 별로 어울리지 않는다는 의견을 밝혔고, 유진이 결혼했던 그해 가을에 바깥사돈 어른의 병환 때문에 제부와 학생 결혼을 한 이후에도 경우가 집에 있는 한은 유진에게 잘 놀러 오려 하지 않았었다.

"응. 그런데 너 저 사람은 어떻게 만났어? 아니, 그것보다, 너 어떻게 지금 이 시간에 여기 왔어? 연지는 어쩌고?"

"아이 참, 또 이 팔불출 이모가 동생한테 반갑다는 인사보다 조카 안부부터 먼저 챙기고 그러네. 오늘은 유치원도 일찍 끝난대서 아예 어머님 댁에 맡기고 왔다, 왜?"

연지가 태어나고 얼마 안 있어 홀로되신 유림의 시어머님은 손녀를 참 예뻐한다고 했다.

"그랬어? 그런데 여기는 진짜 웬일로……. 아, 혹시?"

처음부터 유림이 '그 인간이 왔었냐?'고 물었으니 상황은 뻔했다. 경우가 친정에 연락을 해서 부모님이 유림에게 전화를 넣었거나, 아니면 그가 직접 유림에게 전화를 했던 모양이었다. 참 민망했다. 하나 있는 언니가 잘살지 못해 동생에게 폐나 끼치고 다니니. 이혼 말이 나오면 제부에게 눈치나 보이지 않을까 염려가 되었다.

"응, 전화 받았어."

하지만 유림은 대수롭지 않은 일처럼 고개를 끄덕였다.

"평소 날 껄끄러워하는 것 같기에 웬일인가 싶었는데 쓸데없는 소리나 하더라고."

"쓸데없는 소리?"

"뭐, 언니가 이상하다나? 주변에 새로 사귄 친구 없느냐고 나한테 물어보던데. 그 사람이 또 낌새는 잘 알아차리니까 무슨 일 있나 싶어서 왔지."

"아, 그게……."

자매가 대화를 나누고 있는 것을 보며 얼른 다가오지 못하고 머뭇거리고 있던 범영 쪽을 흘깃 쳐다보았다. 언니의 시선을 알아차린 유림이 픽 웃었다.

"그런데 진짜 웬일이야? 우리 둔탱이 언니가 큰 사고 쳤던데."

"어, 뭐……."

도대체 동생이 범영과 무슨 대화를 나눈 걸까? 또 범영은 동생에게 무슨 얘기까지 했을까? 그 궁금증은 범영이 어슬렁어슬렁 걸어서 그녀들 옆에 온 다음에 곧 풀렸다.

"집에 전화를 했는데, 음, 동생분이 받아서요."

바지 뒷주머니에 두 손을 푹 찔러 넣은 그가 뻣뻣이 서서 말했다. 주뼛거리는 태도며 가끔 유림을 곁눈질하는 것으로 보아 많은 대화를 나눈 것 같지는 않았다. 오히려 약간 상기된 목덜미나 평소보다 더 심한 무표정이 수줍어하는 것처럼 느껴지기도 했다.

"통성명은 했어, 언니. 그렇죠, 김범영 씨? 아까 잘 부탁드린다고 했고 제 이름도 이제 아시고."

방긋방긋한 얼굴로 웃는 유림 쪽은 훨씬 편해 보였다. 범영이 화사한 유림의 웃음을 받고 얼떨떨한 것처럼 급히 고개를 끄덕였다.

"어, 그렇죠. 성함 들었죠. 손유림 씨라고. 그리고 저는 이 근처에서 대여점 하고 있고, 유진 씨가 우리 가게 단골이시란 말씀도 드렸고요."

"말 편하게 하세요. 제 동생인데."

뒷부분은 반은 자신에게 하는 말이거니 싶어서 유진이 끼어들자 유림이 거의 까르르 웃다시피 하며 한마디 거들었다.

"그럼요, 언니랑 아시는 분이면 저한테는 오빠뻘이잖아요."

"오, 오빠라뇨."

범영의 목덜미가 더욱 붉어졌다. 민망한 것 같기도 하고 좋아하는 것 같기도 한 그 홍조를 보면서 유진은 미묘한 감정에 사로잡혔다.

왜 저렇게 당황하는 걸까? 범영은 수다스럽진 않지만 가게에 오는 손님들에게 꽤 능숙하게 응대했고, 자신에게 하는 걸 봐도 대인

관계가 서투른 편은 아니다. 어떻게 보면 뭘 해도 여유로운 것처럼 보이기도 했는데.

유진은 새삼 동생과 연인을 동시에 바라보았다. 키가 훤칠하고 건장한 범영과 서구적인 외모의 늘씬한 유림이 나란히 서 있으니 참 잘 어울렸다. 전에 그와 함께 서 있었던 헤어숍 여자는 좀 격이 떨어진다 싶은 감이 있었는데 똑똑하고 야무진 유림은 그녀의 동생이라서가 아니라 누가 봐도 참 멋진 여자였다. 유림의 나이가 스물여섯이니 나이로도 걸맞지 않을까.

갑자기 이마가 뜨끈뜨끈해지고 목울대에 뭔가 뾰족한 것이 꽉 막힌 기분이 들었다. 가슴이 두근거리고 신경이 날카롭게 곤두서는 듯했다. 두 사람에게, 아니, 조카 연지나 제부에게까지 실례되는 생각이라는 건 아는데 쉽사리 떨쳐지지가 않았다.

"언니, 또 무슨 딴생각하는 거지? 혹시 그 인간 때문에 걱정이 돼서?"

유림이 등을 탁 치고 나서야 정신을 차렸다. 애매하게 웃음을 지으며 아니라고 대답하자 범영이 헛기침을 하며 이제 두 분이 만났으니 자기는 가 보겠다고 했다.

"범영 씨, 잠깐만."

그 순간 왜 갑자기 손이 나갔는지 모르겠다. 유진은 벌써 그의 옷자락을 잡아당기고 있는 자신의 손을 보고서야 흠칫 놀랐다. 동생은 뭔가 심상치 않은 느낌을 받은 것 같긴 했지만 아직은 범영과의 사이를 눈에 띄게 드러내려고는 생각지 않았는데 말이다.

"왜 그래요, 유진 씨?"

범영도 순간적으로 놀란 모양이었으나 자신의 옷자락을 잡고 있는 유진의 손을 내려다보곤 곧 표정이 부드럽게 풀어졌다. 눈시울이 접히도록 웃는 얼굴을 한 그가 작게 말했다.

"음, 동생분 앞에서는 그렇게 조심할 필요가 없는 것 같기도 해요. 유진 씨도 그렇게 생각한 거죠?"

"네?"

그가 조금 더 고개를 숙이고 그녀에게 얼굴을 가까이 했다.

"아까 유진 씨 없을 때 유림 씨가 갑자기 그런 말 하더라고요. 그 사람……, 그 나쁜 새끼는 처제라고 하면서 유림 씨 이름도 계속 헷갈린다고. 그러면서 자기 이름을 되게 또박또박 가르쳐 주더라고요. 앞으로 잘 불러 달라고요. 그리고 또 나한테 아까 오빠뻘이라고도 했잖아요."

그렇게 속삭이고 나서는 뭐가 좋은지 으하하하 크게 웃는 남자를 유진은 멍하니 쳐다보았다. 대략 10여 초가 지난 후에야 그녀는 얼굴이 붉어지기 시작했다. 아, 참 바보 같다.

"언니, 저 사람, 아니, 저분 왜 저래?"

유림이 가까이 다가와 의아한 얼굴로 물었다.

"나도 몰라."

작게 중얼거리는 유진은 몹시 부끄러웠지만, 그래도 참 많이 행복했다. 이제는 정말 경우의 일을 마음속에서 덮어 버릴 수 있을 것 같았다. 그녀가 세상에서 제일 좋아하는 남자와 여자가 서로를 인정했으니 말이다.

12

만약
평생 동안
듣고 싶은
노래가 있다면
넌 그런
노래일 거야

늦도록 불을 밝히던 연말의 거리에 좀 전부

터 사람들이 드문드문해지기 시작했다. 가게에 줄기차게 비디오테이프나 DVD를 대여하러 오던 이들도 점점 끊어지고, 이제 슬슬 문을 닫아도 되겠다 싶은 시간이었다.

"……이 세상 살아가는 동안 단 한 번 스쳐 지나갈 때 한눈에 서로 알아볼 수 있게 되기를……."

DVD들을 모아 정리하면서 범영은 노래를 흥얼거렸다. 노래 부르기를 딱히 좋아하지는 않지만, 얼마 전에 라디오에서 나오는 것을 듣고 필이 꽂혀서 가사까지 외우게 된 노래였다. 듀엣으로 나온 이 노래를 유진과 함께 불러 보는 객쩍은 상상까지 가끔 하기도 했다. 유행가에서 허구한 날 우려먹는다고 생각했던 사랑이라는 것이 지금은 그의 속에서 뽀글뽀글 넘치는 모양이다. 뭉근한 불에 뚜껑 덮은 라면 물이나 구수한 된장찌개 끓어 넘치듯.

'서로 사랑해야 할 시간도 너무 모자라요. 나를 믿어요.' 하는 부분까지 부르고, 그다음 '믿을게요.' 하는 여자 부분은 휘파람으로 대신했다.

"에이, 이건 유진 씨가 불러야 하는 파튼데."

투정 섞인 혼잣말을 중얼거리고 있는데 문이 덜컥 열렸다.

“기분이 좋으신 모양이에요.”

“아이고, 어서 오세요!”

도둑 제 발 저린 격으로 괜히 크게 웃으며 외치고 나니 들어온 사람은 당황스럽게도 유진의 동생 손유림이었다.

“웬일이세요, 이 시간에?”

범영은 얼른 카운터를 나와서 간이 탁자의 의자를 권했다. 유진과는 달리 유행하는 코트와 정장 바지를 잘 차려입은 유림은 파란색 플라스틱 의자가 고급 수제 가구라도 되는 듯 맵시 있게 앉았다. 타고난 귀부인 같은 태도였다. 온장고에서 유진에게 자주 주던 쌀음료를 꺼내면서 그는 좀 긴장이 되었다. 예비 처제라고 생각해도 그렇고, 전체적인 인상으로 보아도 유림은 영 만만한 사람이 아니었다.

아니나 다를까, 범영이 쌀음료를 들고 오는 걸 본 유림은 생긋 웃으며 말을 건넸다.

“죄송하지만 그냥 생수 주시면 안 될까요?”

초면임에도 불구하고 자기주장이 확실한 여자다. 언니랑 참 딴판이란 생각이 들었다. 설마 유진의 부모가 유진에게는 피죽만 먹이면서 그 동생한테는 있는 돈 없는 돈 다 끌어모아 고깃국에 쌀밥만 먹인 건 아니겠지.

“여태까지 유진 씨하고 있다가 오시나 봐요. 꽤 늦으셨네요.”

가게에 들여놓은 것 중에 제일 고가의 수입 생수와 종이컵을 가져다주며 말했다.

“예. 얼마 전에도 애 데리고 왔다 가긴 했는데, 그래도 언니랑 둘만 있는 건 오래간만이라서요.”

"아, 연지 말이죠? 애가 참 예쁘던데요. 똘똘하고."

그랬더니, 종이컵에 물을 쫄쫄 따르다 말고 의아하다는 듯 물었다.

"언니가 걔도 만나게 해 줬어요?"

그런데 범영을 치어다보는 품이 어째 좀 달갑지 않은 것 같았다. 아까 오후에 밖에서 만났을 때의 호감을 보이던 모습과는 분위기가 좀 다르다. 자기 딸이 그와 만나는 게 싫은가? 왜?

"그때는 그냥 손님으로 왔어요. 근처에 대여점이 여기 하나고 유진 씨는 개업 때부터 단골이라서요. 미야자키 하야오 애니를 빌려 갔었는데, 연지 말이 비디오나 DVD는 많이 보면 바보 된다고 엄마가 안 보여 준다며 울상이던데요. 대중문화에 부정적이신가 봐요."

어깨를 으쓱하며 말했더니, 유림은 눈을 동그랗게 뜨다가 곧 웃음을 터뜨렸다.

"어머, 언니한테 들은 거하고는 좀 다르시네요."

어지간히 잘 웃는 여자다. 잘 웃고 성격 똑 부러지고. 아무래도 어릴 적부터 유진이 동생에게 많이 치여서 자랐을 거 같다.

"유진 씨가 나에 대해 뭐라고 하던가요?"

"글쎄요."

또 생긋생긋 웃더니, 자기가 질문이 있는데 그거부터 답해 주면 말해 주겠단다. 어차피 예비 형부 예비 처제 사이이기도 하고, 아쉬운 건 이쪽이고 해서 범영은 선선히 그러자고 해 줬다. 둘이 꽤 사이 좋은 자매인 듯하니 잘 보이고 싶었고, 유진의 부모님 얘기도 미리 좀 들어 놔야 되겠다 싶기도 했다.

"일단 언니한테 참 부드럽게 잘해 주시는 것 같고, 성실하신 것 같

아서 좋아요. 생각보다 성격이 좀 있으실 것 같은데 그것도 썩 마음
에 들고요."

　욕인지 칭찬인지 모를 말을 하고는 유림은 종이컵을 들어 생수를
쭉 마셨다. 그리고 다시 물을 따랐다. 종이컵에 생수 따르는 것이 어
째 온더록스 잔에 양주를 자작하는 것 같은 분위기가 났다. 여자는
물을 한 모금 더 마시더니 또 그를 보며 생긋 웃었다.

　"혹시 술 좋아하세요? 주량은요?"

　"별로 좋아하지 않지만 주량은 꽤 셉니다. 아무래도 덩치가 있
으니까."

　"자주 드세요? 주사는요?"

　"아뇨. 한 달에 한 번 먹을까 말까? 일도 늦게 끝나니까요. 주사는
별로 없는데, 약간 알딸딸하다 싶으면 그냥 잡니다."

　"다행이네요."

　꽤 무례할 수도 있는 질문을 그렇게 해치우더니 유림은 그 후로도
흡연 유무나 운동을 했는지, 친척 관계와 취미 따위를 통계 조사원처럼
세세하고 끈질기게 물었다. 약간이라도 저축을 할 수 있을 정도의 수입
이 있는가에 이어 혹시 한 번씩 거금의 충동구매를 하거나 장기 여행을
가는 습관이 없느냐는 질문에 이르자 결국 범영은 좀 화가 났다.

　"손유림 씨, 그쪽이 유진 씨 동생이라고 해도 우리 서로 간에 지킬
건 있지 않나요?"

　"물론 있죠."

　미리 질문 목록이라도 준비해 온 것 같던 여자는 힘도 빠지지 않
았는지 또 생긋 미소를 지었다.

"그런데 말이에요, 이제 곧 제가 들려 드릴 얘기도 지켜야 할 선을 꽤나 넘은 얘기라서요."

그 얘기가 유진에 대한 것임을 그는 직감적으로 알 수 있었다. 아마도 이게 유림의 본론이리라. 채근할 얘기가 아니다 싶어 묵묵히 기다리고만 있었더니, 여자의 얼굴에 떠올랐던 미소가 서서히 사그라졌다.

"언니는 제가 이 얘기를 한 걸 알면 절 죽이려 들 거예요."

"그러기야 하겠어요? 유진 씨처럼 마음 약한 사람이."

"마음이 약해요? 참 나, 언니가 얼마나 독한지 모르실걸요."

유림이 코웃음을 쳤다. 그러고는 곧 긴 한숨을 내쉬었다.

"독한데, 남 말고 자기한테만 독한 게 언니예요. 바보같이. 언니가 어릴 때부터 어땠냐면요, 전혀 엄마 같지 않은 우리 어머니 대신이었던 게 반이고, 반은……, 가둬 키우는 강아지 같았어요."

별로 행복하지 않았을 법한 가정 얘기를 미리 들었음에도 뭔가 충격적인 얘기였다. 그런데 지금의 유진을 생각하면 범영은 어쩐지 이해가 될 듯했다. 가슴이 답답해 왔다.

"술 얘기부터 하죠. 저희 아버지, 술 잘 드세요. 운동도 꾸준히 하셔서 체력도 좋으시죠. 남들은 성격 호탕해서 술 좋아하고 사람 좋아한다고 그러는데, 가족들 입장에선 그게 아니었어요. 밖에서 기분이 나쁘면 그걸 집에서 푸시니까요."

"……"

"가장 오래된 내 기억이 뭔지 아세요? 어머니는 안방으로 도망가 문 닫아 걸고 울고, 제대로 말도 못 하던 나이의 나는 도망가지도 못해 거실에서 뒹굴며 울던 거예요. 그런데 자기도 어린 주제에 언니는 우는 나를 감싸 안고서 아무 소리 않고 아버지의 발길질과 주먹질을 참아 냈죠. 자라면서도 언니는 줄곧 학교와 집만 오가면서 살았어요. 초등학생 때는 어머니 대신 제 밥을 차려 주느라, 중·고등학교 때는 다 큰 계집애가 어디 밖을 나다니느냐고 해서요. 친구도 집에서만 만나려니까 겨우 서너 명뿐이었던, 말 없고 책이나 비디오 따위를 좋아하는 조용한 아이였어요."

지난 세대에서는 흔할 수도 있는 얘기다. 그런데도 그 말을 듣고 나니 범영은 화가 나다 못해 머리가 하얘져서 다른 생각이 나질 않았다. 집에서 밥을 먹었던 날, 갑자기 손을 뻗쳤을 때 놀라던 유진의 기억이 났다. 남편에게 맞았던 기억 때문인가 싶었는데 그게 아니었나 보다.

무릎 위에 올려놓은 자신의 손이 눈에 들어왔다. 커다란 성인 남자의 손. 이런 걸로 어린 소녀가 맞고 살았단 말인가. 묵묵히 손을 내려다보고 있는 그를 보며 유림이 싸늘하게 웃었다.

"하지만 아버지도 이제 제가 있는 데서는 언니에게 함부로 못 해요. 김범영 씨가 폭력을 쓰거나 여자 고생시킬 남자라면, 언니가 뭐라고 하든, 결혼하고 몇 년을 살았든 내가 언니 끌고 나올 거예요."

"그런 짓 안 합니다."

범영은 딱 잘라 말했다.

"유리 같은 사람이라 손 한 번 잡기도 겁나는데, 무슨."

"그랬으면 좋겠네요. 저렇게 좋아하는데 싫어서, 그리고 혹시 간섭일까 봐 손 놓고 있다가 언니가 망가지는 일은 다시 겪고 싶지 않아요."

그 남자 얘기다. 묻고 싶지 않지만 알고는 있어야 할 이야기였다.

그는 침을 꿀꺽 삼켰다.

"그 사람……, 유진 씨 만났던 남자요. 아버님이 마음에 들어 하신다고 들었는데, 어떤 사람이에요?"

"아버지 말에 따르면 능력 있는 사람이죠. 귀신같은 눈치에 자기 관리도 철저한데다가 도와줄 필요가 있는 사람과 돕지 않아도 될 사람을 태생적으로 잘 구분하고요."

소위 말하는 '난놈'이구나 싶었다. 엘리트라고 이마빡에 써 붙이기라도 한 듯 깔끔하게 빼입고 있던 남자의 외관이 새삼 생각났다. 부스스 무너지려고 하는 자존심을 범영은 애써 추슬렀다. 그딴 거 다 필요 없다. 사내란 건, 제 밥 제 손으로 벌어먹고 제 여자 제 새끼 잘 챙기는 게 최고인 걸. 그런 면에서 그 새끼는 참 나쁜 새끼였다.

"나랑은 좀 다른 사람 같네요."

웃었더니, 그가 아니라 다른 사람에게 향한 반감으로 이마를 잔뜩 찌푸린 유림이 고개를 까딱거렸다.

"그런 인간 또 보고 싶지 않으니 다행이지요. 자기 능력 있는 줄은 알아서 이기적이고, 덕분에 우리 언니처럼 등골 빼먹을 수 있는 사람은 또 잘 알아보니까요. 게다가 그 인간은 혼자만 그런 게 아니라 집안이 다 그 모양이라."

그리고 몇 마디 더 중얼거리는데 낮아서 잘 안 들렸지만 아마 욕인 것 같았다. 역시 나쁜 놈이었단 확인에 얹힌 밥이 쑥 내려가듯 범영의 속이 시원해졌지만, 한편으론 유림의 성격이 장난이 아니란 생각도 들었다. 하지만 그래서 더 마음이 흡족했다. 비록 유진의 부모님은 저쪽 편이라지만 만만치 않을 유림이 자신 편인 것 같아 뱃속이다 든든했다.

"근데 그 인간은 언니하고 절대 이혼 안 해 주려고 할 건데 걱정이에요."

차갑기가 얼음장 같던 유림의 얼굴에 갑자기 수심이 어렸다.

"하기야 자기 처지에 어디 가서 그렇게 말 잘 듣고 착한데다 처가까지 구색 맞춘 여자를 만나겠어요. 이번에는 언니도 정말 헤어질 생각인 것 같지만, 우리 언니야 원래 물러 빠졌고 저쪽은 워낙 눈에 뵈는 게 없는 인간이라. 그러니까 김범영 씨가……."

그의 이름이 나온 김에 범영은 아까부터 하고 싶었던 말을 꺼냈다.

"저어, 도움이 될지 모르겠는데 아는 변호사님이 있어서 그런 쪽 전문이신 분 소개 좀 해 달랬거든요. 괜찮겠죠?"

"아, 정말요? 그런데 그 인간이 하는 일이 그래도 세무법 관련 일이라 법조계에 아는 사람 많아서 엔간한 사람 아니면 별 도움이 안 될지도 몰라요."

심히 안타까운 듯한 유림의 말에 약간 주눅이 들었지만 그래도 한 변호사님을 믿어 보기로 하고, 연락 받았던 변호사 사무실 이름을 말했다. 그러자 그를 보던 유림의 눈에 이채가 떠올랐다.

"아, 거기라면 저도 들어 본 곳이에요. 도움이 될 것 같아요."

"다행이네요."

한결 화색이 도는 유림의 낯빛에 범영도 덩달아 기분이 좋아졌다.

"유진 씨한테 법정에 가게 돼도 너무 걱정하지 말라고 해 주셨으면 좋겠어요. 내가 도와줄 거고, 또 얼마나 시간이 걸리든 어떤 힘든 상황이 되든 난 유진 씨 한 사람만 나한테 오면 그걸로 다 된다고요."

쑥스럽긴 했지만, 혹시나 유림이 자신을 또 의심하거나 헛소리나 하는 놈으로 볼까 봐 이 기회에 그의 진심을 확실히 밝히고 싶었다. 그 말에 유림의 눈이 동그래졌다. 뭘 또 놀라나 싶었지만 말한 범영도 왠지 목덜미가 뜨뜻해져서 슥슥 긁었다. 커다래진 눈을 깜빡거리며 뭔가를 생각하던 유림은 숨을 한 번 삼키더니 입을 뗐다.

"음, 이런 얘기는 좀 그렇지만……."

"뭐든 편하게 얘기하세요."

말은 그렇게 했지만 야무진 예비 처제가 저런 얼굴을 하니 범영은 좀 두려워졌다. 혹시 학교를 어디까지 나왔냐는 물음이라든지, 돌아가신 부모님 얘기나 주변 친척 얘기 같은 걸 물으면 어쩌지? 딱히 부끄러운 건 아니지만 역시 먼저 반한 쪽이 죄라서 말이다.

"언니가 결혼했던 거, 혹시 마음에 걸리지 않으세요? 제가 듣기엔 오빠가 나이도……."

다행이다. 범영은 안도감에 한숨을 놓았다. 그리고 자신의 특기가 된 실실거리는 헛웃음을 웃었다. '김범영 씨'가 단숨에 '오빠'가 됐는데, 이거 승진 맞지?

"어음, 나도 이런 얘기는 좀 말하기 그런데, 사실 이 나이 먹도록 내가 완전 숫총각일 리는 없잖아요."

"딱히 많은 나이도 아니신 거 같던데."

유림이 작게 혼잣말처럼 종알거렸으나 범영은 예비 윗사람의 도리로 호탕하게 그냥 넘겼다.

"그거나 이거나 뭐 다를 거 있겠나 싶어요. 게다가 요즘 젊은 여자들 중에서는 우리 유진 씨처럼 참하고 예쁜 사람이 잘 없더라고요."

“하긴 그렇죠.”

그예 유림이 눈시울을 착착 접으면서 웃었다. 말갛게 흐뭇한 웃음이 눈가에 넘쳐 났다.

“게다가 우리 언니는 정식으로 결혼하고 한 사람만 만났잖아요. 그 전에는 진짜 남자 손 한 번도 안 잡아 봤다고 내가 장담해요. 그런데 그쪽 분, 아니, 예비 형부는 여자 여럿 울렸을 게 뻔하니까 따져 보면 우리 언니가 오히려 손해 같기도 해요.”

“하하하, 정말 그, 그럴지도?”

내용상 맹랑하기 짝이 없는 얘기라 사실 기분이 덜 좋을 수도 있는 문젠데 범영은 그만 그녀의 웃는 얼굴에 넘어가고 말았다. 자매가 전혀 안 닮은 얼굴 같더니, 동그래졌던 눈이 눈시울 접고 웃는 건 어쩌면 저렇게 닮았는지 모를 일이었다.

“그럼 앞으로 우리 자주 연락하기로 해요. 언니 일로 말씀하실 것 있으면 언제라도 전화 주세요. 저도 그럴게요.”

“그러죠.”

흔쾌히 의견 일치를 본 그들은 앞으로도 가끔 연락을 하기로 하고 전화번호를 나누었다. 가게 앞에 차를 대 놓은 유림을 배웅하고 난 뒤 셔터를 내리면서도 범영의 기분은 여전히 흐뭇한 상태였다. ‘예비 형부’라고 부르던 그녀의 목소리가 계속 귓가에 쟁쟁했다. 유진이 그래도 동생 복은 있구나 싶었다. 물론 그의 후한 평가와 유림이 댄 호칭과는 아무 상관이 없다. 하긴 뭐, 상관이 있다 해도 딱히 켕길 일은 아니지 않나. 인지상정, 그런 거지.

목도리를 단단히 동여매고 주머니에 손을 넣으며 범영은 하늘을 올려다봤다. 차가운 밤하늘 속으로 하얀 그의 입김이 흘러가고, 그 사이로 매운바람에 잘 닦인 별들이 빛났다. 내일이면 새해다. 아직 중턱도 넘지 않은 겨울이라지만 두 달이면 이 찬 계절도 물러가겠지. 까만 밤공기가 포근해지고 저 별들 대신 다른 별들이 빛날 즈음에는 정말로 유진과 함께 밤하늘을 바라볼 수 있을까?

유림 때문에 잠시 따뜻해졌던 마음이 가시고 범영은 조금 저린 기분이 되어 하늘을 올려다보았다.

유진은 거실 바닥에 놓인 봉투를 한동안 바라보았다. 유림이 주고 간 봉투였다. 이걸로는 부족하지만 어쩔 수가 없다. 최선을 다해 볼 수밖에.

마음의 준비를 한 후 전화기 옆에 봉투를 내려놓고 수화기를 들었다. 신호음이 울리고 얼마 안 되어 경우의 목소리가 들렸다.

─ 왜? 말해.

상대를 묻는 질문이나 인사조차 생략된 것으로 보아, 매우 기분이 좋든가 아니면 아주 기분이 나쁘든가 둘 중의 하나인 것 같았다. 하긴 그의 기분이 지금 무슨 상관인가. 그래서 유진도 할 말만을 짧게 뱉었다.

"각서가 있어요."

─ 무슨 소리야?

밑도 끝도 없는 말을 들은 것처럼 짜증부터 내는 경우에게 그녀는 천천히 말했다.

"기억 못 한다는 소리는 하지 말아요. 그 여자랑 관계 끊고 가정에

충실하겠다고 당신이 썼던 그 각서, 사본을 떠 두었었어요. 공증도 받고요."

— 그걸 네가 어떻게……. 분명히 내가…….

경우가 내뱉던 말을 중간에 끊었다. 말실수를 뒤늦게 깨달았나 보다. 유진은 쓴웃음을 지었다. 그래 봤자 어차피 서로가 다 아는 얘기가 아닌가.

"당신이 원본을 언제 어쨌는지는 모르겠는데, 연지가 우연히 그걸 보고 편지로 생각하고 갖고 있다가 제 엄마에게 보여 줬던 모양이더군요."

경우에게 호의적이지 않던 유림이니 뒷얘기는 그도 쉽게 상상할 수 있을 거였다. 수화기는 침묵했다. 충격을 받아 할 말을 잃은 것 같았다. 유진의 쓴웃음이 깊어졌다. 오늘 낮, 유림이 봉투를 내놓았을 때는 당혹스러웠으나 결과적으로 동생이 현명했던 것은 인정해야 했다.

"이혼 소송을 할 셈이에요. 변호사도 소개받았고요."

전화기를 쥔 채 유진은 고개를 돌려 거실 커튼 사이로 내비치는 발코니 창밖에 도사린 어둠을 바라보았다. 저 어둠이 사라지고 새로운 태양이 뜨면 이제 신년이다.

— 하, 고작 그걸 갖고 뭘 하겠다고. 원본도 아닌 사본 따위.

잠시 후 흘러나온 것은 비웃는 목소리였다. 잘 들어 보니 어딘가 흐트러진 품새가 아마도 술을 마신 모양이다.

"물론 이런 것만으로 이혼 소송에서 꼭 이길 수 있다고는 생각하지 않아요. 하지만 당장 소송을 당하게 되면 당신이 그렇게 중요하게 여기는 직장 일이나 평판에는 어느 정도 불편한 일이 있겠죠."

- 뭐?

해마다 겨울철 내내, 일이 많은 경우는 가뜩이나 예민해져 유진은
사소한 말 한마디도 제대로 건네지 못하고 집 안만 맴돌았었다. 그러
고 보니 이런 시기에 용케 자신을 두 번이나 찾아왔다 싶다.

"지금 한창 바쁠 때 아닌가요? 예년이라면 집에도 잘 못 들어왔
던 것 같은데. 하긴 소장訴狀이 직장으로 배달되는 정도로는 당신
의 완벽한 커리어나 고객 관리에는 아무런 영향을 못 줄지도 모르
겠지만요."

- 무슨 소릴 지껄이는 거야!

경우에게서 처음 들어 보는 격렬한 고함 소리가 터져 나왔다. 여
자와의 일을 처음 추궁했을 때에도, 두 번째로 폭탄과도 같은 메일을
받고 집을 뛰쳐나올 때에도 싸늘하고 냉정했었는데 말이다. 결국 그
녀는, 그녀의 고통은 이 남자에게는 자기 일보다 훨씬 못한 것이었
다. 유진의 입가에 조소가 떠올랐다.

"헤어지기 위해서 뭐든지 하겠다고 내가 말했었잖아요. 당신 동
생, 이 집 오가면서 행패 부린 것도 증인을 댈 수 있어요. 하도 시끄
럽게 굴어서 이웃에서도 다들 알거든요. 은행 계좌 내역 보면 꾸준히
당신 집에서 돈 요구한 것도 드러날 거고. 게다가 당신 어머니가 가
끔 문자로 날린 폭언도 다 증거가 될 거예요. 물론 당사자들도 증인
으로 세울 거고요."

이웃에서 증인을 서 줄 가능성은 물론 매우 낮고, 시모 여정의 문
자도 거의 다 지웠지만 그런 말은 할 필요가 없었다.

- 너, 진짜 제정신이 아니구나! 그런 가정사를 일일이 남 앞에 까발리겠다고?

"왜요? 난 그런 짓 못 할 것 같았어요? 늘 참고 살았으니까?"

- ……더러운 년.

자신이 그런 일을 당하고 있을 때는 아무 해결책도 내놓지 않던 남자의 힐난에 어이가 없어 반박했더니 돌아온 건 그가 늘 경멸스럽다던 욕설이었다.

- 얌전한 척하고 있더니 뒤로 호박씨를 깔 생각만 하고 있었어. 남편 없이 사니 딴 놈들이 막 들이대디? 그래서 살맛 나?

"이따위로 추하게 굴지 말고 법정에서 봐요."

냉담함의 가면 뒤에 있던 것이 이기주의라는 건 알고 있었지만 남편이 이런 식으로 망가질 줄이야.

- 씨발, 원하는 게 뭐야?

악에 받친 듯한 그의 목소리에 새삼 놀라웠다. 무엇에도 깨질 것 같지 않은 남자의 가면이 깨어진 것도 그랬지만, 자신이 그를 여기까지 몰고 왔다는 점이 더욱 그랬다. 이젠 정말 놓여났어. 유진은 한숨 같은 웃음을 토해 놓았다.

"하, 이젠 지겹네. 이미 충분히 말했잖아요."

- 좋아. 네가 그렇게 하고 싶다는 이혼, 해 주겠어!

"정말이에요?"

기대하지 않던 긍정의 대답은 충격에 가까웠다. 순식간에 말이 바뀌다니 믿기지가 않았다. 그러나 경우는 진심인 것 같았다.

- 대신 너한테 더 줄 건 없어! 재산 분할 같은 건 꿈도 꾸지 말

고, 집에 있는 네 물건은 경비실에 맡길 테니 찾아가. 그리고 네 아버지, 어머니한테는……, 서로 성격이 안 맞아서 네가 먼저 이혼 말 꺼낸 거라고 해. 다른 사람들한테도 그렇게 말할 거니까. 뭐 틀린 말도 아니잖아?

진짜로, 자유인가 보다. 멍한 상태로 1~2분을 앉아 있었지만 이윽고 기쁨이 느린 파도처럼 천천히 밀려왔다. 줄줄이 이혼 조건을 내뱉는 남자의 말을 유진은 거의 흘려듣고 있었다. 일만 하고 있다가 참을성 없고 변덕 심한 전처에게 갑자기 이혼당한 남편의 흉내를 낼 모양이지만, 그것조차도 거슬리지가 않았다.

- 그건 그렇고, 신청서 낸 다음에 숙려 기간 있는 거 알지?

"알아요."

- 그거 끝날 때까지는 좀 얌전히 있어 주면 좋겠군. 부잣집 따님으로 태어난 누구와는 다르게 난 돈을 벌어야 먹고살 수 있으니까.

겨우 이성을 찾았는지 이죽거림이 돌아온 말투로 경우가 빈정댔으나 유진은 안도감에 젖어 받아칠 생각도 없었다.

"언제 법원에 갈까요?"

- 어지간히 급한 모양이야. 그래도 신년 연휴는 끝나야 하니까 5일쯤으로 하지. 오후에 이쪽으로 와서 전화해.

싸늘한 목소리로 말한 남자는 바로 전화를 끊어 버렸다. 끊긴 후의 신호음이 뚜뚜뚜뚜뚜 계속 울려 왔으나 유진은 한참 동안 수화기를 그냥 들고 있었다.

이게 정말 끝일까? 9년 동안 알아 왔던 남자와의 시간이, 분홍빛 거품처럼 시작되었지만 결국엔 수렁 속으로 천천히 가라앉는 것 같왔던 나날들이 끝?

실감이 나지 않아 전화기의 훅을 눌렀다. 그녀에게 이미 익숙해진 번호를 찍다 말고 유진은 고개를 흔들었다. 아직은 아냐. 그리고 다시 다른 번호를 두드렸다. 그녀의 가족, 제일 자신을 생각해 주는 핏줄에게.

- 여보세요, 언니?

낭랑한 목소리가 급하게 유진을 불렀다.

- 지금 이 시간에 웬일이야? 무슨 일 생겼어?

"아니, 그냥. 너, 집에 잘 들어갔나 해서."

- 아아, 그렇지 않아도 지금 주차장이야. 그런데 정말 아무 일 아냐? 혹시 그 인간이 전화한 건 아니고?

흡사 그녀를 지켜보고 있었기라도 한 듯 예리한 질문에 유진은 움찔했다.

"아, 그게……."

- 전화 왔었구나! 그 염치없는 인간이 뭐래? 절대 이혼 못 해 주겠다고, 언니더러 계속 자기 밥 노릇이나 하래? 응?

"아니, 그거 아니야. 사실은……, 이혼해 주겠대."

더없이 기다리던 기쁜 소식인데 어쩐지 목소리는 주춤거리며 어눌하게 나왔다. 유림도 그것을 깨달은 듯 민감하게 반응했다.

- 정말? 웬일이래? 믿기가 어렵긴 한데 그래도 다행이다. 질기게 매달리면 법정 가서 별별 소리를 다 해야 하잖아. 그런데 어째 언니 목소리가 안 좋다. 무슨 조건이라도 걸디? 혹시 위자료라도 달래?

"아냐. 그냥 재산 분할 같은 건 생각하지도 말라고, 더 줄 건 없대.

내 짐은 경비실에 갖다 놓는다고 찾아가라고만 하고.”

　- 재산 분할은 몰라도 위자료는 이쪽이 받아야 하는데. 아유, 분해. 아파트도 그게 언니 거지 지 건가? 그래도 그것 먹고 떨어지라고 그래. 무서운 게 아니라 더러워서 피해야 되는 인간이잖아.

“응.”

　- 그런데 진짜 좀 이상하긴 하다, 그 인간.

유림이 무슨 말을 하는지 알 것 같아서 유진은 침묵을 지켰다. 동생이 맞았다. 일이든 뭐든 철저하게 제 맘같이 해 둬야 속이 편한 남자였는데, 이 정도로 물러나 준다는 것이 의문스럽긴 했다. 어쩌면 자신의 말이 주춤거리면서 나온 것도 내심 그런 생각을 하고 있었기 때문인지도 몰랐다. 수화기 저쪽의 동생 역시 잠잠했다. 뭔가 생각에 잠긴 모양이다.

한동안 말을 기다리던 유진은 동생의 침묵이 조금씩 껄끄러워지기 시작했다. 동생은 아무래도 지금 자신과 비슷한 생각을 하는 것이리라.

　- 언니, 아버지 말야, 역시 이번 일 들으면 난리 나겠지?

역시나였다.

“그렇겠지.”

　- 아무래도 그 인간, 일단 말은 그래 놓고 나중에 부모님 끌어들여서 막아 보려는 거 아닐까?

“그럴지도.”

어눌한 답을 해 놓고 유진은 한숨을 길게 쉬었다. 이런 답 따위, 동생을 답답하게만 만들 뿐이다. 그녀는 천천히 머리를 정리하며 입을 열었다.

"상관없어. 부모님이 뭐라서도 좋아. 이혼은 꼭 할 거고, 끝까지 뭐라고 하시면 그냥 없는 자식으로 치시라고 할 거야."

- 그 말 정말이야?

꽤 단호한, 심지어 도전적이기조차 한 유진의 말에 동생은 좀 놀란 모양이었다.

"응. 범영 씨 때문에라도 그래야겠어."

얼굴이 붉어지는 것이 느껴졌지만 유진은 애써 담담하려 했다. 이것은 부끄러운 일이 아니었다.

"부모님이 날 안 보신대도 여전히 우린 부모 자식이겠지만, 범영 씨는 달라. 완전히 타인으로 만나 나를 아끼고 생각해 준 사람이야. 그 사람과 제대로 된 입장에서 마주 서고 싶어."

- 하긴 김범영 씨가 언니를 많이 좋아하는 것 같더라.

"응, 맞아."

끄덕이다가, 유진은 곧바로 고개를 세차게 저었다.

"아니, 사실은 내가 그 사람이 필요해. 백경우 그 사람 때처럼 아버지의 그늘에서 벗어나겠다는 생각이 아니라, 내가 세상에서 제일 중요하다고 말해 주는 사람이랑 함께해 보고 싶은 거야. 지금에야 말이지만 백경우 그 사람은 내가 필요했다기보다 말 잘 듣고 친정 재산 있는 여자라면 아무래도 좋았던 것 같으니까."

- 이제야 알았구나. 너무 늦긴 했지만.

동생은 수화기 이쪽에서도 들리도록 깊은 한숨을 쉬었다. 그러나 그 한숨은 슬프거나 괴로워서 풀어낸 것이라기보다는 이제는 뭔가 마음이 놓인다는 투의, 그런 것이었다.

"이러고 있으니 어째 네가 언니고 내가 동생 같다. 어릴 땐 내가 챙겨 주지 않으면 밥도 못 먹던 애가."

웃으며 말했더니, 유림도 웃었다.

- 사실 내가 어릴 때 언니 좀 많이 부려먹었지. 어머니가 원체 우리한테 관심이 없었으니까. 유치원이나 초등학교 저학년 땐 우리 진짜 겉만 멀쩡했지 속으론 소녀 가장 생활했잖아. 만날 인스턴트에, 언니가 한 설익은 밥에. 가끔 부모님이 생각나서 용돈 주면 그날은 중국집에서 시켜 먹고 아껴서 반찬도 사고.

"집에서 일하던 그 아줌마가 평소엔 밥도 제대로 안 해 놓은 줄을 2~3년 동안 부모님 중에 아무도 몰랐으니까 그랬지, 뭐."

- 근처 시장 반찬가게 아주머니는 언니가 우리 집에 산다니까 김 기사 아저씨 딸인 줄 알았다더라.

"그건 너무하다. 김 기사 아저씨가 머리카락이 좀 없어서 그렇지 총각이었는데."

두 자매의 웃음소리는 전화선을 타고 천천히 스러졌다. 잠시의 침묵 후 유림이 말했다.

- 언니, 나 이제 집 앞이야. 그만 들어가 봐야겠어.

"응, 그래. 잘 자. 민 서방한테 안부 전해 주고."

- ……언니, 우리 어린 시절은 다 지났어. 그치?

"응?"

뜬금없는 소리에 제대로 반문할 겨를도 없이, 동생은 연이어 말했다. 자신의 말이 들리지 않을까 걱정이라도 되는지 한마디 한마디에 꾹꾹 힘을 눌러 담아서.

- 그러니까 부모님이 뭐라시든지 언니도 꼭 행복해져.

그것으로 통화는 뚝 끊겼다. 동생의 마지막 말-인사 아닌 인사-을 곱씹어 보다가 유진은 일어서서 거실 창으로 다가갔다. 커튼을 젖히고 밖을 내다보니, 이 해의 마지막 날이라 그런지 아직까지도 앞 동에는 몇몇 집들에 불이 켜져 있었다.

어느 집에선가 크게 틀어 둔 노래 소리가 희미하게 들렸다. 올드 랭 사인. 해마다 마지막 날이면 늘 방송에서 틀어 주곤 하는 그 노래다. 헤어짐을 노래한 가사를 생각하며 그녀는 눈을 감았다. 이제 자신에게도 수십 년을 힘들게 짊어지고 온 과거와 이별할 때가 온 것 같다.

이젠 정말 안녕.

유진은 눈 안의 어둠을 향해 손을 흔들었다.

새해가 되었다. 물가가 계속 오르고 경기도 그리 좋지는 않다지만 연휴 동안 범영의 대여점은 눈코 뜰 새 없이 바빴다. 새해를 맞은 사람들은 그래도 희망을 안은 얼굴로 가족끼리, 혹은 연인과 손을 잡고, 친구들과 웃고 떠들며 거리를 지나다녔다.

하지만 유진에게서는 연락이 없었다. 바쁜 와중에도 범영은 전화벨 소리만 들리면 세깍 뛰어가서 받았는데 번번이 다 허탕이었다. 두 번 정도 전화를 해 보기도 했지만 송신음이 몇 번 울리지 않은 채로 끊었다. 새해 첫날 인사 겸 전화해 왔던 유림이 '저쪽에서 이혼을 해 주기로 했다.'며 그 준비 중일 거라고 알려 주지 않았다면 끈질기게 전화를 했겠지만, 마음이 편치 않을 상태일 테니 유진 나름대로 정리

할 시간을 주고 싶었다.

그래도 마음 한편으로는 유진 곁에 있고 싶다는 생각을 버릴 수가 없었다. 유진이나 자신이나 따로 연말연시를 함께 보낼 만한 다정한 가족들이 있는 것도 아닌데 이게 무슨 노릇인지 모르겠다 싶고, 어지간히 지쳐 있을 그녀에게 말로든 태도로든 힘을 보태 주고픈 마음 역시 간절했다. 그런 탓에 연휴가 끝나고 손님이 뜸할 때도 다른 생각이 나지 않아 범영은 그저 멍하니 가게 밖만 바라볼 때가 많았다.

결국 유진이 그를 찾아온 것은 소식이 끊긴 지 닷새째 되는 날이었다. 그것도 밤이 깊어 손님이 뜸해질 무렵, 가게 밖 가판대를 다 들여놓은 후 커피나 한 잔 할까 망설이던 시간이었다. 열리는 문소리에 퍼뜩 뒤를 돌아보니, 문손잡이를 잡고 입구에 선 유진이 보였다.

"이제 문 닫을 시간 아닌가요?"

외출하고 오는 길인지 옷차림이 평소와는 달랐다. 말쑥한 코트와 블라우스, 평소와는 달리 반만 묶어 풀어 내린 머리에 스카프와 가죽 장갑까지 낀 차림이다. 그런데 희미하게 웃는 얼굴에는 피로감이 가득하고 어딘가 추워 보였다. 어디를 다녀왔는지 알 것 같아서 범영은 아무 말 없이 그녀에게 다가가 손을 잡아끌었다. 의자에 앉히고 따뜻한 음료수 두 개를 앞에 꺼내 놓은 후 그는 셔터를 내리러 밖으로 나갔다.

"저거 닫아 놓으면 우린 어디로 나가요?"

셔터에 이어 여름에만 뙤약볕을 가리느라 쓰는 블라인드를 내리고 있으려니 턱을 괴고 범영을 보던 그녀가 또 흐리게 웃으며 물었다.

"한쪽은 반만 닫았으니까요."

별 소용도 없는 대답을 하고 범영은 여전히 뜯지도 않은 채인 따끈한 병뚜껑을 둘 다 따서 빨대를 꽂아 유진 앞에 놓았다.

"저녁 안 먹었죠? 이거 먹고 나가서 식당 찾아볼래요?"

"어떻게 알았어요?"

동그래진 그녀의 한쪽 눈 위를 흘러 내려온 머리카락 한 가닥이 덮고 있었다. 주먹을 한 번 쥐었다 편 그는 입 꼬리를 올리며 천천히 손을 뻗었다.

"내가 모르는 게 어딨어요?"

흘러내린 머리카락을 귀 뒤로 쓸어 넘겨 준 범영의 손이 귀걸이를 했던 흔적이 남은 귓불을 슬쩍 건드리고 내려올 동안 얼어붙은 듯 멈춰 있던 유진은 황급히 고개를 숙였다.

"근데 지금 문 연 곳 없을 텐데."

음료수 병을 두 손으로 감아쥐고 빨대를 입에 문 채 중얼거리는 그녀는 조그만 새나 작은 동물 같았다. 조금만 인기척을 내도 포르르 도망가 눈만 내놓고 숨을 것 같은. 범영은 숨을 한 번 삼키고 나서 다시 물었다.

"그러네요. 그럼 24시간 문 여는 햄버거 가게라도 갈까요? 속이 비는 것보단 나을 것 같은데."

"아, 요 근처에도 그런 서비스 있어요?"

"그럼요. 바로 요 밑에 있는 햄버거집에 현수막 걸린 지 좀 됐죠. 가서 먹고, 피곤할 테니까 얼른 들어가 쉬어요."

그 말에 유진은 빨대에서 입을 떼고 범영을 말간 시선으로 올려다보았다. 그러다 불쑥 내뱉었다.

"나, 그동안 전화도 안 받고 연락도 안 했는데."

빤히 바라보는 까만 시선이 꼭, 보고 싶은 애니메이션을 들고 와 카운터 위로 5백 원짜리 동전 하나를 내미는 다섯 살 꼬마 애의 간절한 시선을 닮았다. 그럴 때는 아이 엄마에게 전화를 하든가 하지만 지금은 뭐라고 해야 할지 심히 난감하다. 결국 범영은 사실을 입에 담았다.

"유림 씨한테 음, 여러 가지로 준비 중이라고 들어서……. 힘들 테니까 전화 안 했어요."

"유림이가 그런 전화를 했었어요?"

"예."

그러자 유진의 표정은 한층 더 시무룩해지더니 고개를 돌려 빨대를 쪼옥 빨았다.

"준비가 잘 되는지, 문제는 없는지 그런 건 안 궁금했어요?"

"아뇨. 그냥……."

"그냥?"

"……보고 싶었어요. 그래서 전화도 못 했어요."

반짝 들린 유진의 얼굴에서 놀란 눈이 머리카락 사이로 보였다가 금세 다시 푹 숙여졌다.

"좀만 참으면 되는데, 전화하고 싶고, 보고 싶고, 또 보면 못 참을 것 같아서."

그의 얘기에 그녀의 고개는 더 아래로 떨어졌다. 드러난 귓불이 발갰다.

"나도 사내자식이라서 그런 거……, 있어요. 유진 씨 얼른 내 여자라 말하고 싶고, 확인하고 싶은 그런 거요. 그 사람 얘기 나오고 나서 더 그렇고."

"……."

"유진 씨 만나면, 그 사람에게 화가 나서 말도 못 하고 막 붉으락 푸르락하고 있거나, 아니면 유진 씨를 그냥 콱 안아 버리거나 그럴 것 같았어요."

유진의 손가락이 쥐고 있던 유리병에서 떨어졌다. 무의식적으로 옷의 앞섶을 더듬다가 점퍼보다 긴 코트 자락의 끝이 안 잡히자 대신 반대편 소매 끝을 움켜잡았다. 떨리는 손, 붉어진 귓바퀴를 하고 유진이 가느다란 음성으로 말했다.

"오늘 법원에 신청서 내고 왔어요. 법원에 사람도 많고, 시외버스도 타고 그러느라 늦었어요."

이번엔 범영이 놀랄 차례였다. 법원에 가기까지는 유진이 적어도 서너 번은 더 그 남자를 만나야 할 거라고 생각했었다.

"그럼……."

"한 달이랬어요. 그러면 끝난다고."

"2월 5일."

범영은 홀린 듯 중얼거렸다. 이 겨울이 끝나기 전에 유진은 풀려날 수 있다. 2월이면 아직 봄이 오기 전이다. 아마 그녀는 개나리 같은 봄의 신부가 될 수 있을 거다.

"그래요, 2월 5일. 그리고……."

그의 말을 수긍이라도 하는 것처럼 따라 하던 유진이 말을 멈추더니 본능처럼 부여잡고 있던 소매 끝을 쥐어짰다. 범영의 눈은 뒤틀리는 그녀의 코트 소매를 따라 올라가 머리카락으로 감싸인 창백한 얼굴로 향했다. 내리깔린 속눈썹이 형편없이 흔들리고 있었다.

"……아, 알아보니까 숙려 기간에는 다, 다른 사람 만나도 크게 문제 안 된다고……."

호흡이 턱 막히는 것 같았다. 말의 내용 때문이 아니었다. 그런 내용쯤은 그도 이미 알고 있었다. 법적으로 얼마나 정확한지는 모르지만, 인터넷은 범영에게 '이혼을 합의한 경우의 간통 종용'이란 것이 있다고 말해 줬다. '간통'이라는 오물통 같은 단어에 자신들의 경우를 섞어 넣고 싶지는 않았으나 어쨌든 깨어지기로 결정한 커플의 경우 상대가 새로 이성을 만나도 법적으로 문제 삼기는 어렵다는 뜻은 알아들을 수 있었다.

그런데도 지금 그의 심장이 바윗돌 구르듯 사뭇 구르는 이유는 저 말을 하는 유진의 마음이 읽혔기 때문이었다. 고작 몇 마디지만, 한갓 대여점에 오면서도 시간을 맞춰서 오던 이 소심한 여자가 입 밖에 내기에는 얼마나 아슬아슬한 이야기였을까.

문득 자신의 소매를 쳐다보고 화들짝 놀라 손을 놓고 어쩔 줄 몰라 하는 저 여자. 그러다가 주저하며 그에게 빈손을 느릿느릿 내미는 유진의 얼굴에는 안간힘을 다한 노력이 보였다. 그게 예뻤다. 참기 힘들 정도로. 순식간에 몸이 달아올랐다.

"범영 씨, 나……, 어머!"

가느다란 손목을 낚아채서 거칠게 잡아당겼다. 가슴에 턱을 부딪다시피 와락 안긴 여자를 꼭 붙잡아서 품에 가뒀다. 작은 새 같은 체온이 따뜻하다고 느낀 것도 잠시, 놀라서 굳은 몸이 숨을 죽이고 바들바들 떠는 것이 느껴졌다.

"내가 무서워요?"

"아, 아뇨."

거친 숨소리 사이로 그의 옷자락을 움켜쥔 유진의 손톱에 옷감이 긁히는 소리가 희미하게 들렸다. 조금 웃었던 것도 같다.

"아, 어떡하지. 이렇게 예쁜데."

이마에 짧게 아이 같은 입맞춤을 했다. 여전히 굳어 있는 몸이 안타까워 한숨을 쉬며 동그란 머리 위에 뺨을 대고 비볐다. 가슴에, 하반신에 피어오른 불은 쉽게 타오른 것과는 달리 쉽게 꺼지지가 않았다. 뻣뻣해진 몸을 하고서도 용케 자신의 품에 감싸인 채로 버티는 여자는 귀엽고, 사랑스럽고……, 뭐라고 말할 수 없을 정도로 애틋했다. 범영은 억지로 호흡을 늦추면서 한 손을 들어 유진의 등을 천천히 토닥거렸다.

"아무래도 유진 씨한테 내가 전생에 큰 빚을 졌나 봐요. 어떻게 이렇게 예쁠 수가 있어."

토닥거림이 반복되고 가빴던 숨이 느려질수록 품 안의 몸에서 서서히 긴장이 풀어졌다. 이제는 서로 얼굴을 봐도 좋겠다 싶을 정도로 둘의 호흡이 되돌아왔을 때 범영은 몸을 떼려 했다. 그러나 그것보다 조금 더 빠르게 유진의 두 손이 그의 옷을 붙들었다.

"나, 난 괜찮아요. 뭐든, 범영 씨가 뭘 하든 괜찮으니까……."

"정말 괜찮아요?"

꼼짝도 않고 턱 밑에 머물러 있던 하얀 쌍가마가 까딱 아래위로 움직였다. 그 찰나의 움직임에 홀린 것처럼 주름진 미간에 입을 맞

추었다. 입술은 다시 콧잔등으로, 그리고 인중과 그 아래로 내려왔
다. 달콤한 음료수의 향이 느껴지는 입술을 깨물자 우유 푸딩의 맛
이 났다.

"우유 맛 나요. 젤리 같아."

"그, 그래요?"

찡그리다시피 눈을 꼭 감고 있던 유진이 눈을 살며시 떴다. 그 미
간에 진 연한 주름을 엄지로 눌러 펴 주며 범영은 웃었다. 반은 억지
로, 반은 진심으로.

"그런데 아직 땡땡 얼었어요. 한참 녹여 먹어야 되겠는데."

무슨 말인지 알아듣지 못한 유진이 그를 올려다보았다. 손을 올
려 그 머리를 가만가만 쓰다듬으며 범영은 말했다. 당신이 아직 아
픈 사람인 줄 안다고. 상처를 건드리고 싶지 않다고. 나을 때까지 기
다리겠다고.

사귀게 된 기간이 아무리 짧다 해도, 몸이 가까워지면 급속도로
굳어지는 유진을 보고 모를 수가 없었다. 부친 때문이든 전남편 때문
이든 아니면 집에 가끔 들러서 난장판을 만들었다던 남자-시동생일
거라고 유림이 말해 줬던- 때문이든 유진은 남자와의 육체적인 접
촉을 기쁘게 받아들이지 못했다. 유진의 말로 미루어 본다면 결혼 생
활이 3년은 되었을 텐데 그동안 그 빌어먹을 자식이 유진에게 남자
와 여자의 육체가 어떤 것을 나눌 수 있는지를 가르치지 못한 것을
행운으로 생각해야 할지 불운으로 생각해야 할지 범영은 알 수가 없
었다. 어쨌든 그는 참아야 했다.

"유진 씨 마음은 고맙지만, 참을 수 있어요. 뭐든 내가 가르쳐 줄

게요. 천천히."

"범영 씨……."

유진의 목소리가 울음으로 흐려졌다.

"울고 싶으면 울어도 돼요."

"아뇨, 아니에요. 나 말……, 말해야 돼요. 말하고 싶어요."

"그래요. 말해요."

"아이가, 있었어요."

흑 터지는 울음과 함께 그녀는 토해 놓았다.

"남편이, 그 사람이 다른 여자를 만났어요. 회사 일로 스트레스 받고 그런 거 아니까, 내가 그리 잘나고 멋진 여자가 아닌 것도 아니까, 하, 한 번은 참을 수 있다고……, 그렇게 생각했어요. 그런데 그 여자가 찾아와 나더러 헤어져 달랬어요. 내가 아이도 못 낳는 여자고 멍청하고 목석같아서 도무지 참을 수 없다고……, 남편이 그랬대요. 그 말 들었던 날이 처음 산부인과에 간 날이었어요."

"유진 씨."

아무 말도 하지 못하고 그저 그녀의 이름을 불렀다. 쓰러지듯 유진이 범영의 어깨에 기대 왔다.

"아이는 내가 키울 테니 헤어지자고 했더니 그 사람이 잘못했다고 하더군요. 각서를 쓰고 다시는 안 만나겠다고. 부모님도……, 남자는 그럴 수 있는 거라고 용서하라고 해서 내 아이의 아빠니까 하는 생각으로 참았어요. 한 번 실수로 결혼을, 믿음을 깨뜨려서는 안 되겠다고."

뜨거운 액체로 어깨는 순식간에 젖어 들었다. 그 열 오른 습기에 범영은 어깨가 타는 것 같았다. 세상에서 흔한 얘기다. 그렇지만 그녀의 얘기는 그에게 흔하지 않았다. 부모님이 교통사고로 다 돌아가신 고아가 어디 세상에 그 하나뿐이겠느냐만 아직도 가끔 뱃속이 미치도록 텅 빈 것 같듯이, 범영에게는 그 굶주림이 세상과 그 자신을 분리하는 그 어떤 것이듯이.

"아이가……, 어떻게 됐어요?"

이걸 물으면 유진이 더 울 거라는 걸 범영은 알았다. 그러나 묻지 않을 수가 없었다. 이 말을 끝내야 하니까. 묻지 않으면 끝나지 않을 이야기였다. 그의 질문에 유진은 울음과 숨을 동시에 멈췄다.

"메일이 왔어요. 어떻게 내 메일 주소를 알았는지는 몰라요."

느리고 뭉개진 단어들이 두서없이 그녀의 입술에서 튀어나왔다.

"아무튼 메일과 함께 사진이 왔어요. 난잡한……, 사진 속에서 그 여자와 그 사람은 웃고 있었어요. 너무 화가 나서 프린트한 그 사진을 퇴근한 그 사람에게 던졌어요. 걷잡을 수 없이 눈물이 나오더군요. 난 우는데 그 사람은 오히려 날 비웃더라구요."

씨발 새끼! 욕이 입에서 저절로 나왔지만 그는 억지로 입을 닫았다. 유진이 범영의 어깨를 쥐어뜯을 듯 세게 움켜쥐었다.

"견딜 수가 없었어요. 집을 뛰어나오다 아파트 계단에서 굴렀는데, 쓰러져 있는 나를 그 사람이 집 안으로 질질 끌고 갔어요. 침대에……."

가느다란 호흡은 중간 중간 끊겼다.

"……그 사람이, 내 아이의 아빠가 나더러, 뭐 그리 비싼 여자냐고……."

차마 들을 수가 없었다. 듣고 싶지 않아서 대신 유진을 힘껏 끌어 안았다.

"……하혈을 했는데, 흥건한 피가 시트를 온통……, 적셔 놓은 것같이……."

"아파서 어떡했어요?"

목구멍이 말라붙은 듯 말이 한 번에 나오지 않았다. 이 처 죽일 새 끼! 그의 눈앞에 그 자식이 없는 게 다행이었다.

"응, 아팠어요. 아파서……, 여기가 아파서 울었는데 눈물이 안 나와서……."

유진이 꼬물거리며 손을 자신의 가슴에 가져다 대었다. 멍한 말 투. 얼굴을 보지 않아도 그녀의 텅 빈 눈이 보이는 것 같았다.

"이젠 울어도 돼요."

"그때 병원에서 유림이도 그렇게 말했는데. 하지만 그래도 눈물 이 안 나왔어요. 아이 생각 많이 했는데. 좋은 엄마가 되어야지. 이 젠 내가 제대로 사랑해 줄 유일한 존재가 생기는 거니까 하고. 안아 주고 눈 맞춰 주고, 아장아장 걸으면 똑같은 모자에 똑같은 옷을 입 고 공원에 가기도 하고 그러려고 했는데. 그런데 이젠 그 아이가 없 다니까……. 여기 이곳에 분명히 살아 있었는데. 내가 그때 안 그랬 더라면……."

연지를 보던 그녀의 애틋한 눈길이 기억났다. 그저 조카를 남달리 사랑하는 이모려니 했는데 그것만이 아니었던 거다. 범영은 유진의 팔을 더듬어 올라가 가슴 위를 누르고 있던 그녀의 손을 덮었다.

"나중에 그 아이가 우리한테 다시 올 거예요. 그때는 조금 일렀을 뿐이에요."

위로가 아니었다. 정말로 그런 생각이 들었다. 그 나쁜 새끼가 아닌, 자신이 이 여자의 남편이 되고 아이의 아빠가 되었어야 했던 거라고. 그랬더라면 그들은 지금 아주 행복한 가족이었을 텐데. 범영의 말에 유진이 고개를 들고 그를 바라봤다. 빛을 잃은 눈동자는 유리구슬 같았다.

"범영 씨는 몰라요."

"내가 뭘 몰라요? 내 말 못 믿어요?"

'나 준비된 남자라니까?'라고 말하며 애써 웃었더니 그제야 유진의 눈에 조금씩 빛이 돌아왔다.

"그게……, 나, 그 후로도 노력했지만……, 안 됐어요."

"아이?"

유진은 고개를 끄덕였다.

"병원에선 뭐래요?"

"몸은 괜찮다는데, 모르겠어요."

한없는 불안과 일말의 희망이 유진의 눈동자 안에서 복잡하게 섞이고 있었다. 안타깝고 화가 났다. 자신의 앞에서도 그렇게 조심하고 주저하며 자기 탓을 하는 그녀와, 그녀를 그렇게 만든 환경이. 무슨 노력을 얼마나 했는지 몰라도 그딴 걱정 죄다 집어치우라고 말해 주고 싶었다. 대신 범영은 유진의 뺨을 감싸 쥐고 젖은 눈가를 엄지로 닦아 주었다.

"아까 말했잖아요. 뭐든 천천히 해요. 유진 씨를 닮은 예쁜 아이가 그냥 아무렇게나 생기겠어요?"

“…….”

“아이가 생기면 좋지만 안 생기면 또 어때요.”

“…….”

“애도 애지만, 나한테는 유진 씨가 제일 예쁜데.”

“……바보.”

결국 유진은 다시 그의 어깨에 얼굴을 묻으며 울음을 터뜨렸다. 그러나 울먹이는 그 목멘 소리가 범영에게는 얼마나 예쁘고 사랑스러웠는지 모른다.

그녀의 음성이 어떻든, 유진은 그에게 평생 듣고 싶은 노래였으니까.

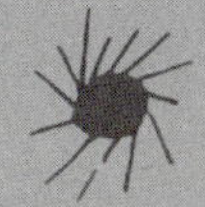

13
내일이면
또 내일의
태양이 뜬다

1월은 생각보다 빨리 흘러갔다. 이혼 과정을

실행에 옮겼어도 유진에게 크게 달라진 것은 없었다. 평소처럼 같은
시간에 일어나 밥을 먹고, 오후에는 청소를 하고, 사흘 정도마다 한
번씩 슈퍼마켓에 가고, 가끔 범영의 가게로 가서 DVD를 빌려 보곤
했다. 오전 중에 학원에 나가 서너 시간 수업을 하고 아이들을 봐주
는 것이 일과에 덧붙여지긴 했지만 그것도 딱히 변화라고 생각되지
는 않았다.

그러나 월말이 점차 다가오자 유진은 알지 못할 불안감이 서서히
스며드는 것을 느꼈다. 그 후로 경우에게는 아무런 연락이 없었다.
더 이상 마주치는 것도 껄끄러우니 이대로 이혼 의사 확인 일자에 나
가 서류를 제출한 뒤 도장만 찍고 오면 차라리 좋은 일이라고 치부해
버리면 될 텐데, 마음이 그렇지가 않았다.

한 번쯤은 남편이 방해를 하거나 시비를 걸어올 텐데. 그게 아니
면 그의 어머니 쪽에서라도 전화를 걸어 악담을 퍼붓기라도 할 텐데.
너무 조용했다.

친정 쪽이 잠잠한 것도 마음에 걸렸다. 부모님에게는 모든 일이
마무리된 다음에 유림이 전말을 전하고 그 후에 분위기를 보아 범영
과 찾아뵙기로 말을 맞췄지만 그 계획대로 될 확률이 얼마나 될까.

걱정이 되니 범영과 만날 때에도 멍하니 있는 때가 많아졌다. 그는 모든 일이 다 잘될 거라고 다독거려 주었지만 유진에게는 경우가 모든 것을 포기해 주리라는 확신이 영 서지가 않았다.

그리고 누군가 말하길, 나쁜 예상은 빗나가는 일이 드문 법이라고 했던가.

"유진아!"

처음에는 너무나 기대했던 그날, 그러나 최근에는 불안으로 기다려 온 그날이었다. 시외버스를 타고, 내려서 다시 지하철을 타고, 그러고도 또 잠시 걸어서 도착한 법원 앞 커피 전문점에는 새하얗게 질린 얼굴의 어머니와 시퍼런 노기를 등등하게 드러낸 아버지가 경우와 함께 앉아 있었다.

함께 가자고, 전화로 조금만 기다려 달라고 했던 유림의 말을 들었어야 했을까. 입구에서부터 어머니와 눈길이 마주쳤던 유진은 잠시 주춤했지만 곧 정신을 차리고 세 사람이 기다리는 탁자로 걸어갔다. 이미 소란을 예상했는지 파티션과 화분으로 다른 사람들의 시선에서 다소 차단된 자리였다. 경우가 일어나 의자를 빼 주려 했지만 그것을 피해 가장자리에 앉는 유진을 보는 어머니의 입술이 파르르 떨렸다.

"애야, 대체 이게 무슨 일이니? 응?"

"이미 말씀 들으셨을 것 같은데요. 오늘이 이혼 의사 확인하는 날이에요."

무미건조한 유진의 음성에 벌떡 일어선 아버지가 대뜸 손을 휘둘렀다.

"이년이! 감히 무슨 버르장머리야!"

짜악, 소리와 함께 느껴진 것은 아픔이 아니라 불같은 수치심이었다. 유진은 자신도 모르게 얼굴을 감쌌다. 가게 안 사람들의 보이지 않는 시선들이 닿고 있을 등이며 숙인 뒤통수가 저리도록 따가웠다. 웅성거리던 사람들 중에 여자 몇몇은 일어나 아예 가게를 나가기도 했다.

"당장 집에 가자! 남우세도 유분수지!"

거친 손길이 유진의 팔목을 움켜쥐었다. 맞장구치듯 일단 집으로 가서 이야기하자며 핸드백을 수습하고 일어서는 어머니와 희미한 웃음이 서린 얼굴로 외투와 가방을 챙겨 드는 경우가 보였다. 자신도 모르게 유진은 탁자 모서리를 잡고 버티었다.

"못 가요. 아니, 안 가요!"

또렷하게 눈을 치뜨는 첫째 딸을 본 부모님은 순간 기가 찬다는 표정을 지었다. 그러나 유진은 이를 악물고 경우를 쏘아보았다.

"이젠 더 이상 저 사람과 살 수 없어요. 몇 년을 부부로 살았건만 지금도 헤어지기 싫다면서, 명색이 자기 아내라는 여자가 맞아도 말릴 생각도 안 하는 남자인걸요."

경우의 얼굴이 설핏 굳어졌다. 그가 으르렁대듯 낮게 말했다.

"부모님이야! 게다가 당신이 제대로 행동했으면 이런 일도 없잖아!"

그러고는 미간을 잔뜩 찡그리고 있는 아버지와 눈만 깜빡대고 있는 어머니를 향해 재촉했다.

"이목이 많습니다. 어서 가시죠."

"어, 그래야지."

입매에 잔뜩 힘을 준 부친이 손을 다시 잡아당겼다. 그 완강한 손아귀에서 팔목을 빼내려 유진은 안간힘을 썼다. 탁자 위 컵들이 덜컹

거렸고, 법원에서 좋은 인상을 주기 위해 신고 왔던 힐의 굽이 바닥
에 미끄러지며 날카로운 소리를 냈다.

"전 못 가요! 유림이도 조금 있으면 올 거예요!"

"뭐야?"

집안에서 유일하게 부친 앞에서도 제 의견을 굽히지 않고 할 말은
다 하는 둘째 딸의 이름이 나오자 아버지는 당황하는 듯 보였다. 그
러나 그 틈에 유진이 손을 빼내자 그 얼굴은 곧 더 광폭한 표정으로
바뀌었다.

"이게 뭐 잘하는 짓이라고 잘살고 있는 동생까지 끌어들여! 이년
이 온 집안을 망치려고!"

대뜸 억센 손아귀가 머리채를 틀어쥐었다. 머리 밑이 빠질 듯한
아픔과 함께 기어이 눈물이 왈칵 쏟아졌다. 모처럼 입었던 정장이 잔
뜩 구겨지고 그 위로 뜨거운 눈물들이 점점이 뿌려졌다. 수치스럽고
도 비참했다. 이 난리를 앞에 두고 경우는 차를 빼 오겠다며 밖으로
나가 버렸다. 이대로 끌려가면 정말 집에 감금될지도 몰랐다.

"싫어요! 싫다고요!"

발버둥을 치던 유진의 눈에 한쪽에 멀거니 서서 창백한 얼굴로 자
신과 부친을 번갈아 바라보는 어머니가 들어왔다. 어머니라고 여태
크게 부친과 다를 바도 없었지만, 지금은 달리 기댈 곳이 없는 상황.
그녀는 애원했다.

"어머니, 도와주세요!"

당신도 여자잖아요. 그러니까 이번 한 번만, 제발.

"저 한 번도 어머니한테 부탁 같은 거 드린 적 없잖아요! 소원이에

요. 저 이제 제대로 살아 보고 싶어요. 저 사람이 나한테 어쨌는지, 저런 사람이랑 사는 게 어떤 건지 어머니는 아시잖아요! 네?"

"이년이 뭐라는 거야?"

큼지막하고 두툼한 손바닥이 다시 그녀의 뺨을 세차게 쳤다. 머리채를 잡혀서 반쯤 일으켜 세워진 유진의 눈에서 눈물이 줄줄 흘러내렸다.

"어머니, 도와주세요! 가기 싫어! 다시는 저 사람 애는 갖고 싶지 않아요. 제발……. 엄마, 엄마!"

더욱 핼쑥해진 어머니가 굳은 얼굴로 당신의 남편과 울부짖는 딸을 번갈아 쳐다보았다. 그 시선에 대답이라도 하듯 아버지가 한쪽 주먹을 불끈 쥐며 소리쳤다.

"이런 걸 자식이라고 낳았으니 책임을 져야지. 당신은 꼼짝 말고 가만있어!"

어머니는 핸드백을 움켜쥐고 부들부들 떨기만 했다. 아직도 망설이고 있는 그 얼굴을 보고 유진은 발밑이 무너져 내리는 것 같았다. 이젠 정말 경찰이라도 와 주는 도리밖에 없다. 손등으로 젖은 얼굴을 훔치며 카운터의 직원을 쳐다봤다. 반은 동정심, 반은 난처함으로 표정이 구겨져 있는 어린 여직원에게 도움을 요청하기도 전에, 그녀의 시선을 눈치 챈 부친이 재빨리 품속으로 손을 넣더니 지갑을 꺼냈다.

"우린 금방 나갈 거요!"

하얀 수표 두어 장을 빼내 텅 소리가 나게 탁자에 올려놓은 부친이 다시 그녀의 멱살을 잡아끌었다.

"어서 안 가? 부모 망신시키려고 이년이 진짜 작정을 했나!"

"싫어요!"

“어디서 꼬박꼬박 말대답이야!”

다시 번쩍 들리는 손을 보고 눈을 꼭 감는 순간, 익숙한 목소리가 들려왔다.

“그 손 놓으시죠!”

이 음성은! 유진이 눈을 뜨자마자 보인 것은 가쁜 숨을 몰아쉬며 아버지의 손목을 붙든 건장한 남자, 범영이었다. 여길 어떻게 온 걸까? 놀라움과 안도감, 그리고 수치심이 한순간에 치밀어 올랐다. 차마 그의 이름을 부르지 못하고 고개를 숙이는 유진을 보는 범영의 얼굴이 험상궂게 일그러졌다. 유진의 부친이 못마땅한 얼굴로 그의 위아래를 훑었다.

“넌 뭐야?”

“제가 누구든 일단 그 손부터 놓으십시오. 여긴 상업 공간이고 상대는 여자 아닙니까.”

말은 예의 발랐지만 부릅뜬 두 눈에서는 불이 뚝뚝 떨어지는 것이 보였다. 그 나이에 비해 체구도 크고 건장한 아버지지만 키도 더 크고 젊은 사내의 화난 모습을 앞에 두자 기가 눌린 듯했다. 유진을 휘어잡고 있던 손을 슬그머니 놓으면서 그래도 말로는 지지 않으려는 듯 큰소리를 쳤다.

“앤 내 딸이야! 가족 사이 일에 당신이 무슨 상관이지? 경찰이라도 돼?”

범영이 다른 손으로 그녀의 어깨를 잡아 뒤쪽으로 빼내며 부친과 맞섰다.

“경찰은 아니지만 지나치질 못해서 그럽니다. 아무리 가족이라고 해도 사람들 앞에서 막 이래도 되는 건 아니잖아요.”

“안 되긴 뭐가 안 돼? 생판 남 일엔 이러니저러니 지껄이지 말고 당신이나 꺼져!”

“이게 어떻게 생판 남의 일이라고…….”

이글거리던 범영의 눈 사이에 깊은 고랑이 패었다. 그가 선뜻 말을 잇지 못하고 주먹을 틀어쥔 채 입술을 꾹 다문 이유를 유진은 알 것 같았다. 범영이 그녀에게 ‘남이 아닌 존재’가 되기를 얼마나 원해 왔던가. 또다시 눈물이 울컥 솟아오르려 했다.

의도치 않게 범영을 한 걸음 물러서게 만든 부친이 기세를 회복한 듯 다시 언성을 높였다.

“이 손 놔! 얼른 안 놓으면 폭행죄로 고소할 거야!”

범영이 천천히 손을 놓았다. 그의 손을 탁 털어 내듯 떨쳐 버린 부친이 범영을 노려봤다.

“당신, 봐줄 때 그만 가. 괜히 관계도 없는 일에 끼어들어 험한 일 당하지 말고.”

“싫습니다.”

“뭐? 이 자식이! 진짜 혼나 봐야 정신을 차리겠군!”

단호한 범영의 대답에 흥분해 의자라도 집어 들 아버지의 기세를 막은 것은 입구 쪽에서 들려온 쨍쨍한 목소리였다.

“그만 하세요! 그분이 괜히 남의 일에 끼어든 거 아니에요!”

“유림아!”

핸드백을 움켜쥐고 안절부절못하던 어머니가 먼저 동생을 보고 반색을 했다. 어디서부터 뛰어왔는지 발갛게 달아오른 얼굴로 숨을 헐떡이며 걸어 들어온 유림이 자리로 와서는 의자 하나를 골라 털썩 주저앉았다.

"아, 힘들어. 쫓아오느라 고생했지만 덕분에 시끄러워질 일은 막았군요."

범영을 보고 복잡한 미소를 지은 동생은 탁자 위에 어질러진 잔들이며 수표를 보고 혀를 쯧 찼다. 범영을 견제하듯 계속 서서 버티고 있던 아버지가 인상을 쓰며 유림을 나무랐다.

"넌 또 이런 자리에 생각도 없이 왜 왔어? 민 서방이랑 사돈댁에 창피하지도 않니?"

"정작 창피한 건 그런 게 아니에요, 아버지. 제가 왜 여기까지 허둥지둥 뛰어왔는지 아세요? 글쎄 주차장에서 걸어오는 길에, 여기서 나온 것 같은 여자애들이 웬 반백의 노인네가 자기 딸을 패고 있다고 수군거리며 지나가더라고요. 게다가 그걸 저만 들은 게 아니라 여기 이분도 들으셨거든요."

유림의 말에 아버지의 얼굴이 시뻘겋게 달아올랐다. 못내 못마땅한 태도로 아버지가 물었다.

"대체 이 작자가 누군데?"

"김범영 씨라고, 언니 변호해 줄 분요."

고개만 푹 숙이고 있던 유진은 그 말에 놀라 동생을 쳐다보았다. 생뚱맞은 대답이 아닐 수 없었다. 평소 가게에 있을 때처럼 패딩 점퍼에 편한 니트나 티셔츠 차림은 아니지만 무난한 진회색 반코트에 카키색 터틀넥 스웨터를 캐주얼하게 입고 있는 범영은 전혀 변호사처럼 보이지 않았다. 서로 의논이라도 한 걸까. 다시 범영 쪽을 바라보자 그 역시 눈을 크게 열고 유림을 바라보고 있었다.

"말도 안 되는 소리 하지 마라!"

옷차림이나 젊어 보이는 나이 탓인지, 아니면 변호사가 왔다는 자체를 거부하고 싶은 탓인지 부친의 반응 역시 싸늘했지만 유림은 태연했다.

"아버지야 믿고 싶은 것만 믿으시는 분이니까 마음대로 생각하시고요. 어쨌든 저나 이분이나 그냥 언니 따라온 건 아니고 여기 올 만한 이유가 있어 온 거예요."

범영과 유진에게 자리에 앉으라고 손짓을 하면서 유림은 탁자 위에 올려놓았던 자신의 핸드백을 무릎 위로 끌어당겼다.

"이유라니?"

아까부터 창백해져 입만 다물고 있던 어머니가 물었다. 유림이 핸드백을 뒤적거리다 말고 턱으로 입구 쪽을 가리켰다.

"호랑이도 제 말 하면 온다더니 저기 왔네요."

가게 입구에는 차를 빼놓겠다던 경우가 문을 열고 들어서고 있었다. 의자에 앉던 유진은 자신도 모르게 몸이 굳었다. 경우가 유림과 마주쳐도 만만치 않겠지만, 이 자리에 나온 범영을 보면 어떻게 반응할지 예상할 수조차 없었다. 대여점에서 만났던 범영을 기억하지 못한다면 좋겠지만 평소의 유난한 눈썰미나 기억력으로 보아 그럴 가능성은 몹시 낮았다. 그리고 범영을 본 경우의 반응 또한 유진의 생각과 다르지 않았다.

"아버님 왜 안 나오십……, 당신 뭐야? 여기 왜 왔어?"

대뜸 범영에게 손가락질부터 하던 경우는 곧 눈시울을 가늘게 좁혔다.

"오호, 그럼 그때 그 여자가 말했던 남자가……."

유진의 가슴이 덜컹 내려앉았지만 다행스럽게 유림의 재빠른 대처로 경우의 입은 닫혔다.

"김범영 씨는 제가 모시고 왔어요. 그러니까 전후 사정은 나중에 따지시고 우선은 이것부터 보시는 게 좋을 것 같군요."

던지다시피 유림이 탁자 위로 내려놓은 것은 하얀 봉투였다. 'XX 병원'이라는 글자가 초록색으로 선명히 찍힌, 그러나 손을 타 약간은 누레진 봉투.

벌써 1년이나 지난 일이지만 병원 이름은 눈에 익은 것이었다. 임신을 확인하고 두어 번을 더 갔던 종합병원. 그리고 끝내는 기억하고 싶지 않은 이름으로 남은 병원이었다. 그런데 왜 저 이름이 봉투에 있을까? 순간 머리에 떠오른 것은, 침대에 누워 정신을 놓다시피 한 그녀를 앞에 두고 부부 사이에도 강간이 성립한다며 새파랗게 분노하던 동생의 얼굴이었다.

설마? 유진은 자신도 모르게 떨리는 입술을 한 손으로 가렸다. 경우의 안색 역시 심상치 않았다.

"이게 뭔데, 처제?"

웃으며 말했지만 경우의 턱 선은 경련하고 있었다. 유림이 차갑게 코웃음을 쳤다.

"모르겠다면 펴 보시면 알 거고, 그런 다음에는 이혼에 대한 그쪽 생각을 잘 좀 알려 주셨으면 좋겠어요. 외도 사실이야 잡아떼면 그만이고, 이혼해 준다고 써 줬던 각서도 태워 버리면 증거가 안 된다 싶었겠지만 이건 좀 다르거든요. 병원 기록에도 다 남아 있는 거고, 하려고만 하면 얼마든지 사본을 받을 수 있는 거라서요. 물론 재판에서의 효력도 각서와는 천지 차이겠죠?”

웃고 있던 경우의 얼굴이 가면처럼 무표정해졌다. 그는 아무 말 없이 봉투를 열고 안의 내용물을 꺼냈다. 재빠르게 내용을 훑어 내린 경우는 탁자 위에 종이를 내팽개쳤다. 유진의 예상대로 그것은 진단서였다.

“아무리 날 싫어하는 처제라고 하지만 이건 좀 어이가 없군.”

경우의 목소리는 얼음처럼 냉랭했다.

“충격으로 유산을 했는데 성폭행이 의심된다? 애가 유산된 게 성폭행을 당해서인지는 미처 몰랐네.”

경우를 제외한 나머지 다섯 사람의 얼굴이 흙빛으로 변했다. 부모님은 처음 듣는 엄청난 사실에, 자매와 범영은 드러내 놓고 자신의 죄과를 줄줄 읊어 대는 그 파렴치함 때문에.

“서, 성폭행이라니 그게 무슨 소리냐? 유진이 너 정말 무슨 일을 당한 거야? 누구한테?”

하얗게 질린 어머니가 물어 왔지만 유진은 아무 말도 할 수 없었다. 고개만 젓는 그녀를 보고 경우가 입가를 슬쩍 올렸다.

“유진이한테 힘든 일이긴 했겠군. 하지만 이미 지난 일인데 이런 걸 왜 내게 보여 주는 거지?”

“이 더러운 자식!”

차마 못 참고 범영이 자리에서 벌떡 일어나려는 것을 유림이 손으로 가로막았다. 그리고 날카롭게 경우를 쏘아봤다.

“하! 그걸 말이라고 해? 당신이 한 짓이잖아! 계단에서 구른 언니를 병원에도 데려가지 않고 방치했고, 거기다 사고 충격이 남아 있던 임산부에게 무슨 짓을 했어? 그날 언니 몸에서 내가 본 피멍이 몇 개였는지 알아? 이 짐승만도 못한……."

"유림아, 그만둬. 그럴 필요 없어."

도저히 더 들을 수가 없었다. 유진은 동생의 말을 제지했다. 그때의 일은 희미하게 되새기는 것만도 끔찍했다. 자신도 자신이지만 탁자 아래로 양 주먹을 꾸욱 움켜쥐고 이를 악문 채 앞에 놓인 컵만 노려보고 있는 범영에게도 못 할 짓이었다. 상황이 어떻게 되어 가는지 몰라 입을 닫고 있던 부친이 그제야 모든 일을 정리하듯 짐짓 엄숙한 목소리를 냈다.

"그래, 무슨 일이 있었던 것 같긴 한데 어차피 백 서방 말대로 다 지나간 얘기다. 게다가 유림이 넌 부부 사이의 일을 들춰서 어쩌겠다는 거냐? 이제라도 둘이 분란 없이 잘살아야지."

"아버지! 지금 그게 아니잖아요!"

"유림아, 됐어. 이건 내 일이니까 이젠 내가 얘기할게."

화가 나 어쩔 줄 모르는 동생을 보자 오히려 침착해졌다. 뺨에 열기가 느껴져 만져 보니 붓기 시작한 것 같았다. 제법 땡땡해진 뺨을 문지르며 유진은 생각했다. 자신이 경우에게 끌린 것은 절대 변하지 않을 듯한 그기 든든해서가 아니라, 어쩌면 경우가 몇 가지 면에서는 부친을 닮아서 그런지도 모른다고. 참 우스운 일이었다. 아버지를 닮은 남자가 자신을 사랑해 준대도 20년을 넘기는 학대의 기억이 없어지는 건 아닌데 말이다.

"아버지, 저 이 사람하고 꼭 이혼해요. 아버지가 뭐라시든지요. 정

마음에 안 드시면 없는 자식 치세요. 소송도 할 거예요. 설사 패소하더라도 몇 번이고, 몇 년이 걸리더라도 성공하고 말 거고요.”

“하……, 웃기지 마라. 네까짓 게 재판 비용은 어쩔 거며 뭘 먹고 살 거냐. 돈 펑펑 벌어다 주는 애비 덕분에 험한 일 하나도 안 해 보고 산 년이.”

유진의 얼굴에서 무엇을 읽었는지 부친의 어조가 조금 달라졌다. 그러나 비웃음만은 여전한 말투에 유진은 쓰게 웃었다.

“저 취직했어요. 많진 않지만 혼자 먹고살 만큼은 돈 벌어요. 제가 있는 집 전세금은 저 사람이 준 거지만 결혼 때 해 간 아파트를 생각하면 결국은 아버지가 주신 거나 마찬가지니까, 조금씩이라도 갚아 드릴게요. 그래도 모자라면 죄송하지만 저 사람에게 받으시고요.”

“……너, 이따위로 굴면 유산은 없는 줄 알아!”

“네, 저도 아버지 재산 탐나지 않아요. 그러니 부모님 말씀 안 따르는 못된 딸은 잊고 마음 편히 사세요.”

그 말을 끝으로 유진은 자리에서 일어났다. 자신을 올려다보는 범영에게 눈짓을 하고 동생에게 ‘미안하지만 나 먼저 갈게.’라고 말한 뒤 재빨리 뒤돌아섰다. 할 말은 다 했다. 황급히 일어서서 ‘감히 네 년이!’라고 호령하는 부친도, 굳어진 얼굴로 탁자 위에 놓였던 진단서를 왈칵 구기는 경우도 더 이상 지켜보고 싶지 않았다.

“손유진, 거기 서!”

벌떡 일어선 백경우가 입구까지 걸어 나갔던 유진을 뒤쫓아 간 것은 순식간의 일이었다. 범영 역시 급하게 그를 따라갔지만, 이미 백

경우가 커피점 입구 앞에서 유진의 손목을 낚아챈 후였다.

"누구 마음대로 너 혼자 도망가? 날 이따위로 개같이 만들어 놓고 넌 아무 잘못도 없다는 고고한 얼굴로 나가 버리면 그만이야?"

잔뜩 구겨져 뭉쳐진 진단서가 유진의 얼굴에 정통으로 맞고 바닥으로 떨어졌다. 눈에서 불이 번쩍했다. 범영은 단숨에 백경우의 멱살을 잡아챘다.

"당신 지금 어디서 행패야."

목소리가 자갈 바닥을 긁는 쇠스랑처럼 거칠고 낮게 흘러나왔다. 그러나 백경우는 지금 눈에 보이는 게 없는 지경인 듯했다.

"아, 그래. 나도 아까부터 네놈이 신경에 거슬렸어. 네가 얘 변호사라고? 바람 상대가 아니라?"

"이 자식이!"

이죽대며 '하, 어린 새끼가 겁도 없이 어디다 대가리를 디밀어?'라고 지껄이고 있는 작자에게 마음 같아서는 남들의 이목이고 뭐고 한 방 날리고 싶었다. 부르르 떨고 있는 범영의 옷자락을 유진이 잡아당겼다.

"범영 씨, 여기서 이러면 오히려 내가 곤란해요."

늘 웃음기를 담아 부르던 목소리가 참 단호했다. 거리를 오가던 사람들이 멈춰 서서 이쪽을 보며 수군거리는 소리가 들렸다. 천천히 손을 놓으며 범영은 유진의 얼굴을 뚫어지게 보았다. 그를 잠시 응시했던 그녀는 다시 남편을 바라보고 있었다. 새파랗게 질렸던 얼굴이 점차 담담하게 변하더니 끝에는 희미하게 웃음을 담는다. 씁쓸하고도 후련한 웃음을.

"고맙네. 당신 미워하는 마음까지도 쓸모없다는 걸 알려 줘서."

어디서 힘이 났는지 유진이 백경우의 팔을 탁 떨쳐 내었다.

"지금까지는 당신과 함께 보낸 시간들이 아깝고 억울하다고 생각했었는데, 이제 보니 그게 아니었어. 당신 같은 사람이랑은 지금이라도 헤어지게 되는 걸 고맙게 여겨야 할 것 같아."

"뭐라고?"

안색이 좋지 않던 백경우의 얼굴이 더 창백해졌다. 이유는 분노 혹은 수치심, 아니, 둘 다였을 것이다.

"처음에는 잘난 당신에게 내가 뭐든 맞춰야 한다고 생각했고, 그 다음에는 남들처럼은 살아야 한다고 생각했어. 당신 같은 사람과 그럴 수 있는 가능성은 요만큼도 없었는데 말이야."

평소의 유진을 생각하면 놀랄 만큼 냉정한 말투였다. 참으로 뿌듯해져서 범영은 박수라도 쳐 주고 싶었다.

"그쯤 해라, 손유진."

사나운 기색으로 다시 한 걸음 그녀에게 다가서려는 남자를 범영이 막아섰다.

"당신이야말로 치사하게 구는 짓 그만둬. 법으로 해도 당신은 유진 씨랑은 이미 끝이야."

"하, 이 새끼가 어디서 법 운운해? 촌에서 구멍가게나 해 먹는 새파란 놈이 감히 나한테 법을 가르치겠다고?"

백경우가 그를 밀어내려 했으나 범영은 꿈쩍도 하지 않고 단단히 버티고 서서 매서운 눈으로 유진의 남편을 노려보았다. 범영의 등에 가려진 유진의 머리끝 하나도 보지 못하게 된 경우는 이를 갈더니 문득 비열한 웃음을 머금었다.

"하긴 재활용이 딱 어울리는 놈에게 무슨 안목을 바라겠어. 남이 쓰던 헌 여자 주워 먹는 게 그렇게 좋던가?"

등 뒤에서 유진이 숨을 흡 들이쉬는 게 느껴졌다. 아까부터 쥐고 있던 주먹에 불끈 힘이 들어갔다. 자신이 그녀에게 품었던 마음을, 그 많은 감정들을 '재활용'이라는 한 단어로 줄여 버린 남자를 범영은 한참이나 바라보다가 비릿하게 웃었다.

"그래. 당신이랑 결혼했던 여자, 내가 많이 좋아해. 그걸 재활용이라고 부르고 싶으면 마음대로 불러."

"자존심도 없는 새끼, 그런 식으로 여잘 꼬드겼냐? 하긴 돈이 좋긴 좋아. 그렇지?"

유진이 그의 뒤에서 옷자락을 꾸욱 쥐고 있었다. 분노한, 그러나 그를 제지하려는 의사가 분명한 손의 떨림이 그대로 전해져 오는 것을 느끼면서 그는 나직하게 뇌까렸다.

"진주 목걸이를 차고 있는 돼지 새끼가 뭐라고 꿀꿀거리든 사람들은 신경 안 써. 목걸이만 내놓으라고."

"돼지? 누가? 목걸이를 탐내는 무식한 돼지는 내가 아니지. 나이 많고 돈까지 많은 여자 꾀어내서 팔자 한 번 펴 보겠다고 마음먹은 어린놈한테 어울리는 호칭이잖아, 그기."

상대는 울컥하는 낯빛이었으나 고등교육을 받은 치답게 곧 빈정대는 말로 받아쳤다. 그래, 한 번 만에 넘어오면 그것도 너무 싱겁지. 범영 역시 아무렇지도 않게 대꾸했다.

"아, 그렇군. 그쪽은 돼지가 아니라 거머리였지. 떼로 덤벼들어서는 사람이 피가 말라 못 견딜 때까지 빨아먹었으니까. 그리고 자꾸 내 나이를 걸고넘어지는데, 내가 젊은 게 그렇게 부러웠나?”

“이 자식이! 말이면 다 하는 줄 알아?”

“당신같이 뻔뻔한 인간한테 뭔 말이 마음에 걸리는데? 거머리라는 거? 아님 젊은 게 부럽냐는 거? 그것도 아니면 유진 씨가 당신을 확실히 버리려고 한다는 게 나 때문에 실감나서 그게 자존심 상하고 분해?”

“미친 새끼, 손유진이 날 버리긴 왜 버려?”

백경우가 그의 멱살을 두 손으로 움켜쥐었다. 그깟 키보드 두드리던 인간의 주먹쯤이야 우습지도 않아서 범영은 코웃음을 쳤다.

“아까 보니 당신, 저 안에서는 설설 기던데? 그게 당신 자존심이야? 아 참, 장인한테 잘 보여야 하겠군. 처가 재산 밑바닥까지 빨아먹으려면.”

“더러운 기둥서방 같은 새끼! 너도 저 여자 돈 보고 이러는 거 아냐!”

기어코 주먹이 날아왔다. 얼굴은 피하고 싶어서 어깨 쪽으로 흘려 맞은 첫 주먹은 책상물림치고는 꽤 매서웠다.

“젊은 새끼가 몸뚱이랑 반반한 얼굴 하나 믿고 들이밀면서 어디서 개소리야?”

뒤이어 복부로 날아온 주먹을 맞고 좀 과장되게 비틀거리다 풀썩 주저앉았다. 낮은 비명 소리를 들은 범영은 슬쩍 뒤를 돌아보며 윙크를 했다.

“유진 씨는 가요. 나 먼저 맞았으니까 이제 정당방위예요.”

"그거, 무슨 말이에요?"

유진이 걱정 어린 얼굴로 고개를 흔들어서 그는 재차 재촉을 했다.

"시끄러워질 테니까 이대로 그냥 집에 가 있어요."

그래도 주춤주춤하는 유진을 등 떠밀어 보낼 생각으로 범영은 천천히 일어섰다. 그가 보기보다는 만만한 상대라 생각했는지 백경우가 주먹을 털며 호기롭게 외쳤다.

"무식한 새끼야, 대한민국 법에는 사위도 장인 장모 재산 받을 수 있어. 저 여자랑 결혼했으니까 그거 당연한 내 권리야. 씨발, 내가 뭘 잘못했어? 그 집에 내가 얼마나 눈치 보고 신경 쓴 줄이나 알아? 내 마누라에 내가 당연히 받을 재산인데 네놈 새끼가 감히 밥숟갈 걸치려고 지랄이야!"

짜증나게 떠들어 대는 인간을 더 이상 참기가 힘들었다. 범영은 웃었다.

"그래, 짖어라."

우선 발로 가볍게 옆구리를 한 방 날렸다. 백경우가 허리를 잡고 고꾸라지려 했다. 범영은 슬쩍 뒤를 돌아보았다. 유진의 낯빛이 창백해, 그는 좀 곤란한 심정이 되었다. 설마 남편이라고 충격을 받은 건 아니겠지.

"딴 데 가 있으라 했잖아요. 보기 흉한데."

"그게 아니라, 범영 씨……."

유진이 검지를 들어 뒤를 가리켰다. 이상한 느낌에 반사적으로 돌아보자 백경우가 정보지 가판대를 휘두르며 달려들고 있었다. 몸을 피하면서 무릎 뒤쪽을 발로 차서 쓰러뜨린 후, 엎어진 작자를 지그시 밟았다. 이 인간을 어찌할까 싶은데, 한쪽에 서서 지켜보고 있던 유진이 고개를 떨어뜨리며 작게 중얼거렸다.

"그러지 말아요. 싫어요."

그 말을 들으니 몸속에서 들끓고 있던 분노가 찬물이라도 끼얹은 듯 푸시식 가라앉았다. 드러낸 폭력성이 혹시 보기 언짢았을까. 어물쩍 발길을 물리며 범영은 애매하게 웃었다.

"……뭐, 심하게 하려던 건 아니에요."

당연히 거짓말이지만, 사실은 치료비를 물어주더라도 생니 몇 개쯤은 빼 주고 싶었지만 억지로 참고 백경우의 뒷덜미를 잡아 일으켰다.

"이치가 먼저 덤볐잖아요. 나도 그만 욱해서……."

개뿔이다. 약을 살살 올려서 일부러 도발했었는데, 주먹 몇 번 안 써 봤을 듯한 상대는 손쉽게 걸려들었다. 자신이 조금 더 맞더라도 시간을 끌며 유진을 보내 놓고서 분이 풀리도록 된통 두들겨 주는 건데 그랬나 하고 후회하고 있을 때 그녀가 말했다.

"쓰레기잖아요. 굳이 범영 씨가 손을 더럽힐 필요가 없는."

매우 담담한 목소리였다. 놀란 범영과 백경우가 동시에 고개를 들었다.

"이쪽은 도저히 재활용도 안 되는걸요. 그러니까 그냥 버려두고 돌아가요."

"하, 진심이야?"

믿지 못하겠단 투로 백경우가 터진 입술을 벙긋거렸으나, 범영은 아랑곳하지 않고 고개를 끄덕였다. 손을 내밀어 유진의 손을 잡고 그 자리를 벗어나려는 순간이었다.

“이게 무슨 짓거리냐!”

벌겋게 달아오른 얼굴의 유진 부친과 모친이 커피점 입구 계단 위에서 그들을 바라보고 있었다. 그 뒤에 선 유림이 냉소적인 어조로 지껄이는 소리가 똑똑히 들려왔다.

“이제 와 딱히 망신이라고 할 수 있나요. 뭐, 아버지 사위가 내뱉은 말이 좀 놀랍기는 하네요. 우리 집 재산이 꽤나 매력적이었던 모양이죠.”

“넌 조용히 해!”

분에 겨워 버럭 소리를 지르던 부친의 시선이 자신에게, 아니, 자신의 어깨 너머에 와 닿는 것을 범영은 느낄 수 있었다.

“잘난 척 큰소리치고 나가더니 니년이 만들어 놓은 꼬락서니를 좀 봐라! 니가 제정신이냐!”

부친의 외침에 이어 멍하니 섰던 백경우가 정신이 든 듯 손을 내뻗었다.

“손유진, 너 지금 미쳤지? 저놈이 그렇게 만든 거지?”

머리보다 범영의 몸이 먼저 움직였다. 유진의 손목을 재빨리 붙들고 뒤로 물렸다. 아슬아슬하게 유진을 놓친 백경우가 다시 한 번 그녀를 잡아채려는 순간 싸늘한 음성이 울렸다.

“백 서방 자네, 집간이나 유지히고 살고 싶으면 당장 그 손 치우게.”

그 자리에 있던 모든 사람의 눈이 커피점 입구로 쏠렸다.

“이제 그만 해요.”

선득할 정도로 차분한 목소리를 내며 유진 부친의 옷자락을 잡은 것은 모친이었다. 유진이 나란히 선 부모를 쳐다봤다. 아까의 기억이

다시 떠오르는지 그녀의 얼굴이 점점 흐려졌다. 그리곤 암담한 표정으로 고개를 돌렸다.

"저것 좀 보게! 너 지금 누구 뒤에 숨은 게냐, 응? 저 자식 저거 변호사 맞아?"

보기 드문 모친의 만류에도 불구하고 부친이 을러댔다. 흘긋 돌아보니 유진은 그를 외면하고 있었다. 그런 그녀의 뺨이 수치심으로 붉어져 있는 것이 역력해서 범영은 오히려 자신이 더 울컥했다.

"아버지, 진짜 왜 이러세요? 사람들 다 지나가는 데서. 누구 아는 사람이라도 만나면 어쩌시려고요."

"아, 지금 그게 문제냐? 저 버르장머리 없는 딸년이 더 문제지!"

화를 내는 유림의 목소리와 계속 투덜거리는 유진 부친의 음성이 계속 들려오는 와중에, 유진이 작게 속삭였다.

"범영 씨, 미안해요. 나 먼저 가고 싶어요. 가게 해 줘요."

그녀는 기어코 범영을 보지 않았다. 울지도 않았다. 그러나 모로 돌리고 있는 그 시선이 오히려 범영에게 유진의 미안함을, 그 서러움을 더 간절하게 전해 주었다. 그를 이런 곳에 오게 해서, 그녀의 친부모로부터 저런 소리를 듣게 해서 미안하고도 서럽다는 말을 꼭 입으로 들어야만 알겠는가. 유진의 붉어진 뺨과 떨어뜨린 시선만 보아도 이렇게 마음이 애잔한 것을.

생각해 보면 자신은 그래도 중학생 때까지는 행복했었다. 그러나 그런 자잘한 추억조차 그녀에게는 없을지 모른다. 부모, 남편, 자식……. 제대로 가질 수도 있었던, 유진에게는 그럴 자격이 충분히 있는 것들이 왜 그녀에게 어느 것 하나 허락이 되지 않았는지. 가슴이 북받쳤다.

"어서 가요. 내가 나중에 전화할게요."

범영은 그렇게 속삭이고 얼른 어깨를 떠밀었다.

"너, 어딜 가?"

유진의 부친이 고함을 쳤지만 유진은 고개를 숙이고 어깨를 떨어뜨린 채 거리를 총총히 걸어가 버렸다. 그녀의 모습이 멀찍이 사라지는 것까지 보고 나서야 범영은 안도할 수 있었다. 행동을 가로막힌 부친이 뒤늦게 아내에게 버럭 짜증을 냈다.

"뭐라는 거야? 저게 지금 가 버리잖아!"

"쟤는 그냥 보내요."

"뭐?"

유진의 부친이 소리를 잘 듣지 못했다는 듯 인상을 썼다. 잠시 아래를 내려다보고 있던 유진의 모친은 이윽고 시선을 들어 눈을 커다랗게 뜬 자신의 남편을 바라보았다. 한 점 요동조차 없는, 차갑도록 선명한 시선이었다. 여태까지 연약하고 섬세한 부잣집 마나님 모양으로 불안하게 핸드백만 만지작거리던 것과는 딴판이었다.

"이혼하게 두자고요."

거북한 얼굴로 옷을 털어 내고 있던 백경우가 놀란 듯 '장모님'을 불렀고, 대담한 편인 유림도 조심스레 자기 부모님 쪽을 살피는 눈치였다. 다소 어리둥절하던 부친의 표정이 그악스럽게 구겨지기까지는 얼마 걸리지 않았다.

"딸년이 멀쩡한 남편 두고 이혼을 하겠다는데 그냥 두자고? 웬 미친 소리야?"

"멀쩡한 남편이 아니니까요. 결혼한 지 두 해가 겨우 넘었는데 외도를 해서 여자가 찾아오게 만들고, 그것도 모자라 애에게 폭력을 휘둘러 유산을 시켰어요. 그게 어떻게 멀쩡한 남편이에요."

그렇게 말한 모친은 백경우에게 얼굴을 돌려 '당사자를 앞에 두고 이런 말을 하니 좀 그러네만 어쨌든 사실이 아닌가.'라고 했다. 싸늘하고 냉랭한 말투었다. 얼굴이나 전체적인 외모는 유진과 몹시 닮아서 마음 약하고 온화한 성격이 아닐까 생각했었는데. 유진이 힘든 어린 시절을 보냈다는 게 이제야 실감이 났지만, 허옇게 질린 백경우의 얼굴만큼은 볼 만했다.

"아니, 남자가 일을 하다 보면 여자도 꼬이고 그러는 게지, 그게 무슨 큰 잘못이야!"

분개한 유진의 부친이 입구의 벽을 쾅 내리쳤다.

"게다가 백 서방이 유진일 쫓아내고 그 여자를 들이겠다고 한 것도 아니잖아. 조강지처랑은 못 헤어지겠다고 우리한테까지 와서 도움을 청하는 판에! 딸자식이 뭘 잘못 생각하고 있으면 그걸 에미란 사람이 고쳐 줘야지, 덩달아 그 장단에 춤을 춰?"

"유림이가 떼어 온 진단서는요? 그건 뭐죠?"

"시끄러워! 평생 집에 처박혀서 편하게만 산 주제에 당신이 뭘 안다고!"

드디어 유진의 부친이 또다시 한 손을 번쩍 치켜들었다.

"아버지, 길거리에서 왜 이러세요!"

유림이 부친의 팔을 붙잡았다. 나중에라도 유진은 절대 혼자 친정에 보내지 말아야겠다는 생각을 하며 범영은 슬슬 걸어서 계단 쪽으로 다가갔다. 그가 계단 위를 빤히 올려다보자 부친은 손을 부르르 떨더니 이를 갈며 계단을 거칠게 내려오는 것을 택했다.

"에잇! 재수 없게! 내 이년을 그냥 두나 봐라!"

꼿꼿하게 그 모습을 바라보던 유진의 모친이 돌연 폭탄 같은 몇 마디를 던졌다.

"유진이 이혼 못 시키겠으면 내가 나가겠어요."

"뭐라?"

모친은 휙 돌아선 부친을 노려보며 또박또박 말했다.

"이혼하자구요. 나만으론 모자랐어요? 왜 딸까지 그 꼴로 살게 만들려고 그래요?"

"이 여편네가 미쳤나……."

유진의 부친은 어이가 없어 잠시 할 말을 잃은 듯했다. 모친이 자신의 남편을 보며 냉소를 흘렸다.

"내가 미친 건 애초에 당신에게 억지로 일을 당해 결혼을 했을 때부터였어요. 집안에서 정해 준 약혼자를 두고, 임신한 탓에 어쩔 수 없이 앞날이 깜깜한 결혼 생활로 걸어 들어갔던 내 심정을 당신이 알 리 없겠죠. 뱃속에 있던 유진이가 한없이 미웠고 하루하루가 지옥 같았어요."

소용했시만 피같이 붉은 감정이 뚝뚝 떨어지는 것 같은 말투였다. 입을 떡 벌리고 있는 유진의 부친은 말할 것도 없고, 유림조차 충격을 받은 듯 멍하니 자기 어머니를 쳐다보고 있었다. 아마도 딸들조차 모르고 있던 일인가 보다. 범영 역시 예삿일은 아니다 싶어 침묵을 지켰다.

"웃기는 게, 그런데도 어떻게든 당신에게 맨몸으로 쫓겨나는 일만은 피하고 싶었어요. 그렇게 되면 친정에서도 버린 자식 취급당한 내가 완전히 쓰레기가 되는 거라고 생각했으니까."

"허, 그럼 지금은 쓰레기 노릇도 할 만하겠다 싶은가 보지?"

간신히 분노를 참고 있는 듯 입술을 떨며 유진의 부친이 묻자, 모친이 띠고 있던 차가운 웃음이 씁쓸하게 변했다.

"아뇨, 내가 이미 쓰레기처럼 살고 있다는 걸 깨달았거든요. 명색이 에미고 같은 여자면서 내 딸이 어떻게 사는지, 무슨 생각으로 버티고 있는지 아예 눈 감고 있었으니까요."

옆에 앉아 있던 유림에게서 가느다란 한숨 소리가 새어 나왔다. 안도하는 것 같기도 하고, 슬퍼하는 것 같기도 한 한숨 소리였다.

"나도 반평생을 억울하게 살았는데 저는 뭐 다를 것 있냐고 생각했는지도 몰라요. 그게 아닌데, 그래선 안 되었던 건데……."

"대단한 위인 나셨군."

빈정거리는 남편을 무시하고 유진의 모친은 얼굴이 딱딱하게 굳어 있는 백경우를 향해 분명히 못을 박았다.

"자네, 이혼 의사 확인하는 날짜가 하루 더 있는 걸로 아네. 그때 나오면 유진이의 뜻대로 넘어가겠지만 그러지 않는다면 이혼 소송 시에 위자료며 재산 분할 요구가 만만치 않게 들어갈 거야."

"장모님, 그건……."

"장모라고 부르지 말게. 여태 딸에게도 제대로 된 어미 노릇 한 번 못 해 줬지만 그렇다고 아무나 사위로 인정하고 싶진 않네."

백경우는 좀 질린 듯했으나, 그 정도로 거머리 같은 인간이 만만하게 떨어져 나갈 리가 없었다. 그는 곧 먹이를 뺏긴 들개처럼 이를 드러내며 으르렁거렸다.

"말씀이 좀 지나치신 거 아닙니까? 사람을 완전히 기생충 취급하시는데, 여태까지 제가 일처리 해 드린 게 얼만지는 아세요?"

"아, 이 사람 진정하게. 자네 장모가 지금 좀 흥분해서 그러는 거야. 나중에는 후회하고 자네에게 사과도 할걸세."

그예 부친이 둘 사이에 끼어들었지만, 사실 그 표정은 자신이 한 말을 확신한다기보다는 긴가민가하면서 그저 믿고 싶어 하는 것처럼 보였다. 유진의 모친은 깔끔하게 그 기대를 저버렸다.

"이 사람이 회사에 얼마나 도움을 줬는지 모르겠지만, 내가 이혼 소송을 걸면 당신 재산의 얼마가 내 손에 들어올지 생각해 본 적 있어요? 내 이름으로 돌려놓은 상가랑 땅은 또 어쩔 건가요? 유진이가 이혼을 하지 않으면 내가 나가겠다는 말, 절대 빈말 아니에요."

그 몇 마디에 유진의 부친은 안색이 달라졌다.

"당신 정말 이러기야?"

"더 할 말 없어요. 유진이가 이혼할 때까지는 유림이네 가 있을 테니까 그렇게 알아요."

남편의 시근거림을 무시하고 단호하게 일어선 유진의 모친은 자신의 작은딸을 향해 물었다.

"며칠간 너희한테 폐 좀 끼칠 것 같은데 괜찮겠니?"

"네, 그럼요. 민 서방도 다 이해할 거예요."

조심스런 질문이었고 상냥한 대답이었다. 아마 유진뿐 아니라 유림도 어머니에게 맺힌 부분이 있었지 않았을까. 오늘의 일로 그것이 어느 정도 풀어진 것 같은 느낌이었다.

"김범영 씨도 같이 가실 거죠?"

유림은 희미한 미소를 띠며 조심스레 어머니의 팔을 잡고 계단을 내려왔다. 고개를 끄덕인 범영은 땅바닥 위를 구르고 있던 진단서를 챙겼다. 남은 남자 둘은 굳은 얼굴로 자리를 지키고 있었다. 다들 나가고 나면 두 사람이서 작전 회의라도 할 셈인가 싶어서 조금 우스워졌다.

앞서거니 뒤서거니 세 사람이 거리를 걸어오노라니, 바람이 칼 같던 날씨는 많이 누그러져 있었다. 구름이 오락가락하며 해를 덮던 오전과 달리 훨씬 포근해진 햇살이 오후의 거리를 채우는 중이었다. 주차장이 가까워지자 차를 빼오겠다면서 유림이 먼저 빠르게 걸어갔고, 자연히 남은 둘은 거의 나란히 걷게 되었다. 사람들이 오가는 것을 지켜보면서 천천히 걸어가던 유진의 모친이 돌연 몸을 돌리더니 그에게 손을 내밀었다.

"초면에 못 볼 꼴을 많이 보였네요. 미안해요. 그리고 아까 챙기신 진단서는 내가 가져갈게요. 변호사시라 해도 앞으로 어떻게 될지도 모르고 또 남의 손에 두기에는 좀 어지러운 서류라서."

그러나 범영은 봉투를 넘기는 대신 모친의 손을 잡았다.

"그건 제가 유진 씨에게 갖다 드리겠습니다. 그리고……, 앞으로 잘 부탁드리고 싶습니다."

"부탁이야 이쪽에서 드려야지요."

공손하게 모아 잡고 흔드는 손과 범영을 의아한 기색으로 번갈아 보던 유진의 모친은 무슨 생각을 했는지 그를 조금 더 유심히 살펴보기 시작했다. 어느 정도 호의적이던 시선이 새삼 날카로운 것으로 변해 아래위를 훑는 것을 범영은 억지로 웃음을 띠고 참아 냈다. 유진의 모친이 유진에게 어떤 의미를 갖든, 또 유진이 모친에게 어떤 의미든 그가 앞으로 유진 곁에 늘 있을 거라는 것만큼은 그 모친에게 인정받고 싶었기 때문이다. 이윽고 시선이 수그러들었고, 모친은 한숨을 내쉬었다.

"딸애들이 모시고 온 분이니 나야 딱히 더 할 말이 있겠어요?"

그의 감이, 모친이 벌써 뭔가 눈치를 차린 것 같다고 말했다. 그리고 자신의 점수는 딱히 좋지도 않았지만 아주 나쁘지도 않은 것 같았다. 뭐, 빵점이라고 해도 물러설 범영이 아니었지만.

"어머님, 저……, 어머님이라 불러도 되겠습니까?"

염치 좋게 그렇게 묻자 모친의 얼굴이 잠시 굳어졌다가 곧 마지못한 듯 풀렸다.

"어쨌든 유진이 때문에 오늘 힘써 준 건 고맙게 생각해요."

"당연히 제가 할 일이라 생각했습니다."

10분의 9쯤의 진실을 포함한 대답이었다. 그 나머지는 사실 좀 과시하려는 마음이 있었다. 손유진은 내 여자다, 그러니까 아무도 건들지 마란 식의 마음이랄까. 그런 마음을 읽었는지 모친의 얼굴은 썩 밝지 않았다.

"아까 김범영 씨가 그 사람……, 애들 아버지 말려 준 것을 보고 좋은 사람이란 생각은 들었어요. 유림이가 함께 온 걸 봐도 그렇고. 갠 성질 나쁜 사람은 싫어하거든요."

"칭찬받을 정도는 아닙니다."

"나도 칭찬하는 건 아니에요. 그런데 진짜 변호사예요?"

"……아뇨."

자신이 의도한 거짓말도 아닌데 웬 부메랑인지 모르겠다. 범영이 망설이다가 '죄송합니다.' 하고 덧붙였더니 '그럴 것 같았어요.'라는 대답이 돌아왔다.

"그러면 진짜 직업은 뭐예요?"

"동네에서 조그마한 비디오 대여점 하고 있습니다."

"대여점?"

뜻밖이라는 것도 모자라 그런 직업은 처음 들어본다는 듯 유진의 모친이 반문해서, 그는 또 덧붙였다. 이번에는 꽤 재빠른 속도로.

"밥 안 굶고 살 자신은 있습니다. 모아 놓은 것도 좀 있고요."

본인이 변변찮은 놈으로 찍히는 것보다, 유진이 못난 남자를 골랐다고 생각할까 봐 그게 더 싫었다. 사실 큰 낭비만 하지 않으면 가게 월세만으로도 대충 쓸 거 쓰면서 불편하게 살지는 않을 자신이 있었지만, 재벌가 사모님 정도는 아니더라도 나름대로 유복하게 살아온 것처럼 보이는 이 부인의 씀씀이를 그가 알 수야 없으니 큰소리는 못 쳤다. 튀지 않는 모피와 단정한 정장을 입고 맵시 있는 부츠차림으로 또각거리며 걷던 모친의 눈이 범영의 옷차림을 다시 꼼꼼히 훑었다.

"옷 취향은 나쁘지 않은데. 아주 세련되진 않아도 무난하면서 잘 어울리는 옷이네요. 브랜드도 괜찮고."

"감사합니다."

범영은 속으로, 며칠 전 몇 개의 브랜드 이름을 불러 주며 백화점에 가서 코트와 옷을 사라고 미리 말해 줬던 유림의 선견지명에 고마워했다. 자신에게 쓸 만한 옷이라고는 노친네가 자기 장례식 때 입으라며 죽기 두어 달 전 직접 골라 준 검정색 정장밖에 없었다. 그래도 최소한 옷 색깔이나 스타일을 고른 것은 본인이라 칭찬이 부끄럽지는 않았다. 그러나 이어진 말에 조금 얼굴이 달아오르기는 했다.

"그런데 옷들이 죄다 유림이가 좋아하는 브랜드네요."

"……예. 도움을 받긴 했습니다."

"무어, 그래도 걔가 아무것도 안 알아보고 사람을 무턱대고 데려오지는 않았겠죠."

다시 모친의 입술에서 가느다란 한숨이 나왔다. 부모님뻘이라고 해도 아직은 고운 태가 있는 부인이 자꾸 한숨을 쉬시니 좀 안타까웠다. 범영이 알던 그 노친네라면 '아직 환갑도 안 지난 것이 턱 끝에 바람 주머니를 매달았냐.'며 호통깨나 치실 것 같다. 잠시 생각해 보다가, 그는 그냥 들이미는 게 낫겠다는 결단을 내렸다.

"어머님, 실은 제가 유림 씨와 오늘 여기 오면서 얘기 좀 나누기 전까지는 유진 씨가 되게 가난하게 자란 줄 알았습니다."

모친의 뺨이 순식간에 붉게 달아올랐다.

"아니, 유진이 걔는 평소에 어떻게 하고 다녔기에……. 하긴 내가 걔를 자주 들여다봐 준 것도 아니니."

귀부인답게 고운 미간을 찌푸리다가 말고 유진의 모친은 불현듯 죄책감을 느낀 것처럼 엷게 웃어 보였다. 내가 못 챙겨 줘서 그렇다, 애가 원래 자기 것 잘 못 챙기는 얌전한 성미라는 말을 덧붙이며.

"압니다. 그래도 다른 건 괜찮은데 밥때만큼은 제가 좀 챙겨 먹여서 살을 찌우고 싶……, 아니 그게, 가끔 식사 시간이 지났는데도 혼자서는 밥을 안 먹고 있을 때가 있어서요."

너무 대놓고 얘기하는 것 같아 변명처럼 '그냥 같이 밥 몇 번 먹었습니다만.' 하고 중얼거렸더니, 모친이 헛기침을 했다.

'밥'보단 좋고 멋진 말로 좀 바꿔 볼걸 그랬나? 식사라든가, 건강이라든가 다른 말도 많은데. 너무 촌놈처럼 굴었던 것 같기도 해서 범영은 좀-사실은 많이-계면쩍어졌다. 그래도 솔직한 심정은 그랬다. 아직도 마음이 고되어 마른 선을 그리고 있는 그 뺨이며 턱을, 보얗게 예쁜 웃음이 어울리는 보드랍고 포시러운 선으로 얼른 바꿔 주고 싶어 얼마나 안달이 나는지, 원. 하루 빨리 세 끼 밥을 같이 먹어야 하는데 말이다.

부모님이 반대하면 보쌈을 해 오겠다고 했지만 혹시 정말 결사반대라도 하면 곤란하다. 범영은 슬쩍 유진의 모친 쪽을 곁눈질해 봤다. 유진과 비슷한, 아니, 조금 더 작다 싶은 키라 눈동자 굴려 얼굴 훔쳐보기도 어려웠다.

"김 군은, 아, 내가 나이가 많으니 김 군이라 불러도 되겠죠? 아들뻘이니까."

얼마든지 편하게 말씀하시라고 얼른 대답을 하니 그녀는 또 한숨을 쉬었다. 범영도 이제 한숨을 쉬고 싶어졌다. 유진은 예쁘지만, 처가 말뚝에 절하는 건 역시 쉽지 않았다.

"내 맘에는 애가 이런 일을 겪었으니 지금은 그냥 좀 이것저것 추스르면서 다른 생각 말고 쉬기나 했으면 좋겠는데……. 그래도 어릴 적부터 자기 생각보다는 남 눈치 보고 다들 편한 쪽으로 행동하던 게

빤하던 애가 큰 마음먹은 거 보니 예삿일은 아니다 싶기도 하고."

조곤조곤한 말투를 듣고 있자니 욱하는 마음이 또 치솟으려고 했다. 예비 장모님이 막판에 가서 도와주신 건 고마운데 유진이 어릴 적부터 눈치 보고 자랐단 얘기를 또 이렇게 편하게 하시니 그의 마음은 심히 불편했다.

"유진 씨나 유림 씨가 제 어떤 면을 잘 봤는지는 저도 모르겠지만 제 생각에 제가 큰 장점이 하나 있긴 합니다."

속마음과는 달리 제법 뻔뻔스러운 투여서 그런지, 모친의 유리알 같던 눈동자에 호기심이 떠올랐다.

"뭔가요?"

"아까 밥 얘길 했는데요, 실은 제가 밥을 좀 잘하거든요."

"응?"

모친이 발걸음을 멈췄다. 미미하게 눈살을 찌푸리는 우아한 중년 부인을 앞에 두고 그는 당당하게 말했다.

"뭐, 제가 돈을 못 버는 축은 아닌데 그래도 그것보다 밥을 더 잘합니다, 어머님. 배추김치는 물론이고 물김치에 총각김치도 잘 담고, 각종 찌개에 밑반찬 열몇 가지 정도는 요리법 없이도 기본으로 만듭니다. 요리법만 알면 엔간한 요리는 다 만들 수 있고요."

"김 군, 아니, 김범영 씨. 요즘 남자들도 요리에 신경 쓰는 건 아는데 그런 게 장점이라고 하는 건 좀……."

"저도 아무한테나 이러진 않습니다. 그런데 유진 씨는 제가 만든 밥을 먹고 이런 말을 하더군요."

유진의 모친이 범영의 얼굴을 뚫어져라 쳐다보았다.

"걔가 뭐랬죠?"

"자기가 태어나서 먹어 본 밥 중에 제일 맛있는 밥이라고요."

"……."

"말씀드리기 좀 죄송스럽지만 유진 씨 입맛이 학원 다니느라 바쁜 요즘 초등학생 애들 입맛이던데요. 인스턴트식품이나 빵 좋아하고, 집에서도 반찬은 간단한 거나 면 종류만 만들어 먹는 것 같고. 그런데도 제가 해 준 밥은 맛있답니다."

"지금, 내가 유진이한테 잘해 주지 못했다고 나무라는 건가요?"

모친이 낮고 빠르게 물었다. 무미건조하지만 쨍쨍한 목소리였다. 그런데도 범영은 왠지 거슬리지가 않았다. 유진의 어머니라서가 아니었다. 이미 오래전에, 그는 이 비슷한 목소리를 들은 적이 있다. 빌딩을 서너 채나 가졌지만 친근하게 구는 주위 사람들을 비웃으며 낡고 오래된 아파트 구석방에서 곰팡내와 함께 홀로 썩어 가던 그 노친네도 이랬다.

이북에 두고 온 처자를 오랫동안 그리워하면서 살았던, 마흔 넘어 재혼한 아내에게는 절대 그 성역을 내어 줄 수 없었던 늙은 남자. 그러면서도 바람피우다 죽은 두 번째 아내의 제사는 꼬박꼬박 지내고 피 한 방울 안 섞인 의붓아들의 망종에는 또 온갖 뒤치다꺼리를 다 해 주고, 그러다가 그 아들이 맘 고쳐먹으니 멀쩡한 남을 끌어들여 재산은 하나도 못 주겠다고 했던 그 이상한 노친네.

고집스럽게 과거의 고통 안에 자신을 가두고 나오지 않는, 스스로가 피해자이면서도 가해자이기도 한, 이상하게 비틀린 자존심의 소유자들. 그런 사람들을 범영은 어느 정도 이해하고 동정할 수 있었다. 그래서 노친네가 싫다는 그에게 굳이 그 엄청난 돈을 물려준 것이겠지.

하지만 이해와 동화同化는 다르다. 그가 노친네의 유언을 완전히 따르지 않았듯이, 유진 역시 그녀 모친의 그림자 속에 내버려둘 순 없었다. 그렇게 사는 유진을 상상만 해도 발밑이 푹 꺼지는 것 같았다.

"아닙니다. 그냥, 유진 씨가 원하는 것을 제가 누구보다 더 잘해 줄 수 있다는 겁니다."

"……흥. 그런 단정은 유진이 본인만 할 수 있는 거예요."

"음, 그럼 유진 씨가 정말로 원하는 것을 잘 알고 싶고 그대로 해 주고 싶은 마음이 누구보다도 강하다고 고치겠습니다."

"……."

"그게, 보통은 부모 자식 사이가 그런 식이지만 가끔 남자 여자 사이도 그런 경우가 있더라고요. 볼 때마다 애틋하고 흐뭇해서 자꾸 뭘 해 주고 싶은 느낌 말입니다. 사람들이 보통 그런 걸 천생연분이라고 부르던데요."

처음에는 노려보다시피 하던 모친의 시선이 그를 비웃는 것으로, 그다음은 어이없다는 듯이 점차 바뀌었다. 그리고 마지막에 범영이 천생연분이라는 단어를 내뱉을 때쯤에는 약간 질린 듯한, 혹은 별난 생물체를 보는 듯한 눈길이 되어 있었다.

"후우, 유림이가 김범영 씨를 마음에 들어 한 이유가 있었네요."

"저더러 성격이 착하지 않은 것 같아 좋다고 하더군요."

작은딸의 '착하지 않은 말'에 모친의 미간이 살짝 구겨졌다.

"그건 좀 심한 표현이고. 뭔가 참……, 자신만만하달까, 젊다고 할까."

“사실 제가 좀 젊긴 합니다. 유진 씨보다 두 살 연하거든요.”

“어머나.”

오늘 오는 길에 나이를 밝히자 깔깔거리며 즐거워하던 유림을 떠올리면서 털어놓았더니, 모친은 입가를 가리며 드러내 놓고 당혹해했다. 너무 당황해하니 자신만만하던 범영에게조차 은근히 거리낌이 스멀스멀 새어 들었다.

“어머님, 그게 요즘 트……, 으음, 트렌드랍니다. 연하에 요리 잘하고 덩치 크고 그런 게요. 참, 그렇지만 제게 단점도 있긴 합니다. 실은 제가 고졸…….”

뺀질뺀질하게 잘난 척만 하는 것 같아 범영이 내친김에 약점까지 털어놓으려는 순간에 빠앙, 하고 큰 클랙슨 소리를 들었다. 약간 떨리던 순간이라 예비 장모님과 그, 둘 중에서 누가 더 놀랐는지 잘 모르겠다. 괘씸한 마음에, 비틀거리는 예비 장모님을 부축하면서 차도를 노려보니 유림이 붉은색의 곡선이 매끄러운 자가용의 차창을 내려놓고 손짓을 하고 있었다. 괘씸하던 마음은 쑥 들어가고 그냥 오늘은 여기까지만 하라는 하늘의 뜻인가 보다고 범영은 생각하기로 했다.

“그럼 안녕히 들어가십시오. 다음에 또 뵙겠습니다.”

뒷문을 열어 드리며 인사를 하자 좌석에 앉던 모친이 잠깐 망설이다 물어 왔다.

“유진이랑은 또 언제 만날 건가요?”

“글쎄요, 제 생각엔 오늘 저녁이라도 DVD 빌리러 저희 가게에 올 것 같습니다만.”

“같은 동네에 살아요?”

전혀 짐작도 못 한 듯 눈을 크게 뜨는 모친에게 범영은 웃어 보였다.

"예, 저희 가게 오랜 단골입니다. 다음에 유진 씨 집에 오시면 한 번 놀러 오세요."

뒤에 밀려 있던 차들이 빵빵거리기 시작했으므로 그는 차 뒷문을 닫고 다시 한 번 차창을 향해 고개를 숙여 보였다. 운전대를 잡은 유림이 뒤를 돌아보며 엄지와 약지를 펼쳐 통화 표시를 한 후 손을 흔들었다. 그리고 산뜻한 빨간 차는 거리를 가득 메운 차량의 물결 속으로 멀어져 갔다. 마침 빈 택시가 다가와 범영은 손을 흔들어 서둘러 차를 잡아탔다.

이제 정말 차를 사야겠다. 앞으론 이 도시에 종종 올 것 같고, 그때마다 시외버스를 타고 올 순 없으니까. 그런데 진짜 벤츠를 사야 하나? 그 뺀질뺀질하고 매끈한 차체는 역시 좀 싫단 말이지. 놀러 가기 좋은 SUV 차량은 어떨까. 여자들은 싫어하려나?

차창 밖으로 대도시의 번잡한 거리를 흘러가는 차들을 보며 범영은 그런 생각을 했다.

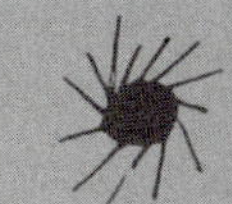

14
내 인생 최고의 행운은 당신을 만날 수 있는 티켓을 딴 것

유진은 성큼성큼 걸었다. 마음속이 들끓기도 했거니와, 누군가 금방 쫓아와 뒷덜미를 잡아챌 것만 같아서 두려웠다. 그러나 보도를 또각거리며 100여 미터를 넘게 걸었어도 그런 일은 일어나지 않았다. 마치 어두운 밤길을 홀로 걸어 돌아가던 사람처럼 주저하며 뒤를 돌아다보고, 낯선 사람들로만 가득한 거리를 확인한 다음 비로소 멈춰 서서 한숨을 내쉬었다.

아무도 쫓아오지 않는다. 자신의 머리채를 쥐어 잡던 거친 손아귀도, 어쩔 줄 모르고 자신을 회피하던 눈도 여기에는 없다. 대신에 자신을 지켜 주려던 든든한 범영의 목소리도 사라졌다. 빳빳하던 어깨에 불현듯 힘이 탁 풀렸다.

얼른 집에 가자. 그나 유림에게서 전화가 올지도 몰랐다. 지금 같은 순간은 정말 핸드폰이 절실했다. 통화는 못 할지라도 문자 한 통 정도는 범영에게 보낼 수 있을 텐데. 유진은 다시 한 번 한숨을 쉬었다. 뺨은 물론이고, 온몸이 욱신거리고 피로가 물밀듯 몰려왔다. 전화도 전화지만 어서 쉬어야겠다 싶었다. 코트 깃을 잡아당겨 올리고는 유진은 가까운 지하도 입구로 걸어 들어갔다.

시외버스 터미널로 가기 위해 지하철을 탔지만, 중간에 멍하니 앉아 있다가 환승역을 놓쳤다. 몇 정거장 더 갔다가 다시 되돌아와 터미널로 가는 노선을 탈 수 있었다.

　창밖을 지나는 풍경은 밤처럼 어두웠다. 지하 노선은 물론이고 불을 켠 역 플랫폼에서 지하철을 기다리는 사람들의 표정마저 어두운 밤에 길을 떠나는 것처럼 춥고 쓸쓸해 보였다. 이제 모든 것이 다 해결되었는데 왜 이런 기분이 드는지 알 수가 없다. 유진은 눈을 감고 등받이에 깊게 몸을 기댔다.

　지난한 재판 과정이 기다리고 있긴 하지만 유진은 자신이 이혼 소송에서 패할 거라고는 생각하지 않았다. 경우가 아무리 별거의 책임을 자신에게 돌리더라도 병원의 진단서며 각서 사본 등의 증거와 유림의 증언이 있지 않은가. 확신할 수는 없지만 찾아본 지 오래된 자신의 메일함에는 경우의 외도 상대가 보낸 사진이 남아 있을 수도 있다. 이겨야 하고, 반드시 이길 것이다. 반년, 아무리 길어도 1년 정도면 자신은 자유가 되고 범영과 행복한 생활을 꾸릴 수 있을 것이다. 그런데 왜.

　문득 뺨이 뜨겁게 느껴졌다. 눈을 뜨고 얼굴을 만졌더니 손에 물기가 잡혔다. 비로소 유진은 자신이 울고 있음을 깨달았다. 손등이며 손바닥으로 뺨을 훔치는데 옆자리에 앉은 여자의 시선이 달라붙는다.

　"엄마, 저 아줌마 왜 울어?"

　자신의 나이쯤 되었을까. 그 무릎에는 서너 살 정도의 사내아이가 막대 사탕을 빨면서 앉아 있었다. 여자가 시선을 거두고 쉿 소리를 내면서 주의를 주었지만 또랑또랑한 아이의 눈은 유진에게서 떠나지 않았다.

"아줌마, 아파요?"

다시 묻는 꼬마의 질문에 유진은 좌우로 고개를 흔들다가 눈물이 더 쏟아지는 바람에 그냥 끄떡이고 말았다.

"왜요? 주사 맞았어요? 나도 엄마랑 병원 가서 주사 맞고 오는데. 되게 아픈데, 예방주사래요. 그래도 안 울었어요."

"……착하구나."

"예. 엄마가 나 착하다고 사탕 사 줬어요. 아줌마는 사탕 없어요?"

"응. 사탕도 없고, 사 줄 사람도 없네."

간신히 웃으며 그렇게 말했더니 꼬마가 눈을 깜박거리더니 오물거리던 사탕을 빼어 내밀었다.

"자요. 나는 인제 안 아파서 괜찮아요."

"아이고, 애가 왜 이러나. 먹던 거 다른 사람에게 주는 거 아니야!"

더 당황한 여자가 미안하다며 아이의 손을 끌어당겼으나 유진은 선선히 손을 내밀어 끈적거리는 막대 사탕을 받았다. 그리고 핸드백에서 지갑을 꺼내 만 원짜리를 한 장 손에 쥐어 주었다. 놀라서 손을 내젓는 여자와 동그랗게 눈을 뜨고 쳐다보는 아이를 두고, 마침 내릴 역이 된 유진은 손을 흔들며 지하철을 내렸다. 눈물범벅으로, 남은 한 손에는 막대 사탕을 쥔 채.

타박타박 계단을 오르다 손에 들린 붉고 흰 사탕을 보았다. 꼬마의 입 속에서 몇 번을 굴렸는지 제법 크기도 작아져 있었지만 여전히 달콤한 향기를 풍겼다. 이런 막대 사탕은 먹을 때 흉해 보인다며 부모님이 한 번도 사 준 적이 없다. 하물며 자신은, 부모님의 손을 잡고 예방주사를 맞으러 가 본 적이 몇 번이나 있었을까. 다시 눈물이 차오르는 것을 느끼며 유진은 복숭아 향이 풍기는 막대 사탕을 가만히 입에 물었다.

2층으로 올라가는 에스컬레이터를 타고 다시 조금 더 걷자 터미널 매표소가 나왔다. 집으로 가는 버스는 20분 간격으로 자주 있었다. 입 안의 사탕을 굴리며 매표소 앞의 광장을 가로질러 갔다. 언제쯤이면 집에 도착할 수 있을까. 시간을 가늠해 보려 매표소 입구에 매달린 커다란 시계를 바라보던 순간, 유진은 걸음을 멈췄다.

"왜 이제야 와요?"

볼품없는 철재 프레임의 플라스틱 의자에 앉아 있던 남자가 일어섰다.

"아까부터 기다렸단 말이에요. 혹시 혼자 가게 만든 줄 알고 얼마나 속상해한 줄 알아요?"

'아 진짜, 차를 사야 하는 건데.'라고 투덜거리고 있는 남자에게 유진은 다가가 자신도 모르게 그의 뺨에 손을 대었다.

"나, 전화기 사 줘요."

"예, 차도 사고 핸드폰도 사고……. 어? 뭐라고요?"

"핸드폰 사 달라고요. 범영 씨 말대로 차도 사고. 차 사면 나 태워 줘요. 우리 멀리 놀러도 가요. 바다 보고 싶으니까……. 이사 와서는 쉽게 바다 보러 못 가서 그게 정말 아쉬웠어요. 그리고 나 아프면 병원도 데려가주고, 또 아픈 주사 맞으면 사탕도 사 주고, 또 또……."

고여 있던 눈물이 흘러내렸다. 줄줄 떨어지는 눈물의 뜨거움을 느끼면서도, 그렇게 우는 자신의 모습이 흉할 거라고 생각하면서도 범영의 뺨에서 손을 뗄 수가 없었다. 입속에서 달그락거리는 막대 사탕 때문에 불분명한 발음이라 그가 알아듣기 힘들 건데도, 일그러지는 얼굴 때문에도 말들이 그의 귀에 제대로 들어가지 않을 건데도 하염 없는 소원들이 끊이지 않고 유진의 입에서 흘러나왔다.

"혼자 있는 거 싫으니까 나가 있을 땐 전화도 자주 해요. 나 밥 못 하니까 밥이랑 반찬은 범영 씨가 해 주고요. 대신 나 청소는 잘하니까 그건 내가 할게요. 김장철이면 같이 배추 사서 김장하고, 추석에는 송편도 빚어요. 여름이 끝날 즈음이면 가게 닫고 멀리 휴가 가고 싶어요. 사람 적은 갯벌에서 조개도 잡고, 저녁이면 고기 굽고 바비큐도 해 먹어요."

"……그런 게 하고 싶었어요?"

"응."

"그럼 다 해 줄게. 하나도 어렵지 않은걸, 뭐."

용케 자신의 말을 알아들은 착하고 성실한 남자가 빙그레 웃었다. 그 웃음은 온전히 밝고 환한 것이 아니라 어딘가 아파 보인다 싶었지만 그래도 보기가 좋았다. 더듬더듬 그의 얼굴을 쓰다듬자 범영이 그녀의 손을 움켜잡았다.

"왜 울어요? 울지 말아요."

"사탕이……."

"사탕이 왜요?"

"입 안에서 너무 달아. 나 사탕 좋아하는데, 지금은 너무 달아서……."

"바보 같으니."

얼굴이 불쑥 다가왔다. 코끝이 부딪힌다 싶더니 곧 부드럽게 기울어졌다. 아찔해져 눈을 감는 순간에 말캉한 살덩이가 와서 입술에 닿

았다. 몇 번이나 꾹꾹 씹었던 입술을 위로하듯 다정하게 쓸고 지나가
는 물기 어린 따뜻함에 유진은 눈을 떴다. 몇 번, 참 길다 싶어서 부러
워했던 짙고 풍성한 속눈썹이 단정하게 감겨 있었다. 다시 눈을 감고
이번에는 입술을 열었다. 조심스럽게 망설이면서 다가온 매끄러운
혀는, 곧 다급하게 그녀의 혀를 휘어 감았다. 순식간에 얼굴이 확 달
아올랐다.

"음, 진짜 다네."

웅얼거리는 혼잣말에 눈을 반짝 떴다. 입에 물려 있던 막대 사
탕은 어느새 범영의 입 안으로 옮겨가 있었다. 몇 번 쪽쪽거리고
빨던 사탕의 막대를 잡고 그는 커다란 손바닥으로 유진의 뺨을 닦
아 주었다.

"사탕 때문에 울다니 우리 유진 씨 아직 애기구나? 이건 내가 먹
고 나중에 덜 단 사탕 많이 사 줄게요."

아무 말도 할 수가 없어서 유진은 얼굴을 붉힌 채 그저 고개만 끄
덕였다. 사람들이 수없이 오가는 곳에서 입을 맞춘 것도, 그의 앞에
서 줄줄 울어 버린 것도 부끄럽기 짝이 없었다. 그런데도 기묘하게
마음속에 가득 차오르는 이 기쁨은 뭘까.

"피곤할 텐데 일단 표부터 사요. 먼저 사 놓을까 했는데 언제 올지
몰라서."

"왜 여기서 계속 기다렸어요? 내가 벌써 시외버스 타고 갔었을 수
도 있잖아요."

"감이죠, 뭐. 곧 올 것 같았어요. 안 오면 올 때까지 기다리고."

'사실은 내가 유진 씨랑 집에 같이 가고 싶어서 그랬어요.'라고 웃

는 범영의 얼굴이 너무 좋아서 가슴이 터질 것 같았다. 그와 자신은 이제 집에 같이 가는 거다. 그리고 앞으로도 주욱, 어디로든 같이 떠나고 또 같이 집으로 돌아갈 것이다.

믿고 의지하고 싶은 자신의 이 마음이, 혼자 두기 싫다고 뭐든 다 해 주겠다고 하는 그의 마음이 언제까지 유지될지는 모른다. 사람의 마음이란 부질없고 헛된 것이라는 것을 부모님과 경우에게서 배웠다. 그런데도 이 남자를 믿고 싶다. 그가 내미는 손, 자신에게 해 주는 따뜻한 말들이 눈물겹게 소중해서 거기에 답해 주고 싶다. 그에게는 그럴 만한 가치가 있으니까.

유진은 팔을 올려 범영의 목을 감쌌다. 그리고 방금 닿았던 그 온기에 자신의 입술을 다시 가져다 댔다.

이 순간만은, 우리는 사랑하고 있으니까.

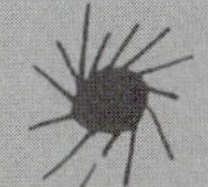

15
희망은 좋은 것,
최고로 좋은 것.
그래서
사라지지 않아요

두 번째 이혼 의사 확인일 하루 전날, 경우가
전화를 걸어왔을 때 유진은 그리 놀라지 않았다. 법원 앞에서 부모님
과 맞닥뜨렸던 그날 오후에 집으로 함께 돌아오던 버스 안에서 범영
이 해 준 이야기도 있었고, 그 이후로도 두 번 정도 유림이 부모님 두
분의 상황을 전화로 전해 주었기 때문이다.

30년이 가깝게 냉담했던 어머니가 자신의 편을 들어 이혼까지 불
사하겠다는 사실은 어쩐지 믿기 어려웠다. 그러나 그것과는 별개로
일의 진행 상황을 보면 경우가 결국에는 합의 이혼을 해 줄 것이라고
생각은 되었다.

재판 이혼에 들여야 하는 시간과 노력, 돈의 낭비 외에도 자존심
이 강한 그로서는 '이혼 당하는' 입장에서의 불쾌감이나 직장에서의
뒷소문을 참기 힘들었을 것이다. 그리고 무엇보다 지금 살고 있는 아
파트-가구까지 그의 돈 한 푼 들이지 않은-나 위자료를 그녀에게
준다고 예상하면 상당한 부담감이었다. 재판으로 가면 결혼하면서
가져온 재산은 유진의 것이 될 확률이 높다고 했다. 마지막으로, 만
약 이혼을 한다면 어머니는 자신의 명의로 된 땅을 얼마간 경우에게
넘기겠노라고 언질을 줬다는 말을 들었다. 시 외곽의 토지이긴 하지
만 최근 정부의 개발 조치 때문에 땅값이 오르고 있는 곳이라 유진으

로서는 매우 놀라운 일이었다.

'아, 정말! 위자료를 받아야 할 쪽은 이쪽인데 어머니는 왜 그 미운 인간에게 돈까지 쥐어 주겠다는 건지 몰라!'

전화를 하면서 유림은 몹시도 화를 냈지만, 그래도 어머니의 그런 언급 덕분에 경우가 물러날 확률이 매우 높아졌다는 것은 인정했다. 그리고 그 말대로, 경우는 '오랜 고심을 했는데 아무래도 자신이 물러서는 게 나을 것 같다.'면서 법정에서 보자는 전화를 해 왔던 것이다.

미리 알고는 있었지만 이혼 의사를 확인하는 것은 매우 간단했다. 당일이 되어 법정에 가서 한 일은 순서를 기다리다가 판사 앞에 가서 여전히 이혼 의사가 있음을 확인해 주고 확인서를 발급받은 것, 그것이 다였다. 둘 사이에 자식도 없고 다른 재산 분쟁도 없기에 그저 평범한 A4 종이에 글자 몇 자 적힌 서류를 받아 드니 기분이 묘했다. 이것이 그토록 오랜 시간들의 결과인 것이다.

두 사람은 말없이 그저 밋밋하기만 하고 큰 건물을 걸어 나왔다. 입구 계단 아래에서 유진이 발걸음을 멈추자 경우가 그녀를 돌아보았다.

"이제 이걸로 남남이군."

그래도 한때 부부의 인연이었다고 생각하는지 경우의 얼굴에 잠시 회한 비슷한 것이 스치는 것 같았다. 유진은 들고 있던 서류 봉투를 백에 집어넣으며 말했다.

"시간도 별로 없을 테고 불쾌하기도 할 테니 신고는 이쪽에서 할게요."

경우의 얼굴이 굳어졌다.

"꼭 그렇게 굴어야 해?"

"감정의 여지를 남기는 게 낫다고 생각해요? 서로를 쓰레기라고까지 불렀던 처지에 지나친 걸 기대하는군요."

"……."

"어머니 일은 아마 유림이를 통해 곧 연락 있을 거예요."

"이봐!"

경우가 무슨 말을 꺼내려는 듯했으나 유진은 고개를 까딱하고는 먼저 등을 돌려 까만 아스팔트 광장을 걸어 나왔다. 누군가 발목을 잡아당기듯 진득한 한 걸음 한 걸음이었으나 점차 그녀의 발걸음은 빨라지기 시작했다. 달리듯 걸으면서 유진은 백에서 핸드폰을 꺼내 들었다. 단축 번호 0번을 길게 누르자 신호가 두 번 가기도 전에 상대편에서 전화를 받았다.

– 끝났어요?

"네."

이제 범영의 목소리를 들으면 안심이 된다. 혼자이지 않다는, 설사 혼자일 때도 그가 자신 곁에 있다는 확신에 가까운 느낌.

– 여기, 법원 입구 나오면 보이는 맞은편 법무 빌딩 옆 왼쪽 길 조금 들어와 모퉁이거든요. 곧 큰길로 나갈 테니까 횡단보도 건너와요.

마침 파란불이어서 유진은 걸어오던 속도 그대로 횡단보도를 지났다. 맞은편에서 비상등을 점등하고 나오는 커다란 적진줏빛 SUV가 보였다. 이제는 정말 뛰어가서 정차한 차에 올라탔다.

"힘들었죠? 이거."

범영이 한 손으로는 핸들을 쥔 채 다른 한 손으로 콘솔 박스에서 음료수 병을 꺼내 건네 주었다. 예의 그 쌀음료수다. 손으로 감싸 쥐었더니 병이 뜨거울 정도로 따뜻했다. 온기가 손에서 팔로, 그리고 가슴까지 천천히 퍼졌다. 그 따뜻함을 음미하면서 유진은 희미한 미소를 지었다.

"고마워요. 많이 기다렸죠?"

"아뇨, 별로. 근처 마트에도 가 보고 내비게이션으로 여기 주위 뭐 있나 찾아보고 그랬죠."

차를 산 지 얼마 안 되었는데도 능숙하게 핸들을 돌리며 교통 상황이 안 좋기로 유명한 이 도시의 차선을 잘 헤쳐 나가는 남자를 보니 좀 신기했다.

"운전 잘하네요. 나는 이런 큰 차 무섭던데."

"원래 트럭도 몰고 봉고도 몰고 그래 봐서요. 습관이 되면 오히려 이렇게 시야가 높은 차가 운전하기 편해요."

사실 범영이 어제 이른 아침에 이 차를 끌고 집 앞에 나타났을 때는 깜짝 놀랐다. 최초 시승 겸 드라이브를 꼭 유진과 하고 싶었다는 말엔 기뻤으나, SUV인 차 크기도 크기려니와 동그라미가 몇 개 붙어 있는 표식의 외제 차는 편하게 운전하기 쉽지 않을 듯했다.

"실은 이 차 유진 씨 생각도 좀 하면서 샀는데."

"그랬어요? 이 차가 멋있긴 하지만 난 차에 대해서 잘 모르는걸요."

"그게요, 큰 차가 놀러 가기도 좋고 차 안이 넓으면……, 음, 여러 가지로 쓸모도 많은데."

교차로 직전에서 속도를 줄이며 범영이 슬쩍 은밀한 눈웃음을 쳤다.

"식구 늘리기에도 좋고, 식구가 는 다음에도 좋고."

유진은 그만 얼굴이 붉어져서 아무 말도 더 못 했다. 요즘 그는 과감한 농담이 부쩍 늘었다. 아래만 보고 옷자락을 쥐어뜯고 있었더니 범영이 하하하 웃다가 덧붙인다.

"나중에 유진 씨는 이거보다는 작고 주차도 편한 거 하나 사요. 여자들은 아무래도 세단형이 편할 거예요. 면허는 있죠?"

아무렇지도 않게 하는 말인데 어째 예사로 들리지가 않았다. 설마 사 준다는 뜻일까? 원래 좋아하는 여자에겐 남자들이 큰소리도 많이 친다지만. 아니, 어쩌면……, 친정 형편을 알았으니 그러는 것일까? 범영이라면 상관없다고 생각하면서도 조금, 마음은 무거워졌다.

"그게 장롱면허라서요."

"운전이 싫으면 안 해도 되긴 해요. 평생 기사가 있는데, 뭐. 천천히 생각하죠."

미소 띤 얼굴로 범영이 얘기하는 사이 기다리던 교차로의 신호가 바뀌었다. 두 번째 차선에 서 있던 차는 동시 신호를 받아 좌회전을 했다. 집으로 가려면 직진을 해서 터널을 지나가야 하는데. 하지만 이 길도 아는 길이긴 했다. 조금 더 가서 산 아래로 접어들면 동생이 사는 주택가가 있다. 아니나 다를까, 범영이 미안한 투로 얘기를 했다.

"아까 기다리던 중에, 잠깐 다녀갔으면 좋겠다고 유림 씨 전화가 왔었어요. 미처 말을 못 했네요. 미안해요."

"괜찮아요. 아마 오늘 일……, 그러니까 이제 뭐 할 건지 의논하려나 보죠."

"어, 혼수 얘긴 필요 없는데. 유진 씨는 몸만 와도 돼요."

동생이 의논하고 싶은 것은 오늘 법정에서의 일이나 이혼 수속에 따른 여러 가지 정리에 대한 얘기일 것이다. 그러나 범영에게 미안한 마음에 말을 고쳤는데 그는 한술 더 떴다.

"집도 있고 살림도 다 있으니까. 아, 혹시 내 아파트가 낡았다 싶으면 리모델링을 할까요? 아님 지금 유진 씨 사는 아파트 쪽 조금 큰 평수는 어때요?"

"아니, 그런 건 좀……."

유진은 우물거렸다. 전에는 집값이라든가 생활면에서는 정말 아무것도 몰랐다. 대학 때는 부모님이 사 준 고급 브랜드의 옷들을 걸쳤고, 어머니가 내키면 자가용 통학을 시켜 주곤 했었다. 어쩌다 부모님이 용돈 주는 걸 깜빡하면 싼 김밥집의 김밥 한 줄로 밥을 때웠고, 차비를 아끼려고 가끔 버스 서너 정류장 정도는 걸어 다닐 때가 있었다. 그러면서도 아르바이트 따위를 할 엄두도 못 냈는데, 졸업 이후로 취업을 말린 부모님 덕택에 집에서 시간을 보내면서도 그건 마찬가지였다. 경우와 결혼할 때도 그냥 집에서 알아서 해 주시겠거니 했고, 자세한 것은 부모님과 경우, 시모가 다 알아서 정했다는 것이 맞을 것이다.

하지만 지금은 다르다. 범영이 사는, 낡았지만 너른 아파트가 대충 몇 평 정도고 그 집을 리모델링하려면 얼마 정도 들겠다는 감 정도는 갖고 있다. 새집의 시세도 알고, 소형차라도 새 자동차는 얼마 정도 한다는 계산도 할 수 있다. 수입은 정확히 모르지만 조금 큰 정도의 대여점을 하는 범영으로서는 그것들이 큰 출혈이라는 것도.

어정쩡한 유진의 반응에 한창 벙글어지던 범영의 미소가 수그러들었다.

"아, 내가 너무 앞서 간 모양이네. 하긴 그런 얘긴 좀 빠르죠."

입이 꾹 다물어지고 웃느라 가늘게 접혔던 눈이 서늘해져 정면의 차창을 뚫어져라 바라본다. 화가 났나 싶을 정도로 굳은 얼굴인데 어쩐지 자신이 그를 상처 입힌 것만 같은 기분이 되었다. 유진은 왼손을 들어 핸들을 잡은 범영의 한 손 위에 살며시 올렸다.

"그게 아니에요. 실은……."

"……말해 봐요."

"호, 혼수 얘기가 나왔으니까……. 어머니도 저렇게 집을 나와 계시고 무엇보다 아버지가 나한테 화가 나셔서, 그게 음, 지금 있는 아파트는 소형이고 전세로 있는 거라 내놔도 얼마 안 되고요."

"도대체 무슨 얘기예요?"

늘 나직하던 그의 목소리가 확 올라갔다. 정말 몰라서 그런 건지. 설마 자신이 가난하다고 해서 화가 난 것은 아니겠지? 부모님 만나기 전까지 스스로의 행색이 그다지 좋지 않았음을 유진은 잘 알고 있었다. 솔직한 것이 제일 낫다. 그녀는 눈을 딱 감고 내뱉었다.

"나 돈 없어요. 그러니까 범영 씨한테 빌붙어야 해요. 대신 학원 일 열심히 할 테니까……."

"바보."

뭔가 잘못 들은 듯한 기분에 눈을 반짝 뜨니, 이번엔 시원하게 웃고 있는 범영의 얼굴이 시야에 잡혔다.

"아까 내가 한 말 공으로 들었구나? 몸만 와도 된다잖아요. 혼수고 뭐고 다 필요 없어요. 대신 말만 해요. 무슨 집이 좋을지, 무슨 색 차가 마음에 드는지."

“……정말?”

물은 것은, 그의 확인이 필요했다기보다 그저 기뻤기 때문이었다. 그냥 해 보는 큰소리든 뭐든 자신 외에는 아무것도 필요하지 않다는 그 말이.

“정말이지 그럼 거짓말일까. 참, 나 말 안 했죠? 보기보다는 내가 현금이 좀 있는데.”

뻐기는 듯한 말투가, 오래간만에 범영이 연하라는 사실을 알려 주는 듯해서 유진은 피식 웃었다.

“와, 범영 씨 부잔가 봐.”

“음, 그렇게 큰 부자는 아니고 그냥 사고 안 치고 조용히 살면 평생 굶지는 않을 정도?”

역시 일부러 잘난 척하는 말투지만, 어째 농담은 아닌 듯해서 유진은 웃던 것을 멈췄다. 그리고 머뭇머뭇 물었다.

“진짜?”

그러자 범영이 어색한 표정이 되어 머리를 슥슥 긁었다.

“어, 대충 난 그렇다고 생각하는데. 그, 우리 가게 있는 빌딩 그거, 사실 내 거거든요. 명의는 다른 사람이지만.”

“어머.”

유진은 자신도 모르게 손으로 입을 가렸다. 비록 큰 도시의 중심지는 아니지만 범영의 가게가 있는 빌딩은 모퉁이를 끼고 있는 7층 상가 건물로 가게 반대쪽은 큰 도로를 면하고 있어 전체 임대료만 해도 만만치 않을 거였다. 조용해진 그녀를 보고 못 믿어서 그런다고 생각해서인지 범영이 말을 보탰다.

"사실 그게 어떤 분한테 받은 건데 본주인한테 가족이, 아, 돌아가셨으니까 유족이라고 해야 하나. 아무튼 그 사람이 명의만은 좀 달라고 하더라고요. 여러모로 체면은 차리고 다녀야 하는 사람이라서요. 그래서 내가 돈 빌려 준 거로 하고 차용증을 썼거든요. 담보도 잡고. 그래서 지금 임대료도 내가 받고 있는데, 또……, 음, 이거 참 말이 복잡해서……."

"믿어요."

그 와중에도 얼른 그 말부터 했다. 부족한 것 같기도 해서 유진이 '복잡하게 말하지 않아도 범영 씨가 말하는 건 다 믿으니까 걱정 말아요' 하고 덧붙이자 범영이 자랑스러운지 부끄러운지 모를 얼굴로 '그거 말고 저쪽에도 조그만 거 하나 더 있는데. 그리고 신주택지 쪽에 낡은 집하고 땅도 좀…….'이라고 중얼거려서 그녀는 할 말을 잃었다.

"전혀 몰랐어요. 어쩌면."

망연하게 토해 놓으니 범영이 무슨 생각을 했는지 크게 당황해서 손을 크게 내저었다.

"일부러 말 안 한 거 아니에요! 아니, 사실 그런 거 맞지만, 그건 유진 씨가 자존심이 상해서 나 안 만난다고 할까 봐서……. 아니, 그게 아니고 실은 돈 많다고 하면 내가 혼자 사는 여자나 돈으로 호리는 이상한 놈으로 보일 것도 같았고요. 또 그리고 사실은 돈이 별로 중요한 게 아니라서, 아니, 내가, 인간 김범영이 돈보다는 더 맘에 들었으면 싶고……."

그답지 않게 앞뒤가 마구 섞이는 단어들의 나열에 그만 웃음이 푹 나왔다.

"말 안 해서 화난 거 아니니까 그냥 운전해요. 재산 있다고 나쁜 거 아닌데 왜 그렇게 당황해요?"

"속였다고 할까 봐서요."

솔직한 그의 토로에 다시 미소가 흘러나왔다.

"나도 우리 부모님 가난하지 않다고 얘기 안 한걸요. 뭐 그분들 사정이야 이젠 나와 상관없다고 생각해서 그런 거긴 하지만요."

"알아요. 나도 그분들한테 크게 바라는 거 없어요. 내 생각이지만, 유진 씨는 이제 그분들 딸이기보다 내 사람이라서."

가슴이 뭉클해졌다. 멋진 미사여구의 프러포즈도 아니고 설탕처럼 달달한 애정을 늘어놓는 것도 아니지만 그 무엇보다 범영다운, 그래서 아름다운 진솔함이었다. 마침 신호등 앞에 멈춰 서서 기어를 바꾸는 그의 오른손을 잡았다. 큼지막하고 따뜻한 그 손을 자신의 뺨에 가져다 대면서 유진은 속삭였다.

"응, 나도 알아요. 범영 씨도 이제 정말 내 사람이란걸."

유림의 집까지 가는 동안 그들은 그렇게 따뜻한 유대감에 감싸여 있었다. 그 안온한 느낌 탓인지 유림의 집에 도착해 거실에 앉아 있는 어머니를 맞닥뜨렸을 때도 유진은 그리 동요하지 않았다. 그냥 동생을 한 번 돌아봤을 뿐인데, 유림이 오히려 어색한 미소로 미안해했다.

"미리 말 안 해서 화난 건 아니지? 어차피 예비 형부도 정식으로 어머니한테 한 번 인사 드려야 하잖아."

"아냐. 나 때문에 일도 못 나가고. 미안해. 참, 민 서방은 잘 지내지?"

"응, 그 사람이야 늘 좋은 게 좋다는 주의라."

묵묵히 소파에서 신문을 보고 있던 어머니는 뭔가를 읽을 때만 쓰는 안경 너머로 흘깃 그들을 쳐다보더니 딸이 아니라 범영에게 말을 던졌다.

"왔으면 이리 앉게."

"예. 그동안 별고 없으셨습니까?"

넉살 좋게 대답한 범영이 유진을 잡아끌고 모친의 맞은편에 가 앉았다. 유진의 모친이 안경을 벗어 신문과 함께 탁자 위에 올려놓았다.

"길은 잘 찾아왔나?"

"예. 요즘은 내비게이션이 다 가르쳐 주니까요."

"음, 그렇긴 하지. 그래도 여기 길이 영 복잡해서 익숙지 않은 사람들은 운전이 힘든데 눈썰미가 없는 편은 아닌가 보구먼."

"염려해 주셔서 감사합니다. 실은 좀 떨었습니다. 유진 씨가 조수석에 앉아 있어서 잘 보이고 싶었는데 말입니다."

분위기가 좋은지 나쁜지 알쏭달쏭한 대화였다. 유진의 얘기를 하며 범영이 빙긋이 웃자 유진의 모친이 샐쭉한 얼굴로 투덜거렸다.

"원, 실없는 사람 보게. 유림이 넌 뭐 하니? 가서 마실 거라도 좀 가져오지 않고."

"아, 네. 내 정신 좀 봐."

툭툭대는 것 같지만 은근히 격의 없는 대화를 놀란 표정으로 듣고 있던 유림이 당황해하며 주방 쪽으로 빠르게 걸어 나갔다. 그러나 그런 동생보다 더 놀란 것은 유진일 것이다. 늘 보아 오던 성실함과는 달리 범영이 약간 느물거리는 듯한 느낌인데다 항상 냉랭한 분위기이던 모친의 입가에는 희미하게 만족의 기운이 어려 있었다. 기분이 묘했다.

"저기 어머님 드리려고 가져온 겁니다. 곧 꽃이 핀다더군요."

마트에 들르는 김에 샀다던 화분을 범영이 시선으로 가리켰다. 꽃대가 솟은 것만 빼면 평범한 양란 화분이었는데, 유림의 집에 첫 방문이라 사 들고 왔겠거니 했던 화분을 두고 그렇게 말하자 유림은 웃어야 할지 찡그려야 할지 모를 기분이 되었다.

"차라리 꽃을 들고 오지 그랬나. 나이가 많든 적든 여자한테는 꽃 선물이 제격인데. 진짜 그런 경험이나 눈치도 없는 건 아니지?"

모친이 다시 핀잔처럼 말을 퉁겼다. 범영을 두고 여자에게 주는 선물 운운하는 것이, 어머니는 이 사람을 역시 잘 모르는구나 싶었다. 그런데도 그는 머쓱해하지도 않으면서 곧잘 대답을 했다.

"그 생각을 하긴 했는데 그래도 화분이 좋더라고요. 나중에 새끼를 치면 저희 좀 주셔도 되고요."

"나는 귀찮아서 화분 같은 건 잘 못 길러. 분 갈라서 나눠주다니, 그런 거 바라지 말게."

딱 잘라서 말하며 어머니는 마침 차와 과일을 내온 유림에게서 찻잔을 건네받았다. 당신이 늘 좋아하던 웨지우드를 여기까지 가져오셨는지 익숙한 찻잔에서 다홍빛 찻물이 찰랑거렸다. 유진은 범영의 앞에는 금방 짠 과일 주스를, 자신의 앞에는 연한 원두커피를 놓았다. 마지막 남은 우전은 유림의 몫이 되었다.

"사람마다 취향을 딱 맞춰 온 유림이 네가 용한지, 에미 앞에서도 제 짝이라고 선뜻 챙기는 네 언니가 더 용한지 모르겠구나."

설탕을 넣고 저으며 혼잣말인 듯 중얼거리는 모친을 보고서야 유진은 겨우 입을 열었다.

"이번 일 도와주신 거 감사해요."

"딱히 도와준 거 없다."

차를 한 모금 마신 어머니가 덤덤하게 말했다.

"나도 이젠 슬슬 진저리가 나던 차였고, 뭐든 끝을 내고 싶었으니까. 늘그막에라도 이런 식으로 너희들 아버지에게 한 방 먹일 수 있어서 통쾌하구나."

말은 그랬지만 지금 모친의 표정은 설탕을 곁들이지 않은 차를 마시는 것처럼 씁쓸했다. 딱히 부친에게 정이 있어서는 아닐 테고, 아마 지켜 오던 일상이 무너진 탓이 아닐까 싶었다. 유진도 자기 몫의 커피를 한 모금 마시고 조용히 물었다.

"아버진 지금 어쩌고 계세요?"

"아버지, 전화 자주 하셔."

어머니 대신 동생이 한 발랄한 대답에 유진은 많이 놀랐다.

"전화를 자주 하신다고?"

"응. 거의 매일 하시는데, 가끔은 하루에 두세 통도 하시네."

감히 자신의 말에 반기를 들어 딸을 이혼시키고 재산까지 축낸 아내에게 아버지가 계속 관심을 보인다니. 무슨 짓을 더 하는가 의심을 하는 것인지도 몰랐다. 설마 어머니와 바로 대화를 하지는 않겠지 싶어 그녀는 다시 물었다.

"너하고 통화하시는 거야? 어머니 건강……, 그런 거 물으셔?"

"음, 글쎄."

　모친과 범영의 눈치를 슬쩍 살핀 유림이 유진에게 눈짓을 했다. 먼저 일어나 주방으로 간 유림을 따라 일어서며 잠깐 동생을 도와주겠노라 말한 유진이 커튼으로 가로막힌 주방에 들어가자, 손이 빠른 유림은 벌써 접시에 과자며 작은 케이크를 담고 있었다. 동생이 과자 하나를 건네며 빙긋 웃었다.

　“아버지 말야, 전화해선 늘 어머니 바꿔 달라서 갖곤 매번 퇴짜 맞으셔.”

　“정말?”

　믿을 수가 없었다. 과자를 한 손에 든 채로 유진은 아연했다. 기억이 날 때부터 꾸준히 어머니─당신의 아내─에게 폭력을 휘두르고 손에 쥐고 흔들며 제 마음대로 살아온 자신들의 아버지가 그럴 리가 있겠는가.

　“아버지가, 혼자 계시니까 허전하신가 봐.”

　“설마.”

　“처음엔 나도 의심스러웠는데, 매일 전화하시는 것도 모자라 요즘은 어머니 명의로 된 땅 다 팔든 말든, 그걸로 떡을 사 먹든 길가에 뿌리든 마음대로 해도 된다고 돌아오기만 하라고 하신단 말야. 이혼은 절대 못 해 주시겠다고, 그 인간한테 땅 떼어 줘 버리란 말씀도 먼저 하시고. 일이 이렇게 되니 더 무슨 생각을 하겠어.”

　“뭘 그런 걸 미주알고주알 다 알려 주니? 김 서방이 다 듣겠다.”

　주방 커튼을 젖히고 어머니가 들어섰다. 김 서방? 유진이 당황해서 비켜서자, 어머니가 접시를 들어 올리는 유림을 흘겨보았다.

　“네가 아무리 귀찮아해 봤자 안 돌아가. 이것저것 팔면서 돈 모으고 있으니까, 곧 새집 마련해서 나갈 거다.”

유진은 또 놀라서 숨을 죽이고 어머니를 훔쳐보았다. 얌전한 듯 새침했던 예전 분위기보다는 좀 신랄해진, 하지만 한결 활기를 내뿜는 50대 후반의 여자가 거기 있었다. 유림은 벌써 이런 어머니에게 익숙해진 듯 예사롭게 콧방귀를 뀌었다.

“네, 어련하시겠어요. 저도 아버지한테 돌아가시란 말은 안 해요. 알아서 하세요.”

“넌 어쩜 그렇게 한마디도 안 지니? 지 언니랑은 딴판이야.”

어머니의 불평 아닌 불평에 유림이 눈을 가늘게 뜨면서 슬슬 웃었다.

“그래서 얌전한 언니가 크면서 그 고생을 했잖아요. 난 별나서 좀 나았고. 어머니도 아시면서 그런 소릴.”

순간 가슴이 덜컹했다. 쾨쾨하고 어두운 창고의, 오래되고 묵은 자물쇠를 열어 버린 듯한 느낌이 들어 시선을 바로잡을 수가 없었다. 어머니도 얼굴이 굳어진 채 입을 다물었다. 유진이 싱크대의 반짝거리는 수전에 눈을 박고 있는 사이, 일을 친 동생은 아무렇지도 않은 듯 접시를 들고 거실로 나가 버렸다. 순식간에 주방은 어색한 침묵이 감돌았다.

“예비 형부, 이것 좀 드셔 보세요. 이 과자 제가 구운 거예요.”

밝게 웃는 유림의 목소리가 낭랑하게 들렸다.

“내가…….”

무거운 유리 같은 침묵을 깨고 어머니가 입을 열었다.

“내가 미안했다. 네 탓이 아닌데.”

그 말이 다였다. 다시금 정적이 주방을 채웠다. 유진은 눈을 감았다.

유림은 아마, 일부러 그랬을 것이다. 두 사람 사이의 화해를 위해. 하지만 자신이 방금 들었던 이 사과의 말이 실제로 얼마만큼의 무게를 가졌는지 지금은 알 수 없다. 다만 이 말이 나올 때까지 아주 힘겨웠다는 것을 알 뿐이다. 자신도, 어머니도. 그 무게가 결코 가볍지 않은 것은 분명하지만 이 짧은 말이 자신을 다 치유해 줄 수 있을지도 역시 모르겠다.

그래도 앞으로 생각해 볼 시간은 있을 것이다. 생각도 하고, 따지기도 하고, 울어 볼 수도 있는 날들이. 여태까지는 상상하지도 못했던 일이다. 기회가 주어진 것만으로도 충분히 감사할 만한 일이 아닌가 하고, 그녀는 생각했다. 부디 그날들이 화해를 위한 충분한 시간이 되어 주기를 바라며 유진은 눈을 다시 떴다.

그녀의 대답을 기다리고 있는 듯한, 약간 긴장한 표정의 어머니가 보였다. 그 입가에 진 자잘한 주름과, 귓가에 흘러내린 몇 가닥의 머리카락 속에 섞인 흰 머리칼도 보였다. 유진은 자신의 어머니가 이제 중년을 넘어 노년으로 가고 있음을 불현듯 깨달았다.

"알겠어요, 엄마."

비꼈던 시선을 바로 했다. 반듯한 직모에 다갈색 눈동자를 가진 비슷한 키의, 서로 닮은 두 여자가 마주 보았다. 어머니는 언제부터 자신을 바라보고 있었을까.

"고맙다."

슬프게, 그러나 조금은 반짝이는 미소를 담고 어머니가 고개를 끄덕였다. 그리고 다시 한 번 말했다.

"고맙다, 내 아가."

당신의 눈동자에 건배를

"**요거 요거,** 쪼끄마한 것 같아도 생각은 완전 멀쩡해요."

동생 유림이 거실 한쪽 소파에서 우아하게 다리를 꼬고 뭔가를 보고 있다가 갑자기 킥킥거리며 웃는다. 거실 반대쪽, 한식으로 꾸며진 바닥에서 보료에 앉아 봄볕에 보송보송하게 잘 마른 빨랫감을 개고 있던 유진은 그런 동생에게 의아한 눈길을 던졌다.

"뭔데?"

"아, 송지 숙제."

"숙제?"

"응. 월요일에 내야 된대서, 우리 집 가기 전에 얼른 해 놓고 가자고 내가 좀 봐준댔거든."

두 돌이 채 안 된 쌍둥이와 아직 유치원생인 큰딸을 건사하기에 힘든 언니를 위해, 가끔 동생은 주말이면 송지를 자기 집에 데려가곤

했다. 요즘은 쌍둥이 때문에 가게도 아르바이트생에게 거의 맡겨 놓다시피 하면서 범영이 계속 집에 머무르고 있지만, 그래도 어린아이 셋에 드는 공이 보통이 아니라는 걸 아는 탓이다. 핑계야 혼자 있는 연지가 심심해하니 그렇다고는 하는데, 사실은 자신에게 잠시라도 휴식 시간을 주기 위한 배려라는 것을 유진은 알고 있었다.

"내가 봐줘도 되는데. 뭔데 그래?"

"부모님에 대한 거라서 엄마한테 보여 주기가 그렇다던데. 언니도 이거 보면 좀 부끄러울걸?"

그렇게 말하면서도 유림은 손에 들린 스케치북 크기의 종이를 유진에게 내밀었다. 눈에 담뿍 담긴 짓궂은 웃음이 뭔가를 기대하듯 반짝인다.

받아 든 종이의 앞면은 그림이었다. '우리 부모님 소개'라고 윗면에 적힌 종이에다 송지는 그릇에 담긴 큰 닭과 엄마, 아빠를 그렸는데, 아마도 이건 남편이 오늘 아침 일찍 일어나 끓인 백숙인 듯했다. 여백이 많이 남아 그랬는지 아래와 옆에는 자신과 쌍둥이 두 동생을 조그맣게 그려 놓았다. 그리고 뒷면.

우리 엄마 아빠는 닭살부부다. 이모는 엄마하고 아빠 보고 닭이 되어 날아가게 됐다고 한다. 무슨 뜻이냐고 했더니 닭살부부라고 알려 준다. 사이가 좋다는 말이라고 했다. 이모 딸 연지 언니는 4학년인데 한번씩 엄마 아빠 보고 간지럽다고 한다. 잘 간진다는 말인가? 아빠는 나한테 간지럼을 잘 태우는데 엄마한테는 잘 안 그런다. 언니는 잘 모르는가 보다. 아빠는 또 잘하는 것도 많다. 그래서 아빠와 놀면 재미있다. 그런데 아빠가 너무 엄마 편만 들 때는 좀 화난다. 어제는 애기들 보고 엄마 힘든다고 엉덩이를 팡팡 때렸다. 기저기 하고 있어도 아플거 가타서 좀 불상하다. 그래도 엄마, 아빠 사이가 조아서 나도 좋타.

꼬불꼬불, 지우개질도 많이 했고 중간 중간 맞춤법도 틀린, 그러나 다섯 살짜리치고는 썩 훌륭한 문장력의 긴 글을 보고 유진은 얼굴이 확 붉어졌다.

"아니, 얘가."

"엄마, 나 이거도 가져가도 돼요?"

마침 당사자가 거실 미닫이문을 열고 들어왔다. 진갈색 머리카락이며 조그마한 얼굴과 체구가 엄마를 꼭 닮은 큰딸은 유진이 미리 꾸려 둔 커다란 옷 가방은 질질 끌고, 자기가 싼 짐인 듯한 배낭은 등에 멘 채 조막만 한 한 손에는 애니메이션 DVD를 세 개나 겹쳐 들었다. 부모는 다른데도 성격이나 외모가 조카 연지의 어릴 적과 판박이다.

"그래, 가서 연지 언니랑 봐."

고개를 끄덕여 줬더니 신나 하며 DVD를 배낭에 집어넣은 딸이 '아 참!' 하고 소리치며 화장실로 달려 들어간다. 곧 제 머리만 한 플라스틱 물뿌리개에 물을 가득 담아 조심스레 걸어온 아이는 거실 한쪽 문갑 위에 조르르 놓인 화분들에 물을 주기 시작했다. 한 어미에게서 난 서양란 화분들이 딸의 손에서 습기를 받아먹고 흙들을 검게 물들여 갔다. 흐뭇하게 그 광경을 바라보다가, 물 주기가 끝나자 유진은 손에 든 종이를 딸에게 보여 주며 물었다.

"그런데 송지, 이거 정말 유치원에 낼 거야?"

“네! 선생님이 월요일까지 꼭 해 오라고 하셨어요. 송지가 열심히 색칠도 예쁘게 했어요. 글자도 많이 썼으니까 선생님이 칭찬해 주실 거예요!”

“미안한데, 이거 글자 다시 쓰면 안 될까?”

“왜요? 진짜 열심히 썼는데요? 이상해요? 글자 많이 틀렸어요?”

송지는 눈을 동그랗게 뜨고 물었다. 할 말이 빨리 생각나지 않아 망설이고 있자니 계속 킥킥거리고 있던 유림의 웃음은 더 커져서 아예 깔깔거림이 되었다. 소파에서 벌떡 일어난 동생은 억지로 웃음을 참으며 조카딸의 손을 잡았다.

“아냐, 아냐. 송지는 잘 썼어. 우리 송지, 커서 작가해도 되겠더라. 잘 썼으니까 이건 놔두고 우리 이제 얼른 이모 집 가자. 연지 언니 기다리겠다.”

“아니, 유림아! 이건 좀…….”

벌떡 일어난 유진은 딸을 붙잡으려 하였으나 안방으로 통하는 반월 문살의 창호지 문을 연 유림이 검지를 입가에 대고 쉿 소리를 내는 바람에 동작을 멈출 수밖에 없었다. 방 안을 향해 반쯤 마임을 하듯 입 모양만 커다랗게 ‘형부, 우리 갈게요.’와 ‘아빠, 다녀오겠습니다.’를 속삭인 동생과 딸은 그녀에게 손을 흔들며 현관으로 나가 버렸나. 발을 구르며 재잘거리는 송지의 목소리와 웃음소리가 희미하게 들렸다.

종이 한 장 때문에 현관 밖으로 뛰어나가 딸의 발걸음을 잡기가 뭣해, 자리에 풀썩 앉아 버린 유진은 허탈해졌다. 송지가 돌아오면 이미 저녁까지 다 먹고 아이가 잠을 자야 할 무렵일 텐데 이 물건을 어찌하나. 눈썹을 모으고 다시 종이를 들여다보고 있는데, 동생이 열어 뒀던 안방 미닫이문이 조용히 닫히는 소리가 귀에 들렸다.

"이제 자요."

잠투정하던 쌍둥이 둘을 여태 추스르던 범영이 눈을 찡긋하며 다가왔다. 5년이 지나도 바래지 않은 남편의 미소를 보자 유진의 입가에도 절로 미소가 떠올랐다.

"힘들었죠? 송지도 갔으니 이제 좀 쉬어요."

옆의 보료 바닥을 손으로 탁탁 두드렸더니 와서 얼른 앉은 범영은 곧 자세를 허물어뜨렸다.

"아아, 편하다. 역시 자식은 애물단지야."

그녀의 무릎을 베개로 삼아 얼굴을 비비적거리는 남편은 가끔 이렇게 덩치에 어울리지 않은 애교를 피웠다. 처음에는 낯설어 어쩔 줄 몰랐으나 지금은 솔직히 귀여웠다. 늘 듬직해서 전혀 연하 같지 않은 남편이 유일하게 어리게 보이는 때가 이런 때니까.

"오늘 아침만 해도 다 보물단지라고 하지 않았어요? 송지, 홍지, 흔지, 우리 집엔 보물단지가 셋이나 있다면서."

"응응, 귀여울 땐 보물단지고 안 귀여울 땐 애물단지."

끄덕끄덕하는 범영의 눈이 슬슬 감기고 있었다. 15킬로그램쯤 되는 아이들을 30분 넘게, 하나는 안고 하나는 무릎에 얹어 추스르다 보면 피로하기도 할 것이다. 남편의 어깨를 토닥이다가 아예 뜨지 않게 된 것을 본 유진은 아까 개다 만 빨래를 다시 집어 들었다.

주로 애들 옷이라 면직물이 많은 빨래를 주름이 가지 않게 잘 개어 쌓아 놓는데, 어째 느낌이 이상했다. 허리께에 느른하게 감긴 손은 분명 잠든 남편의 것인데 왠지 곰실거리는 감각이 피부를 감돈다. 눈을 내리떠 봐도 범영은 아이처럼 새근거리는 숨소리만을 내고 있었다. 다시 빨래 개기에 열중했지만 이번에는 피부가 간질간질한 것을 넘어 찌릿한 느낌이 오갔다. 유진은 재빨리 손을 돌려 척추 위를 슬금슬금 올라가는 남편의 손을 찰싹 때렸다.

"아얏!"

"왜 자는 척하면서 남의 등은 더듬고 그래요?"

덤으로 귓불까지 세게 잡았다 놓으니 그제야 눈을 뜬 남편은 눈시울을 늘어뜨리며 불쌍한 얼굴을 했다.

"남의 등 아닌데. 내 건데."

"그게 왜 당신 거예요? 내 등이지. 손유진 거."

"아닌데? 이 등은 내 거고, 당신 거는 여기 있는데."

남편의 크고 두툼한 손이 유진의 손에서 빨랫감을 뺏어 휙 던진 후 그 손을 잡아 티셔츠 아래 단단한 자신의 배 위로 올려놓았다. 얼굴이 확 붉어진 유진이 손을 빼려 했지만 범영은 놓아주지 않았다.

"오늘 일요일이잖아아."

"……그래서요?"

어쩌라고? 유진은 한숨을 포옥 쉬었다. 두 돌이 가까운 아이들은 낮잠을 자도 예전처럼 길게 사시 않는다. 깨어나면 유아들 특유의 느낌으로 울면서 엄마, 아빠를 찾을 것이다.

"에잉, 나 애들 재우느라 힘들었는데."

평소에는 늘 존대를 하는 점잖은 남편이 애교를 부릴 때만은 반말을 썼다. 눈에 힘을 주면 엔간한 사람들도 한 수 접고 들어가는 성질 못돼 보이는 얼굴인데도, 이렇게 눈초리를 내리고 살살 눈웃음을 치면서 불쌍한 투로 얘기를 하면, 그게 무슨 일이든 유진은 열에 아홉, 아니, 백에 아흔여덟아홉은 넘어가 버리곤 했다. 그걸 다 알고서 이러는 것이다. 결혼 5년 차에 덩치는 곰 같은 이 남자가 숫여우가 다 됐다.

"받침 있는 요일인데에."

남편의 말꼬리가 늘어지기 시작했다. 평소에는 말이 길지 않은 천생 남자이지만, 외동아들이라 부모님이 돌아가시기 전까지는 사랑을 듬뿍 받고 자랐다는 범영이다. 애교든 어리광이든, 할 때면 한다.

"애들도 자고오."

"……."

"두 달 넘게 일주일이 월화화수수수토였잖아아."

"……."

"아, 진짜 괴로운데."

"……."

"오늘도 건너뛰면 거기가 썩……, 흡!"

"무슨 말이 그래요?"

요즘 말을 배우고 있는 쌍둥이가 혹시나 들을까 싶어-그래 봤자 무슨 말인지 모르겠지만-남편의 입을 급히 틀어막은 유진이 눈을 부라렸다. 그러거나 말거나 눈웃음을 슬슬 흘리던 남편은 입술 사이로 날름 혀를 내밀었다.

축축하게 습기가 어린 살덩이가 손가락들을 핥고 지나가자 유진은 숨을 흡 들이켰다. 힘이 풀린 손가락들을 범영의 입술이 삼키고,

곤란해진 유진이 얼굴을 물들이며 고개를 숙이고 있는 동안 다른 한 손을 잡고 있던 그의 손이 슬금슬금 손목과 팔을 타고 올라왔다.

"손 못 치워요?"

풀린 손으로 단단한 팔뚝을 찰싹 때렸더니 다시 아프다고 엄살을 떨면서 범영은 눈초리를 축 늘어뜨렸다.

"우리 집 마님은 너무해. 열심히 일하고 왔더니 마당쇠한테 쌀밥 고봉은커녕 매타작질만 해."

입술을 불쑥 내밀고 투덜거리는 표정과 얼굴의 부조화에 어쩔 수 없이 웃음이 새어 나왔다.

"으응. 한 번만요, 응?"

조르는 음성의 귀여운 내용과는 달리 웃음 담뿍 담은 눈에는 야한 색기가 넘쳐흘렀다. 결혼한 지 5년이 넘었지만 아직도 남편의 저런 얼굴에는 면역이 없는 유진은 숨이 막히는 것 같다. 괴괴한 안방 문을 곁눈질로 흘깃 바라본 그녀는 보일 듯 말 듯 고개를 끄덕였다.

"올레!"

모 광고에 나오는 유행어를 외치며 남편이 단숨에 판세를 뒤집었다. 몸을 벌떡 일으킴과 동시에 허리를 담쏙 끌어안고 유진의 어깨를 밀어 보료로 밀어뜨렸다. 정신이 들어 보니 이미 자리에 누운 채고 남편의 둥그런 눈이 코앞에 닿아 있었다. 야밤에 먹잇감을 만난 호랑이처럼 광채가 번쩍거리는 그 눈을 유진은 얼이 빠진 채 들여다보았다.

"눈 감아요."

주문처럼 들리는 말을 따르자 입술에 단단하고 부드러운 살덩이가 다가온다. 촉, 촉, 촉 닿았다가 떨어지는 입맞춤에 정신을 내어 주고 있노라니 곧 뜨거운 호흡은 목을 타고 아래로 내려갔다. 쇄골을 지그시 물어 당기는 따끔한 느낌에 숨을 참는데, 허리께에 큼지막한 손이 들어와 더듬으며 불평을 했다.

"아, 왜 마님들 옷은 고무줄 허리가 아닌가 모르겠어."

며칠 전 TV를 보다가 우연히 돌린 홈쇼핑 채널에서 여성 트레이닝복을 보고 눈을 빛내며 '예쁜데 몇 벌 사지 않겠냐.'던 그가 떠올랐다. 그게 이런 뜻이었나. 어떻게 해서 간신히 단추와 훅을 풀어낸 범영이 다시 유진의 입술로 돌아왔다. 이번에는 먹어 치울 듯한 급하고 거친 입맞춤이었다.

혀가 얽히고, 단단한 입천장이며 보드레한 혀 아래까지 핥아졌다. 그사이 카디건과 셔츠 아래로 들어온 손은 등 뒤로 돌아가 브래지어의 고리를 풀기가 바쁘다. 수유를 1년여 전에 마쳤지만 아직도 봉긋한 느낌이 살아 있는 보드랍고 말캉한 두 개의 살덩이를 조심스레 감싸 쥐는 그의 호흡이 점점 더 가빠졌다. 엄지 끝이 유두 끝을 살며시 건드렸다.

"예뻐요. 예쁘고, 귀여워."

금세 꼿꼿이 일어선 그것을 두고 범영이 감탄하듯 중얼거렸다. 이럴 때마다 참으로 부끄럽다. 유진은 널찍한 그의 어깨에 붉어진 얼굴을 푹 파묻었다. 결혼 첫날의 새색시도 아니고 새신랑도 아닌데 이 계면쩍음은 뭘까. 정신없이 애무의 손길을 퍼붓는 남편의 어깨에서 희미한 체향이 났다. 늘 쓰는 섬유 유연제와 땀 내음이 섞인, 달콤하고도 시원한 냄새다.

"아웃."

언제 그랬는지 어느새 옷감에서 해방된 아래를 관통하는 짜릿한 느낌에 절로 허리가 튀었다. '아파요?' 하고 걱정스레 묻는 범영의 물음에 유진은 고개를 세게 흔들었다. 쌍둥이를 낳은 것은 심한 난산은 아니었지만 꽤 고생을 했다. 그 이후로 그는 좀 더 조심스러워졌다. 하지만 지금은 그런 배려를 바라고 싶지는 않아서 그녀는 한쪽 다리를 들어 남편의 허리에 얹었다. 그리고 힘을 주어 당겼다.

"아, 유진 씨……."

그가 이를 갈듯 악물며 이름을 부른다. 거의 들릴락 말락 하는 낮은 신음 소리가 듣기 좋았다. 더 가까워지고 싶어서 목을 두 팔로 안고 매달렸다. '범영 씨, 더요.' 하고 속삭이는 자신의 음성에 숨을 흡들이켜는 그의 울대도, 빠르게 두드리는 큰북 같은 그의 심장 소리도, 힘차게 자신의 어깨를 안고 다리를 움켜쥐느라 힘줄이 솟은 그의 팔과 손도 모두 너무 좋아서 눈물이 날 것만 같았다.

'내 거야.' 하는 중얼거림에 열심히 '응응.' 하고 대답해 주는 그의 목소리. '사랑해요.'라고 말하는 울먹거림에는 눈가를 쓸어 내 주는 상냥한 그의 입맞춤. 땀으로 미끈거리며 거칠게 마찰하는 뜨거운 하반신과는 달리 다정하고도 다정한, 자신만을 바라보는 까만 눈동자.

세상에 태어나 선물 받은 가장 커다란 행운은 이 남자일 것이다. 이 남자의 가게에 단골로 가게 된 것. 이 남자가 마음을 준 것. 그래서 이 남자의 여자가, 가족이 된 것. 언제나 그가 해 주는 밥을 먹을 수 있게 된 것.

"절대 반납 안 해요."

언젠가 범영이 했던 말을 떠올리며 행복하게 중얼거리자, 열에 들떠 있던 그가 '으응? 뭐라고요?'라고 물어 온다. 그 물음에 유진은 수수께끼 같은 미소를 지으며 고개를 흔들었을 따름이다.

김범영의, 내 남자의 마음은 영원히 미반납일 것이다. 영구 대여해 간 사람의 이름은 손유진.

사랑은 언제나 대여 중.

『사랑은 언제나 대여 중』 끝

제일 먼저, 연재할 당시 읽어 주시고 격려해 주신 독자분들께 '고맙습니다.'라는 말씀부터 꼭 드리고 싶어요. 제게 큰 힘이 되어 주셨습니다.

이제 글 속의 내용에 대해 덧붙이고 싶었던 몇 가지를 적을게요. 양해해 주세요.

1. 최초 설정은 범영의 대여점이 도서와 비디오, 편의점을 겸한 곳이었습니다. 그러다가 영상물 전문 대여점으로 수정했는데, 실제로 영상물만을 전문으로 하는 대여점은 사양세에 접어들고 있다고 합니다. 원래 설정처럼 저 세 가지 정도를 겸하고, 목 좋은 곳에서라야 어느 정도 매상이 오른다더군요.

2. 범영의 자전거는 실제로는 가격이 좀 센; 거예요. 자전거도 나름대로 돈 많이 드는 취미라, 프레임과 기어, 서스펜션, 바퀴 등등을 모두 유명 수입 제품으로 바꾼다면(각각 전문 회사가 있습니다.) 2~3천만 원짜리도 가능하답니다. 그냥 통으로 비싼 자전거도 있는데(마니아들은 보면 안다네요. 예를 들면 일명 페라리 자전거라든지;;) 이런 건 범영의 성격에도 맞지 않고 해서 제 상상 속에서는 그냥 저렴하게; 5백~6백만 원 선으로 맞췄어요. 전문가용이 아니라 생활용도 겸한 거라서요. 그리고 유진이 '급하게 산 간단한 형태의 짐받이'라고 생각한 그놈은 실제론 짐받이 자체로만 20만 원에 가까운 고가 제품이랍니다. 유진의 자전거는 국내에서 생산하고 유명 이탈리아 브랜드를 붙인 베네통 자전거 24인치를 모델로 했는데, 유진의 자전거는 범영의 자전거 짐받이 값에 조금만 보태면 살 수 있네요. 게다가 유진이 장미자에게 실수로 잘못 말했던 커버 값은 6~7만 원대…….

3. 쌍가마는 예전에는 별로 좋지 않게 여겨진 것 같아요. 부모가 둘인 운명이라는 둥, 여자아이는 시집을 두 번 가게 된다는 둥의 말을 어렸을 때 많이 들었어요.(제 형제 중 하나도 쌍가마라…….) 하지만 이건 30년도 훨씬 더 전의 얘기지요. 저는 글 안에서는 암시를 위해 썼어요. 범영이 좀 고전적인-실은 시대에 뒤떨어진-인물이기도 하고, 전혀 비과학적인 낭설이니만큼 혹시 쌍가마를 가지신 분들은 신경 쓰지 않으셨으면 해요. ^^;

4. 본문 속에서 범영이 한 부분을 불렀던 노래는 김동률의 '기적'

입니다.

5. 며느리나 사위(직계 가족의 배우자)가 상속이 인정되는 경우는 아들이나 딸이 사망한 경우입니다. 재혼을 하지 않은 경우에, 자녀(손자, 손녀)가 있고 오랫동안 피상속인(시부모, 장인, 장모)을 부양해 왔으면 상속권이 더 쉽게 인정되고요. 이를 대습상속이라 합니다.

6. 각 장의 제목들은 국내외 유명 영화에서 따온 대사들입니다. 저작권료도 주지 않은 주제에 무단으로 사용해도 되는가 모르겠네요.;; 상황에 따라 조금씩 변형시키기도 했고 본 영화의 뜻과는 다르게 쓰기도 했는데 어떤 영화에서 따왔는지 알아맞혀 보시는 재미도 쏠쏠……할까 모르겠습니다. 부디 그랬으면 좋겠어요. 하하하;

본격 현대물……은 아니고, 어쨌든 현대가 배경인 글로만 네 번째입니다만 그중 이 글이 제일 현실에 가깝지 않나 싶어요. 그래도 여전히 판타지에서 벗어나지는 못했습니다. 장르 소설의 일부인 판타지 부문을 원래 꽤 좋아하기도 하고, 또 로맨스라는 장르 자체가 원래 판타지라고 생각하고 있는 저로서는 어쩔 수 없는 귀결이기도 하겠지만요.
짧은 소견으로는 현실의 팍팍함에서 벗어나서 한 짐을 내려놓고 쉬는 것이 로맨스의 매력이라고는 생각하는데, 그래도 현실을 무시할 수는 없고 해서 언제나 선을 아슬아슬하게 타는 기분이라 어렵습니다. 뭐 능력이 딸리기도 하고……. 저 개인적으로는 현대물 중에서도 재벌이나 조직의 최고 두목님, 혹은 유력 정치가나 매우 잘나가는 전문직이라 돈X랄(죄송합니다;)할 수 있는 남주를 잘 쓰시는 분들이 제일 부러워요. 다 써 놓고 '아, 이거 몽땅 꿈이었어요. 그러니 비현실적인 것도 괜찮죠?'라고 할 수 있으면 좋을 텐데요. 하하하;;;;

이번 글을 쓰면서 제가 쓰고 싶은 게 뭔가, 뭘 쓸 수 있는가, 앞으로 어떻게(기술적인 면도 포함해서) 써야 할까 등등 생각이 많았던 것 같습니다. 글 쓴 기간도 그래서 더 길었던 듯하고요. 결론은 어쨌든 저는 사랑하고 사랑받는 내용의 글이 좋다는 것. 어떤 환경이든, 어떤 어려움이 있든지 간에요. 로맨스 작가로서는 당연한 얘기이겠지만요.

후기를 글 쓰는 중간 틈틈이 써 놓아서, 마지막에 몇 구절을 덧붙이고 있노라니 감회가 밀물처럼 밀려오는 느낌입니다. 정말 오래 참아 주셨던 파란미디어 여러분께도 고마움의 말을 드리고 싶고요, 꿈집의 회원분들, 정크 파라다이스의 독자분들께도 감사의 마음을 전하고 싶습니다. 이름을 목 놓아 불러 드리고 싶은 몇 분, 제 마음을 아실런지요. *T^T*

끝으로, 늘 쓰는 개인적인 말입니다. 아직은 어린 딸들에게. 세상이 얼마나 어렵고 험악한지, 사랑이란 것이 얼마나 큰 무게인지 모르는 너희들을 보면 마음 아프기도 하고 사랑스럽기도 하구나. 그렇지만 이것만은 분명한 것 하나. 너희들은 나의 첫사랑이란다. 이런 마음을 가진 남자를 너희들이 나중에 만났으면 해.

그리고 류 부장님께선 질투하지 마세요. 영감님은 나의 동지이자 친구이자 세상에서 제일 가까운 사람이에요. 딸들은 머리에 이고 가야 하는데 영감님은 나와 손잡고 걸어가시고 계시잖아요. 내 손과 내

등은 영감님 거예요. 영감님도 그렇죠? 훗.

　이번에 좋은 짝을 만난 동생 철우와, 새올케 정선 씨에게도 늘 사랑하기를, 그리고 행복하기를 바란다고 하고 싶어요. '이 험한 인생에서 내게 어깨를 빌려 줄 수 있는 귀한 그대'를 만난 보석 같고 연꽃 같은 인연을 두 사람이 잘 키워 나가기를.

　어머니, 내 어머니……, 우리 어머니. 낳아 주셔서 고맙습니다. 요즘은 자주 아프셔서 저는 슬픕니다. 지금 제게 가장 그리운 것은 30대 후반의 어머니 모습이에요. 건강하셔야 해요.

2011년 5월 박미희